귀환

귀환

김명조 장편소설

문이당

작가의 말

—소설가는 작품 속에서 복잡한 인간관계, 사회적 이슈를 다루면서 인간 경험의 다양한 측면을 탐색하고, 그를 통해 독자에게 타인의 경험을 이해하고 공감하게 하면서 사회와 문화를 풍요롭게 한다.

소설가의 역할을 어떤 사전에서는 이렇게 정의하고 있습니다. 그러나 정보의 홍수 속에서 다양한 경로를 통해 지식과 간접 경험을 섭렵할 수 있는 현대인은 소설에 별 관심을 두지 않는 것 같습니다. 무엇보다 사회 정체성이 모호한 시대에서 소설가가 작품을 통해 전개하는 가치관에 빈 껍데기가 많다면 더욱 그럴 것입니다. 결국 소설의 사회적 역할이 미미해지고 소설가의 글쓰기는 갈수록 어려워지겠지요. 이럴 때 소설가는 자신의 다양한 경험을 자연스럽게 작품의 바탕에 깔게 됩니다. 이 소설도 그런 유형에 속합니다.

저의 어린 날은 늘 굶주림 속에서 허우적거렸고, 성장기는 방황과 열등감으로 얼룩져 있었습니다. 지금 와서 가만히 되돌아보면 바람처럼 소멸되지 않고 참 용케 버텼다는 생각이 듭니다. 어쩌면 젊은 시절에 겪었던 베트남 참전의 흔치 않은 경험이 그 버팀목이 된 것 같기도 합니다. 그렇다면, 철 지난 소재이긴 하지만 그러한 현상이 소설에서도 힘을 발휘하지 않을까요. 그런 생각으로 지난 3년 동안 저는 온 힘을 기울여 이 소설을 집필했습니다. 제 등단작이었던 「불회귀선」보다 이 소설에는 그 시절의 제 모습이 더 적나라하게 드러나 있습니다. 객기처럼 무모하게 보일지 몰라도 손가락을 갈라 혈서로 파월지원서를 써내고, 어디서 총알이 날아올지 모를 살벌한 정글 속에서 적을 찾아 헤맸던 제 젊음의 집념과 오기가 상흔처럼 소설 곳곳에 박혀 있습니다.

그런데 그 당시 저는 제 목숨보다 소중한 것이 있다고 여겼습니다. 수천 년 가난과 질곡의 늪에 갇혀 신음하던 우리도 이젠 잘 살 수 있다는 믿음과 기대가 생기기 시작했고, 몰락한 저의 집안도 바로 세워 조상님들의 처진 어깨를 바로 세워 드릴 수 있을 것 같았습니다. 꼴랑 전투수당 57불을 받아 들고 뭐 그리 기고만장했느냐고 물으시면, 우체부 아저씨가 전해준 우편환을 앞에 놓고 슬픈 미소를 짓고 있을 어머니와 동생들의 모습도 그랬지만, 시위로 날이 지새는, 정글속보다 더 힘난한 시대상황을 붙들고 정자세로 버티고 있던 지도자에 대한 믿음 때문이었다고 답하겠습니다.

그리고 별로 내키지는 않지만 우리 국군의 파월에 대하여 아직도 왈가왈부하는 사람들에게 딱 한 말씀만 하겠습니다. 우리나라가 베트남과 국교 정상화를 한 지도 32년이 흘렀고 수많은 관광객이 그 나라 전국을 헤집고 다니고 있는 지금까지도 60여 년 전 파월 전사들이 그곳에 남겼던 흔적을 긁어내고 왜곡하면서 우리가 흘린 피와

땀의 의미를 깎아내리는 사람들에게 말입니다. 결코 국군 파월의 당위성을 고집하거나 그 경험이 자랑스럽다는 것이 아닙니다. 나라가 위태로울 때 젊은이들이 나서서 피 흘리며 지켜내는 것이 동서고금의 정의가 아닙니까. 그때 우리는 파월을 국난극복의 한 수단으로 삼아 자원하여 전쟁터로 뛰어들었습니다.

 끝으로, 중언부언하는 것 같지만 이 소설에는 베트남전에 전투병으로 참전했던 저의 경험이 바탕에 깔려 있습니다. 아마 대부분의 파월장병들이 경험했던 전장戰場은 이와 크게 다르지 않을 겁니다. 물론 이 작품에는 독자를 위한 소설적 장치들을 곳곳에 배치해 놓았고 작품의 주제를 이루는 소재 역시 픽션이라는 점을 밝힙니다.

을사년 여름
玄岡 김명조 적음

프롤로그

구글맵의 화면상으로 보면 현장은 베트남 허리부분인 낙락성의 성도省都 부온마뚜옷과 그리 멀지 않은 곳에 있었다. 안내원 전형수가 기준을 잡은 곳은 약도에 표시된 '양마오(낙락)'라는 마을이었다. 우리가 기댈 정보라고는 이 약도밖에 없었고 베트남에는 낙락의 양마오라는 지명이 하나밖에 없다는 그의 분석에 따라 오늘 목적지를 그곳으로 정했다. 경로는 나트랑과 닌호아를 거쳐 부온마뚜옷으로 향하는 QL 26번 도로를 경유하기로 했다.

"직접 가서 발로 확인하세요."

파월전우회 가영환 사무국장의 권유를 받고도 며칠간, 나는 이 약도를 앞에 놓고 한참 생각에 잠겼다. 마음이야 간절했지만 지난날 경험했던 시행착오 때문이었다. 1993년 여름이던가, 나는 두렵지만 막연한 기대를 품고 베트남으로 달려갔다. 도이머이 정책으로 베트남 사회가 점차 안정되고 있고 사이공 함락 이후 공해상에 급증했던 보트피플의 참담한 현상도 점차 사라져 간다는 소식에 귀를 기울이고 있던 나는 호치민시에 우리 총영사관이 들어서자 바로 여행준비를 했다. 당시는 직항로도 없었고 출입이 통제된 곳도 많았다. 그곳 사람 대하기도 꺼려졌다. 그럼에도 그냥 있을 수가 없었다. 캄란 외딴 마을의 조그마한 까페, 그곳의 실체를 내 눈으로 확인하고 싶었고 무엇보다 박 중위에 관한 새로운 정보 한 조각이 절실하던 참이었다. 실종으로 종결됐던 공식적인 조사 결과를 뒤집을 수만 있다면 어떤 모험이라도 감수할 생각이었다. 그러나 정치, 경제체제가 완전히 뒤바뀌어 버린 그곳은 지난 25년 동안 너무 많이 변해 있었다. 특히 나와 박 중위가 정신을 잃었던 그 까페는 마을과 함께 흔적도 없이 사라진 뒤였으므로 나는 아무것도 할 수 없었다.

그런데 체념상태였던 내게 전혀 예기치 못했던 경로로 이 약도가 도착한 것이다. 50여 년간 여러 사람 손으로 전전했다는 이 쪽지에 놀랍게도 박 중위의 마지막 흔적이 기록되어 있었다. 눈이 번쩍했지만, 약도의 내용이 너무 막연했기 때문에 선뜻 나설 수가 없었다. 그런 나를 보고 있던 가영환 사무국장이 현지 관광안내원을 한 명 소개해 주었다. 파월 전우의 아들인데 비엔호아에 정착한 지 10년쯤 됐다고 했다.

"좀 불편하시더라도 현장 부근에서 숙박을 하는 게 좋겠습니다. 베트남의 제일 커피생산지인 부온마뚜옷은 관광차 한 번쯤 가볼 만한 곳이긴 하지만 일단 일부터 마치는 게 순서가 아니겠습니까?"

나트랑을 떠난 지 세 시간쯤 지나 꾸안껌떼오 휴게소에 들러 점식식사를 하면서 안내원 전형수는 지도를 펴놓고 그렇게 말했다. 시내의 시설 좋은 곳에 숙박을 했다가는 시간이 어중간하다는 것이다. 지도상으로는 가까워 보이지만 시내에서 현장까지는 적어도 수십 킬로미터 이상의 정글이 가로놓여 있을 거라고 했다.

"나는 관광하러 온 것이 아니고 용무만 마치면 바로 귀국할 거니까 전문가 판단대로 하시게."

나는 싱긋 웃으며 그렇게 대답했다. 한국에서 대학을 마친 뒤 이곳에 정착했다는 그는 올해 서른아홉 살이라고 했다. 중키에 깔끔한 용모로 말투도 반듯했다. 어제 공항에서 숙소 가는 길에 어르신의 존댓말이 부담스럽다며 말씀을 낮추어 달라고 부탁해서 내 나이의 꼭 절반인 그에게 그렇게 하자고 했다.

"이곳은 해발 500미터에서 800미터의 산악지대라서 도로 상태가 고르지 못할 겁니다."

휴게소를 떠나면서 그가 말한 것처럼 자주 모퉁이 길이 나왔고 산사태의 흔적도 곳곳에서 눈에 띄었다. 길이 험한 데다 길목마다 공안이 과속 단속을 하고 있어 속력을 내지도 못한다고 했다. 우리나라 국도보다 도로의 상태가 훨씬 나빴다. 오래지 않아 전형수가 운전하는 카니발은 부온마투옷을 65킬로미터 남기고 주도로를 벗어나 샛길로 접어들었다. 좁고 중앙선 구분이 되어 있지 않은 길이었다. 간간이 비포장 구간도 나왔다.

"어제 인터넷을 검색해 보니 양마오 마을에는 초등학교와 중학교도 있고 성당 같은 종교시설도 있습니다. 아마 면 단위 규모인 것 같습니다."

주위 환경이 점점 험악해지고 있지만 걱정하지 말라는 말인 것 같았다. 멀쩡하던 하늘에서 갑자기 소나기가 몇 분간 내리다가 그쳤다. 그는 와이퍼를 작동시키면서 속도를 줄였다. 우기가 끝났는데도 산발적으로 내리는 스콜같은 비였다. 그는 양마오가 약도에 표시된 그 마을이라고 확신하고 있었다. 마을 간간이 주택이 눈에 띄었으나 주로 산림 속이었다. 주위의 풍경이 가끔 우리나라 강원도의 산촌과 비슷한 곳도 있었다. 곳곳에 주유소와 제과점 같은 상점이 보였다. 노면상태가 좋지 않은 길을 거의 두 시간쯤 달리고 나니 멀리 마을의 윤곽이 보였다.
"마을 입구에 있는 이옌씬 모텔에서 숙박을 할까 합니다."
전형수가 속도를 줄이며 그렇게 말했다. 주위가 조금씩 어두워지기 시작했지만 불이 켜진 'Yen Xin Motel'이란 네온사인 간판이 먼저 눈에 들어왔다. 1층은 주차장이었고 객실은 2층과 3층에 있는 모양이었다. 전형수는 텅 비어 있는 주차장에 차를 세웠다. 바깥 기온이 반 팔 차림으로는 서늘함을 느낄 정도였다. 주차장 끝에 접수대와 계단이 있었다. 중년 여자가 차 소리를 듣고 안에서 나왔다. 인사를 하고 그는 숙박계를 작성한 뒤 2층 방을 지정받았다.
"코노이 나오 데 안누응 간다이 홍?"
전형수는 저녁식사부터 해야겠다고 중얼거리면서 여자에게 그렇게 물었다.
"노동 라이 히맛 쇼이 란."
여자가 빠르게 대답했다. 부근의 식당은 해가 지면 문을 닫는다고 합니다. 전형수가 바닥에 놓았던 가방을 들면서 난처한 표정으로 여자의 말을 전했다. 생각보다 방은 꽤 넓었고 창 쪽으로 침대가 놓여 있었다. 그는 방에 들어가자 침대 주위에다 가방에서 꺼낸 대형 모기장부터 쳤다.
"제 일터가 정글 부근이라 늘 이런 걸 가지고 다닙니다."
그가 민망한 표정으로 웃으며 말했다.
"정글 모기 지독한 건 잘 알지."

나도 따라 웃으며 말했다. 야간매복 시 침과 뒷다리가 긴 모기한 테 빨린 피가 얼마였을까. 산골이라 어스름의 간격이 짧아 어느새 창밖은 칠흑같이 변해버렸다.

"이런 외진 곳은 처음이라 미처 생각을 못 했습니다. 비상용 라면이 있는데 드시겠습니까?"

"아, 그러지 뭐."

"제 불찰입니다. 죄송합니다."

그가 변명처럼 말한 뒤 자동차로 가서 라면 3봉지와 등산용 취사도구를 가져왔다.

"소주도 한 병 가져왔는데 괜찮으시겠습니까?"

버너의 화력을 높이고 냄비를 올려놓은 뒤 전형수는 가방에서 참이슬 한 병을 꺼내놓았다. 나는 고개를 끄덕였다. 아침에 그가 집에서 끓여왔던 야채죽 외에 꾸안껌떼오 휴게소에서 먹었던 후띠우 쌀국수가 오늘 먹은 음식의 전부였던지라 무척 시장했다. 늙은 내가 이럴진대 9시간을 내리 운전하며 왔던 전형수는 오죽할까 싶었다. 버너의 화력이 좋아선지 물은 금방 끓었다. 그는 면을 네 조각씩 낸 뒤 한꺼번에 냄비 속에 넣었다. 수프의 구수한 냄새가 온방에 퍼질 때쯤 나는 침대에서 내려와 바닥에 앉았다. 창이 닫혀 있는데도 모기가 앵앵거리며 주위를 맴돌았다.

"오늘 소주가 제맛 나겠는걸."

나는 말로만 거들었다.

"관광객은 먹고 자고 구경하는 것이 삼박자를 이루므로 안내 중에 밥 굶는 경우는 거의 없습니다. 특히 베트남 음식은 종류가 다양하고 맛이 있어서 찾아다니며 먹는 재미 때문에 항상 영양과잉이 된다고 합니다. 관광객과 떨어져 숙박하는 때를 대비해서 라면을 휴대하고 다니긴 하지만 지난 10년간 다니면서 해가 지면 적막강산으로 변하는 이런 곳은 처음 와봅니다. 죄송합니다."

전형수는 알맞게 끓은 라면을 덜어주면서 그렇게 말했다.

"부친은 어느 부대에서 근무하셨다던가?"

나는 물컵에 따른 소주를 한 모금 마시면서 그에게 물었다. 시장하던 차여선지 라면 국물과 소주는 입에 쩍 달라붙는 느낌이었다.

"29연대에서 1969년 8월부터 1년간 계셨다고 합니다."

"아, 아까 우리가 지나왔던 닌호아에 계셨구나. 나는 1968년 한 해 동안 캄란에서 근무했다네."

어언 56년이 지났음에도 캄란이란 지명은 아직도 가슴을 저리게 했다.

"예. 30연대에 계셨군요. 요즘 그 도시가 엄청나게 발전하고 있습니다."

꽤 많은 양의 라면을 후후 불어가며 맛있게 먹었다. 공복에 술이 들어가니 갑자기 전신에 피로가 몰려왔다. 어제는 인천공항에 제 시간 맞춰 나가느라 새벽잠을 설쳤고 다섯 시간 반 동안 몸을 웅크린 채 비행기를 탔으니 노독이 쌓일 수밖에 없었다. 드디어 베트남에 도착했다는 흥분 때문에 어젯밤도 깊은 잠을 이루지 못했다. 낯선 곳에서 세대와 생활습관이 전혀 다른 청년과 마주 앉았으니, 대화도 금방 끊겼다. 나는 전형수에게 양해를 구하고 화장실로 들어가서 몸을 씻었다.

산촌의 아침은 늦게 시작됐지만 날씨는 화창했다. 오늘이 바로 11월 18일, 박정대 중위와 헤어졌던 날이었다. 마을에서 아침식사를 한 뒤 현장을 향해 서둘러 출발했다. 양마오 마을을 떠난 지 20분도 채 되지 않아 주위환경이 전혀 달라졌다. 도로는 폭이 꽤 넓었지만 비포장이었다. 길 좌우로 크고 작은 나무들이 빽빽하게 우거져 있고 가운데는 풀섶이 길게 형성되어 있었다. 인근에는 곳곳에 넓게 조성된 논밭이 나왔다. 모든 게 변해버린 것 같았던 베트남에서 비로소 56년 전의 모습을 그대로 보는 것 같아 넋두리가 저절로 나왔다.

'우리는 이런 곳에서 자주 야간매복을 했지.'

새소리와 벌레소리도 생생하게 살아났다. 전형수는 점점 가팔라지는 오르막길을 살펴 가며 천천히 차를 몰았다. 길 좌우로 몬타나족의 거주지로 보이는 갈대와 짚으로 만든 가옥과 바나나밭이 있었으나 사람은 보이지 않았다. 이용자가 있으니 길 형태가 유지되고 있는 것이겠지. 40여 분 지났을 때 마찻길은 끝이 났다. 그곳은 말 그대로 정글 속이었다.

"쭈양신 산맥 북동쪽 기슭입니다."

전형수는 내가 부탁했던 가스토치, 그리고 랜턴을 가방에서 꺼내 들면서 말했다. 나는 지갑에서 약도를 꺼냈다. 약도에는 도로 끝 지점에서 현장을 찾아가는 요령이 다음과 같이 적혀 있었다.

−end of the dirt road −300m at 10 o'clock −cave behind Rock(H2,W5m) −stone grave

'dirt road'는 마찻길 같은 비포장도로를 말하는 듯했고, 높이 2미터, 폭 5미터 크기의 바위에 설치된 동굴 속의 돌무덤을 표시해 놓은 것 같았다. 약도의 뒷면에는 영어로 당시 내 소속, 계급과 이름이 적혀 있었다. 나는 나침반을 꺼내 들고 길 끝을 기준점으로 해서 시계 10시 방향의 각도를 쟀다. 방위각은 60도였다. 스마트폰에서 거리 측정 앱을 찾아내서 버튼을 눌렀다. 조용하던 정글에 갑자기 찾아든 침입자에 대한 경고인지 벌레들의 울음소리가 거셌다. 나는 방위각을 맞춰가며 앞으로 나갔다. 정글 속은 나뭇잎 사이를 뚫고 스며든 햇살로 인해 어둡지는 않았다. 우기가 끝난 지 오래되지 않아서인지 바닥이 약간 미끄러웠다. 가시덩굴은 없었지만 진로는 만만치 않았다. 20분 동안 걸었음에도 100미터를 채 나아가지 못했다. 그러나 저격병이나 부비트랩의 위험이 없는 정글은 두려울 것이 없었다. 진로가 오르막이어서 숨이 가빴다. 쉬어가면서 거의 한 시간 반이 지나서야 300미터에 이르렀다. 땀으로 온몸이 흠뻑 젖었다. 전방에 거대한 암석지대가 나타났다. 바위가 몇 겹으로 쳐져 있어서 약도에서 표시하고 있는 규모를 분별하기가 쉽지 않았다. r이 아니라 대문자 R로 적어놓은 것은 크기와 넓이를 특정한 듯했다. 나는 암석 주위를 둘러보았다. 후안이 그려놓은 약도를 보고 박격포가 있는 현장을 찾아갔던 옛날 일이 아스라이 떠올랐다. 여러 개의 바위가 뒤엉킨 곳에 조그마한 동굴이 보였다. 볕이 조금도 스며들지 않아 동굴 안은 칠흑같이 어두웠다. 퀴퀴한 냄새가 코를 자극했다.

"자네는 여기서 기다리게."

나는 전형수를 동굴 입구에 세워놓고 크게 심호흡한 뒤 랜턴을 비춰가며 안으로 들어갔다. 생판 모르는 사람의 유해를 거두는 일까지 도와달라고 할 수는 없었다. 바위와 바위가 겹쳐서 형성된 공간이었지만 오랜 세월 침하를 거듭하며 틈이 모두 메꾸어져 동굴이 된 듯 보였다. 바닥을 더듬어 가며 열 걸음쯤 안으로 들어가자 돌무더기가 나타났다. 나는 불을 비춰가며 그 주위를 한 바퀴 돌았다. 'stone grave'라고 할만했다. 무더기를 형성한 돌 하나하나는 그리 크지 않앉으나 가슴높이까지 쌓여 있었다. 나는 불빛이 그곳을 비출 수 있도록 랜턴을 고정해 놓은 뒤 돌을 하나씩 옆으로 밀어냈다. 부식된 듯 돌이 단단하지 않고 만질 때마다 부스러져 먼지가 일었다. 나는 준비해 간 마스크를 쓴 뒤 천천히 돌을 치워 나갔다. 갑자기 주위가 환해지는가 했더니 전형수가 어느새 들어와 곁에서 랜턴을 들고 불을 비춰 주었다. 나는 그의 팔을 툭 치며 고마움을 표한 뒤 돌 제거 작업을 계속했다. 바닥이 가까워지자 혼자 들기 버거울 만큼 폭넓은 돌이 나왔다. 몸의 중심을 잡고 조심스럽게 그것들을 덜어내자 쿰쿰한, 평소에 익숙하지 않은 냄새가 올라왔고 평평한 바닥에는 하얀 가루가 군데군데 깔린 것이 보였다.

흐흐흡…….

나는 순간 가슴이 턱 막혀 숨을 쉴 수가 없었다. 살과 뼈는 모두 가루가 되었고 검은 얼룩이 있는 부분은 입고 있던 옷의 흔적인 듯 먼지처럼 뼛가루와 뒤섞여 있었다. 시신이 훼손되지 않게 하려고 넓은 돌을 위에다 걸쳐 둔 것 같았다. 그런데 위와 중간 부분에 조그마한 물체가 보였다. 불빛을 가까이 비추며 살펴보니 타원형의 금속이었다. 그것을 집어내어 바지에 비벼 녹을 닦아내니 글자가 보였다.

Park Jeongdae 65013×

아, 소대장님. 틀림없는 박정대 중위의 인식표였다. 가슴 속에 박혀 있던 덩어리가 풀리며 뜨겁게 위로 치밀어 오르다가 마침내 오열로 터져 나왔다. 지난 세월, 수많은 나날을 보내면서 그에 대한 죄책감을 지울 수가 없었다. 나는 바닥에 퍼지르고 앉아 꺼억꺼억 울기 시작했다. 현충일과 11월 18일, 매년 이날이 되면 반지를 묻고 조성해 놓은 그의 허묘 주위를 헤매고 다녔다. 가슴에 켜켜이 쌓였던 통한과 억울함이 연민과 함께 한꺼번에 터져 나와 통곡으로 변했다. 그 소리는 벽에 닿아 울리면서 동굴 안을 꽉 채웠다. 나는 되돌아온 내 울음소리를 들으며 더욱 설움에 겨워 목 놓아 울었다.

"동굴 내부가 너무 건조해서 유해가 변질될 수도 있겠습니다. 빨리 수습하시지요."

지켜보고 있던 전형수가 내 등을 두드리며 말했다. 그 말을 듣고 보니 정말 오랫동안 부식되어 있던 가루가 갑자기 닿은 건조한 공기로 인해 산화될 수도 있을 거란 생각이 들었다. 나는 자리에서 일어나 가방에서 가스토치와 한지, 그리고 팬 붓을 꺼냈다. 그러나 이런 상황에서 가스토치를 사용해서는 안 되겠다는 생각이 들었다. 자칫 유해 가루를 다 날려버릴 것 같았기 때문이었다. 나는 대신 팬 붓을 들고 아래로 내려섰다. 육신은 녹아 없어지고 뼈는 가루가 되는 오랜 세월 동안 그는 이렇게 내 손길을 기다리고 있었던 것일까. 머리 부분에서 시작하여 가루를 꼼꼼하게 쓸어서 한지에 담기 시작했다. 나는 한 알도 놓치지 않을 요량으로 몇 번을 반복하며 바닥을 훑었다. 유해는 두 주먹이 채 되지 않았다. 중간의 물체는 벨트의 버클인 것 같았다. 녹이 슬어 형체가 점차 소멸되는 중이었다. 나는 한지를 세 겹으로 펼쳐놓고 유해를 겹겹이 싸서 준비해 왔던 비닐봉지로 봉한 뒤 가방에 넣었다. 그리고 털어냈던 돌을 다시 차곡차곡 제자리에 쌓아 올렸다. 온몸이 땀에 젖어 흥건했지만 추운 건지 더운 건지 알 수가 없었고 점차 몸의 감각이 둔해지는 것 같았다. 참고 있었던 울음이 다시 터져 나왔다. 동굴 밖에는 세찬 비가 쏟아지고 있었다.

01

 박정대 중위를 만나게 된 경위를 말하려면 당시 내가 처해 있던 형편부터 언급하여야 할 것 같다.
 어릴 때부터 허기와 궁핍한 삶에 단련이 되어 있어서 나는 웬만한 난관쯤은 무덤덤하게 견디는 강단이 있었다. 그 대표적인 것이 체념으로 얽혀있던 습관을 의지력으로 극복하던 과정, 바로 삼양동 오리 목장의 경험이었다. 그때 나는 아침에 눈 뜨자마자 8개의 막사 바닥에 밤새 오리들이 싸놓은 똥을 치우고, 운반용 자전거로 종로와 동대문 일대의 식당에서 음식 찌꺼기를 걷어와 3천여 마리의 오리를 먹이면서 야간 고등학교를 다녔다. 그 혹독했던 3년을 살아내고 대학생이 되었을 때 나는 앞으로 어떤 상황에 맞닥뜨려 무슨 일을 하더라도 모두 극복해 낼 자신이 있었다. 그리고 무엇이든 이뤄낸다는 자신감도 충만했다. 보이는 것, 손에 닿는 것은 무엇이나 유심히 살피면서 대학 생활의 첫 시작에 집중하고 즐겼다. 그러나 그 환호는 그리 오래가지 못했다. 입학식을 한 후 몇 개월 되지 않아 시작된 휴강과 휴교령으로 내 가슴은 새카맣게 타들어 가기 시작했다. 변변한 강의도 몇 번 듣지 못하고 1년이 지나갔지만 오리 목장을 나와 시작한 시간제 과외와 식당 등지에서 뼈 빠지게 일하면서 갈수록 피해의식에 갇혔고 울분만 쌓였다. 대학생이 되었다는 자만감으로 자신을 과대평가한 결과였다.

그러다가 홧김에 뭐 한다고, 생각 끝에 선택한 것이 지원 입대였다. 세상이 달라지는 동안 병역의무나 마칠 생각이었다. 어정쩡하게 총학 주위를 맴돌다 치도곤을 맞은 일은 후에 언급할 기회가 있겠지만 당시 상황에 좌절했던 많은 선배나 동기들이 선택한 길이기도 했다. 결국 그것은 현실도피였고 그 이후 내게 벌어진 사태는 거의 내 의지와는 별 상관없이 외부적 요인에 의하여 이뤄졌다. 삶의 방향이 예기치 못한 곳으로 흐르는 일이야 당시 젊은이들 대부분이 겪었던 시대 상황이긴 했다. 그러나 아무리 그렇더라도 이건 아니었다.

일빵빵 주특기로 10주간 신병 전후반기 교육을 마치고 이병으로 배치를 받은 논산훈련소에서 내 첫 보직은 주번병이었다. 새벽같이 일어나 훈련병의 아침 식사를 챙기는 것을 시작으로 야외 교장에 밥통과 국통을 날라야 했고 밤이면 외곽초소의 경계근무를 감당하면서 몸과 마음은 급속히 지쳐 갔지만 그 정도는 오리목장에서 단련됐던 체력으로 버틸 수 있었다. 문제는 내무생활이었다. 논산훈련소의 말단 중대에는 본부에 훈련병들의 내무생활, 인사와 병참, 보급 등을 관리하는 기간병이 30명 정도 배치되어 있었는데 이곳에서는 걸핏하면 줄빳다와 고참들의 술주정이 벌어졌다. 고참 순으로 서서 침대 마후라나 곡괭이 자루로 말단까지 차례차례 내려치는 이 체벌이 신병들에게는 극심한 공포와 고통이었다. 이런 곤욕을 한 번 치르고 나면 거의 일주일 정도는 엉덩이를 바닥에 대고 앉을 수가 없을 만큼 통증이 심했다. 이 체벌은 순전히 고참들의 기분에 따라 행해졌다. 침상이 지저분하다는지, 실내 분위기가 소란스럽다든지, 식사 준비가 빠르거나 늦다는 등 이런저런 핑계는 갖다 붙이기 나름이었다. 특히 훈련병 다루는 일로 중대장이나 인사계의 지적이라도 받게 되는 날이면 간부들의 퇴근 시간에 맞춰 어김없이 횟술 자리가 만들어졌고 이어서 혹심한 체벌이 행해지곤 했다. 이 때문에 간간이 자살하는 신병도 생겨났지만, 원인이 밝혀져 책임추궁을 당하는 고참은 없었다. 나는 육체적인 고통도 고통이었지만 인격적 모멸감을 견딜 수가 없었다. 단지 졸병이라는 이유만으로 그런 불법적인 린치를 당하고 있을 이유가 없었다. 그렇다고 물리적으로 반항하기도 어려웠다.

마침 논산훈련소 교관과 부교관용 장교와 하사관 후보생 차출이 있었다. 당장 이 상황을 벗어나고 싶었던 나는 하사관 후보생을 지원해 버렸다. 그런 체벌은 당시 대다수 신병들이 겪고 있던 구조적인 문제였음을 깊이 생각하지 않고 감정적으로 대응한 결과였다. 훈련소 부교관용이라는 모집요강만 봐서는 하사관학교가 어떤 곳인지 전혀 알 수 없었다. 우선 인간을 타락시키는 중대 본부 고참들의 손아귀를 시급하게 벗어나야겠다는 핑계가 앞섰다. 그러다 보니 제대 후 복학 문제를 고려한다면 5년 이상 장교로 복무해야 한다는 간부후보생보다는 일반병과 복무기간이 같은 단기 하사관이 낫겠다고 생각했다. 그러니까 군 입대과정이나 하사관 후보생 지원은 당시 처해 있던 상황을 피하는 데 급급한 것이지 전혀 내 삶의 방식이 아니었다.

그러나 나는 하사관학교 입교 첫날부터 내 선택이 잘못된 것을 뼈

저리게 느꼈다. 차라리 줄빳다나 고참들의 술주정은 인간 재생창이라는 하사관 교육과정에 비하면 준비운동에 불과했다. 어느 한순간도 다른 데 정신 팔 여유가 없었다. 눈만 뜨면 구보와 기합이었고 하루도 편히 잠을 재우지 않았다. 번개에 콩 튀기듯 정규 훈련이 끝나면 내무생활을 통하여 절도 있는 행동과 단체생활의 전범을 배운다는 명목으로 체벌을 당했다. 정신통일을 한답시고 모든 것은 얼차려로 시작되었다. 원산폭격을 비롯하여 마루 밑 쥐잡기 따위는 야간 내무생활의 기본이었다. 혼자만 잘 견뎌도 소용이 없었다. 한 사람이라도 낙오하거나 도중에 쓰러지면 전제 후보생에 대한 기합은 두 배로 늘었다. 체력이 약한 사람은 이중으로 고통을 당해야 했다. 다른 후보생들의 적의에 찬 눈총을 견디다 못해 퇴교하는 경우가 속출했다.

취침시간 역시 예외가 없었다. 고된 훈련에 지친 후보생들은 등을 바닥에 붙이기만 하면 바로 곯아떨어졌다. 그런데 단잠에 빠져들 때쯤이면 어김없이 비상이 걸렸다.

"기상. 지금부터 완전군장에 알 철모를 쓰고 한 발은 맨발, 한 발엔 군화를 신고 선착순 집합."

좌절과 절망을 견디는 훈련이었다. 인내와 체념 말고 후보생이 선택할 수 있는 것은 퇴교밖에 없었다.

그렇게 몸속의 진이 다 빠져 가던 어느 날이었다. 나는 어머니가 부쳐준 돈 5백 원을 받았다. 아들 중학교 보낸다고 애 셋 딸린 홀아비와 살림을 차린 뒤 섬에서 갇혀 지내는 어머니를 일부러 잊고 지냈다. 새 아버지 눈치 보느라 중학교 학비도 근근이 마련하던 어머니를 보다 못해 삼양동 오리목장으로 터전을 옮긴 뒤 연락을 끊었던 것이다. 그런데 3년간 목장에서 저축했던 돈은 대학등록금과 생활비로 소진했으므로 빈털터리로 입대했던 나는 훈련소 신병훈련 때는 그런대로 참아냈지만, 하사관 후보생 훈련이 시작된 이후로는 배가 고파서 견딜 수가 없었다. 봉급이라고 몇백 원 받은 것은 기합을 줄여준다는 묵계 아래 향도가 죄 걷어서 내무반장의 외출 외박비에 충당되었으므로 한 번도 손에 쥐어보지 못했다. 나는 조금만 틈이 나면 매점 주위를 돌면서 아는 얼굴 찾기에 바빴다. 허기진 뱃속에 빵 한 조각 챙겨 넣는 일은 생존을 위한 처절한 몸부림이었다. 그러다가 외곽 보초를 나갈 때 어머니께 사제편지를 보냈던 것이다. 당시 내 정신 속에는 체면이라든가 자존심같은 것은 존재하지 않았다.

그렇게 허기진 때에 돈이 생긴 거였다. 나는 매점으로 달려가 3백 원을 주고 그토록 먹고 싶었던 소보루빵 10개를 샀다. 얼마나 뿌듯했던가. 세상에 더는 부러운 것이 없었다. 빵을 품속에 넣고 곧바로 막사 뒤편에 있는 공동변소로 달려갔다. 매점에서 얼쩡대다가 선배나 동료 후보생에게 한 개라도 빼앗기기 싫었다. 나는 칸막이 변소에 걸터앉아 허겁지겁 빵을 먹기 시작했다. 텅 비어있던 창자 속으로 채 씹지도 않고 삼킨 빵이 쉴 새 없이 넘어갔다. 혀끝에 녹아드는 빵 맛과 포만감에 겨워 똥 냄새 따위는 전혀 문제가 되지 않았다. 그런데 갑자기 칸막이 문이 덜컥 열렸다.

"어이, 후보생. 거기서 뭘 하나?"

나는 엉겁결에 방해자를 바라보았다. 바로 박정대 소위였다. 나는 기겁을 하고 벌떡 일어섰다. 입속에는 씹다 만 빵이 가득하여 말은 할 수 없었고 어정쩡한 자세로 간신히 경례만 올려붙였다. 그는 내가 소속된 구대의 구대장이었다.

"이런 놈을 후보생이라고…… 쪼들리는 부모를 졸라 돈 받아서 아귀처럼 처먹고 있으니, 쯧쯧……. 이리 따라 와."

나를 중대본부로 끌고 간 박 소위는 먹다 만 빵을 죄 빼앗아 난로 속에 처넣어 버렸다. 그리고는 손바닥으로 어깨 부근을 몇 차례 내려치더니 말했다.

"지금부터 3분 내 완전군장으로 원 위치한다."

나는 반사적으로 크게 복창하고 내무반으로 달려가면서 돌아다보니 빵은 연기로 변하여 중대 본부 지붕 위를 날아가고 있었다. 억울했다. 도대체 내가 무엇을 잘못했는지 알 수가 없었다. 매점에 가보라지. 그곳에는 아귀처럼 마시고 처먹는 놈들이 얼마나 많은지 모른다. 하필이면 나야. 그렇게 굶주리고 있던 내게 이러다니……. 변소에서 빵을 먹은 것도 죈가. 생각할수록 화가 치밀었다.

그날 나는 넘어지고 깨어지면서 연병장을 돌았다. 심장은 터질 듯했고 팔다리는 풀어져 흐느적거렸다. 해가 서산으로 넘어가고 주위에 땅거미가 질 때쯤 총이며 배낭이며 다 팽개치고 서울로 달아나 버리고 싶었다. 단체 기합과는 또 다른 고통이었다. 무의식적으로 내딛는 후들거리는 다리, 텅 빈 뇌리를 기웃거리는 절망과 무력감……. 늘 후보생의 모자란 잠을 훼방질하던 새벽이 그날은 굼벵이처럼 기어 왔고 나는 기진맥진하며 생애 가장 긴 밤을 그렇게 박 소위와 함께 꼬박 새웠다.

그날 이후 몸과 마음이 기진한 채 애써 주위의 시선을 피하고 있었는데 졸업식 날, 뜻밖에도 사회를 보고 있던 박 소위가 다가와 내게 계급장을 달아주는 것이 아닌가. 육군 소장인 학교장이 주관하는 행사여서 진행자들은 자기 자리를 벗어나기 쉽지 않았을 텐데 '축하한다'면서 악수까지 해주고 돌아갔던 것이다. 적개심까지 가졌던 당시의 감정은 약간 누그러졌으나 태연히 그를 마주 볼 수가 없어서 나는 피식 웃으며 고개를 돌려버렸다.

   황산벌 계백장군 얼이 스민 곳
   빛나는 제2군 하사관학교
   우리의 가슴속에 타는 불길은
   이 나라 이 겨레를 섬기고 위할
   몸과 맘 그 언제나 닦는 하사관
   이 충성 이 용기와 신의를 보라
   우리가 가는 곳엔 평화가 온다

150여 명의 졸업생이 합창으로 교가를 부른 뒤 졸업식이 끝나자 운동장은 순식간에 흥분으로 달아올랐다. 번개로 콩 튀겨먹듯 뛰고 달리며 16주간 흘렸던 땀의 결실, 하사 계급장을 달았다는 한결같은 성취감이었을 것이다. 그렇지만 나는 무덤덤했고 어려운 한 과정을 무사히 마쳤다는 안도감만 남아 있었다. 당장 무엇을 해야 할지도 생각나지 않아 멀리 단상 아래에서 졸업생들의 인사받기에 여념이 없는 박 소위를 멍하니 바라보고 서 있다가 나는 천천히 그곳을 나왔다. 갑자기 짙은 피로가 휘몰아쳤다. 앞으로 이쪽을 향하여 오줌도 누지 않겠다는 많은 후보생들의 다짐이 얼핏 떠올라 피식 웃었다.

02

 과거의 일들이 아무리 큰 무게로 짓눌러와도 어쨌든 인간은 세월 속에 기억을 묻고 마는 존재다. 빠르게 흘러가는 국방부 시계의 분침 속도에 맞춰 예정된 논산훈련소 조교 요원으로 복귀하면서 나는 어느새 박 소위와 그 빵 사건을 차츰 잊어버렸다.

 죽을 고생을 하면서 4개월 만에 하사 계급장을 달았으나 나는 또 한 번 잘못된 선택을 했다. 졸업 시 작성했던 신상조사서의 배치 희망부서 난에 이병으로 곤욕을 치렀던 바로 그 연대를 적어 넣었다. 복수심 때문이었을까. 아니면 하사 계급장을 달고 뻐기고 싶었던 것일까. 아무튼 4개월 만에 이병에서 하사로 변신하여 그 연대에 복귀를 하고 해당 중대를 지망 했더니 하사관학교로 떠나기 전 제대날짜를 손꼽고 있던 고참 병장들이 대다수 남아 있었고, 당시 가장 무지막지하게 빳다를 휘둘렀던 상병들 중 몇 명만 병장으로 진급한 상태였다. 중대 기간병 30여 명 중에서 병 군번으로 따지면 나는 여전히 끝부분이었으니 그들이 하사 대우를 해줄 리 만무하였다. 심지어 일병들도 '님'자를 떼고 '김 하사!'라고 부를 정도였다. 아무 경험도 없이 계급장만 달아 하사의 권위를 인정할 수 없으므로 '물 하사'라는 것이었다. 함께 발령을 받은 동기들이 4명이나 되는데도 전혀 힘을 쓰지 못했다.

중대로 배치 받은 지 보름쯤 되는 날 아침 식사 시간이었다. 기간병 중 일부는 훈련병과 함께 교장에 나가서 조교 역할을 담당해야 하므로 보통 6시쯤 아침 식사를 시작했다.

"야, 김영후 하사. 물 한 잔 갖고 온나."

기간병 중 최고참으로, 중대장과 인사계도 쩔쩔맨다는 사고뭉치 이성출 하사였다. 고참 병장들과 작당하여 노골적으로 나를 계속 이병 취급하던 사람이었다. 순간 실내에 둔탁하고 짧은 웃음이 퍼졌다가 뚝 끊긴 뒤 수상한 분위기가 만들어지고 있었다. 나는 잠시 내무반을 휘둘러보다가 작심하고 밥 먹던 숟가락을 손바닥으로 움켜쥔 채 일어났다. 물주전자는 출입문 곁의 난쟁이 탁자에 놓여 있었다. 이병과 일병도 있고 엄연히 당번병이 따로 있는데 4명의 신임하사 중에서 나를 콕 집어 물심부름을 시킨 것은 분명 의도적인 짓이었다. 그러잖아도 상병이나 병장을 상대로 군기 잡을 엄두가 나지 않던 참이었다. 이참에 저놈을 꺾어버려야지. 장난기 가득한 시선들이 내 움직임을 지켜보는 가운데 나는 주전자 뚜껑을 열고 내 숟가락을 넣어 휘저었다. 그리곤 여섯 살이나 나이가 많은 이성출 하사를 똑바로 바라보며 말했다.

"야! 이 하사. 너는 손이 없어? 직접 갖다 마셔."

나는 오리 목장에서 3년간 새벽마다 음식찌꺼기를 수거하느라고 리어카를 끌거나 운반용 자전거로 30리길을 오가며 하체를 단련했고 낮에는 틈틈이 목장 주인으로부터 특공무술도 배웠다. 그는 공수특전단에서 무술교관으로 근무하다 소령으로 전역한 사람이었다. 아직 실전에 몇 번 응용해보지는 않았으나 누구든 일대일 대결에서 지지 않을 자신이 있었다.

"저 쌍노무 새끼가……."

순간 이성출의 눈빛이 사납게 변하더니 시궁창 냄새 풀풀 풍기는 욕설을 내뱉었다. 나는 반쯤 열린 출입문을 밀어붙이고 먼저 밖으로 나갔다. 6월의 아침이 막 열리고 있었다. 하늘은 맑고 푸르렀으나 일전을 각오한 내겐 별 감흥이 없었다. 나는 인근에 있는 연대 연병장 초입에서 다리를 약간 벌리고 서서 자세를 잡았다. 얼마 후 이성출이 선두로 나왔고 기간병 여남은 명이 들러리처럼 우르르 몰려와 둘을 에워쌌다. 이 하사는 나보다 약간 키가 컸고 체격도 우람했다. 무엇보다 사나운 눈빛과 위에서 아래로 볼을 긁어내린 흉터 자국이 위압감을 주었다. 그는 처음부터 나를 무시한 듯 나오자마자 두 팔을 들고 덤벼들었다. 치고받는 격투를 예상하고 있다가 약간 늦게 반응한 탓에 그의 손에 왼쪽 어깨가 잡히는가 했는데 그는 어느새 이마로 내 인중을 공격했다. 눈 깜짝할 사이였다. 충격으로 앞니가 모두 빠지는 듯한 통증을 느꼈으나 나는 오른발을 뒤로 빼면서 왼발로 그의 가슴을 향해 느린 발차기를 했다. 생각대로 이성출은 내 왼발을 붙잡고 비틀려고 했다. 그 틈을 놓치지 않고 붙잡힌 왼 다리에 힘을 주고 뛰어오르면서 몸 전체에 회전을 걸어 오른발 돌려차기로 그의 턱을 걸어찼다. 퍽 하는 소리와 함께 그가 내 다리를 놓고 비틀거렸다. 나는 두 발이 바닥에 닿자마자 그의 사타구니를 힘껏 걷어찼다. 한 방에 끝내. 소령 출신 목장주인의 가르침이었다. 그가 낭심을 움켜쥐며 앞으로 고꾸라지자 나는 다시 한번 그의 턱을 힘껏 걷어차 버렸다. 싸움은 오래가지 않았다. 그가 쓰러져 몸을 뒹굴고 있기도 했지만 마침 중대장과 인사계가 출근하면서 이 광경을 본 것이다. 이 하사의 이마 공격에 내 앞니 부분이 모두 흔들렸고 입안 가득 피가 고였으나 외관상으로는 나는 멀쩡했다. 그러나 그는 낭심을 잡고 땅바닥을 뒹굴고 있을 뿐만 아니라 이마와 입 주위는 피범벅이었다.

"이게 무슨 짓이야?"

키가 작달막한 인사계 유일식 중사가 고함을 질렀다. 그 소리에 당직사관인 소대장이 중대장실에서 뛰어나와 현장에 합류했다. 당직사관은 밤새 훈련병들의 인원수에만 신경을 쓸 뿐 기간병의 일탈에는 눈을 감는 편이었다. 고참 병장들 몇 명이 이 하사를 부축하여 내무반으로 들어가자 현장을 묵묵히 지켜보던 중대장도 자기 방으로 들어갔다. 그러나 인사계는 오랫동안 나를 노려보고 서 있었다.

턱에 금이 가고 한쪽 고환이 터지는 중상을 입은 이성출 하사는 급히 군 병원으로 후송되었고 나는 인사계에게 끌려가 침대 마후라로 엉덩이 30대를 얻어맞았다. 대위 진급을 앞두고 있던 중대장은 나를 체벌하는 것으로 사건을 쉬쉬하며 덮으려고 했으나 소문이 연대 전체로 퍼지는 바람에 나는 헌병대로 끌려가서 밤새도록 조사를 받았다. 그러나 둘이 충돌한 결과는 위중했지만, 내용은 워낙 단순하였고 이 하사의 도발로 시작된 만큼 나는 일주일의 구류처분을 받는 것으로 이 사건은 종결되었다.

그 뒤부터 일명 물 하사에게 가해지던 따돌림과 병들의 항명은 외관상 엄격히 금지되었고 나와 함께 부교관 요원으로 하사 계급장을 달고 논산훈련소에서 근무하고 있던 동기생 150명의 협의체가 생겼다. 사조직을 금지하는 군대 내에서 이런 단체결성이 묵인된 것은 단 본부에서 이 문제를 심각하게 보고 있다는 증거였다. 이후로 이 단체의 구성원들은 서로 정보를 교환하면서 비슷한 사고의 재발을 막는 데 힘을 보탰다. 이 하사에게 들이받힌 앞니 3개는 잇몸의 상처를 치료하는 과정에 밥도 제대로 못 먹고 고생을 좀 했지만 흔들리다가 다시 제자리에 고정되었고 인사계로부터 얻어맞았던 엉덩이도 열흘 만에 정상으로 돌아왔다. 그렇지만 나는 중대 기간병들로부터 질시의 대상이 되어 완전 따돌림을 받았다. 누구도 더 이상 나에게 '어이 김 하사!'라고 하대하지 않았지만 병장이나 상병들은 여전히 나를 백안시했다.

이 사건의 소문이 연대 전체로 퍼지는 바람에 내 앞날에 변화를 준 것이 또 하나 더 있었다. 바로 연대장실에서 당번병으로 근무하고 있던 대학 2년 선배 서정민을 만나게 된 일이었다. 내가 월남전에 참전할 수 있도록 도움을 준 장본인이었다. 그 선배의 부친은 육군 준장으로 연대장과 육사동기였는데 부부 동반 모임에서 친구 아들의 입대 소식을 들은 연대장이 신병 6주 훈련이 끝나자 바로 연대장실 근무병으로 발령을 냈다고 했다.

이번 하사관학교 동기들은 선발 요강에도 명시되어 있었듯이 처음부터 훈련병들의 내무생활을 직접 관리하기 위하여 양성된 인력이었다. 그래서 하사관학교를 수료하자마자 바로 훈련병 소대 내무반장으로 초임 보직을 받았다. 훈련병에게는 훈련 및 교육이나 작업 등으로 보내는 8시간도 중요하지만, 그 외 식사를 하고 잠을 자며 휴식을 취하는 나머지 16시간의 비중을 무시할 수가 없다. 더구나 좁은 공간에서 집단생활을 해야 하는 이 시간이 6주간 집중하여 신병훈련을 받는 훈련병들에게 큰 영향을 미쳤다. 그동안 행해진 훈련소의 실태를 보면 이 시간에 내무반에서는 별별 일이 다 벌어졌다. 금품갈취를 위해 내무반장은 심심하면 '동작 그만'을 시작으로 온갖 장난질을 치는 것이다. 중대장이나 인사계가 일정 금액을 정하여 노골적으로 상납을 요구하기도 했지만 내무반장 스스로 그 짓을 하기도 했다. 힘든 훈련이 끝나고 휴식에 들어간 훈련병들을 조금만 거칠게 다루면 그들 중에서 뽑아놓은 향도라든가 반장 등의 눈빛이 달라지고 행동이 빨라진다. 소위 비상금 갹출이 시작되는 것이다. 내 동기들은 교육과정 중에 훈련소에서 벌어지고 있는 이러한 부정행위에 관하여 집중적으로 교육받았다. 단 본부에서 나온 강사는 이번 부교관용 하사의 선발이 그동안 공공연히 자행되고 있던 훈련소 내 부정행위를 줄여보자는 단 본부의 고육책이라고 했다. 오랫동안 묵인되던 폐습이 새로운 제도로 쉽게 고쳐질 리는 없겠지만 엄격한 소원 수리 제도를 시행하는 한편 때 묻지 않은 신임 하사들을 투입하여 이러한 관행에 제동을 걸어보려는 시도라고 했다. 그래서 신임 하사 전원을 훈련병의 내무반장으로 임명하도록 지시가 떨어졌으나 우리 중대는 기존 훈련병들의 교육기간이 거의 끝나고 있었기 때문에 다음 훈련병을 받을 때까지 기간병들의 내무반에서 함께 대기하고 있던 중에 이성출 하사 건이 터진 것이었다.

그런데 며칠 전 중대에 640명의 훈련병이 입소했음에도 동기 3명만 내무반장 보직을 받고 나는 제외되었다. 누구도 내가 제외된 이유를 설명해주지 않았으나 그 사고로 일주일간 헌병대 영창에 감금되었던 게 영향을 미쳤을 것이라고 짐작할 수는 있었다. 함께 전입했던 동료들은 훈련병들과 교육 준비로 정신이 없었으나 나는 제식훈련을 하는 타 중대의 훈련장을 배회하기도 하고 연대장 당번병으로 근무하는 서 선배를 찾아가 대낮부터 막걸리를 마시기도 하면서 시간을 보냈다. 이성출 하사만 사라졌을 뿐 중대 기간병 막사는 외관상 별 변화가 없었다. 그러나 기간병들의 내무생활은 살얼음판이었다. 사고 후 내게 가한 체벌 때문인지 아니면 내가 중대 본부에 잔류하게 된 때문인지 하여튼 며칠 전부터 인사계가 퇴근하지 않고 영내에 대기하면서 분위기가 말이 아니었다. 고참병 천국이 되는 야간에 주번사관 외에 간부들이 내무반을 얼쩡거리고 있으니 기간병들의 행동이 제약될 수밖에 없었다. 게다가 그 사건 이후 그들에게 내 존재가 굉장히 껄끄럽게 되어 버렸다. 경어를 쓰기도 그렇고 하대를 할 수도 없으니 아예 나를 피해 버렸다. 나는 일부러 그들이 벌여놓는 판을 깼다. 점호가 끝난 한밤중, 고참병들은 으슥한 곳에다 후임병을 모아놓고 과거와 같은 체벌 잔치를 하곤 했으나 나는 그런 곳마다 찾아다니며 방해했다.

그렇다고 할 일이 없는 것은 아니었다. 훈련병들이 전술학 교육을 받기 위해 야외교장으로 학과 출장을 가면 그들과 함께 온종일 산을 오르내리면서 체력단련을 했다. 그렇게 책임감도 없이 어영부영 시간을 보내고 있던 어느 날이었다. 훈련병들의 마지막 과정인 실탄사격을 마친 날이었는데 조금 일찍 중대에 복귀해 보니 분위기가 심상치 않았다.

"야, 김 하사 이리 좀 와."

중대 기간병 막사 입구에서 인사계 유일식 중사가 나를 불렀다. 잔뜩 화난 표정이었고 손에는 예의 그 곡괭이 자루가 들려 있었다. 그날 체벌 사건 이후로 찬찬히 살펴보니 아직 마흔 고개는 넘지 않았으나 이미 상사 진급은 포기한 채 제멋으로 사는 사람이었다. 또 무슨 시비를 걸려고 저러나 싶었지만 피해 갈 수는 없어서 그를 따라 내무반으로 들어갔다. 병사들은 아무도 없었다. 내무반 침상에는 기간병들의 관물이 죄 흩어져 있었고 특히 내 관물함 앞에는 M1소총의 실탄 다섯 발이 놓여 있었다.

"소지품 다 꺼내."

"예?"

"괴비에 있는 거 다 까보라니께."

그는 곡괭이 자루로 내 배를 꾹꾹 찌르며 말했다. 소지품? 괴비? 나는 주섬주섬 호주머니에 있는 것을 모두 꺼내 침상 위에 놓았다. 지갑과 손톱깎이, 다용도 칼, 휴지, 알이 두 개 남은 껌봉지.

꺼내기를 마치자 그는 다시 내 몸을 손으로 훑으며 확인하더니 말했다.

"너 이 쌔끼, 요건 뭐여?"

몸을 휙 돌리면서 그는 곡괭이 자루로 내 왼쪽 어깨를 내려쳤다. 나는 몸을 피했으나 조금 늦어 어깻죽지에 비껴 맞았다. 그는 왼손 검지로 실탄을 가리키다가 다시 몽둥이를 휘둘렀다. 갑작스런 매질로 한 대는 비껴 맞았으나 두 번째는 몸을 피하면서 그의 손목을 잡았다.

"뭐 때문에 이러세요? 말로 하세요. 정말 사람을 이렇게 막 때려도 되는 겁니까?"

공격자의 힘을 역이용하는 방법으로 나는 휘어잡은 그의 팔목을 힘껏 비틀었다. 유 중사는 비명을 지르며 곡괭이 자루를 놓치고 앞으로 나뒹굴었다. 그것은 바닥에 떨어지며 쇳소리를 냈다. 관물을 모두 꺼내놓은 것을 보면 뭔가 검사를 한 것 같은데 저 실탄은 뭐지?

"이 쌔끼, 니가 쳤지라? 상급자를 쳤지라?"

바닥을 짚고 일어나는 그의 눈빛에 이성출 하사처럼 살기가 비쳤다. 이상했다. 나는 그가 휘두르는 침대 마후라를 30대나 맞고 열흘 동안 제대로 앉지도 못하다가 이제 겨우 아물어 원한이라면 내 편이 더 클 텐데…… 가해자가 저럴 수 있을까 싶었다.

"요 새끼가, 보자보자 하니까."

그때 출입문 쪽에서 굵은 목소리가 들리더니 하사관 두 명이 나타났다. 그들 역시 곡괭이 자루를 쥐고 있었다. 어느새 유 중사가 일어나 그들과 함께 나를 둘러쌌다. 짐작건대 옆 중대 인사계들인 모양이었다.

"차렷!"

그중 덩치가 큰 중사가 위협조로 명령했다. 김기형이라는 명찰을 달고 있었다. 나는 얼떨결에 차렷 자세를 취했다.

"엎드렷!"

나는 머릿속이 복잡해졌다. 일을 키우지 않으려면 일단 이들에게 복종해야 했다. 그렇다고 이대로 또 몽둥이를 맞을 수는 없었다. 자칫 무차별 폭행을 당할 우려도 있었다. 이병 때의 줄빳다나 지난번 이성출 하사 때 보니까 때리는 자는 스스로 흥분하며 갈수록 사나워졌다. 무슨 일인지는 몰라도 지금 분위기로 봐서 무사히 끝날 것 같지 않았다. 설명을 하거나 변명할 틈을 주지 않는 것을 보면 뭔가 단단히 옭아맨 것 같았다. 뭘까. 내가 뭘 잘못했나? 또 헌병대까지 가야 하는가? 지난번 조사과정을 보니 그곳에서는 비교적 합리적이고 공평하게 잘잘못을 가리는 것 같았다. 적어도 여기처럼 막무가내 폭행은 가하지 않았다.
 "제가 잘못한 것이 있으면 엎드리든, 빳다를 맞든 어떤 체벌도 받겠습니다. 도대체 뭐 때문에 이러십니까?"
 나는 오른발을 약간 뒤로 빼고 방어자세를 취한 채 물었다.
 "건방진 새끼. 이걸 보고도 생까고 있어?"
 그들도 침상 위의 실탄을 가리키며 말을 끝내기 무섭게 김기형 중사가 몽둥이를 휘둘렀다. 본능적으로 왼팔을 들어 올려 막았다. 뼈가 부러지는 것처럼 아팠다. 나는 몽둥이를 맞은 왼팔을 움켜쥐고 오른쪽 어깨로 김 중사의 가슴을 들이받았다. 전혀 반항을 예기치 못했던 듯 김 중사는 뒤로 휘청거리다가 한쪽 구석에 처박혔다. 어어, 이 새끼 봐라. 곁에 서 있던 하사관들이 고함을 지르며 달려드는 것을 보고 나는 문밖으로 뛰어나갔다. 밖에는 병사들이 죽 둘러서 내무반 안을 기웃거리고 있었다. 웅성거리는 그들을 헤치고 나와서 죽기 살기로 훈련소 경내를 관통하는 순환로를 향해 내달렸다. 생깐다는 게 뭐지? 순간 몽둥이를 휘두르기 전에 김 중사가 가리켰던 침상 위의 실탄 다섯 발이 생각났다. 인사계 유 중사도 매질을 하면서 그 실탄을 가리켰다. 내 관물에서 실탄이 나왔다는 것일까? 그러나 나와는 전혀 상관없는 일이었다. 나는 훈련병 시절과 하사관학교 교육과정에서 받았던 사격훈련 외에는 실탄을 만져본 일이 없었다. 요 며칠간 조교요원으로 얼쩡거렸던 사격장에서도 훈련병들의 자세를 교정해 주고 격발이 잘 안되는 총기를 손봐주었을 뿐이었다. 도대체 저들은 뭐 때문에 나를 이렇게 때리고 몰아붙이는 것일까.
 나는 순환로 건너편 오르막에 있는 연대장실로 달려갔다. 지금쯤 연대장은 퇴근했을 것이다. 대학 2년 선배 서정민은 법과 3학년 1학기를 마치고 입대했다. 상과인 나와는 과가 달랐지만, 그가 입대하기 전 6개월간 늘 붙어 지냈다. 섬세한 성격에 감상적이었던 그는 그때 다리를 약간 저는 과 선배와 연애 중이었다. 그 때문에 그는 어머니와 불화로 방황하면서 자주 가출도 했다. 어느 날 만취한 채 학교 주변 불량배들로부터 맞고 있는 것을 내가 우연히 돕게 되면서 그와 친해졌다. 그는 내 자취방에도 자주 놀러 왔는데 아버지가 그 여자와의 관계를 알고 강제로 입대시켰다고 했다. 몸이 멀어지면 마음도 멀어진다면서 전혀 준비가 안 된 아들을 군대로 보내버린 것이다.

"응, 어서 와."

서정민은 연대장실의 응접소파에 앉은 채 쓰고 있던 헤드폰을 벗어 탁자 위에 놓으며 말했다. 나는 맞은편 접이식 의자에 앉으면서 크게 한숨을 쉬었다.

"웬 땀을 그렇게 흘려? 무슨 일 있었어?"

그가 곁에 놓인 수건을 건네주면서 물었다.

"도대체 뭐가 뭔지 모르겠어요."

나는 투덜거리며 땀에 젖어 흥건한 모자를 벗어놓고 머리와 얼굴, 목을 차례로 닦았다. 아까 인사계에게 비껴 맞았던 왼쪽 어깻죽지가 많이 결렸다.

"웬만하면 순응하도록 해."

가해자로 몰릴 뻔했던 이성출 하사 폭행사건을 끝까지 챙겨 주었을 때에도 같은 말을 했던 형이었다. 구만리 가시밭길이 될 내 군대 생활이 걱정스러운 모양이었다.

"정확히 설명해 주진 않는데 내 관물함에서 엠원 실탄이 나왔다나 봐요. 원, 실탄이라니……."

"으응? 실탄?"

서정민은 놀란 표정으로 소파에서 벌떡 일어섰다.

"예. 그것도 다섯 발이나……."

"네가 그런 건 아니지?"

"그래요 형. 난 그런 짓 안 해요."

서 선배가 정색하는 것을 보고 있자니 갑자기 가슴이 쿵 하고 내려앉았다. 나도 자리에서 일어나 중대 쪽 창을 바라보며 말했다.

"여기 좀 있어."

서정민은 나를 흘낏 쳐다보더니 밖으로 나갔다. 나보다 군 생활 1년을 더 경험하면서 연대 내에서 발생하는 사고를 자주 목격했다는 서 선배였다. 그의 표정만 봐도 이 일을 심각하게 여기고 있는 듯했다. 이성출 하사로 인해 침대 마후라 30대를 맞았던 경험 때문에 나는 인사계 유 중사에 대한 감정이 좋지 않았다. 당시의 헌병대 조사 결과에서 보듯 그 사건은 이성출 하사가 분명히 잘못했었다. 그리고 신참 하사가 고참 하사에게 대든 것에 대해 처벌을 하려면 얼차렷 같은 가벼운 벌을 내릴 수도 있었다. 그럼에도 인사계 유 중사는 일방적인 판단으로 아직 군대 물이 제대로 들지 않은 내게 가혹하게 구타를 했다. 그 때문에 곡괭이 자루를 들고 설치는 유 중사 앞에서 이번에도 단지 나를 괴롭히기 위해 조작한 것이라고만 생각했다. 일이 꼬인다는 느낌과 함께 인근 중대 인사계까지 나선 일도 예사롭지 않게 여겨졌다. 좀 얻어맞더라도 정면으로 대들어 볼 걸 그랬나 싶기도 했다. 누구나 만질 수 있는 내무반 병기대의 소총에 그 실탄을 장전만 하면 바로 살상용이 되고, 치명적인 인명사고를 낼 수도 있다. 점점 마음이 뒤숭숭해졌다. 분위기로 봐서 유 중사가 조작해 놓고 옆 중대 인사계들을 충동질한 것 같지는 않았다. 하사관학교 교과과정에서 훈련소 부조리 실태를 설명하던 교수가 중대의 살림에 대하여는 간섭하지 말라고 했다. 비품이나 부대를 움직이는 데 필요한 물품관리 등은 대부분이 인사계의 일인데 중대 살림을 책임지고 있는 그들은 보통 20년 이상 군대생활을 했고 정년이 되면 연금으로 노후를 살아갈 사람들이므로 사고를 두려워한다는 것이다. 그때는 무슨 말인지 잘 몰랐는데 직접 그들과 생활해 보니 대충 이해는 되었다. 이번에도 그들이 나를 겨냥해서 일부러 이런 일을 벌이지는 않았을 것이다. 그렇다면 곡괭이를 휘두르는 대신 차분하게 따졌으면 일이 이렇게 꼬일 리도 없었다. 누굴까. 유 중사가 조작한 게 아니라면 누가 그랬을까. 내 모자와 가슴에 달린 하사 계급장이 고깝더라도 고참들이 제대를 앞두고 그런 위험한 짓을 하지는 않았을 것이다. 살상용 실탄이 아닌가. 그동안 이성출 하사 패거리들도 거의 전역하고 한둘 정도 남았는데 혹시 그들이 그랬을까? 서정민 선배는 밖이 깜깜해져서야 돌아왔다. 팥빵 2개와 200CC 우유병 1개를 들고 있었다. 우선 이걸로 배 좀 채워. 표정이 그리 밝지 않았다. 먹거리를 받아 들었으나 앞날의 걱정 때문에 식욕도 달아나 버린 듯했다. 그렇지만 지금은 서 선배의 말대로 움직여야 했다. 이런 상황에서 내 입맛이나 기분대로 할 수는 없었다. 나는 우걱우걱 빵을 씹고 우유를 마셨다.

"오늘은 여기서 자고 그 일은 내일 머리를 맞대고 풀어보자."

내 모습을 지켜보던 서 선배는 당번실에 야전침대 하나를 펴놓고 담요를 깔고 베개를 놓아주었다. 동작 하나하나가 깔끔했다. 그는 좀 덤벙대는 편이었는데 입대 후 참 차분해진 것 같았다. 저녁점호를 알리는 나팔 소리가 들려왔다.

"오늘 밤, 본부중대 행정병들 집합이 있어. 현관 키를 잠글 테니 일찍 자."

그는 창문의 시건장치를 확인한 뒤 밖으로 나가면서 그렇게 말했다. 근무시간이 끝난 연대 지휘부 지역이라 접근하는 사람도 거의 없었다. 장소가 장소인 만큼 그가 사라지니 모든 게 정지되어 버린 것 같았다. 나는 옷을 벗어 놓고 서 선배가 펴놓은 잠자리로 들어갔다. 긴 여행 중에 길가 여인숙을 찾아든 듯 신체는 쉼을 얻었으나 별별 생각이 다 들었다. 사격 교장에 나가 서툰 훈련병들의 자세도 교정해 주고 감적호의 기록도 정리해 주다가 숙소로 돌아갔는데 이런 일을 당할 줄은 전혀 상상하지 못했다. 아득하게 남은 군대생활을 계속 이런 식으로 맞고 보내야 하는가. 어디서부터 잘못되었을까. 수업이 제대로 이뤄지지 않는 대학을 피해 입대를 한 것이 잘못된 것 같지는 않았다. 16주짜리 하사 계급장을 달고 이병으로 온갖 수모당하던 곳을 불나방처럼 뛰어든 것이 아무래도 무모했던 것 같았다. 그것보다 애초에 줄빳다를 피하기 위해 하사관학교를 지원했던 것이 과잉피난이었을까. 문득 오리목장의 전경이 펼쳐졌다. 밤새 싸놓은 똥 위에 하얗게 깔린 타원형 알들, 꽥꽥꽥꽥 같은 방향으로 몰려다니며 내지르는 오리들의 합창, 뒤뚱거리던 그 몸짓들이 아스라하게 떠올랐다. 땀을 뻘뻘 흘리면서 알을 걷고 똥을 치우고 먹이를 주던, 몸은 고되었으나 마음은 평안했던 그 시절이 그리웠다. 점점 의식이 몽롱해지며 머릿속을 채우고 있던 온갖 잡념들이 심연으로 가라앉기 시작했다.

03

아직 미명임에도 한여름 훈련소의 새벽 경내는 활기가 넘치고 있었다. 어제 사격을 끝낸 중대 훈련병들이 침투사격장으로 이동하고 있었다. 훈련병 교육의 마지막 과정이었다.

동이 트는 새벽꿈에 고향을 본 후 외투 입고 투구 쓰면 맘이 새로워
거뜬히 총을 메고 나서는 아침 눈 들어 눈을 들어 앞을 보면서
물도 맑고 산도 고운 이 강산 위에 서광을 비추고자 행군이라네
잠깐 쉴 때 담배 피며 구름을 본 후 배낭 메고 구두끈을 굳이 매고서
힘 있게 일어서면 열려진 앞길 주먹을 두 주먹을 힘껏 쥐고서
맑은 하늘 정기 도는 이 강산 위에 오랑캐 내쫓고자 강행군이다

불과 몇 개월 전만 해도 나 역시 새벽마다 뛰면서 저 '행군의 아침'을 불렀다. '3보 이상 구보'였던 하사관학교 이동규칙에 따라 야외교장을 오갈 때마다 한없이 반복되던 단골 메뉴였다. 정말 끝이 없을 것 같았던 그 긴 터널을 벗어나 새 출발을 할 때 '여기서 배우고 익힌

군사지식을 훈련병에게 정확히 전수하여 강병 육성에 힘을 보태기 바란다'는 학교장의 훈시가 새삼 떠올랐다. 그런데 이게 뭐람.

"뭘 생각하고 있어?"

약간 앞서가던 서 선배가 뒤를 돌아보며 핀잔을 놓았다.

"저 군가……."

나는 멋쩍게 웃었다.

"빨리 가. 시간 없어."

그는 연대장 출근시간을 몇 번이나 들먹였다. 어제 본부중대 집합에 참석했다가 바로 헌병분견대에도 다녀온 모양이었다. 청소하는 소리에 잠을 깼는데 그는 물 한 잔을 갖다주면서 지난밤 있었던 일을 대충 들려주었다. 어제 그 실탄 다섯 발을 압수해 왔어. 그는 손에 걸레를 들고 책상과 소파 등을 닦으며 말했다. 훈련병들 침투사격 때문에 장교들이 모두 야근하고 있더라. 오늘 인사계와 기간병들 지문 채취하러 나갈 거야. 담당 문관이 7시까지 나오기로 했어. 우선 너부터 찍자고 했어. 그는 어깨를 으쓱하며 그렇게 말했다. 아, 지문이 있었구나. 나는 그 실탄을 만진 적이 없으니 거기에 묻은 지문만 검사하면 누구 짓인지 알게 되겠네. 역시 형은 법대생 자격있어요. 나는 침구를 정리하면서 그를 치켜세웠다. 당연한 일이었다. 사실관계에 법 절차를 대입하는 것이 수사의 기초인지 몰라도 일반인이 생각하기는 쉽지 않은 일이었다.

장교 숙소를 끼고 왼쪽으로 방향을 틀자 3층 건물에 가려있던 아침 햇살이 전신을 덮쳐왔다. 오늘도 찜통 속처럼 찔 모양인가. 둘은 장교 숙소 정문 맞은편에 있는 헌병분견대 건물로 들어갔다. 분견대는 연대 매점과 나란히 선 2층 건물로 1층은 업무용이고 2층은 휴게실과 영창으로 사용되고 있었다. 지난번 이성출 하사 사건 때 여기서 일주일을 지냈는데 거의 휴게실에서 시간을 보냈다. 담당 문관은 아직 출근 전이었다.

"부탁해 놨으니 결과가 나올 때까지 피엑스에서 지내. 일도 좀 도와주고. 우리 부관이 네 중대장에게 허락을 받을 거야."

서 선배는 지문을 찍은 뒤 갈 곳까지 알려주고 돌아갔다.

텅 빈 사무실에서 10여 분쯤 기다리고 있으니 이마가 약간 벗겨진 40대 남자가 들어왔다. 김영후 하사? 그는 내 명찰을 쳐다보면서 물었다. 키는 약간 작았으나 얼굴색이 밝아 인상이 좋았다. 그는 가방에서 소형 로라와 스탬프를 꺼내 책상 위에 펼쳐놓고 잉크를 골고루 뿌렸다. 옆에 펼쳐놓은 용지에는 중앙에 양손 엄지를 찍는 난이 있고 좌우로 나머지 손가락을 찍도록 인쇄돼 있었다. 병사들이 하나씩 둘씩 들어와 책상정리를 하기 시작했다.

"자, 해볼까요?"

그는 내 손목을 잡고 스탬프 잉크를 묻힌 로라를 손가락마다 골고루 굴려 잉크를 묻힌 뒤 지문용지에 좌우로 돌려가며 사각형 모양을 만들었다. 마지막에는 양손의 손바닥까지 찍은 후 씩 웃었다. 손바닥을 온통 새카맣게 만들어 미안하다는 뜻인가 싶었다. 그는 씻으라며 창밖에 있는 세면장을 가리켰다. 막 문으로 들어서는 하사 두 명과 중사 한 명을 향해 병사들이 경례하느라 실내가 약간 어수선했다. 나는 그들을 피해 옆문을 열고 밖으로 나갔다. 세면장은 훈련연대의 것보다 작고 아담했으며 비누와 치약도 준비되어 있었다. 손에 비누를 묻히고 거품을 만들어 비볐다. 그런데 아무리 해도 검은 자국은 잘 지워지지 않았다. 생각 끝에 바닥의 흙을 파서 문질러 봐도 지문을 파고든 잉크는 그대로 있었다. 몇 번을 반복해도 마찬가지였다. 한두 번 세척으로 지워질 것 같지 않았다. 주위에는 물기를 닦을 만한 것이 없어 바지에 손바닥을 툭툭 문지른 후 서 선배가 알려준 연대 매점으로 향했다.

순간순간 번개에 콩 튀기듯 살아왔던 하사관 후보생 생활을 마친 뒤에도 늘 긴장의 연속이었는데 여기만 오면 시간이 멈춰 서는 것 같았다. 매점 주위에서 어영부영 시간을 보내다 홀의 야전침대에서 잠을 청하고 있는데 서 선배가 찾아왔다. 그는 빵과 우유, 과자 몇 봉지를 들고 있었다.

"범인 밝혀졌어, 성윤수라는 놈이야. 병장이래. 이성출 하사 꼬봉인 모양인데, 조금 기다리면 중대에서 어떤 조치가 있을 거야."

그러면서 그는 문서 한 장을 내 손에 쥐어주고 갔다. 나는 빵을 먹으면서 그가 주고 간 문서를 펼쳤다.

'파월지원서. 나는 국군의 일원으로서 자유월남공화국의 자유와 평화를 지키기 위하여 파월을 지원합니다.'

파월 지원? 월남전에 지원하라는 건가? 힘든 상황을 극복하는 것과 피해 가는 것 중 어떤 게 더 나은 방법일까. 서 선배는 재학 중 사귀었던 그 누나와 현재 어떤 상태인지, 자기 아버지의 강제 입대 조치가 아직도 불만인지에 대해 전혀 말하지 않고 있었다. 그렇지만 부모의 반대에 맞서는 대신 강제 입대라는 편법에 편승한 것은 힘든 상황을 피해 가는 일이었다. 내가 입대하거나 하사관학교에 지원한 동기도 역시 상황의 극복과는 거리가 멀었다. 그러나 지금 와서 보면 모두 어쩔 수 없는 선택인 면도 있었다. 어쩌면 불가항력이었다고 해도 괜찮지 않을까. 우여곡절 끝에 12개월을 보내고 이제 남은 군 생활은 24개월이다. 실탄 소지에 대한 혐의는 벗었다고 하더라도 앞으로 얼마든지 비슷한 상황이 재발할 수 있을 것이다. 이 좁은 곳에서 한 번 찍힌 낙인은 쉽게 벗기 어렵다는 점 때문이었다. 서 선배도 이런 불확실한 전망과 잘 꺾이지 않아 집단생활에 제대로 적응하지 못하고 있는 내 성격을 걱정하고 있는 것 같았다. 이러한 처지를 해결하는데 월남전 참전도 한 방법이 될지 모른다. 그렇지만 이곳을 벗어나기가 쉽지 않았다. 귓등으로 들었지만, 단 본부에 파월지원서를 제출한 사람은 넘치고 있으나 거의 수리가 되지 않는다는 소문이 있었다. 우선 훈련소의 조교 요원이 부족해서 인원 유출을 단속하고 있고, 병력 차출로 파병을 했던 초기와는 달리 요즘은 거의 지원병으로 충당되고 있으므로 파월특명을 받으려고 돈을 갖다 바친다는 소문도 없지 않았다. 낯선 땅의 전투에 강제로 차출되었던 파월 1진이 대부분 무사히 귀국하고 있다는 것과 월남전이 생각보다 위험하지 않다는 소문이 전군에 퍼지고 있기 때문이라고 했다. 죽으러 가는 데도 돈이 필요하다지만 나에게는 그런 돈이 없었다. 별의별 생각을 하면서 빵을 먹고 있는데 인사계 유 중사가 쑥 들어왔다. 벽시계가 8시 10분을 가리키고 있었다.

"중대장님이 찾으신다. 빨리 준비해."

그는 내 시선을 피하면서 말했다. 기세는 많이 꺾인 것 같았다. 사실 이번 사건은 내 잘못이 전혀 없었고 인사계의 예단에서 비롯되었다. 여기서 사과 한마디는 나올 것 같았으나 그는 입을 굳게 다물고 있었다. 그때 비껴 맞았던 어깨에 아직 통증이 남아 있는데 그는 전혀 미안해하지 않았다. 어쨌든 이렇게 마냥 떠돌 수는 없는 일이었다. 나는 옷을 차려입고 군화 끈을 꽉 조인 뒤 그를 따라나섰다. 침투 사격을 끝낸 5중대 훈련병들은 내일모레 배출이 되고 다음 주 월요일에는 새 병력이 들어올 것이다. 배출되는 병력이 사용하던 훈련복과 장비를 회수하고 정비하는 일은 모두 인사계 일이었다. 그런 판국에 자충수까지 둬놓고도 그의 얼굴에 못마땅해하는 표정이 가득했다.

중대 입구로 들어서자 훈련병들 떠드는 소리가 왁자하게 들려왔다. 중대장실에는 지금까지 내무반장직을 수행했던 동기 하사 3명이 열중쉬어 자세로 책상 앞에 서 있었다. 나는 그들과 나란히 열을 맞춰 섰다.

"그동안 많이 쉬었지? 다음 주부터 김영후 하사도 내무반장을 맡아야겠어."

중대장 오문환 중위는 아무 질책도 하지 않고 나를 쳐다보며 그렇게 말했다.

"옛. 알겠습니다."

나는 큰소리로 대답했다. 인사계는 슬며시 나가 버렸다. 중대장은 다음 주 월요일 수용연대에서 신병 인수할 때 내무반장들이 주의해야 할 일들을 조목조목 일러준 뒤 결론처럼 말했다.

"김영후 하사는 이번이 처음이니 다른 사람들이 잘 도와주도록……. 이상."

엄격히 따지면 무단이탈인 셈이었는데 이렇게 큰 탈 없이 끝났다고 생각하니 저절로 한숨이 나왔다. 동기 세 사람은 훈련병들에게 돌아가고 나는 혼자 기간병 내무반으로 들어갔다. 실내에서 뭔가를 하고 있던 10여 명의 병사들이 일제히 나를 힐끗 바라봤다. 말을 걸어오는 사람도 없었다. 침상에 어지럽게 널려있던 관물은 말끔히 정돈되어 있었다. 나는 내 자리로 가서 벌렁 드러누웠다. 앞으로 어떻게 할 것인가. 훈련병들 다루는 방법과 요령은 하사관학교에서 귀가 아프도록 듣고 연습했다. 문제는 부 내무반장과 호흡을 맞추는 일인데 잘할 수 있을까? 쓸데없는 걱정인 것 같았다. 인간관계야 지금까지 해온 대로 하면 될 것이다. 갑자기 피로가 몰려왔다. 새벽까지 뭔가를 골똘히 생각하다가 잠을 설친 탓이었다. 나는 점점 가수면 상태로 빠져들었다. 비몽사몽간에 문득 파월지원서가 생각났다. 그래. 그곳에 길이 있다. 가까스로 정신을 차린 뒤 호주머니에서 그 양식을 꺼내서 펼쳤다. 자유월남공화국의 자유와 평화를 위하여…… 몇 번을 읽어도 수긍이 되지 않고 엇박자가 났다. 나 자신도 지키지 못해 이렇게 숨이 가쁜데 남의 나라 자유와 평화를 위해 전쟁터로 뛰어들어? 그러나 극과 극은 통한다고 하지 않던가. 줄빳다에 주눅이 들어 휘청거렸던 이병이 그 지독한 하사관 후보생 과정을 견뎌낸 사실이 그것을 입증했다. 어쩌면 그 전쟁터는 내가 거쳐야 할 삶의 필수코스일지도 모른다는 생각이 들었다. 가자. 상하의 나라, 월남으로 가자. 내 젊음이 치열한 한판 승부를 준비하는 이 순간에 낭만적인 요소가 좀 곁들여지면 어떤가. 사계절이 없고 항상 더운 나라는 어떤 모습이고 그 나라 사람들은 어떻게 살아갈까? 전우신문 1면에 늘 실리는 화보만으로는 전혀 감이 오지 않았다. 그런데 어떻게 가나? 다시 난감한 기분이 들었다. 수백 명이 지원서를 내놓고 기다린다는데 무슨 수로 그들을 앞선단 말인가. 무슨 방법이 없을까. 만만한 서 선배의 얼굴이 떠올랐다. 이런 처지에서 올려다보니 정말 그는 배경이나 동원할 수 있는 재력 등, 웬만한 건 다 갖춘 사람처럼 보였다. 한 번 더 그에게 도움을 청해보면 어떨까. 파월지원서 양식도 그 선배가 건네준 것이었다. 순간 그건 아니라는 생각이 들었다. 물론 그 선배에게 부탁하면 어떤 방법으로든 길을 열어줄지 모른다. 그러나 우정이나 인간관계에는 한계가 있는 법이다. 일정한 선을 넘으면 부담을 주게 되고 그 관계는 서먹하게 된다. 스스로 해결 방법을 찾아보자. 궁하면 통한다고 하지 않던가. 나는 의식과 무의식 상태를 드나들며 별의별 생각을 다 해보았다. 심지어 특전사 소령 출신이라던 오리 목장 사장님까지 동원해 보았다. 그때였다. 교문을 나서며 구호를 외치던 학우들의 거친 몸짓과 숨결이 생각났다. 그리고 손가락에서 줄줄 흐르는 피로 흰 종이에다 '민주여, 자유여'라는 글씨를 쓴 뒤 피범벅이 된 채 그것을 들고 달려가던 어떤 학우의 모습도 떠올랐다. 그때 주위 동료들을 흥분시키며 '우우' 일었던 커다란 함성이 생생하게 귀를 울려왔다. 그래. 피! 전광석화처럼 뇌리를 스쳤다. 피! 이 파월지원서를 피로 쓰면 어떨까. 거기에 생각이 미치자 나는 망설임 없이 자리에서 벌떡 일어났다. 며칠 전 사격장의 감적호를 나오면서 가져온 표적지 중에 비교적 깨끗한 전지 몇 장을 골라냈다. 그리고 세면 가방에서 면도칼을 꺼내 들고 밖으로 나갔다. 얼마 전만 해도 훈련병들로 가득 찼던 연병장은 텅 비어있었다. 이 연병장을 사용하는 훈련병들은 침투훈련까지 마치고 오늘부터 배출 준비에 들어갔다. 6주간의 신병훈련을 끝낸 그들은 이병 계급장을 달고 전 후방 각 부대에 배치되어 본격적인 군 복무를 시작하게 될 것이다. 나는 가림막이 있는 지휘대 연탁과 단상 쪽으로 가서 표적지 뒷면을 바닥에 펼쳐놓았다. 그리고 무릎을 꿇고 깊게 숨을 내쉬었다. 지금까지 실수를 하거나 외부와 충돌하여 코피를 쏟은 일은 있지만 자해를 한 적은 한 번도 없었다. 면도칼로 오른손 검지를 갈랐다. 알싸한 통증과 함께 금방 손가락에서 붉은 피가 솟았다. 나는 재빨리 종이에다 글을 쓰기 시작했다.

—파월지원서
　나는 국군의 일원으로서 자유월남공화국의 자유와 평화를 위하여 파월을 지원합니다.
1967년 7월 13일 하사 김영후

　정신을 집중하고 한자 한자 정자로 썼다. 글의 내용보다 생명의 근원인 피로 글을 쓴다는 데 의미가 있었다. 혈서는 금방 마르며 검붉게 변해갔다. 모조지의 반을 채운 글자 하나하나가 제각기 꾸물꾸물 살아 움직이고 있다는 착시현상이 일었다. 나는 다시 한번 크게 심호흡을 한 뒤 계속 피가 나오는 검지의 상처 부위를 움켜쥐고 한참 동안 앉아 있었다. 오래잖아 피가 멎었다. 나는 파월 지원서를 돌돌 말아쥐고 연대장실로 달려갔다. 혈서의 효력은 금방 나타났다. 물론 서 선배가 이리 뛰고 저리 뛴 덕분이기도 했다.
　파월 특명이 난 뒤 만나는 사람마다 월남전에 관한 풍문 수준의 상식들을 들려주었는데 그중에서 오음리에 관한 전언이 가장 많았다. 작년까지는 부대별로 파병이 되었으나 올해부터는 전국에 산재한 각 부대에서 개별적으로 선발된 인원들을 한곳에 모아 월남 적응 훈련을 하고 있으며 그 중심이 강원도 화천의 오음리라는 것이었다. 그리고 이동 인구가 급증하여 춘천에서 그곳까지 도로포장을 하고 교통편도 부쩍 많아졌다는 내용이었다. 그러나 그 외 주워들은 정보들은 별 쓸모가 없었다. 연무대역에 나가보니 더플백을 메고 모여든 군인들은 모두 파월특명을 받은 동지들이었다. 그 숫자는 정차하는 각 역마다 불어나더니 종착지인 춘천역에 도착해 보니 지휘자만 없을 뿐 그 수는 거의 연대급 규모였다. 역 광장부터 철로를 따라 수십 대의 트럭이 길게 줄을 이어 주차되어 있었고 선두 차에는 저녁 6시까지 트럭에 승차하라는 플래카드가 걸려 있었다.

엊저녁엔 서 선배와 철조망 밖 대폿집에서 조촐한 이별주를 나눴다. 파월행의 가장 큰 역할을 한 사람은 단연 서 선배였다. 그는 후배를 전쟁터로 내몬 선배가 무슨 말을 할 것인가 하고 자조했으나 사실 그는 벼랑 끝에 섰던 나를 구해주었다. 이성출 하사의 일에서부터 실탄은닉 사건에 이르기까지 그는 마치 자기 일처럼 얽힌 사안들을 풀어주었다. 혈서를 받아 들고 하얗게 변하던 그의 표정이 지금도 생생했다. 연대장의 결재를 받은 뒤 훈련소 본부 인사행정처 접수까지 그는 하루 만에 일을 끝냈고 사흘 후에 파월 특명이 나왔다. 피로 쓴 기발한 파월지원서가 연대장의 배려에 힘입어 대기 중이던 수백 명을 단번에 앞질러 버린 것이다. 명령서에는 출발이 한 달 뒤였고 25일간 휴가가 붙어 있었다. 서 선배가 아니었으면 어림도 없을 일이었다.

"이번에는 대부분 백마로 보충되나 보더라. 그 지역은 청룡 1진이 평정해 놓아서 전투부대 중 전사자가 가장 적게 나온대."

그는 단 본부 파월전담 장교로부터 들은 정보라면서 그렇게 알려주었다. 위태롭게 군 생활을 하고 있는 후배를 돕다 보니 어쩌다 전쟁터로 보내게 되었다고 씁쓸하게 웃었다. 어제는 주량이 많지 않던 서 선배가 나보다 술을 더 많이 마셨다. 잘 다녀와. 그는 오늘 새벽에 정문 위병소까지 나와서 내 손을 잡으며 그렇게 작별 인사를 했다.

춘천역사 지붕 난간에 걸려 있는 대형 시계는 4시를 조금 지나고 있었다. 오음리 훈련장에는 내무생활이 엄격하지 않다고 하지만 첫날에는 어떤 형식이든 통제가 있을 것이므로 미리 배를 채워야 할 것 같았다. 나는 춘천역 인근을 돌아다녔다. 식당마다 군인들로 초만원이었다. 무엇을 먹을까. 올라올 때도 규칙적인 궤도 회전음을 들으며 오전 내내 비몽사몽 속에서 헤매다가 서 선배가 건네준 빵, 우유와 삶은 계란을 점심으로 때운 게 전부였다. 나는 역으로부터 1킬로미터쯤 떨어진 곳에서 아담한 막국숫집을 발견하고 그 안으로 들어갔다. 부근에 식당이 몇 군데 있었으나 누군가 춘천 가거든 막국수 꼭 먹어보라던 말이 생각나서 망설이지 않았다. 홀에는 탁자 여남은 개가 놓여 있었고 군인 세 명이 각자 4인용 탁자 한 개씩을 차지하고 앉아서 음식을 먹고 있었다. 참기름 냄새가 실내 가득 퍼져 있었다. 나는 벽 쪽에 있는 탁자로 가서 바닥에 더플백을 내려놓고 의자에 앉았다. 막국수 주세요. 종업원이 보이지 않아 주방을 향해 음식을 주문하다가 힐끗 이쪽으로 고개를 돌리는 장교와 눈이 마주쳤다. 어? 모자 벗은 모습은 처음 보지만 분명 박정대였다.

"충성!"

나는 벌떡 일어나 경례했다. 그 사이 중위로 진급한 모양이었다. 박정대 중위는 싱긋 웃으며 손을 들어 자신의 앞자리를 가리켰다. 나는 더플백을 집어 들고 그의 탁자로 갔다.

"응, 앉아."

말투는 마치 아침에 집 나갔던 식구 대하듯 무덤덤했지만 표정은 부드러웠다. 커다란 스테인리스 그릇에는 아직 많은 양의 국수가 남아 있었다.

"오음리 가나?"

내가 자리에 앉자 박 중위가 물었다.

"예. 구대장님은?"

"응. 나도."

하사관학교를 졸업하고 7개월쯤 지났는데 그때 일들이 까마득하게 느껴졌다.

"잘 지냈나?"

빵 사건으로 밤새 연병장을 달리던 그 기억 때문에 무척 엄한 사람이라고 생각했으나 밖에서 보니 다른 사람 같았다.

"예. 파란만장했으나 재미는 있었어요."

그동안 참 많은 일이 있었다. 같은 중대로 배치받은 다른 동기들은 묵묵히 잘 견뎠는데 나는 왜 그랬을까. 지나고 보니 슬며시 후회되기도 했다. 한쪽 고환이 터졌다는 이성출은 어떻게 됐을까. 오리목장 사장이 급소 공격으로 단번에 상대를 제압하는 기술을 가르치면서 가능한 한 싸움을 빨리 끝내라고 했다. 당시 상황이 그랬다. 주위에 늘어선 기간병들이 집단으로 달려든다면 얻어터지거나 도망갈 수밖에 없었으므로 일단 이성출을 빨리 제압해야 했다. 얼마나 미웠으면 실탄을 내 관물함에 집어넣었을까. 그들은 인사계가 가끔 기관병들의 관물함을 뒤지는 것을 잘 알고 있었다. 줄빳다를 맞고 바닥에서 뒹굴던 이병이 하사 계급장을 달고 나타나자 한편으로는 당황했겠지만, 군번 상 새카만 졸병이라고 생각하며 얼마나 같잖았을까. 지금 생각해보니 약간은 그런 감정이 이해되었다. 고참 병사들이 다른 동기 3명에 대하여는 적대감을 드러내지 않았던 것을 보면 일부러 5중대를 골라 들어갔던 내 행위가 확실히 무모했다. 박 중위는 즉각 반응했다.

"파란만장? 하하하. 안 봐도 훤하구나."

내가 주문한 국수가 나오자 그는 막걸리를 시켰다. 나는 넋두리하듯 혈서로 썼던 파월지원서를 포함하여 내가 훈련소에서 겪었던 일들을 차례로 말했고 박 중위는 소문으로 전달된 하사관학교 선배와 동기들의 실무부대 적응 담들을 들려주었다.

"하사관학교 출신들과 일반 병사 간의 알력은 어제오늘 일이 아니고 이 제도가 생긴 이후 줄곧 있었어. 심할 때는 탈영이나 집단 패싸움, 살인사건으로까지 이어진다는 전언을 듣고 학교 측에서도 이 문제에 관하여 많은 연구를 하는 중이라더라. 개개인을 보면 대부분 몇 개월 안에 저절로 문제가 해결된다는데 너무 과민반응을 하는 것 같기도 하고……. 그런데 김 하사의 선택에 약간 문제가 있었던 것 같군."

박 중위는 금방 눈가와 볼이 붉어졌으나 잔을 들고 내리는 동작이 자연스러웠고 억양도 부드러웠다. 그러나 그의 마지막 덧붙인 말에 가슴이 따끔했다. 서 선배가 지적했던 것도 그 부분이었다. 삶의 한 모서리를 쓰윽 긁으며 지나가는 것이 군대 생활인데 너무 호들갑을 떤 것이 아닌가, 그냥 돌아서 갈걸 그랬어. 내가 이병 생활을 했던 5중대를 굳이 찾아든 것이 치기 어린 행동이었다는 말이었다. 훈련병 70명과 부대끼며 땀을 흘리고 있는 3명의 동기들 얼굴이 떠올랐다. 순박한 그들을 생각하면 내가 유별나긴 한 것 같았다. 내가 따른 막걸리를 마신 뒤 손등으로 입을 닦고 있는 박 중위를 바라보다가 문득 난로 속에서 연기로 사라지던 소보로빵 생각이 떠올라 피식 웃음이 나왔다.

"가끔 구대장님을 생각했습니다. 그 소보로빵과 같이요."

이래서 사람을 망각의 동물이라고 하는 건가. 그의 감시 아래 땀과 먼지투성이가 되어 밤새 연병장을 달렸던 내가 이런 말을 별 감정 없이 할 수 있다는 것에 스스로 놀랐다.

"참, 그랬지. 피엑스만 가도 가슴이 쓰렸던 기억이 나네."

논산훈련소 조교 생활을 별나게 하는 바람에 긴장 속에서 바삐 돌아가느라고 잊고 살았지만 정말 매점에만 가도 구대장의 매섭던 눈빛이 떠오르곤 했다. 그런데 구대장은 왜 피엑스에서 그 일을 생각했담?

"그 일이 있은 후 네 환경조사를 해봤지. 아니 대학까지 다닌 친구가 그 냄새 나는 공동변소에서 볼이 터지도록 빵을 쑤셔 넣던 모습을 떠올리면 두고두고 화가 치밀더군. 한편으론 내가 너무했나 싶었어도 사람이 궁하면 얼마나 추해지는 걸까 하고 곰곰이 생각하기도 했어. 그 변소가 오죽 냄새가 났니?"

서 선배는 내가 대학 재학 중에 입대한 사람들이 누린 특혜를 하나도 받지 못한 이유로 시위 전력을 들었다. 당시 중대에 배치된 인력은 대부분 중졸이나 고퇴 정도이고 고졸만 되어도 행정요원으로 차출이 된다고 설명해 주었다.

"변명 같지만, 당시 그 빵이 제겐 최소한의 자존심이었고 어머니의 땀과 정성 그 자체라고 생각했습니다. 물론 그 따뜻한 어머니의 마음을 친구들과 나눴으면 얼마나 좋았겠습니까만 그때는 그럴 여유가 전혀 없었습니다. 구대장님은 굶주려본 기억이 있으십니까? 저는 그것을 한 조각도 남에게 빼앗기기 싫었습니다. 입대한 후 신병훈련 전후반기 10주, 하사관학교 16주의 피교육 과정을 거치면서 늘 허기지고 굶주렸습니다. 피엑스에 무진장 쌓여 있는 것 중 하나도 손댈 수 없었던 제 신세가 서글펐습니다. 수도꼭지만 빨다가 나도 모르게 찾아든 그곳에는 후보생들이 볼이 터질 듯 먹고 있었고 한쪽에선 불콰한 얼굴로 떠들며 막걸리를 마시고 있는데 아는 얼굴은 하나도 보이지 않았지요. 아르바이트로 대학을 다닌 놈의 자존심, 의지는 허기 앞에 꺾여 맥도 추지 못하고 있었습니다. 그때 어머니가 돈 오백 원을 보내주셨습니다. 힘들게 중노동을 하며 동생들과 부대끼고 있던 어머니에게 사제편지를 보낸 것을 후회했지만 어쨌든 정말 어머니의 피 같은 돈이었습니다. 그래서 빵을 사 들고 동기들의 눈을 피할 곳을 찾다 보니 화장실이었습니다. 부끄럽지만 그때 저는 먹고 마시는 본능만 남은 한 마리 짐승이었습니다."

어머니를 괴롭히던 새 아버지의 얼굴이 얼핏 떠올라 나는 양은그릇에 가득 담긴 막걸리를 단숨에 들이켰다. 누가 들어주든 말든 한 번은 발산시켜 버려야 할 열등감이었다. 마주 앉은 사람이 당사자였던 구대장이어서 투정을 부리고 싶었는지 모른다.

"나도 빵을 살 수 있다. 실컷 먹게 됐다는 자족감 외에도 빵을 살 수 있다는 사실이 신기하고 뿌듯했습니다. 후보생의 쥐꼬리 봉급처럼 내무반장 주말 휴가비로 빼앗기지 않고 내 마음대로 사용할 수 있었던 그 자유 말입니다. 결국 난로 속에서 한 줌의 재로 변해 버렸지만……."

"……."

박 중위는 들고 있던 막걸리 잔으로 입술을 적신 뒤 한참 동안 말이 없었다. 여기까지 와서 공연히 빵 이야기를 꺼냈나 싶었는데 그는 다시 입을 열었다.

"그래. 심한 굶주림 앞에는 모든 게 무기력해져 버리는 것 같아. 누구든 일시적인 허기는 몰라도 몇 끼니만 굶으면 견디질 못한다고 해. 그래서 사흘 굶어 남의 집 담 넘지 않는 사람 없다는 말도 나왔겠지. 그런 면에서 먹고 자고 배설하는 본능은 사실 통제가 아니라 배려의 대상인지도 몰라. 그런데 김 하사의 그 경우는 엄격한 규율이 적용되고 있는 하사관학교 경내에서 이뤄진 일이었고 그때 나는 후보생들을 통제하는 구대장이었잖아. 어쨌든 그날 체벌은 진짜 군인이 되라는 의미였지만 좀 심한 면도 있었어."

아마 박 중위는 다시 그런 상황이 오더라도 같은 행동을 할 것이다. 그는 자신이 정한 벌칙이 끝날 때까지 꼬박 밤을 새며 현장을 지켜보고 있었다. 훈육이 목적이었다는 뜻이었다. 사실 구대장은 그 빵 사건과 졸업식 때 계급장 달아준 것 외에는 나와 직접 접촉하지 않았다. 그런데도 나는 오래 헤어져 있던 친지를 만난 기분이었다. 아는 사람 하나 없이 오지라는 장소적 소외감도 작용했겠지만, 그동안 내 가슴 한구석을 채웠던 서운함이 대화 중에 사라져 버리고 대신 친밀한 감정이 대신하고 있는 것 같았다. 나는 먼저 서부영화에 등장하는 정의의 총잡이처럼 서정민 선배를 소개했고 최초의 분란 대상이었던 이성출 하사, 그리고 인사계 유일식 중사를 비롯하여 중대장과 연대장 등 지난 7개월 동안 직간접적으로 영향을 주었던 인물들을 차례로 끄집어냈다. 그는 마치 자상한 형처럼 진지하게 내 이야기를 들어주었다. 하사관학교에 관하여 두 사람이 공유했거나 관련된 주변 이야기를 주고받으며 우리는 시간 가는 줄 모르고 대화의 늪에 빠져들었다가 춘천역 광장에 대기하고 있던 트럭을 놓치고 취침 점호가 시작될 무렵 오음리로 들어갔다.

04

늦가을 화천 땅은 일교차가 꽤 컸다. 밤에는 모포를 겹겹이 덮고 잠을 잤고 대낮에는 활동 중 외투를 벗어야 할 만큼 기온이 올라갔다. 파월 보충병들은 분대 단위로 편성되어서 실제 월남 전장의 상황에 맞춘 환경에서 목표지점을 찾아가는 독도법, 정글 이동요령과 동굴 및 마을 수색, 매복, 사격에 대하여 집중적으로 교육받았다. 처음 만져보는 M16 소총은 분해결합과 응급처치에 이르기까지 전시에 발생할 수 있는 모든 경우를 체험한 뒤 개인당 세 발의 실탄사격까지 마쳤다. 그리고 정신교육을 통하여 우리가 대항해서 싸워야 할 적의 정체는 월맹 정규군이 그들의 주력이고, 또 민족해방전선이라고 하는 지방군이 있는데 이들은 월맹 정규군의 지휘를 받고 이들 중에서 월맹 정규군에 선발되기도 한다는 것, 그리고 우리가 가장 자주 접하는 지방 게릴라인 베트콩이 있다는 개략적인 설명도 들었다.

특히 출발 전날, 주월사령부의 장교 두 명이 분대장과 소대장들을 모아놓고 들려준 강의는 이 훈련의 백미였다. 그들은 베트남의 생생한 현지 상황설명과 주월 한국군의 전술에 관하여 정신이 번쩍 날

만큼 수강생들에게 흥미와 자극을 주었다.
"이제 열흘 정도만 지나면 여러분도 직접 월남전 현장에 투입될 것인데 이 강의는 참전기간 내내 생활의 지침이 되어줄 것입니다. 장소 문제로 대상을 제한하였지만, 이 강의는 병사들에게도 큰 도움이 될 것이므로 잘 숙지하고 있다가 부하들에게 전파하여 주기 바랍니다."

첫 강사는 주월사 정훈참모부 소속의 황선길 대위였다. 위장복 차림으로 키가 약간 작았는데 얼굴은 구릿빛으로 건강해 보였다.

강의는 처음부터 도전적이었다. 태권도 교관단과 공병이 주류였던 비둘기부대 파견에 대하여는 별 반응이 없던 대학생들이 정부가 맹호와 청룡 등 전투부대를 파견하기 시작하자 독재 타도와 함께 파월문제를 시위의 주요 이슈로 만든 것은 잘못된 일이라고 지적했다. 독재정권을 강화하기 위해 젊은이의 피를 미국에 판다는 주장 역시 지나쳤다고 말했다. 여기저기서 산발적인 반응이 있었으나 실내는 금방 조용해졌다. 황 대위는 강의를 전혀 다른 방향으로 돌렸다.

"여러분은 용병이라는 말을 들어 봤나요?"

그는 그렇게 운을 뗀 뒤 본격적으로 강의를 시작했다.

"용병을 간단히 정리하면 돈을 벌기 위해 분쟁 중인 특정 국가에 고용된 인력을 말합니다. 역사를 거슬러 가보면 프랑스혁명 중 활동했던 스위스 용병이 대표적이었고 최근에는 콩고 등 몇몇 아프리카 국가의 내전과 정부 전복과정에 끌어들였던 외국인 용병이 있습니다. 그런데 용병을 정의한 제네바협정 추가 의정서에는 앞에서 말한 것처럼 '돈을 벌기 위해 분쟁 중인 특정 국가에 고용된 인력'을 세목별로 정리해 놓고 있습니다."

황 대위가 걸어놓은 챠트에는 용병에 대한 설명이 적혀 있었다.

"지금 우리 사회 일각에서 한국군의 월남전 참전을 두고 용병 운운하며 우리 국군의 역사적 대장정을 폄하, 왜곡하는 세력들이 있습니다. 그러나 우리 한국군의 월남전 참전은 어떤 대가를 위해 싸우는 청부 전쟁이 아니고 자유월남공화국의 요청으로 그들을 공산 세력으로부터 구출할 목적하에 주권 국가인 대한민국이 당당한 정규군을 파견하고 있으므로 우선 그 용어부터 맞지 않습니다. 다만 우리가 장비를 포함한 군수지원과 장병들의 수당을 미국으로부터 받는다는 점 때문에 이런 구설수에 오른 면은 있으나 그것은 국가안보를 위한 파병의 필연성과 빈약한 국가 경제력 제고란 측면에서 빚어진 어쩔 수 없는 현상입니다."

황 대위는 한국군 파병을 위해 월남과 우리나라, 미국과 우리나라 간 정치인과 군 고위인사가 접촉했던 사례를 연도별 날짜별로 열거한 뒤 월남 전쟁의 확대로 인하여 북의 6·25 남침 이후 우리 휴전선을 지키고 있던 미제2사단과 제7사단을 빼내어 월남전에 투입할 것이라는 우려가 현실화되었고, 그렇게 되면 우리의 대북 방위태세는 구멍이 뚫려 국가안보에 큰 위협이 생기게 되므로 이를 막기 위해 국군의 파월문제가 본격화된 측면도 있었다고 설명했다.

"물론 이것은 우리에게 파병을 요구하는 미국이 그 당위성으로 제시하는 문제이긴 합니다. 그러나 남북 간 휴전이 된 지 아직 14년밖에 되지 않았고 경제력과 군사력 면에서 압도적 우위에 있는 북을 앞에 두고 우리 휴전선의 중간지점을 막아서서 북이 남침하면 바로 미군이 개입할 인계철선 역할을 하는 미군 2개 사단이 실제 철수해 버리면 어떻게 되겠습니까? 우리의 안보는 뿌리째 흔들리게 되고 그것은 바로 우리 민족의 생존 문제와 직결되는 것입니다."

황 대위는 북의 남침으로 나라의 운명이 경각에 달했을 때 우리를 구원해 준 유엔군 중 그 중심에 미국이 있었고 그들은 자기의 살을 깎고 수많은 젊은이를 희생하면서 우리의 자유를 지켰다는 점과 월남전의 수렁에 빠진 채 우리에게 도움을 청하는 미국을 위해 우리 국군을 파견하는 일은 은혜와 보은의 관계로 볼 수 있다면서 챠트를 넘겨가며 제네바협약 제1의정서 제 47조에서 정의하고 있는 용병에 대하여 하나씩 읽어 주었다.

첫째, 무력 충돌에서 싸우기 위해 국내 또는 국외에서 특별히 징집된 자.

둘째, 실제로 적대행위에 직접 참가하는 자.

셋째, 근본적으로 사적 이익을 얻으려는 목적으로 적대행위에 참가한 자 또는 충돌 당사국 군대의 유사한 지위 및 기능의 전투원에게 지급되는 기준을 초과하는 물질적 보상을 약속받은 자.

넷째, 충돌 당사국의 국민이 아니거나 충돌 당사국에 의해 통치되는 영토의 주민이 아닌 자.

다섯째, 충돌 당사국의 군대 구성원이 아닌 자.

여섯째, 충돌 당사국이 아닌 국가의 군대 구성원으로서 공적인 임무를 띠고 파견되지 않은 자.

"여기서 열거해 놓은 용병을 정리하면 '돈을 벌기 위해 분쟁 중인 특정 국가에 사사로이 고용된 인력'으로 압축할 수 있습니다. 우리는 국회가 승인하고 정부가 공식으로 편성한 병력을 국가 간 협약 아래 공식적으로 파병하는 것이고 또한 국가의 특명을 받아 이뤄지는 국가적 대사인데 이에 대해 용병이란 오명을 씌우는 자는 우리 국민 될 자격이 없을 것입니다."

 황 대위는 단호한 어조로 결론을 맺으며 강의를 마쳤다. 막연히 현실도피의 한 수단으로 파월을 지원했던 나도 아직 수긍되지 않는 부분이 있었으나 다른 수강생들과 함께 힘껏 박수를 쳤다. 두 줄 건너 장교석에 있던 박정대 중위가 나를 향해 오른손을 들어 주었다. 10분 휴식을 한 후 주월사 작전참모부에 근무한다는 송주현 소령이 마이크를 잡았다.

 "이번 시간에는 먼저 주월 한국군의 작전지휘권 문제에 대해서 설명을 한 뒤 중대전술기지를 소개할까 합니다."

 키가 180센티미터는 될 것 같고 덩치도 우람한 장교였다.

 "조금 전 황 대위께서 자세하게 설명한 것과 같이 우리나라는 국토방위 일부를 미국에 의존하고 있던 차에 미국 내의 사정과 확대일로에 있는 월남전의 심각성 때문에 우리의 휴전선을 지키고 있던 미제2사단과 미제7사단이 월남전에 투입될지 모를 위기에 직면하게 됩니다. 만일 그렇게 되면 우리의 안보는 뿌리째 뽑혀 버릴 수밖에 없어 그 대책으로 국군의 파월문제가 대두되었는데 미군철수는 결국 우리의 생존과 직결되었다는 결론에 이릅니다. 게다가 파월군의 병참, 군수를 비롯한 경제적 운영 자체를 미국에 의존하므로 한국군의 파월이 결정되자 미국은 당연히 자신들이 주월 한국군에 대해 지휘권을 행사하려고 하였습니다. 실제로 우리처럼 전투병을 파견하고 있는 호주군과 뉴질랜드군은 물론 태국 공군까지도 모두 주월 미군에 배속되었기 때문에 주월 미군은 주월 한국군에 대하여도 으레 그렇게 여긴 것입니다. 그런데 월남전의 특성은 게릴라전인데 주월 미군은 이를 간과하고 정규전처럼 탐색과 섬멸이라는 원칙을 고수하면서 거의 모든 전선에서 악전고투하고 있는 실정입니다. 만일 우리 주월 한국군이 이런 미군의 지휘권 아래로 들어가게 되면 미군이 전략적 실패를 거듭하고 있는 곳에 우리 주월군을 투입하게 될 것인데 그렇게 되면 막대한 희생을 피할 수 없게 됩니다. 채명신 사령관은 우리가 미군의 작전지휘권 아래 들어가면 첫째 우리 국민의 정서가 이를 받아들이지 않을 것이며 국회에서도 국군의 해외파병을 반대하게 되어 향후 교체 병력 투입에 큰 차질을 빚을 것이다. 둘째 지금 공산 월맹은 한국군이 미국의 청부 전쟁의 용병으로 월남전에 참가하려 한다는 모략선전을 하고 있는데 우리가 주월 미군의 작전지휘권 아래 들어가면 이 모략을 사실로 입증하는 꼴이 될 것이다. 셋째 우리가 주월 미군의 작전지휘권 아래 들어가면 공산주의 침략으로부터 자유월남을 구하고, 인접 국가로 공산세력이 확장되는 것을 저지한다는 신념으로 참전하게 된 한국군의 참전 명분이 휴지처럼 되어 버린다는 점 등을 내세워 미국을 설득한 끝에 우리 주월사가 파월 한국군을 직접 지휘할 수 있게 되었습니다. 그 대신 파월 한국군은 미군 측과 상호 긴밀한 협조 체재를 유지하기로 약속했고 실제 한국군의 전술 책임 지역은 퀴논, 캄란, 나트랑 등 주월 미군의 가장 중요한 보급 및 수송지역과 연관이 되어 있습니다. 현재 우리 주월 한국군의 전쟁수행 명제는 '백 명의 베트콩을 놓치는 한이 있더라도 우리는 한 명의 양민을 보호한다.' 즉 듣고 해석하기에 따라 오해의 소지가 나올 수도 있겠지만 우리 주월 한국군은 적극적으로 베트콩과 공산 월맹을 궤멸시키는 것 보다는 고기와 물, 즉 베트콩과 양민을 분리하는 전략, 다시 말해서 월남전을 군사작전의 관점이 아니라 정치적 관점에서 접근하고 있다는 점을 꼭 명심하기 바랍니다."

군사작전의 관점이 아니라 정치적 관점.

순간 장교석에서 한참 동안 소란이 일었다. 송주현 소령은 분위기가 가라앉기를 기다렸다가 다시 말을 계속했다.

"방금 여러분이 반응한 것처럼 앞에서 소개한 표어는 군사전략 면에서는 전혀 어울리지 않는 내용입니다. 왜냐하면 한 명의 양민을 보호하기 위하여 놓쳐버린 백 명의 베트콩이 우리의 안위를 얼마나 위협하고 헤칠지 상상만으로도 소름이 돋는 일입니다. 이 표어는 월남전의 성격을 정확히 파악하기 전에는 이해하기가 어렵습니다. 흔히들 베트콩은 '언제 어디서건 나타나지만 막상 찾으려고 하면 보이지 않는다'고 말합니다. 전후방 전선의 구별이 없고 많은 월남 사람 가운데 누구든지 베트콩이 될 수 있습니다. 마을 주민들은 거의 보조 전투원이고 첩보원이며 연락원이라는 말입니다. 그러므로 월남 사람이 사는 곳에는 베트콩이 섞여 있다고 보면 됩니다. 왜 이런 사태가 되었는가 하면 남부 월남 정부의 극심한 부패가 민심을 떠나게 했고 공산 월맹이 심리전과 선전 선동으로 월남 국민들의 마음을 옭아놓았기 때문입니다. 그 결과 아무리 최신 무기로 그들을 잡으려고 해도 그들의 정체를 밝혀내기는 어렵게 된 것입니다. 우리가 월남전을 정치적 관점으로 접근하는 이유가 여기에 있습니다."

송 소령은 연탁에 놓인 컵으로 목을 축인 뒤 말을 계속했다.

"아까 베트콩은 언제 어디서건 나타나지만 막상 찾으려고 하면 보이지 않는다고 했는데 그것이 파월 이후 우리가 파악한 베트콩의 정확한 정체입니다. 미군은 강력한 최신무기로 베트콩의 예상 은신처를 폭격한 후 탐색하고 섬멸한다지만, 예상 은신처에 가 보면 폭격의 흔적만 있을 뿐 베트콩은 찾을 수가 없으니 저렇게 고전하는 것입니다. 베트콩은 게릴라전을 하면서 뛰고 나는데 미군은 정규전으로 대응하며 땅을 기고 있으니 성과가 날 리 없지요. 그래서 우리 주월 한국군은 주민을 물로, 베트콩을 고기로 보고 이 둘을 격리하는 작전을 전개하는 것입니다. 고기는 물이 없으면 생존하지 못합니다. 참전 초기에는 시행착오를 많이 겪었으나 점점 체계를 잡아 지금은 작전 3, 대민봉사 7의 비율로 주민접근전을 펼치고 있습니다. 이런 과정에서 주민들을 안정시키고 믿음을 주기 위해 '백 명의 베트콩을 놓치는 한이 있더라도 한 명의 양민을 보호한다.' 라는 슬로건이 필요한 것입니다. 이제 곧 여러분도 현장에 투입되어 실전을 해 보면 이 슬로건이 말뿐이 아니라는 것을 실감하게 될 것입니다."

강의실은 기침소리 하나 나지 않고 조용했다. 송 소령은 챠트를 넘겨 새로운 주제를 올렸다.

"지금부터 설명하는 중대전술기지는 공산 월맹이나 베트콩의 공격에 대비한 방어개념인데 동시에 주월 한국군의 대민접근 방법의 하나입니다. 베트콩이 주민 속에 섞여 있다면 전술책임지역 안에 가능한 한 많은 소규모 부대가 넓게 자리를 잡고 있을 필요가 있습니다. 월남전쟁은 열대 정글에서 전개되는 게릴라전이므로 지금까지 이 지구상에서 벌어졌던 어떤 전투와는 전혀 개념이 다릅니다. 베트남의 17도선 이북은 월맹이 차지하고 있으나 남쪽에는 월맹의 지휘와 지원을 받는 베트콩이 활동하고 있습니다. 이 베트콩은 주민 속에서 살고 주민은 베트콩 속에서 섞여 살고 있으므로 이들을 상대하려면 될수록 작은 부대가 전술책임지역에 퍼져 주민 속에 있는 베트콩을 솎아낼 수 있어야 한다는 말입니다. 이를 위해서 우리 한국군은 중대전술기지라는 개념을 창안했습니다. 보통 중대장 책임하에 3개 소총소대와 화기소대, 중대본부 등 150여 명의 병력 외에 81밀리, 4.2인치 박격포 등으로 증강된 중대가 독자적으로 전면방어를 할 수 있도록 고안되었습니다. 이 전술기지는 원 또는 타원형의 형태로 되어 있는 소단위로서 주로 야간전투를 대비한 방어체제입니다. 200미터×300미터의 지역에 4중~5중으로 원형 철조망을 치고 그 사이에 덮개나 지붕을 덮은 2인용 유개호를 파놓고 이를 연결하는 교통호는 종으로 연결하여 분대장호로 이어집니다. 이 교통호는 평시에 주로 기지 밖으로 나가서 근무하는 잠복조와 청음초가 이용하며 이를 통하여 시설의 관리 및 정비를 하기도 합니다. 이 기지에는 적어도 연대급 이상의 적 공격을 48시간 이상 방어할 수 있는 식량과 식수, 실탄, 포탄을 확보해 놓았고 구간, 구간 적 접근 예상로, 즉 살상지대에는 조명지뢰와 크레모아, 그리고 각종 장애물과 지뢰를 설치해 놓습니다. 이 중대전술기지에는 포병화력이 지원하도록 되어 있습니다. 그리고 기지의 중앙에는 분대별로 사병들이 침식할 수 있는 막사를 설치하는데 1.5미터 깊이로 땅을 판 뒤 6개 이상의 기둥을 세우고 그 위에 가로로 철판을 이중으로 깔고 벽과 지붕에는 모래주머니를 쌓습니다. 바깥 철조망 방향으로는 창을 내어 비상시 사격용으로 사용하도록 되어 있고 실내에는 나무로 침상을 만들어 그곳에서 사병들이 잠을 자고 식사도 할 수 있습니다. 이 기지는 군인들의 일상이 이뤄지는 제한된 사회라고 보면 됩니다. 기지의 위치에 따라 육로로 보급망이 형성된 곳도 있으나 대부분 헬기로 보급품을 수송하고 있습니다. 지금까지 중대전술기지를 개략적으로 설명했는데 우리 한국군은 이 기지에서 적을 방어하기도 하지만 지역 주민들과 소통하고 회유하여 적과 주민을 분리하면서 월남전을 보다 효율적으로 수행해나가고 있습니다."

송 소령은 이 기지의 그림을 챠트 걸이에 걸어놓고 지시봉으로 한 부분씩 짚어가며 설명했다.

"이 중대전술기지의 효용성과 우월성을 가장 확실하게 증명한 전투가 있었는데 바로 8개월 전에 벌어진 짜빈동 전투입니다. 중부 월남 추라이라는 지역에는 미군 공군기지가 있는데 중부에 주둔한 연합군의 보급을 담당하는 곳입니다. 대부분 보급기지가 그렇듯이 월맹을 비롯한 베트콩은 이곳을 공격하기 위해 호시탐탐 기회를 엿보고 있었습니다. 그런데 이 추라이 공군기지를 공격하기 위해서는 추라이의 작은 마을인 짜빈동을 거쳐 가야 하므로 이곳에 청룡부대 제2연대 제11중대가 자리를 잡았습니다. 해발 고도 30미터 높이의 동산에 동서 직경 200미터, 남북 직경 300미터, 둘레 800미터의 계란형 기지를 만들어 놓고 주변에는 이중 단선 철조망과 오중 원형 철조망을 쳤으며 앞에서 언급한 각종 무기와 장비를 설치했습니다. 인원은 장교 10명, 사병 284명을 포진시켰습니다."

챠트에는 이 기지를 촬영한 대형 사진이 걸려 있었다.

"올해 구정 휴전기간이 막 끝난 2월 14일이었습니다. 이슬비가 내리고 주위에 안개가 잔뜩 낀 날씨였는데 밤 10시경 철조망 밖에서 경계를 서고 있던 청음초가 1개 소대 규모의 적이 접근하는 것을 발견하고 중대 본부에 보고하였고 중대장 정경진 대위는 즉시 청음초를 철수시키면서 좌측으로부터 3소대, 2소대, 1소대를 전진 배치하였습니다. 그리고 화기소대 외에 4.2인치 중박격포 소대와 106밀리

무반동총 사수를 중대 본부 인근에 두는 등 전투배치를 완료하였습니다. 전방에 적의 모습이 포착되자 중대장은 조명탄을 띄우게 하고 일제 사격 개시 명령을 내렸습니다. 그러자 적은 큰소리로 노래 부르면서 도망갔습니다. 중대는 비상대기 상태를 유지하면서 다음 공격에 대비하고 있었는데 다음 날 새벽 4시경, 숲으로 엄청난 병력이 접근하는 것이 포착되었습니다. 중대는 중대장의 지휘 아래 목표물 주변에 조명탄을 띄우고 박격포와 무반동총 포격과 함께 일제 사격을 개시하였습니다. 그러나 적도 만만치 않아 소총 사격을 하고 수류탄을 투척하며 공격해 왔습니다. 그들은 앞선 병력이 쓰러져도 물러나지 않고 후방의 박격포 지원을 받으면서 철조망을 넘어 돌진해 왔습니다. 전방에 나선 적 병력의 수는 수백 명은 족히 되어 보였습니다. 중대장이 적진에 포병의 화력을 집중시키는 동안 각 소대장은 겹겹으로 설치했던 크레모아 발사를 지시했습니다. 순식간에 전장은 아비규환으로 변해갔습니다. 엄청난 적이 몰려들면서 3소대가 방어하고 있던 왼쪽의 일부 방어망이 뚫렸고 그 일대를 방어하던 소대원들은 육박전으로 그들을 맞아 싸웠습니다. 1소대 쪽에서도 화염방사기와 파괴통으로 무장한 특공대가 달려들었고 그들을 맞은 1소대장은 수류탄과 집중사격으로 막아섰습니다. 그러나 결국 진지 전면이 뚫려 전 중대원이 적들과 1시간 여 동안 육박전을 벌였습니다. 새벽 6시 30분경 적들이 대전차 유단포로 중대 본부를 공격하기 시작하자 1소대장이 특공대를 편성하여 소대원 전원 엄호 아래 포복으로 진출하여 이를 제압한 뒤 유단포 3문을 노획하면서 적의 예기를 꺾었고 각 소대가 협력하여 잔존한 적을 모두 소탕했습니다. 그것이 마지막 발악이었습니다. 뒤에 밝혀진 바에 의하면 이날 짜빈동을 공격한 적은 월맹군 제2사단 제1연대 제60대대와 제21연대 제40대대, 꽝나이성 게릴라 1개 대대 등 2,400여 명 규모였습니다. 이 작전으로 아군은 적 246명을 사살했고 2명을 포로로 잡았으며 대전차 유단포 6문, 기관총 2정, 자동소총 17정, 소총 12정, 권총 1정 등 외에도 수많은 적 수류탄, 포탄, 소총탄을 노획했습니다. 그리고 아군도 이 전투에서 전사 15명, 부상 33명의 희생이 있었습니다."

천막으로 된 강의실은 방음시설이 없음에도 아! 하는 감탄과 한숨 소리로 꽉 채워졌다. 송 소령은 한참 뜸을 들인 뒤 다시 말을 시작했다.

"위와 같이 청룡 제11중대는 전 장병이 혼연일체가 되어 중대 병력의 열 배에 달하는 월맹 정규군의 기습공격을 막아내면서 국내외에 이 중대전술기지의 전술적 가치와 우월성을 입증하였으며 전 세계 군사에 기록을 남기게 되었습니다. 이 전투를 훌륭히 수행한 공로로 중대원 전원이 1계급 특진을 했으며 중대장 정경진 대위와 1소대장 신원배 소위는 태극무공훈장을 받았고 나머지 중대원들도 많은 무공훈장을 받았습니다. 여러분들도 월남에 도착하거든 한국군의 긍지를 가지고 많은 전공을 세운 뒤 무사히 귀국하기 바라며 오늘 강의를 모두 마칩니다."

순간 강의실이 떠나갈 듯한 박수 소리가 2,3분 간 계속되었다. 나뿐만 아니라 대부분 장병들은 출전일이 가까워질수록 가슴이 뛰고 꽉 막혔는데 이 강의를 듣고 나니 후련한 느낌이 들었다. 우선 대충이나마 월남전의 성격을 파악할 수 있었고, 낯선 곳에서 벌어지는 전투지만 그 지휘권을 우리가 확보하고 있다는 사실, 그리고 비록 전쟁터이지만 베이스캠프와 같은 우수하고 안전한 중대전술기지가 있다는 안도감 같은 것이 작용한 듯했다. 강의가 끝난 뒤 점심식사를 하고 나니 훈련본부로부터 저녁 점호시간까지 휴식하라는 지시가 나왔다. 출발을 앞두고 영육 간 안정을 위한 시간이었다. 그런데 주위가 웅성거리는가 싶더니 삼삼오오 짝을 지어 밖으로 나가기 시작했다. 나는 소일삼아 영내를 어슬렁거리며 주변을 한 바퀴 돌아보았다. 영내 매점은 막걸리 잔을 기울이는 사병들로 가득했다. 수용 인원에 비해 공급이 달리는지 이곳에는 거의 물 탄 막걸리를 팔았다. 이튿날 숙취 때문에 고생하지만 술은 그것밖에 없어 드럼통에 담긴 술은 매일 동이 난다고 했다.

이곳에 와서 처음 보는 게 둘 있었다. 하나는 라면으로, 가는 국수 가락을 가볍게 튀긴 후 말려 둥글게 뭉쳐놓은 것인데 기다란 비닐봉지에 열 개씩 넣어 포장되어 있었다. 야외훈련을 할 때 점심대용으로 주었는데 사방에 지천으로 널려있는 나뭇가지로 불을 피워 각자 반합에 물을 붓고 끓여 먹었다. 대부분 양념이 빠져있어 소금을 넣어서 먹었다. 수프라고 불리는 양념 봉지는 보급계들이 따로 빼놓고 고참병들의 식사때마다 국에 넣어 먹는다는 말이 돌았다. 끓이는 것이 귀찮아 그냥 씹어먹는 사병들도 많았다. 다른 하나는 모포 부대였다. 오음리의 파월장병 적응훈련장은 야산에 설치되어 있어서 정문과 도로로 이어지는 곳 말고는 거의 철조망으로 담을 쳤는데 주말에는 곳곳에 3,40대 여자들이 철조망 가에서 삶은 고구마와 동동주를 팔았다. 매점의 물 탄 막걸리에 질린 병사들이 즐겨 이용한다고 했다. 이런 이동주보야 어떤 훈련소든 군인이 있는 곳 주변에는 있게 마련인데 이 여자들이 노리는 것은 따로 있었다. 독한 동동주에 취한 병사들을 상대로 몸을 팔았다. 움푹한 곳에 들어가 모포로 아랫도리만 가린 채 그 짓을 하므로 이를 모포 부대라고 칭한다고 했다. 섹스를 위해 일부러 찾아가는 병사도 있었다. 전쟁터로 떠난다는 절박한 심정이야 이해 못할 바는 아니지만, 오늘은 벌건 대낮에도 곳곳에서 그런 일이 벌어지고 있었다.

"김 하사!"

어디선가 귀에 익은 목소리가 들렸다. 돌아보니 취사장 끝머리에 있는 매점 앞에서 박정대 중위가 손을 흔들고 있었다. 실전에서는 중대나 소대 단위로 작전, 매복이 이뤄진다고 했으나 적응훈련은 분대별로 움직였으므로 지난 한 달 동안 박 중위와 접촉할 기회가 별로 없었다. 나는 빠른 걸음으로 박 중위에게 다가갔다. 동행이 있었다.

"특별히 할 것 없지?"

박 중위는 환하게 웃으며 계단을 내려와 두 팔로 내 등을 감쌌다.

"그냥 시간보내기는 아까운데 마땅한 건 없고…… 뭐 그렇습니다."

아까 강의가 끝난 뒤 강당 밖에서 박 중위를 기다리다가 바로 점심 식사가 시작되는 바람에 만나지 못했다. 장교식당까지 찾아갈 엄두는 나지 않았다.

"참, 인사해. 여긴 윤성하 하사야."

박 중위는 함께 온 하사를 소개했다.

"윤성합니다. 구대장님께 말씀 잘 들었습니다."

그는 웃는 얼굴로 손을 내밀었다. 키가 나보다 반 뼘쯤 컸다.

"김영훕니다."

"윤 하사가 선배지?"

박 중위가 물었다.

"예. 7깁니다."

"아, 저는 11깁니다."

나는 윤 하사의 손을 잡았다. 7기와 11기 사이에는 1년 정도의 간격이 있었다.

"우리도 화천 갔다 올까?"

아까 밖으로 몰려 나간 사람들도 대부분 화천읍내로 가는 것 같았다.

"뭐 좋은 것 있습니까?"

윤 하사가 물었다.

"시골구석에 뭐 좋은 거 있겠어? 면 소재지에 양조장이 있는데 파월 장병들에게 진땡이를 한 잔씩 준다더라. 여기 왔다 간 기념으로 한 번 가보자."

박 중위가 장난스러운 표정으로 말했다. 세 사람은 부대 정문을 지나 버스 정류장으로 나갔다. 일찍 서둔 사람들은 거의 빠져나갔는지 주위가 한산했다.

"진땡이가 뭡니까? 막걸리 종륜가요?"

윤 하사가 물었다. 훈련소 철조망 밖 술집에서 얼핏 들은 것도 같은데 정확한 뜻은 나도 잘 몰랐다.

"응. 진한 막걸리를 그렇게 말하는 것 같아. 지방에 따라서는 진때기라 하기도 한다는데 어디든 그런 술이 있는 모양이야. 고두밥과 누룩을 버무려 물을 붓고 열흘쯤 발효시키면 술이 되는데 맨 윗부분은 청주로 사용한대. 그리고 밥풀이 다 가라앉는 상태에다 물을 세 배 정도 희석해 체에 거르면 막걸리가 되는데 물 섞기 전에 걸러낸 술을 진땡이라고 하는 것 같아."

버스가 도착하자 세 사람은 맨 뒤 좌석에 나란히 앉았다.

"그럼 동동주하고 비슷한 것 같네요?"

막걸리 과정을 설명하는 박 중위 못지않게 윤 하사도 술에는 관심이 많은 것 같았다.

"글쎄. 청주를 따른 뒤 남은 것이 진땡이고 그 다음 물을 붓고 발효된 상태에서 나온 것이 동동주, 그 뒤 남은 것을 걸러서 막걸리라고 하는 것 같아. 진땡이는 동동주보다 맛이 짙고 도수도 높은 모양이야. 여하튼 오늘 마실 진땡이는 막걸리의 진수라고 보면 돼."

잎이 진 뒤 허허롭고 처연한 산촌에 눈발이 비치기 시작했다. 훈련 중 몇 차례 눈이 내렸으나 출전 전날 한갓진 시골길이라는 공간적 감상 때문일까, 오늘은 전혀 다른 느낌이었다. 한 송이 두 송이 내리던 눈이 오래잖아 함박눈으로 변했다. 승객들은 대화를 멈추고 모두 창밖을 내다보고 있었다. 버스는 30여 분 눈길을 달려 화천면 정류소에 도착했다. 거리는 군인들로 붐볐다.

군청 소재지 중심가는 2층 건물이 몇 개 있으나 전체적으로 목재와 콘크리트로 된 단층이었고 기와를 얹은 상가건물도 보였다. 화천양조장이 바로 그랬다. 기다란 기와지붕에 짙은 주황색 칠을 한 대문이 달렸고 안에는 넓은 마당이 보였다.

"어? 돈을 받고 있네."

박 중위는 고개를 갸웃하며 세 명의 입장료를 계산했다. 대문 문지방을 넘어서자 훅, 누룩 냄새가 달려들었다. 건물은 마당을 빙 둘러 미음 자로 되어 있었고 마당 곳곳에 흰 천막을 쳐놓았는데 바닥에는 가마니를 여러 장 깔아 놓았다. 천막마다 군인들이 둘러앉아서 한껏 떠들며 양은 잔을 기울이고 있었다. 흡사 잔칫집 같은 분위기였다. 바닥에는 각자의 잔 외에도 대형 주전자와 김치 뚝배기가 곳곳에 놓여 있었다. 세 사람은 구석진 곳의 빈자리를 찾아 앉았다. 막걸리는 각자 양껏 부어 마실 수 있었다. 부근에는 헌병 두 명이 순찰하고 있고 마당에는 장정 몇이 들락거리며 비어 있는 주전자와 김치 그릇을 채워 주었다. 그들은 이미 취해서 떠드는 사람들을 밖으로 안내하는 역할도 하면서 장내 질서를 유지하고 있었다.

"지난 주말에 장교 몇 명이 어울려 이곳에 왔었어. 저 발효실에서 아까 말하던 진땡이 몇 잔을 마셨는데 오늘은 영 분위기가 다르네. 눈이 내리고 군인들도 많이 몰려오니 급하게 천막을 친 것 같아."

그러면서 박 중위는 안으로 들어가 양은 주전자 하나를 들고 나왔다. 그날 이곳 총무와 안면을 텄다면서 두 사람 앞에 놓인 양은그릇에 가득 술을 따라 준 뒤 자신의 술잔도 채웠다.

"두어 잔만 마시고 나가자. 맛있다고 욕심내다간 혼수상태 되기 십상이야."

박 중위가 잔을 들면서 말했다. 나와 윤 하사도 잔을 들고 서로 부딪친 후 입으로 가져갔다. 은은한 누룩 냄새가 코를 자극했고 술을 몇 모금 들이켜자 금방 뱃속이 뜨끈해지면서 마치 미세한 전류가 흐르는 듯 기분 좋은 취기가 시나브로 온몸으로 퍼져나갔다. 익숙한 느낌이지만 분명 처음 대하는 맛이었다. 아껴가며 한 모금씩 마시면서 주전자 용량을 한껏 짜내 세 사람은 각 석 잔을 마셨는데 어느새 얼얼했다. 주위가 소란하다 보니 무슨 말을 할 엄두도 나지 않아 그냥 술맛만 즐겼다. 여기저기서 천막에 쌓였던 눈이 투두둑 투두둑 바닥에 떨어졌다. 한 품은 여인의 흐느낌처럼 눈발은 쉽게 그치지 않았다. 어느새 4시를 막 지나고 있었다. 장내를 정리하는 장정들이 대형 주전자에 담긴 술의 양을 조절하면서 삼십 분 뒤 문을 닫는다고 알려주었다. 우우하는 야유가 터져 나왔다.

"인제 그만 밥 먹으러 가자."

박 중위가 빈 주전자를 들고 일어섰다. 어? 이제 시작인데……. 너무 미진한 기분이 들었다.

"구대장님. 이거 조금만 더 마실 수 없나요?"

윤 하사도 따라 일어서면서 박 중위의 팔을 잡았다.

"이 친구들, 이거 큰일 나겠네?"

박 중위는 싱긋 웃으며 그렇게 말했으나 그의 발걸음은 다시 발효실로 향하고 있었다. 밥보다 술이 당기는 오후였다. 여기 술도가 마당에서 떠들고 있는 군인들에게 술 마시는 이유를 물으면 대부분 '내일 출전이야!' 하고 입을 모을 것이다. 그만큼 모두에게 술이 필요한 시간이긴 했다. 그러나 조금 후면 문을 닫는다는 통고를 받은 터였다. 폐점 시간이 가까울수록 군인들은 하나둘 자리를 뜨기 시작했다. 어수선한 분위기 때문인지 두 번째 주전자를 비우는 내내 처음처럼 맛을 음미하고 감동할 기분이 들지 않았다. 결국 세 사람도 그들 틈에 섞여 밖으로 나왔다. 제법 취기가 올랐다. 거리는 온통 군인들이 점령하고 있는 듯 보였다. 혼잡한 도로를 따라 걸으며 세 사람은 식당마다 기웃거려 봤으나 자리가 없었다. 군청 소재지여서 꽤 규모가 큰 마을임에도 워낙 많은 군인이 쏟아져 나왔기 때문이었다.

"안 되겠다. 빵이나 먹자."

박 중위가 그중 한가해 보이는 빵집 문을 열고 들어갔다. 나는 빵집과 나란히 붙어 있는 약국으로 들어가서 멀미약 30알과 진통제 10알을 샀다. 중학생 때 등록금 때문에 어머니가 굴 채취 일을 하고 있던 서해안의 삽시도에 갔다 온 적이 있었다. 그날 파도가 약간 높았는데 대천에서 삽시도까지 왕복하는 내내 멀미와 두통에 시달렸다. 뱃속에 뭔가 들어앉아 꼼지락거리는 것처럼 계속 느글거렸고 머리는 지끈거려 정신을 차릴 수가 없었다. 난생처음 해보는 바다 여행은 그야말로 악몽이었다. 이번에는 월남에 도착할 때까지 일주일이 걸린다는데 뱃멀미 준비는 해야 할 것 같았다.

"이것 먹으면서 부대까지 걸어가자."

박 중위는 나와 윤 하사에게 빵과 우유병을 하나씩 나눠 주더니 앞장을 섰다. 그때 박 중위의 왼손 약지에 낀 반지가 눈에 띄었다. 녹색 알맹이였다. 훈련소의 5중대장 오문환 중위도 같은 반지를 끼고 있었는데 연대장실의 조 선배는 그가 학훈 1기라고 했었다. 소강 상태를 보이던 눈발이 주위에 땅거미가 내리면서 다시 굵어지기 시작했다.

"구대장님은 학훈 몇 기세요?"

나는 걸음을 빨리하여 박 중위와 나란히 걸으며 물었다.

"나? 으응, 3기."

그는 반지를 낀 손가락을 내밀며 말했다. 길게 뻗은 비포장 길은 마을을 벗어나자 걸어서 귀대하는 군인들이 꽤 많았다. 부대 쪽으로 가는 버스가 몇 대 지나갔으나 모두 꽉 차 있어서 탈 엄두도 내지 못했다. 윤 하사도 박 중위의 왼쪽에 붙으며 나란히 걸었다.

"구대장님은 결혼하셨어요?"

윤 하사가 물었다.

"……"

박 중위는 대답하지 않고 한참 뜸을 들이다가 갑자기 노래를 부르기 시작했다.

 아이 쏘더 라잇온더 나잇댓아이 패숫 바이 허 윈도우
 아이 쏘더 플리커링 쉐도우즈 업 러브온허 블라인드
 쉬 워즈 마이워먼 애즈시디 십미아이 워치트앤 웬아웃옵 마이마인드
 마이마이마이 딜라일라 와이와이와이 딜라일라
 아이 쿠드 씨 댓걸워즈 노굿 포어미
 벗 아이 워즈 로스트 라이커어 슬래입댓 노맨쿳 프리……

 작년 초 대학가에 급속도로 퍼져나갔던 톰 존스의 '딜라일라'였다. 성서에 나오는 삼손과 데릴라의 사랑과 배신에 관한 이야기를 모티브로 해서 사랑하는 여자의 배신을 참지 못한 남자가 칼을 들고 여자를 찾아간다는, 그래서 '살인 발라드'라는 별명도 가지고 있는 좀 으스스한 내용의 노래였다. 그런데 박 중위는 '결혼했느냐?' 물음에 대답도 않고 왜 이 노래를 불렀을까. 하긴 내용은 그럴지라도 남녀의 정열적인 사랑이 전제되어 있어서 젊은 연인들이 즐겨 부르고 듣는 노래라고 알려져 있긴 했다.
 이러한 뜻밖의 반응에는 막걸리 진땡이 여섯 잔의 영향도 있는 것 같았다. 감미로운 목소리로 노래를 부른 후 박 중위는 우유를 마시며 다시 원래의 모습으로 돌아왔으나 밤거리에는 이미 함박눈과 함께 낭만적 기운이 번지고 있었다. '딜라일라'를 들으며 걷고 있던 군인들이 박 중위의 노래가 끝나자 여기저기서 목청을 돋우기 시작한 것이다. 눈 밟는 소리만 들리던 신작로가 점차 소란스러워져 갔다.

막걸리 진땡이의 기막힌 맛, 군인들로 넘치던 화천면 시가지의 웅성 거림, 함박눈이 쏟아지는 귀대 길에 퍼져나간 박 중위의 부드러운 노랫소리, 그리고 내일이면 월남으로 떠난다는 설렘과 긴장감이 뒤섞였던 두 시간 감흥의 밤은 그렇게 기억 속에 묻혀갔다.

05

 어제 오후 춘천역에서 파월장병 전용 객차에 탑승한 후 나는 비몽사몽 속을 헤매다가 청량리를 거쳐 부산진역에 도착해서야 정신을 차렸다. 새벽 4시 좀 지나서 열차에서 내렸다. 야전점퍼를 입었음에도 역 광장에서 갯내와 함께 밀려온 한기 때문에 온몸이 떨렸다. 장병들은 역 광장부터 도로를 따라 정렬된 방수포 덮은 육공트럭에 차례로 탑승하여 제3부두로 향했다. 동이 트기 시작했다. 부두에는 대형 수송선 바레트호가 정박해 있었다. 만 팔천 톤급으로 제19제대 병력을 월남 나트랑까지 데려다줄 배였다. 출발 후 장교 칸으로 간 박 중위는 만날 수가 없었다. 나와 윤 하사는 나란히 승선하여 배정받은 방으로 갔다. 한 줄에 그물망으로 된 1인용 침대가 세 개씩 매달려 있었는데 바닥에는 얇은 매트리스가 깔려있었다. 지정된 곳에 더플백을 올려놓고 방송 안내에 따라 식당으로 향했다. 긴 줄을 이루며 차례를 기다리다가 식당으로 들어가니 음식은 종류별로 대형 그릇에 담겨 길게 진열되어 있었다.
 "야, 이거 끝내 주는데."

윤 하사가 식판에 먼저 스테이크 2개를 담으면서 감탄했다. 닭튀김과 칠면조 고기도 있었고 먹음직하게 조리된 스파게티나 파스타도 있었다. 시장한 김에 쟁반 가득 담아서 테이블로 가니 박 중위가 음식을 담은 식판을 들고 다가왔다. 둘러보니 사병과 함께 식사하는 장교는 하나도 없었다.

"김 하사는 나하고 같은 중대로 가게 돼."

자리를 잡으면서 그가 말했다. 아마 그걸 알려주려고 온 모양이었다.

"아, 다행이네요."

우선 안도가 되었다. 전쟁터에서 부대끼다 보면 모두가 전우가 되겠지만 처음 낯선 곳에 배치될 때 혼자보다는 두 명이 함께 가면 훨씬 나을 것이다. 게다가 동행이 소대장이라면 더할 나위가 없었다.

"구체적 보직은 중대의 인력 형편에 따라 정해질 거야."

박 중위는 우리가 배치되는 30연대는 캄란에 있으며 3개 대대로 나눠 그 일대에 주둔하고 있는데 그중 두 사람이 배치될 5중대는 동바틴이라는 비행장을 경계하고 있다고 설명해 주었다. 또 5중대야? 나는 혼자 킬킬거렸다.

"저는 어디로 가는지 보셨어요?"

윤 하사가 물었다.

"으응. 그게 좀 이상하더군. 연대 포대로 발령이 났던데?"

박 중위가 나이프로 스테이크를 썰면서 말했다.

"그럴 거예요. 저는 포병으로 전과했거든요. 제가 있던 양주 물부리부대에서는 파월특명 받기가 하늘의 별 따기만큼 어려웠는데 포병을 지원하는 사람은 우선권을 준다고 하더군요. 그래서 포병학교에 가서 105밀리 곡사포, 155밀리 자주포 운용교육과 전술훈련을 받은 뒤 여기로 온 거예요."

윤 하사가 숟가락으로 그릇에 남은 수프를 긁어모으면서 대답했다.

"그랬어?"

박 중위가 놀란 표정을 지었다.

"보병보다는 포병이 나은 모양이죠?"

단순히 파월만을 위해 그렇게 한 것 같지 않아 보여서 내가 물었다. 스테이크는 몇 번 씹기도 전에 목으로 넘어갔다.

"나는 하사관 지원할 때 약정한 대로 48개월 이상 근무해야 하는데 처음 그곳에 발령받은 뒤 물 하사 취급받으며 거의 1년이 넘도록 고생했어요. 아예 모자챙 양쪽 끝부분에 '그래, 말뚝이다. 왜?' 라고 큼지막하게 써놓은 동기도 있었지요. 우린 의무복무기한이 4년이지만 장기 복무를 전제로 선발됐거든요. 초임 하사에 대한 대우가 대체로 그랬어요. 그런 상황에서 도피처로 생각한 것이 포병학교였어요. 마침 월남에 갈 수 있다는 말을 듣고 앞뒤 안 가리고 지원했지요. 그럭저럭 군대 생활도 삼분의 일을 넘겼네요."

모집요강에 훈련소 부교관용으로 못을 박았던 우리와는 달리 7기는 장기복무 하사관을 배출했던 모양이었다.

"그놈의 텃세, 참 큰 문제야."

박 중위가 혀를 끌끌 차며 말했다. 그런데 정확히 말하면 텃세가 아니라 상급자를 무시하고 막말을 하면서 무슨 대단한 존재나 된 듯 으스대는 그런 천박한 분위기가 문제였다. 어쩌면 하사관학교 출신 대부분이 임용 초기에 겪었던 마지막 난코스였는지 모른다.

"하사관 자원이 필요해서 그렇게 교육시켜 배출했으면 군 당국의 후속 배려가 필요한데, 알면서도 방치하는 건지…….”
 말은 그렇게 했으나 얼마 전 하사관들의 군번을 새로 부여하여 병군번과 구별해 놓은 것도 일종의 제도적 보완책이란 생각이 들었다. 물론 그것만으로는 부족할 것이다. 개개인의 자질 문제도 있지만 군 전력 강화 측면에서 막 배출된 하사들이 분대장 역할을 제대로 감당하게 하는 것은 시급한 일이었다. 군기 교육보다 장병들의 정신교육이 훨씬 강조되어야 할 부분이었다. 그런데 맛있는 음식을 먹으면서 애써 불쾌한 기억을 떠올릴 필요가 있을까. 어쩌면 세 사람이 같은 생각을 했는지 마주 보며 멋쩍게 웃었다. 그랬다. 앞에 놓인 음식은 아직 한 번도 먹어보거나 맛을 본 적이 없었던 최고급이었다. 순간 오음리 교육장의 그 수프 빠져버린 라면 봉지가 떠올랐다. 소금으로 간을 낸 그 라면은 지금껏 배 채우는 데에만 급급했던 초라한 삶의 상징 같았다. 스테이크와 밥, 가볍게 숨을 죽인 채소를 차례로 먹고 어느 정도 배가 찬 뒤 나는 삽시도의 경험을 이야기하며 멀미약을 꺼내 박 중위와 윤 하사에게 약을 나눠준 뒤 그 자리에서 나는 한 알을 까먹었다. 중학생 때 다녀온 그 삽시도에 대한 기억은 끝없는 바닷길과 멀미뿐이었다. 어른들이 그것은 땅만 밟으면 낫는다고 했지만 그 뒤 몇 년 동안 그 여객선 생각만 해도 왠지 속이 거북하고 어쩔한 듯했다. 그 기억 때문에 파월특명이 난 뒤 제일 난감했던 것이 월남까지 계속될 일주일간의 항해였다. 아까 식당에 들어설 때부터 약간 속이 거북했던 것은 분명 멀미 증상이었다. 삽시도 경험을 말하면서 한바탕 웃은 뒤 접시에 남아 있는 스파게티를 후루룩후루룩 삼키는데 어디선가 환호성이 들려왔다. 갑판에서 나는 소리가 분명했다. 시간을 보니 환송식까지는 아직 한 시간이나 남아 있었다.

아마 식전 행사를 하고 있는 모양이었다. 세 사람은 탁자 위에 놓아둔 사과와 귤을 집어 들고 밖으로 나왔다. 갑판은 장병들이 내지르는 함성으로 소란스러웠다. 부산 앞바다를 점령하고 있는 한파도 파월장병들의 열기와 흥분을 어쩌지 못했다.

  난간 부근은 겹겹으로 인파가 몰려있어서 비집고 들어갈 틈이 없었다. 나는 환송장에서 멀어 비교적 덜 붐비는 곳에 자리를 잡고 박 중위와 윤 하사에게 손짓했다. 부두에는 군악대가 율동과 함께 군가를 연주하고 있었고 환송객들이 빈자리를 점점 채워가는 중이었다. 병사 몇 명이 접이식 의자를 나르고 있었고 지휘부 쪽에 마련된 단상의 마이크를 조율하는 소리가 부두의 좌우 끝에 설치된 대형 스피커에서 흘러나왔다. 수송선 갑판의 스피커에도 식장의 선이 연결된 모양이었다. 부두를 메우고 있는 환송객들은 거의 모두 크고 작은 현수막이나 피켓을 들고 있었다. 그런 알림판에 적힌 이름을 확인하고 가족들을 찾으려면 모를까 굳이 혼잡한 곳에 뒤섞일 필요는 없었다. 식당에서 첫 함성을 들었을 때 오늘 누가 환송 나오는가 물어보니 두 사람 모두 고개를 저었다. 나도 어머니에게 알리지 않았다. 공연히 걱정시키고 싶지 않았기 때문이었다. 지원했든 차출되었든 집에는 월남 간다는 사실을 숨겼다는 사람이 대부분이었다. 저 환송장을 빽빽이 메운 인파는 분명 파월장병들의 가족이나 친지일 텐데 물어보는 사람마다 그렇게 대답했다.

  병사들이 정돈해 놓은 접이식 의자에 군 정복과 민간복 차림을 한 사람들이 자리를 잡으면서 식장 모습이 빠르게 갖춰지더니 10시 정각에 식이 시작되었다. 난간으로 몰려든 장병들이나 부두의 환송객들도 사회자의 구령에 따라 애국가를 제창하고, 순국선열을 추모하면서 환송식의 일원이 되어갔다. 이렇게 많은 인원이 갑판과 부두에 몰아치는 차가운 바닷바람조차 의식하지 못할 정도로 행사에 집중하는 일은 드물 것이다. 어쩌면 일주일 후 직면하게 될 전쟁터에 대한 설렘과 두려움이 모두를 더욱 간절하게 만들고 있는지 모른다.

영하의 날씨 탓인지 식은 그리 오래 진행되지 않았다. 군악대가 '달려라 백마'와 '우리는 청룡이다'를 차례로 연주하자 선상에서 분위기를 주도하기 시작했다. 이 군가는 부대나 교육대에서 공식적으로 가르치지 않았으나 하도 방송을 많이 타 모르는 사람이 없는 것 같았다. '달려라 백마'가 시작되자 수송선의 장병들은 팔을 내밀어 박자를 맞췄고 부두의 환송객들은 쥐고 있던 소형 태극기를 흔들었다. 2절과 3절은 모르는 사람이 더 많은 듯 계속해서 1절만 대여섯 차례 반복한 뒤 약간 뜸을 들이는 사이 한쪽에서 다른 군가가 시작되었다. 해병대였다. 그들은 수적으로 3분의 1 정도밖에 되지 않았으나 함성으로는 육군에 지지 않았다. 그들이 '우리는 청룡이다'를 부르기 시작하자 육군 쪽에서도 따라 불렀다. 해병들은 다른 군가를 이어가며 일사불란하게 팔을 흔들었다. 오래잖아 뱃고동이 크게 울리면서 배가 움직이기 시작했다. 어디선가 '야~' 하는 함성이 울렸고 부두에 있던 군악대와 의장대의 움직임이 빨라졌다. 그때 부두 한쪽에서 이상한 몸짓이 보였다. 뿌연 물체가 원을 그리듯 동작을 시작한 것이다. 흰 두루마기를 입은 노파였다. 그녀는 군악대의 연주에 맞춰 막 출발한 수송선을 향해 몸을 움직이며 팔을 흔들었다. 선상의 장병들은 일제히 그곳을 바라봤다. 태극기를 흔들고 있던 환송객들이 조금씩 뒤로 물러 공간을 만들어주자 그녀의 율동반경이 점점 커졌다. 움직임에 어떤 형식이 있는 것은 아니었지만 같은 동작을 반복하지도 않았다. 누군가를 배웅하던 시골 노인의 즉흥적인 춤사위인 것 같았다. 부디 몸조심하고 무사히 돌아오너라. 노파의 몸동작은 그렇게 말하는 듯했다. 곳곳에서 아, 하며 탄식을 쏟았고 눈물을 글썽이며 한참 동안 그 장면을 지켜보던 장병들은 다시 군가를 제창하기 시작했다.

아느냐 그 이름 무적의 사나이
세운 공도 찬란한 백마고지 용사들
정의의 십자군 깃발을 높이 들고
백마가 가는 곳에 정의가 있다
달려간다 백마는 월남 땅으로
이기고 돌아오라 대한의 용사들

삼천만의 자랑인 대한 해병대
얼룩무늬 번쩍이며 정글을 간다
월남의 하늘 아래 메아리치는
귀신 잡던 그 기백 총칼에 담고
붉은 무리 무찔러 자유 지키려
삼군의 앞장서서 청룡은 간다

부산항이 점차 멀어지기 시작하자 장병들은 발악하듯 노래를 불렀다. 12월의 차가운 바닷바람도 이들의 고함을 잠재우지 못했다. 파월특명을 받고 오음리 교육대로 모여 6주간의 적응훈련을 받으면서도 막연히 상상했던 월남, 이 배가 드디어 그 전쟁터로 가고 있다는 실감이 드는 것이다. 부두에서 춤을 덩실덩실 추고 있던 그 노파로 인해 장병들은 고향집과 부모와 형제자매들을 새삼 떠올리고 있는지 모른다. 이들은 오늘 부산항의 정경을 조국의 마지막 모습으로 간직하며 앞으로 험난한 1년을 살아갈 것이다.

　시야에서 부산의 모습이 사라져 버리자 장병들은 무리 지어 갑판의 난간을 떠나기 시작했다. 긴장이 풀린 탓인지 갑자기 몸이 떨려왔다. 느슨했던 야전점퍼의 지퍼를 끝까지 올리고 옷깃을 여몄다. 자주 봐. 박 중위가 싱긋 웃으며 손을 들었다. 우리도 장교와 병의 대우에 차별이 크지만, 미군은 제도적으로 구분되어 있는 모양이었다. 박 중위의 말로는 장교 숙소는 2인 1실로 화장실과 세면장이 따로 있고 미군 사병이 서빙을 한다고 했다. 나는 윤 하사와 함께 사병 침실로 내려왔다. 그물침대만 삐걱거릴 뿐 환송식의 여운이 아직 생생한 탓인지 대화를 나누는 사람은 거의 없었다. 나는 매트리스 위에 반듯이 누워 눈을 감았다. 마치 긴 소용돌이에 휘말린 것처럼 빙빙 돌았다. 온몸이 얼었다가 조금씩 녹는 듯 얼굴과 손이 따갑고 간질거렸다. 검지를 갈라 파월지원서를 쓰는 순간부터 내 운명은 한바탕 요동을 친 셈이었다.

　식당 등지에서 일하던 어머니는 일찍 아버지를 여의고 내가 중학교에 입학하자 바로 재혼했다. 새 아버지는 건어물을 취급하는 상인으로 아들 둘이 달린 홀아비였다. 어머니는 나를 중학교에 진학시키기 위해 약간 재력이 있는 남자를 선택했으나 생활은 나아지지 않았다. 게다가 내가 고등학교 입학할 무렵 어머니가 출산을 하는 바람에 집을 나와 삼양동 목장에 들어갔다. 그곳에서 야간으로 학교를 옮겨야 했다. 세상을 향한 열등감과 피해의식을 견디기 위해 공부와 일에 매달린 셈이었다.

　대한해협을 지나면서 배가 심하게 흔들렸다. 만 팔천 톤 수송선의 요동은 사병들의 속을 송두리째 뒤흔들어놓기 시작했다. 복도와 화장실에 병사들이 뱉어놓은 토사물이 쌓였다. 특히 화장실에는 희한한 광경이 펼쳐지고 있었다. 똥을 누려고 양변기 위에 올라앉아 어쩔 수 없이 드러낸 생식기, 그것을 가리키며 내뱉는 미 해군 수병들의 조롱과 박장대소는 병사들에게 수치감을 넘어 짐승이 되어버렸다는 모멸감을 주었다. 대부분 병사들은 나무판자 위에 쪼그리고 앉아 변을 봤을 뿐 좌변기에 대한 경험도 없었다. 그러니 무릎높이인 양변기 위에 엉덩이를 바로 얹어놓을 줄도 몰랐고 그렇게 해서는 변이 나오지 않았다. 하여튼 대한해협을 통과하여 남지나해를 항해하는 7일 동안 우리 병사들은 멀미와 배변 과정에서 큰 곤욕을 치렀다. 다행히 나와 윤 하사는 사전에 준비했던 약 덕분에 멀미의 고통은 면했고 식사도 가리지 않고 종류별로 즐길 수 있었다.

　항해 7일째 되는 날 오후, 수송선 바레트호는 다낭 항에 도착하여 해병을 임무 교대 시킨 뒤 다음 날 오전 나트랑 항에 닻을 내렸다. 아침 식사 후 윤 하사는 포병들의 미팅이 있다면서 먼저 숙소를 나갔다. 어차피 연대에서 다시 만나게 되므로 악수만 하고 헤어졌다. 10시경 하선한다는 통지가 있었던 터라 나는 아예 짐을 챙겨 집결장소인 갑판으로 미리 나왔다. 푸른 하늘 아래 주위가 온통 초록빛이었고 날씨는 후덥지근했다. 바다에는 1인승 카누 몇 대가 파도와 숨바꼭질하고 있었고 멀리 펼쳐진 나트랑 백사장에는 비키니족들이 해수욕을 즐기고 있었다. 여기가 전쟁터라는 실감이 전혀 나지 않는 평온한 풍경이었다. 시퍼런 바다, 파도, 날치, 돌고래만 존재하던 난간 밖은 전혀 새로운 세상이 펼쳐져 있었다. 이 평화로운 곳에서 총을 들고 배낭을 짊어진 채 뛰고 달려야 한다니, 전혀 실감이 나지 않았다. 과연 어떤 생활이 나를 기다리고 있을까. 한편으론 이 더운 나라에서 앞으로 일어날 일에 대한 기대감도 없지 않았다. 그렇게 넋을 잃은 채 이국땅의 정취에 빠져있다 웅성거리는 소리가 들려 주위를 둘러보니 장병들이 모여들고 있었다. 어느덧 하선 시간이 된 모양이었다. 나는 바닥에 놓아둔 더플백을 짊어지고 줄을 섰다. 하선 통로에는 수송선의 엔진소리만 가득해 공연히 마음을 번잡하게 만들었다. 점점 전장으로 가까이 다가가는 것인가.

전차상륙함(Landing Ship Tank)으로 옮겨탄 뒤 육지에 내리고 보니 분위기가 확연히 달랐다. 우선 후끈후끈한 모래의 열기로 인해 숨쉬기도 어려웠고 배 위에서 느꼈던 평온한 분위기는 순식간에 사라져 버렸다. 멀리서 포성이 계속 들려왔다. 어디서 전투가 시작된 것일까. 도로변에 끝없이 늘어선 군용트럭에서도, 철모를 쓰고 방탄복과 M16 소총으로 경무장을 한 병사들의 움직임에서도 팽팽한 긴장감이 느껴졌다. 어이, 거기 보충병! 무장 병사가 열에서 벗어난 더플백 병사를 그렇게 불렀다. 19제대 전체가 보충 병력이긴 하지만 이곳까지 와서 보충병 소리를 듣는 게 좀 민망했다. 소수가 다수를 통제하기 위하여 다소 거친 말투가 튀어나오는 것은 수긍할 수 있다. 그러나 우리는 모자라는 인원을 보충하는 것이 아니라 전투지역을 교대하러 왔다. 이제 곧 투입되어야 할 전쟁터에서 고참병이든 보충병이든 실탄을 장전한 채 서로를 보호하며 적과 대치해야 할 전우가 아닌가. 고국을 떠나올 때는 기차가 서는 곳마다 군악대가 연주하는 가운데 지역 사령관이 나와 전송을 하더니 이곳에서는 겨우 신병이나 보충병 대접인가 싶었다.
 타고 갈 차량은 덮개를 씌우지 않은 카고 트럭이었고 짐칸과 운전석 연결부위에 캘리버 50이 장착되어 있었다. 차량마다 30명씩 승차를 마치자 기관총 두 대를 단 호위 지프 두 대가 선도에 나섰다. 야자수가 늘어선 2차로는 포장이 잘 되어 있었다. 멀리 논과 벌판과 바나나밭이 천천히 지나갔고 간간이 야자수에 둘러싸인 마을이 나타났다. 열대지방이어선지 집들이 대부분 목조였고 간간이 보이는 주민들의 차림은 간소했다. 가옥이 밀집해 있는 곳에는 어김없이 교통통제와 경계를 겸하고 있는 듯한 한국군의 장갑차와 무장차량이 보였다. 만일 여기서 적의 기습을 받는다면 나는 비무장으로 어떻게 행동해야 할까. 일단 차에서 뛰어내려 엄폐물을 찾아 몸을 숨겨야 하겠지. 그러다가 나는 피식 웃었다. 이 도로를 이용한 병력 수송이 어디 한두 번일까. 아, 교육대에서도 비슷한 질문이 나왔던 것 같다. 누군가 수송선에서 내려 무장도 하지 않고 본대까지 갈 동안 위험하지 않으냐고 물으니 백마에서 2년간 근무했다는 그 교관은 나트랑 인근의 1번 도로는 해병들이 주둔할 때부터 평정해 놓은 안전지대라고 말했다. 그러나 베트콩은 보이지 않지만 어디서나 나타난다면서 방심하지는 말라고 했다. 그럼 뭔가. 위험하다는 건가, 아니라는 건가. 나는 공연히 불안한 마음으로 목을 늘여 뒤따라오는 차량 행렬을 바라보았다. 닌호아 쪽으로 가는 사단사령부와 29연대 병력이 대열에서 벗어났는데도 끝이 보이지 않았다. 흡사 늪으로 빠져드는 기분이었다. 스쳐 지나가는 낯선 월남인들이 예사로 보이지 않았고 특히 농라를 쓰고 검은 복장을 한 채 차량 행렬을 바라보고 서 있는 사람들은 영락없이 베트콩으로 보였다. 그러나 캘리버 50 사수는 앞만 바라보고 있을 뿐 그들에게는 전혀 관심조차 두지 않았다.

무방비 상태, 엄연한 전쟁터인데 내 의지로 아무것도 할 수 없는 시간들이 무한정 흘러가는 것 같았다. 옆에 앉아 있는 사병들도 모두 나와 같은 처지였다. 이 많은 인원을 보호하고 있는 것은 운전석 지붕에 놓여 있는 캘리버 50이 전부였고, 기관총을 장착한 선도차 두 대가 고작이었다. 그렇지만 무슨 일이든 끝은 있는 법, 마침내 선도 차량이 포장도로를 벗어나 우회전하면서 흙먼지를 날렸다. 드디어 캄란배이의 30연대 본부에 도착한 모양이었다. 나는 시계를 보았다. 이런, 나트랑을 떠난 지 이제 겨우 50여 분이 지났을 뿐이었다. 연병장에 트럭이 멎자마자 사병들은 마치 사지를 탈출하듯 더플백을 안거나 둘러메고 땅으로 뛰어내렸다. 창공을 찢을 듯한 프로펠러 소리가 휘몰아쳤다. 나는 소리가 나는 곳을 올려다봤다. 두꺼비 형상을 한 치누크였다. 군데군데 솜뭉치 같은 뭉게구름이 쪽빛 하늘을 겹겹이 에워싸고 있었다. 장마가 끝난 서울의 하늘을 보는 것 같아 코끝이 찡했다. 잔자갈이 깔린 넓은 운동장 좌우에 단층 영구막사가 죽 서 있는데 지붕에는 모래주머니가 세 겹으로 쌓여 있었다. 내리쬐는 뙤약볕에다 지열로 인하여 순식간에 내의는 땀으로 흥건히 젖었다. 앞과 옆에 있는 병사들의 등짝이 모두 시커멓게 변해갔다. 한증막이 따로 없었다. 그때 행사용 연탁이 마련된 담장 부근에 세워놓은 커다란 간판이 눈에 확 들어왔다. 가로 3미터 세로 2미터쯤 될까, 흰 바탕에 검은색으로 글씨가 적혀 있었다.

—한국군은 백 명의 베트콩을 놓치는 한이 있더라도 한 명의 양민을 보호한다.

어디선가 또 포성이 울려왔다. 나는 더플백을 고쳐 맨 후 모자를 벗어 이마의 땀을 닦았다. 오음리에서 이 구호에 대한 설명을 들었지만 여전히 낯설었다. 전쟁터에서 주민의 안전을 위한다고 추격하던 적을 포기할 수 있을까. 월남전을 군사작전이 아니라 정치적 관점에서 접근하고 있다던 송주현 소령의 말이 떠올랐다. 물과 물고기의 분리……. 대민작전을 통하여 베트콩(물고기)이 양민(물)에게 접근하는 것을 차단한다는 전략을 알지 못하면 저 표어를 이해하기 힘들다고 했다. 어쨌든 한글과 월남어를 병행해서 써놓은 저 글의 내용은 주민들에게 한국군의 작전 방향을 공개하고 우리 스스로 양민의 피해를 줄이겠다는 다짐일까. 병사들을 내려준 트럭 중 일부가 연대 정문을 빠져나가는 동안 연병장은 타이어가 피워낸 흙먼지로 가득했다. 병사들은 뙤약볕을 피해 나무와 건물, 주차된 트럭이 만들어 놓은 그늘을 찾아 들었다. 한 번도 겪어보지 못한 지독한 더위였다. 나는 단상 쪽에 길게 형성된 응달에 더플백을 내려놓고 그 위에 털썩 주저앉았다. 먼지가 가라앉고 난 넓은 공간에 이번에는 병사들이 뿜어내는 담배 연기로 채워지기 시작했다. 수시로 들려오는 포성과 헬기의 프로펠러 소음도 더위에 한풀 꺾인 것 같았다. 장교들은 따로 집결 장소가 있는지 하나도 보이지 않았다.

06

40여분 지났을까. 병사 여남은 명이 단상 왼쪽 서너 걸음 떨어진 곳에 2미터 간격으로 팻말을 세워나갔다. 병사들이 여기저기서 웅성거리기 시작했다. 각목은 작은 시멘트 블록에 엉성하게 매달려 있었지만 새 병력이 올 때마다 사용한 듯 표지판에는 손때가 묻어 있었다.

연대본부, 1대대, 1중대, 2중대, 3중대, 4중대, 2대대, 5중대, 6중대, 7중대, 8중대, 3대대, 9중대, 10중대, 11중대, 12중대, 수색중대.

나는 5중대로 가게 된다는 박 중위의 말을 떠올리면서 그 팻말 가까운 곳으로 자리를 옮겼다. 지금 박 중위는 어디에 있을까. 철조망만 벗어나면 전쟁터라고 하더니 장교들은 행방이 묘연했다. 윤 하사는 나트랑에서 52포대라는 표지판이 붙은 트럭을 타는 것 같았는데 아마 해당 부대로 바로 간 모양이었다. 그때 S-1이라는 아크릴 명패가 붙은 사무실에서 서류를 든 장교와 하사관들이 나왔다. 그들은 단상으로 올라가더니 앞장을 섰던 대위가 교탁 앞으로 나왔다.

"집합! 보충병들은 단상 앞으로 집결하기 바랍니다."

연병장이 다시 웅성댔다. 그늘진 곳에 자리를 잡았던 병사들이 짐을 챙겨 들고 중앙으로 몰려갔다. 이젠 떠돌이 신세를 면하겠군. 나는 바닥에 놓인 더플백에 묻은 흙을 털어내고 끈을 어깨에 둘렀다. 겨울의 한 가운데에서 갑자기 열사의 나라로 떨어졌으니 생체리듬이 엉망일 것이다. 오와 열을 무시하고 단상을 중심으로 병사들이 모여들었다.

"나는 연대 인사과장입니다. 여러분의 파월과 우리 연대 전입을 환영합니다."

인사과장은 환영 인사와 함께 연대가 주둔하고 있는 위치와 지형, 그리고 주변 환경을 간단히 설명한 뒤 한발 물러났다.

"아니 여기는 강당이나 휴게소도 없는가. 이 한증막 같은 연병장에서 이게 무슨 짓이람."

어디선가 구시렁거리는 소리가 들려왔다. 인사과에서는 굳이 질서를 강조하지도 않았다. 인사과장 곁에 있던 중위가 앞으로 나와 들고 있던 서류뭉치를 교탁에 펼쳐놓고 말했다.

"지금부터 호명받은 사람은 저 간판 앞으로 가서 명찰을 받은 뒤 좌측 팻말에 적힌 부대 뒤에 정렬하기 바랍니다."

중위는 연대본부 요원을 먼저 부르고 다음은 각 대대본부 배치 명단을 불렀다. 그가 손가락으로 가리킨 '백 명의 베트콩' 간판 부근에는 가나다순으로 분류한 비닐 명찰을 가득 담은 플라스틱 소쿠리가 여러 개 진열되어 있었다. 그런데 이상한 일이었다. 2대대 맨 처음에 내가 호명된 것이다. 팻말을 세워놓은 순서대로라면 3개 대대의 행정병 호명이 끝나야 그다음 중대로 갈 사병들 차례가 될 텐데 뭔가 잘못된 것 같았다. 분명 박 중위는 내가 5중대에 배치된다고 하지 않았는가. 혹시 동명이인이 있는가 하고 살펴보았으나 2대대 팻말 뒤에 서 있는 사병 5명 중 하사는 없었다. 나는 진열대로 가서 명찰을 받아 들었다.

2대대 장거리정찰대 하사 김영후.

어? 이건 또 뭔가. 장거리정찰대! 하사관학교 전술학 시간에 배운 정찰이라는 단어는 '몰래 어느 지역의 정세나 지형을 살핀다'는 뜻이었던 것 같은데, 그렇다면 나는 앞으로 장거리정찰대에서 전쟁터를 헤집고 다니며 정보 수집하는 일을 하게 되는 것인가. 혈서로 파월 지원서를 쓰던 순간부터 무슨 일이든 겁내지 않고 감당할 각오는 되어 있었다. 그렇지만 이렇게 된 연유나 알았으면 좋겠는데 박 중위는 코빼기도 보이지 않았다. 나는 어쩔 수 없이 더플백을 메고 2대대 팻말이 있는 곳으로 가서 줄 맨 뒤에 섰다. 단상 앞에 우르르 몰려있던 병력이 팻말 뒤에 3,4열로 정렬하면서 연병장은 어느 정도 질서가 잡히고 있었다.

"김영후 하사!"

그때 중사 한 명이 다가오며 내 이름을 불렀다.

중사는 명찰도 달지 않은 얼룩무늬 복장에 챙이 길고 둥근 모자를 쓰고 있었는데 나보다 한 뼘은 더 큰 키에 피부색이 검고 눈빛이 날카로웠다. 나는 그를 물끄러미 쳐다봤다.

"따라온나."

"예?"

"따라오라꼬."

말투는 거칠었고 자신의 신분을 밝히지도 않았다. 장거리정찰대가 뭘 하는 곳인지 정확히는 몰라도 중사가 그 대원이라는 것은 행색으로 짐작이 되었다. 나는 더플백을 둘러매고 그를 따라갔다. 연병장을 중심으로 연대본부 건너편에 2대대 본부가 있었다. 본부 막사는 야자나무 숲에 묻혀 있었다. 부대 안에 이런 울창한 지대가 다 있구나 싶었다. 대낮임에도 새와 벌레들의 대향연이 한창이었다. 귀가 얼얼했다. 연병장에서 후줄근히 땀에 젖었던 등이 서늘해지는 것 같았다. 또 치누크 2대가 숲을 호령하며 지나갔다. 캄란배이에 미군 보급기지가 있다더니 그곳을 들락거리는 헬기인 모양이었다. 3,4분 정도 걸었을까, 둥치가 두어 아름쯤 되는 나무가 빽빽한 숲이 나왔다. 하늘을 완전히 가려 주위가 침침했다. 그곳에는 나무 둥치 사이에 쳐놓은 대형 텐트 3개가 있었고 중앙에는 통나무와 모래주머니로 쌓아 올린 막사가 나왔다. 중사는 막사 안으로 나를 데리고 갔다.

"아, 김영후 하사?"

책상 앞에 앉아 있던 아담한 체격인 사내가 일어서면서 손을 내밀었다. 그는 검은 색 옷을 입고 있었다. 아까 마을을 지날 때 봤던 이곳 주민의 복장과 비슷했다. 명찰은 없었으나 책상 위에 놓인 군모에는 중위 계급장이 달려 있었다. 나는 악수를 하고도 망설였다. 부대 전출입 시 통과의례인 신고 때문이었다.

"앉지."

중위는 그런 내 생각을 무시하듯 앞에 놓인 야전침대를 가리켰다. 중사가 먼저 앉았고 나는 그 옆에 앉았다. 삐걱거리는 침대 소음과 약간 어두운 실내조명 때문에 음침한 느낌이 들었다. 유리나 차단망이 없는 국민학생 책가방 크기의 창이 좌우로 두개씩 있었으나 그 부분만 환할 뿐 오히려 실내의 물체를 구분하는 데는 방해가 되었다. 새와 벌레들의 쉴 새 없는 울부짖음이 막사 안으로 몰려들었다.

"먼 길 돌아오느라 고생했군. 파월 전 어디 있었나?"

음성이 나지막하고 부드러운 서울 말씨였다.

"논산훈련소에서 근무했습니다."

"훈련소? 어휴 고생 많았겠네."

"……."

"훈련소에는 올매나 있었노?"

이곳으로 오는 동안 아무 말이 없었던 중사가 물었다.

"6개월쯤 있었습니다."

느낌으로는 6년쯤 지난 것 같았다.

"용케 빠져나왔구나."

중사가 피식 웃으며 말했다.

"아, 예."

정말 내가 받았던 파월특명은 '용하다'란 말이 들어가야 설명이 되었다. 다급했던 당시의 상황, 연대장을 움직일 수 있었던 서정민 선배의 도움과 혈서로 썼던 파월지원서 등이 만들어 낸 작품이었다.

"나는 장상길 중위다. 여기는 2대대 장거리정찰대다. 소규모 병력이 아군 전술기지를 벗어나서 적의 위치와 움직임을 살피고 첩보를 수집하는 일을 한다. 우리가 확보한 정보는 아군의 작전에 반영되어 중요한 역할을 한다. 며칠 전 대원 한 명이 귀국했기 때문에 그 빈자리에 김 하사를 보충했다. 앞으로 훈련과 정찰 활동에 잘 적응해 주길 바란다."

장 중위는 군더더기 없이 현재 상황을 차분한 목소리로 설명해 주었다. 귀를 덮은 긴 머리카락 때문인지 얼굴이 작고 앳돼 보였다. 하루살이 같은 날벌레 몇 마리가 막사 안을 휘저으며 날아다녔다.

"선임하사, 상견례 하지요."

장 중위가 그렇게 말하자 기다렸다는 듯이 중사가 벌떡 일어나 밖으로 나갔다.

"전 대원. 집합."

얼마 후 최 중사의 고함이 들리자 장 중위가 나가자고 하며 먼저 일어섰다. 밖으로 나오니 괴상한 차림을 한 사내들이 모여들고 있었다. 어깨까지 머리카락을 늘어뜨린 장발족도 보였고 카우보이 모자에다 반바지 차림, 삼각원통 모양의 모자를 쓰고 팬티만 두른 벌거숭이도 보였다. 부대 안이 아니었으면 부랑배 집단인가 여겨질 정도였다. 그들은 대부분 검게 탄 얼굴이었고 눈빛이 날카로웠다. 모두 열다섯 명이었다.

"오늘 새로 전입한 대원을 소개한다. 김영후 하사."

최 중사가 소개를 하자 나는 '하사 김영후' 하며 경례를 했다. 오와 열도 없이 모여들었던 대원들이 대각선으로 줄을 만들었다.

"고생했것네. 나는 주인식 하사다. 잘 지내재이."

카우보이 모자를 쓰고 키는 나와 비슷했는데 피부가 검어서 나이를 가늠할 수 없었다.

"내가 이런 맛에 산당께. 이제 삼 개월 남았구만이라. 유재식 병장이라요."

팬티만 입은 채 이를 드러낸 사내였다. 키는 내 어깨를 겨우 넘은 단신이었다.

"에고, 언제 사람 못 할꼬."

"일따안은 죽었다 복창하소."

앞선 두 사람 외에는 아예 자기소개를 생략했다. 짐작건대 병장이나 상병쯤 된 것 같은데 지나가면서 빈정대기도 하고 으스대는 사람도 있었다. 한 명 한 명 손을 잡으면서 나는 은근히 화가 났다. 상견례치고는 고약했다. 계급에 따라 직책이 정해져 있는 말단 소대로 가고 싶었는데 이게 뭔가. 여기서도 하사 대접받기는 틀린 것 같았다. 아니다. 훈련소에서도 대접받으려고 5중대를 지원한 것은 아니었다. 이병이라는 이유만으로 인격을 모독하고 기분 내키는 대로 구타하던 그들을 정면으로 바라보고 싶었을 뿐이었다. 그날 이성출이 그따위로 모멸감을 주지 않았으면 급소를 치면서까지 대들지는 않았을 것이다.

"씨팔, 주접들 떨고 있네."

나도 모르게 욕설이 튀어나왔다. 딱히 누구를 쳐다보지는 않았으나 내 거친 불평을 들은 사람들을 자극한 것 같았다.

"뭐라꼬요?"

계급장이 없어서 분간이 안 되었으나 아직 피부가 불그레한 파월 신참들이 더 까부는 것 같았다. 빈정거리기는 해도 그들은 내 눈을 정면으로 바라보지는 못했다. 최 중사가 바로 막아섰다.

"야, 너거들은 더했다. 너무 재지 말고 김 하사가 잘 적응하도록 도와주거라."

마지막까지 악수하고 나니 바로 술좌석이 벌어졌다. 모든 게 파격적이란 생각이 들었다. 식당으로 사용하는 듯 약간 작은 규모의 천막 안에는 의자가 붙어있는 긴 나무 식탁이 2개 놓여 있었고 그 위에는 깡통맥주 5박스가 놓여 있었다. 24개 묶음의 버드와이저였다. 맥주는 대학가에서도 부유한 집 애들만 거들먹거리며 마시는 술인데 여긴 흔해 빠진 것 같았다. 말로만 듣던 유명 맥주를 박스째 맞닥뜨리게 된 것이다. 몇 명이 박스를 풀어 맥주를 식탁 중간에 정렬했고 짙은 갈색 깡통의 뚜껑을 열고 있는 대원도 있었다. 비릿한 닭고기 냄새와 미군부대 인근에서 맡았던 소시지 냄새도 천막 안으로 퍼져나갔다. 한쪽에서는 비스킷과 색깔은 노랬으나 내용물이 구두약처럼 엉겨 있는 것도 있었고 은박에 싸인 둥글고 비스킷과 크기가 비슷한 것도 수북이 쌓여 있었다. 준비가 되자 대원들이 모두 식탁에 앉았다. 나는 최 중사가 가리키는 대로 그의 옆에 앉았다. 출입문 쪽 폭이 좁은 부분에 장 중위가 혼자 앉았고 아까 자신을 주인식 하사라고 소개했던 대원이 최 중사 맞은편에 앉은 것을 보니 자리가 계급순으로 지정되어 있는 것 같았다. 전입신고도 생략하고 복장도 제멋대로인 이 집단에도 일정한 질서는 있어 보였다.

"자, 새 식구가 왔으니 진정으로 환영해주고 기분 좋게 마시자. 내가 늘 강조하듯 우리는 삶과 죽음을 함께 나누는 형제들이다. 적은 인원으로 전장을 누벼야 하는 우리는 한 사람의 실수로 전 대원이 전멸할 수도 있지만 한 사람 한 사람의 전투력이 전체 장거리정찰대의 능력으로 분출된다. 따라서 우리가 정찰임무를 위하여 유기체처럼 각자의 역할에 충실하고 곁의 대원을 믿으면 나 자신과 장거리정찰대를 함께 지켜낼 수가 있다. 자 모두 앞에 놓인 맥주캔을 들어라."

장 중위가 조곤조곤한 목소리로 건배사를 했다. 괴상한 차림을 한 대원들이 모두 엄숙한 표정을 지으며 깡통을 들었다.

"오늘 전입한 김영후 하사와 우리 모든 대원들의 건강과 무운을 위하여!"

"위하여!"

참으로 오랜만에 해보는 단체 건배였다. 왁자한 대원들의 떠드는 소리 사이사이로 지치지 않는 새와 벌레들의 악다구니가 귓속으로 시리게 파고들었다. 영후는 가만히 낯선 얼굴들을 둘러보았다. 대원들이 모두 사복을, 그것도 희한한 복장들을 하고 있어서 더욱 서먹했다. 갑자기 코끝이 찡했다.

'또 얼마를 지나야 이 낯가림이 없어질까. 어쩌면 낯가림 자체가 사치인지도 모른다. 장 중위 말마따나 싫든 좋든 곁에 있는 전우들을 돕고 또 그들에게 의지해야 한다. 이 낯선 땅에서 적 아닌 적과 목숨을 걸고 싸우는 게 주업인데 거기서 살아남으려면, 그래서 일 년 후 무사히 집으로 돌아가려면 다시는 주위에 적을 만들지 말아야 한다. 여긴 훈련소가 아닐뿐더러 대원 중에서 이성출 같은 자가 나와서는 안 된다.'

"신참을 위하여."

누군가 소리쳤다.

"위하여."

오른쪽에 앉은 대원 중 몇몇이 히죽거리며 나를 향해 깡통을 들었다. 나도 식탁 중앙에 놓인 버드와이저를 집어 들었다. 미제 캔맥주는 붙어있는 탭을 당기면 뚜껑이 열리므로 따로 오프너가 필요 없었다. 노곤한 기분이 들었다. 알코올 기운이 시나브로 전신으로 퍼지고 있었다. 하사관학교를 수료한 후 지난 8개월 동안 나는 줄곧 신참 신세였다. 단체생활로 이뤄지는 군대에서 소속감을 잃고 외톨이가 된 것은 치명적이었다. 연대장실의 서 선배가 아니었으면 벌써 사달이 났을 터였다. 찌그러진 깡통이 식탁과 바닥에 쌓여 감에 따라 천막 식당 안은 점점 소란스러워졌다. 나는 식탁 한가운데 수북이 쌓여 있는 비스킷 하나를 집어 먹었다. 약간 짭짤하면서 단맛이 났다. 은박에 싸인 것은 초콜릿이었다. 둘 다 맥주 안주로는 제격이었다.

"미군 애들은 우리 맥주가 최고래. 특히 3홉 들이 크라운 병맥주에 환장하더만. 나, 중대 있을 때 옆 비행장에 근무하는 상병 하나가 블루문 세 박스 들고 와서 크라운 한 박스와 바꾸자더라."

주인식 하사였다.

"에이 그런 기 어딨소?"

김 하사의 말이 떨어지기가 무섭게 그 옆에 앉은 유재식 병장이 빈정댔다.

"되는 소릴 하소잉."

"어? 참말이여. 참말. 자기들 거는 화학준데 크라운 병맥주는 곡주래. 순하고 술 깰 때 골도 덜 때린다문서 사정하던디?"

"믿거나 말거나 것재."

유재식 병장은 좀체 수긍하지 않았다.

"으응. 나도 그런 말 들어봤대이."

듣고만 있던 최 중사가 주인식 하사의 말을 거들었다. 서 선배와 어울려 다닐 때 어디선가 4홉들이 오비 병맥주는 몇 번 얻어먹은 적이 있었으나 학교 주변 주점은 요기도 할 수 있는 막걸릿집이 주종이었다. 그런 현상은 길 건너 동숭동도 비슷했다. 그러니 나는 화학주니 곡주니 하는 말은 들어 본 적이 없었다. 얼굴이 불콰해진 장 중위가 슬그머니 일어나 밖으로 나갔다. 그가 앉았던 식탁 위에는 쭈그러진 빈 깡통 하나만 덩그러니 놓여 있었다.

"성대 다녔다꼬?"

최 중사가 불쑥 물었다.

"예. 2학년 1학기만 마쳤어요."

입대 후 나는 낯선 사람에게 학력에 대하여 말하지 않았다. 서정민 선배도 내 시위 전력, 경찰에 연행되어 한 달간 유치장에 감금되었던 전력이 기록카드에 기재되어 있다는 말을 한 적이 있었다. 당시 나는 그것이 무슨 말인지 잘 몰랐지만 어쨌든 그것 때문에 나쁜 일이 뒤따르는 것 같아서였다. 식탁 건너편에서는 아리랑 담배와 양담배에 대해서 티격태격하는 중이었다.

"집안 아재 중에 부산세관 다니는 이가 있는데 그 양반이 그러더군. 부산항에 정박한 외항선의 선원 하나가 입국수속을 함서 세관 직원보고 우리 아리랑 담배 남바원이라고 했대."

"어찌 그란디요?"

주인식의 말을 끊으면서 유재식이 시큰둥하게 물었다.

"어허 들어보아. 우리나라에 첫 필터담배 아리랑이 나온 지 10년밖에 안되앗고, 질도 별론데 말여. 그걸 남바원이라니 뭔 말이냐고 물었대."

"그래 뭐란답디어."

그쪽으로 귀를 기울이고 있는데 최 중사가 내게 물었다.

"보통 3학년 1학기 마치고 입대한다꼬 하던대?"

최 중사는 남은 맥주를 단숨에 마셨다.

"데모 때문에 휴교령이 내려서……."

나는 말을 아꼈다.

"그렇다재. 참 큰일이대이. 정부도 정부지만 학생들또 자중해야 할낀데. 목숨 걸고 남의 나라 와서 싸우고 있는 우리도 생각해야재."
 최 중사는 그렇게 중얼거리듯 말하면서 쥐고 있던 빈 깡통에 힘을 줘 쭈그러뜨렸다. 여기서는 누구나 마시고 난 빈 통을 손이나 발로 눌러 납작하게 만들었다. 되도록 크기를 작게 하는 것을 보니 뒤치다꺼리 때문인 것 같았다. 대원 두 명이 쭈그러진 깡통을 수시로 걷어 식탁 아래의 빈 박스에 정리를 했다. 장정 십수 명이 북적거리는데도 천막 안은 시원했다. 펼쳐놓은 앞뒤 출입구에서 맞바람이 쳤고 비록 불협화음이긴 하나 새와 벌레들의 합창은 청각적으로 한결 청량감을 주었다. 불과 두 시간 전의 그 뙤약볕을 생각하면 이곳 천막 안은 천국이었다. 볕과 그늘이 이렇게 다르다는 게 신기했다.
 "외항선원 말이 지난번 한국 왔을 때 아리랑 담배를 몇 갑 사갔는데 술 취해 잠잘 때 피우기 딱이라는 거여."
 다시 담배 타령이 계속되었다.
 "술 취해 잠잘 때라니, 그거이 무신 말이라요?"
 "들어보아. 자기들 담배는 피우다 잠이 들어도 끝까지 타버려 자칫 손가락을 데거나 불날 위험이 있는디 아리랑은 빨지 않으면 저절로 불이 꺼져부러 화재예방에 최고라는 겨. 바다 가운데서 불나면 큰일인디 올매나 좋은 담배냐문서."
 "옴메, 좋냐 구지냐. 거참 분간이 안 되네?"
 유 병장의 말이 끝나기 무섭게 갑자기 천둥과 번개가 치면서 세찬 비가 쏟아졌다. 해가 쨍쨍하던 하늘에서 저런 폭우라니, 무슨 조화인가 싶었다.
 "스콜이대이."
 놀라고 있는 나를 바라보며 최 중사가 싱긋 웃었다. 아, 스콜…….

열대 지방에서 기체가 열을 받아 아래위가 뒤바뀌면서 나타나는 소나기라고 배운 기억이 났다. 비는 20여 분 계속되다가 언제 그랬느냐는 듯 다시 해가 쨍쨍 내리쬤다. 어느새 준비되었던 맥주 5박스가 동이 났다. 대원들이 하나씩 둘씩 자리를 뜨기 시작했다. 맥주 개수를 세워보니 한 사람당 6~7개 정도 돌아간 셈인데 비틀거리는 사람은 없었다. 나는 처음 하나를 비웠을 때는 얼얼했으나 거듭할수록 정신이 말똥말똥했다. 아마 낯선 곳인 데다 처음 보는 사람들에 둘러싸여 긴장한 모양이었다. 앞에 쭈그러진 깡통 10개가 놓여 있는 최 중사도 취기가 거의 없었다. 그는 주 하사와 유 병장의 객담이 끝나자 밖으로 나가더니 버드와이저 한 박스를 또 들고 왔다. 대부분 자리를 떴고 건너편의 두 사람만 새로운 술판에 관심을 보였다. 최 중사가 곁에 앉아있었기 때문인지 아까 상견례 때 거들먹거리거나 빈정대던 누구도 내게 관심을 보이지 않았다.

"작전 갔다오모 맨날 맥주 마시는 재미로 산다."

최 중사가 박스를 뜯으면서 말하자, 작전 나가기 전에는 죽지 말자고 묵고, 갔다 와서는 안 죽었다고 묵고……. 유재석 병장이 그 말을 받았다. 그 말을 들으니 공연히 팔뚝에 소름이 돋았다.

"저는 5중대로 발령이 났는데 왜 이곳으로 데려오셨죠?"

나는 아까부터 궁금했던 것을 최 중사에게 물었다.

"글쎄다. 그거는 대장님한테 물어봐야 할끼다. 나는 그 양반 지시로 김 하살 데려온 거 뿐이니까."

그는 세 사람 앞에 맥주를 하나씩 놓으면서 말했다.

"스카웃된 기재. 나도 그렇게 끌려왔어."

주인식 하사가 웃으면서 끼어들었다.

"하사 이상은 서류심사로, 쫄병들은 골라잡기로……."
 유재식 병장이 맥주 뚜껑의 탭을 잡아당기면서 또박또박 말했다.
"대학물 묵은 사람이 하사관학교를 나왔으니 관심을 받재."
 최 중사가 무덤덤하게 말했다. 결국 이 말에 정답이 있는 듯했다. 서 선배도 내가 그 때문에 괴롭힘을 당하는 거라고 했는데 여기서는 오히려 그 엇박자에 가점을 준다니……. 게다가 시위나 유치장 전력은 흠도 아니었다. 나는 그때 그 대열에 적극적으로 끼어들지도 못하고 주위에서 얼쩡거리다가 애매하게 걸려들어 미안하기도 하고 화도 났다. 존재감도 없던 내가 총학의 관심을 끈 것은 학보에 실린 한 편의 산문 때문이었다. 오리 막사의 새벽 전경, 즉 바닥에 밤새 깔겨놓은 배설물 위에 빽빽하게 진열해 놓은 생명의 상징인 하얀 알, 그리고 창틈으로 스며든 햇살이 빚어내던 묘한 조화를 생각나는 대로 적은 글이었다. 종로와 동대문 식당에서 수거해 온 음식 찌꺼기가 오리를 통해 똥과 알로 만들어지는 일련의 과정과 현장감을 잘 묘사했다는 평을 들었다. 그런데 그 산문이 내 대학생활을 그토록 초토화시킬 줄은 전혀 상상하지 못했다. 우리 동지중에도 이런 문재가 있었네. 총학의 선배 몇 명이 나를 찾아와 그렇게 부추기더니 일을 하나 맡겼다. 일종의 시국선언문 격인 출전문이었다. 대규모 시위에 앞서 대표자가 낭독하는 글이라면서 예시문 세 개와 뜻풀이까지 첨가한 20여 개의 단어를 주면서 문장을 완성하라는 것이었다. 경찰이 체포조까지 만들어 나를 찾은 것은 출전문 작성자인 데다 전국적으로 그 글이 퍼져 시위를 충동한다고 판단하였기 때문이었다. 내 출신과 배경이 다 까발려지고 그 글의 작성 경위도 세세히 조사한 경찰이 한 달 만에 풀어주면서 '어려운 환경에서 대학까지 보내준 부모님을 생각해야지……. 다시는 그런 짓 하지 마.'라고 했다. 그 뒤로 나는 얼마 버티지 못하고 군에 입대했다.

"중대보다 위험하긴 해도 단출해서 좋은 맨이 있대이. 훈장 탈 기회도 많코……."

최 중사가 위로인지 변명인지 알 수는 없으나 아직은 전투니, 위험이니, 훈장 같은 것은 별로 실감이 나지 않았다. 박 중위에게 연락할 수 있을까. 맥주 환영회를 마친 뒤 씨레이션으로 저녁을 때우고 일찍 잠자리에 들었다. 그러나 온갖 벌레들이 쏟아놓는 숲의 변란과 밤이 깊을수록 잦아지는 포성에 가슴 쓸면서 삐걱거리는 야전침대 위를 뒹굴다가 나는 월남의 첫 밤을 고스란히 뜬눈으로 지새웠다.

이튿날은 오전에 총과 장비를 수령하고 위장복을 고른 뒤 M16 분해결합을 하면서 시간을 보냈다. 대원인 유정길 상병이 곁에서 도와주었다.

"연발로 놓고 방아쇠를 당기면 이 탄창에 들어있는 실탄 20발이 눈 깜짝할 사이에 날아가 버려요."

유 상병은 탄창에 실탄을 한발씩 쟁여 넣으면서 말했다. 집이 수원이라는 그는 파월된 지 5개월 됐다고 했다. 목소리는 앳된데 수염이 덥수룩하여 나이를 잘 알아볼 수가 없었다. 여기 온 뒤 수염을 거의 깎지 않았다며 장난스레 웃었다.

"오음리에서 천 인치 영점사격하면서 이거 세 발만 쏴봤어."

분해한 뒤 탁자 위에 놓았던 노리쇠 부품을 차례로 다시 결합하면서 내가 말했다. 훈련소와 하사관학교에서 지겹도록 들고 다녔던 M1보다 손이 많이 갔으나 확실히 가벼웠다.

"오늘 오후에 실컷 쏴볼 겁니다."

유 상병은 총을 모두 결합한 후 방아쇠를 당겨 딱 소리를 냈다. 나는 윤활유로 범벅이 된 손을 닦아가며 분해와 결합을 서른 번쯤 반복하여 완전히 익혔다. 오후에는 최 중사의 통제 아래 매복 시 사용하는 조명지뢰, 모형으로만 다뤘던 크레모아를 설치하는 요령과 점화기 사용법도 익혔다.

"이 안에는 쇠구슬 700개가 들어있는데 폭파할 때 모두 파편이 되어 적을 공격한대이. 살상범위가 120도이고 유효사거리는 50미터~100미터 정도다. 조심할 거는 후폭풍이 심해 설치를 잘못하모 뒤에 있는 아군에게도 피해가 간다는 기다. 우리가 야간매복 할 때 꼭 갖고 다니는 지뢰다."

최 중사는 크레모아는 작전 시 병사의 개인 휴대품이며 오발방지를 위해 반드시 본체와 점화기는 분리해서 따로 보관해야 한다고 주의를 주었다. 이어서 베트콩들이 실전에 사용하는 부비트랩도 종류별로 살펴본 뒤 임시 사격장에서 소총 실탄사격을 했다. 영점을 맞추고 2,3발 점사와 지향사격 자세의 실습도 했다. 다른 대원들과는 달리 내 총은 통제가 잘되지 않았다. 순식간에 탄창이 텅 비었으나 총구가 좌우상하로 흔들리면서 실탄이 분산되는 바람에 명중률은 10프로 정도밖에 되지 않았다.

"이 자세는 적은 병력으로 작전을 펴야 하는 우리 대원이 가장 많이 쓰는 긴데 영어로는 '힙파이어스탠스'라 카든가? 짱글에서 갑자기 마주치는 비씨(VC)들과 싸울 때 최곤기라. 그런데 조금 전 김 하사도 해봤지만 총열을 받치는 위치와 요령에 따라 실탄 방향이 제각각이라서 조심해야 한다. 좀 있으모 저절로 알겠지만 야간매복을 한 뒤 부대 들어올 때 갖고 나갔던 총알로 이 연습을 한다. 많이 쏴봐야 손에 익는다."

 최 중사가 자세를 잡고 직접 사격을 하면서 설명했다. 실탄 한 발 한 발도 신중하게 다루고 챙기는 국내와는 전혀 달리 전쟁터답게 탄약은 충분한 것 같았다. 실탄 간수를 엄중하게 하는 것은 물자가 부족하기도 하지만 그 못지않게 안전사고를 막기 위해서였다. 하사관학교의 교육과정을 보더라도 정신통일 한답시고 사격장 입구에서부터 시작하는 오리걸음, 높은 포복은 악명이 높았다. 겨우 세 발을 쏘기 위해 일과가 끝날 때까지 연습해야 하는 PRI는 사격자세와 방법을 가르친다는 본래의 뜻보다 피교육자 통제를 위해 끊임없이 반복하는 정신훈련의 성격도 있었다. 실탄 사격장이나 수류탄 투척장에서 긴장이 풀리면 순간적으로 크고 작은 사고가 나기 때문이었다. 적은 인원이 많은 피교육자를 통제하며 정규 교과과정을 제대로 진행하기 위해 끼워 넣는 기합 역시 필요악이었다.

 파월신병인 나를 위해 최 중사는 며칠 동안 대원 3명과 함께 정글이동과 매복 요령을 가르쳐 주었고 사위가 꽉 막힌 곳에서 나침반과 지도만 가지고 목표물을 찾아가는 방법을 하나하나 일러 주었다.

 "짱글에 한번 들어가보모 전술학 교범에 적힌 독도법은 밸 소용없다는 거 단박 알끼다."

 말은 그렇게 해도 나침반이 가리키는 북쪽과 지도의 방향을 일치시킨 후 주위의 지형지물을 통해 현재의 위치를 확인하는 방법은 같았다. 문제는 정글 속에서는 정확한 현 위치를 찾기 어렵기 때문에 나침반과 함께 오감을 모두 활용해야 할 것 같았다. 나는 완전무장을 한 채 부대 주변을 돌아보는 것으로 마지막 적응훈련을 마쳤다.

07

 내가 배속된 후 장거리정찰대에 내려온 첫 작전 명령은 사람 찾는 일이었다. 연대본부 이웃에 있는 수진마을의 윤락업소에서 일하고 있던 스무 살짜리 여자가 한국군을 따라 나간 지 사흘이 되도록 소식이 없다는 칸호아 성청의 항의문이 도착한 것이다. 이 항의문이 접수되자 관할 헌병대에서 수사를 한 결과 2대대 본부에 근무하는 병장 하나가 범인으로 지목되었는데 현재 그는 취중에 일어난 일이라며 횡설수설하고 있어서 정확한 경위를 파악할 수 없다고 했다. 연대장은 즉시 관할 내 최소 단일부대인 우리 정찰대에 수색명령을 내렸다.
 "전에도 주민의 민원 중 인사사고를 미적거리다가 일파만파로 커져 혼이 났지라. 이럴 때는 신속 처리가 최고여."
 유재식 병장이 혼잣말처럼 중얼거렸다. 대원들은 아침 일찍 씨레이션을 까먹은 뒤 대장 장상길 중위의 통솔 아래 단독무장으로 출동했다. 모든 대원에게 대나무로 만든 막대기가 하나씩 지급됐다. 나는 며칠 전 수령한 검은색 농민 복을 입고 챙이 넓은 정글모를 썼다.

수진마을은 가옥 50여 채와 몇 개의 상가로 이뤄졌는데 해안에서 그리 멀지 않았고 남으로 닌투안성과 경계를 이룬 곳이었다. 1차 수색지역은 혐의자가 수진마을을 나다닐 때 사용하던 통로였다.

"이곳은 원래 관목 종류가 우거진 밀림이었는데 청룡부대가 일대를 평정한 후 시계 청소를 위해 혼룡산 주위 숲을 쳐냈다고 한다."

장 중위가 수색지역의 현상을 일러 주었다. 조성된 지 아직 3년밖에 되지 않아 곳곳에 야생의 위험이 남아 있으니 조심하라는 말이었다. 청룡 1진이 이곳에 주둔했다가 다낭으로 옮겨갔다는 말은 들은 적이 있었다. 나를 제외한 하사 이상 팀장들에게 붉은 색연필로 수색코스를 표시한 지도가 배부되었다. 그런데 그 지도가 새것이고 장 중위가 지역에 대한 주의를 주는 것으로 봐서 이곳은 대원들이 처음 출동하는 것 같았다. 아군이 기지경계를 위해 내보내고 있는 청음초의 활동지역 내에 있는 이곳은 평소 작전이 필요 없는 관내였지만 아무리 숲을 쳐냈다고 해도 식물들이 끊임없이 자라므로 일반 개활지와는 성질이 달랐다. 지도에는 수진마을에서 청음초를 거쳐 잡목지대를 끼고 연대 후문까지 이르는 경로가 표시되어 있었다. 사방 3킬로미터라는데 멀리서도 중간중간 각종 식물로 둘러싸인 높고 낮은 구릉이 보였다. 현재 정찰대 숙소나 연대본부 자리도 개발 전엔 이런 환경이었으리라. 나는 최 중사 오른쪽에 자리를 잡았다.

"옴메, 오늘 좃베기 치게 생겨부렸네."

유재식 병장이 카우보이 모자를 벗어 신경질적으로 부채질하며 구시렁거렸다. 아는 체하며 이 작전의 성격을 중얼대던 아까와는 표정이 전혀 달랐다. 등과 가슴에서 흘러내린 땀이 허리를 적셨고 전신이 끈적거렸다. 그나마 머리에 쓴 챙 넓은 모자가 뙤약볕을 가려

주었으나 위에서 흡수된 열기 때문에 머리카락에 송골송골 맺힌 땀방울이 낙숫물처럼 뚝뚝 떨어졌다. 수통에 담긴 미지근한 물은 갈증을 제대로 달래주지 못했다. 탄띠에 달린 2개의 수통 중 하나는 벌써 바닥을 드러냈다. 대원들은 횡대로 서서 개인 간격 1미터를 유지하며 앞으로 나아갔다. 무릎 높이로 풀이 우거져 있어 막대기로 찔러보지 않으면 바닥을 제대로 확인할 수 없었다.

"달라붙는 여자를 밀쳐낸 후 부대로 돌아왔다나 봐요. 어디서부터 어디까지 믿어야 할지 모르지만……."

두어 사람 건너에서 막대기를 휘두르고 있던 누군가 숨을 후후 몰아쉬며 그렇게 말했다.

"애먼 정찰대만 죽어납니다."

"맞어. 어쩌겠어. 성청의 항의서는 무시할 수가 없으니 말이야."

그의 옆 대원 목소리에도 짜증이 배어 있었다. 차라리 완전군장으로 정글을 헤매는 것이 낫겠다. 이게 무슨 헛지랄이람. 웅성거림 속에서 계속 불평이 툭툭 튀어나왔다.

"자, 속도 좀 내자. 이러다간 온종일 헤매겠다."

장 중위는 대원들의 넋두리를 무시하고 수색을 재촉했다. 구름 한 점 없는 창공에는 오늘도 치누크가 투타다다 투타다다 캄란 보급기지를 들락이고 있었다. 바나나밭 주위에서 지하창고가 발견되어 한동안 소란이 일었다. 그 안에서 잘 익은 바나나 수백 뭉치를 찾아내자 대원들 대부분이 베트콩의 식량일 가능성을 말하며 흥분했으나 위에서는 손도 대지 못하게 했다. 주변에 땅굴이 있는지만 확인했다.

"오늘 작전도 어쨌든 대민봉사의 일환이다. 주민들이 멀리서 지켜본다는 점을 명심해라."

장 중위는 서둘러 지하창고를 봉인했다. 창고를 빌미로 잠깐이나마 휴식을 취한 후 수색이 재개되었다. 문득 어디선가 이곳을 향해 총구를 겨누고 있는 듯한 무섬증이 들었다.

"베트콩이 없는 곳이 없다던데 이렇게 개활지에서 오래 있어도 괜찮은가요?"

나는 옆에 있는 최 중사에게 물었다. '베트콩은 어디서나 나타나고 찾아 나서면 아무 곳에도 없다'는 말이나 '월남인 속에는 베트콩이 반드시 끼어 있는데 그중 지방 베트콩은 남녀노소를 불구하고 각양각색으로 뒤섞여 있다'는 말은 오음리 교육장에서 대부분 교관들이 강의 도중에 즐겨 읊는 단골 메뉴였다. 그래도 거침없이 행동하는 고참들을 보면서 크게 걱정은 되지 않았다.

"여긴 연대기지 주변 아이가. 외곽 경계를 하고 청음초도 나가 있고 짱글 부근에는 밤마다 뺑 둘러가매 포를 쏘니까 괜찮타. 맘 놓고 다니는 안전지대 잉기라."

최 중사가 숨을 몰아쉬며 말했다. 그러니 색골들이 개판치고 다니는기라. 누군가 중얼거렸다. 사고는 방심과 작은 틈을 비집고 터지게 마련인데 그런 면까지 통제가 되지 않아 이 야단법석을 떨고 있는 것이 아닌가. 사고 병사의 오입로 수색은 지도에 붉은 선을 그어가며 거의 두 시간 동안 이뤄졌으나 헛물만 켰다. 장 중위가 무전으로 어디론가 연락하는 동안 대원들은 몇 명씩 몰려 앉아 담배를 꺼내 물었다. 국내에선 필터 없는 화랑담배만 피웠는데 여기선 말보로, 윈스톤, 럭키스트라이크 외에도 켄트나 살렘 같이 향이 독특한 양담배가 널려 있었다. 아예 씨레이션에는 한 끼 식사 박스에 6개짜리 포장 담배가 들어 있었다. 군대가 젊은이를 골초로 만든다는 비난은 새겨들어야 하지만 그렇다고 언제 어느 방향에서 실탄이 날아와 목숨을 끊을지 모르는 전쟁터가 아닌가. 이곳은 모든 게 규격화되어 있었다. 전술기지, 전투대열, 전술교범(Field Manual). 그러고 보면 군 생활 자체가 일정한 규칙이나 메뉴얼대로 움직이고 있는데 특히 전쟁터에서는 인적 물적 피해를 줄이기 위해 각종 수칙이 더 엄격한 것 같았다.

후문으로 헌병이 병사 하나를 데리고 나오는 것이 보였다. 정찰대장 장 중위가 그들에게 다가갔다. 최 중사가 손짓을 하자 대원들은 바닥에 담배를 비벼 끄고 일어서서 부채꼴 대형을 만들었다. 비무장인 병사는 굳은 표정을 한 채 손가락을 가리키거나 고개를 끄덕거리기도 했다. 오래잖아 장 중위가 그 병사를 앞세우고 돌아왔다. 장 중위가 최 중사와 김인식 하사를 불렀다.

저 시끼가 범인이라네. 김인식 하사를 뒤따라갔던 유재식 병장이 귓속말로 속삭였다. 범인이라몬, 여자는 오딨대요? 몰라. 인자 찾것재. 그랄라꼬 데리온거 같은디. 웅성거리고 있는 대원들을 향해 최 중사가 수신호를 하자 대원들은 다시 일열횡대로 늘어섰다. 개인 간격은 1미터였다. 이들은 손짓 따라 움직이는 훈련이 잘 되어 있는 것 같았다. 다양한 복장을 한 사내들이 수신호로 일사불란하게 움직이는 모습이 신기했다. 다시 수색이 시작되었다. 아침에 훑었던 지역의 북서쪽이었다. 벙거지와 정글모를 쓴 대원 두 명이 사고 병사 주위를 지켰다. 그의 계급은 병장이었고 강송수라는 명찰을 달고 있었다. 지역에 대한 경계심이 풀린 탓인지 대원들의 움직임에 장난기가 섞이기 시작했다. 누군가 야트막한 둔덕에서 먹음직한 야생 수박과 참외를 찾아내어 대검으로 껍질을 벗겨 나눠 주었다. 그러나 맹탕이었다. 삼양동 오리목장 인근에도 이런 개똥수박이나 개똥참외가 심심찮게 나왔다. 막사를 청소할 때 흘러나온 오리 똥의 영양분을 먹고 자란 것이었는데 그 맛이 기차게 좋았다. 그런데 뙤약볕 아래에서 자란 과일이 이렇게 맹탕인 이유가 무엇일까. 다만 한입 베어 물고 있으면 갈증은 약간 덜어졌다.

지루한 수색작업 중에도 민물고기가 가득한 연못이 나와 환성을 질렀고 마을에서 도망쳐 나온 것으로 보이는 닭과 개가 튀어나와 뒤를 쫓는 등 여러 소일거리를 찾아가며 대원들은 마을에서 부대까지 두 번 왕복을 한 후 기진맥진한 채 점심을 먹었다. 처음에는 강송수 병장의 손짓에 따라 움직였으나 번번이 허탕을 치자 장 중위가 대원들을 한곳으로 모아놓고 강 병장을 가운데 세웠다.

"여자를 왜 데리고 왔나?"

"지가 따 따라 와 왔어요."

강송수는 심하게 말을 더듬었다.

"전에도 만난 여자인가?"

"예."

"여기서 했나?"

"아니요. 마 마을에서⋯⋯."

"그런데 왜?"

"도 돈을 더 다 달라고⋯⋯."

"화대를 안 줬나?"

"3불만 주 주고 나 나머지는 다 다음날 주 준다고 했는데 아 안 된다고 자 자꾸 따라 와서."

와, 롱타임 해놓고 3불만 줬어? 간 크네. 그랗게 여자꺼정 죽였재. 수진은 숏타임 5불, 롱타임 10불이라던디? 여기저기서 수군거렸다. 밤새 여자를 괴롭혀 놓고 화대를 안 주니 따라왔던 것 같았다.

"그래서 죽인 거야?"

장 중위가 고함을 질렀다. 강 병장은 고개를 푹 숙였다.

"……."

"어디야? 어디서 그랬어?"

이 질문은 수십 차례 했을 것 같았다.

"수, 술이 취해서, 어 어떻게 부 부대로 도 돌아갔는지……."

그가 수색팀에 합류하여 약간 활기를 불어넣었는데 몇 번 왕복 하다 보니 자신이 없어진 모양이었다. 그런데 그의 왼쪽 얼굴에 긁힌 자국이 있었다.

"웃통 벗어 봐."

장 중위가 말했다. 그는 멈칫멈칫하며 상의를 벗었다. 얼굴만 아니라 등과 가슴, 팔뚝에 심한 상처가 나 있었다.

"언제 다쳤어?"

"그날……."

장 중위가 들려준 헌병의 조사결과를 보면 화대 시비로 강 병장이 여자의 목을 조른 것은 어제 새벽 6시경이었고 자신은 철조망에 뚫린 개구멍을 통해 부대로 들어갔다고 했다. 그러나 그가 색욕을 풀기 위해 수진마을로 나다니던 경로라고 해도 주위는 키가 비슷한 잡목으로 우거져 있고 위치를 특정할 수 있는 지형지물도 없었다. 그의 기억에만 의존할 수 없다는 결론이 났다. 결국 수색 범위가 한없이 넓혀질 모양이었다.

"저쪽이 아닐까?"

유재식 병장이 잡목 숲을 가리키며 말했다. 다른 대원 몇 명도 동의했다.

"아, 씨발것, 먹는 넘 따로 있고 좆빠지는 넘 따로 있네."

누군가 그렇게 욕질을 하자 주위 몇몇 대원이 함께 빈정거렸다. 수풀 속을 찜통으로 만들었던 지열처럼 대원들이 쏟아내는 투정도 끈적끈적 내 전신에 달라붙었다. 헌병들은 저넘을 어떠크롬 찾았단가? 아, 밥 먹고 하는 일이 그거 아이가. 밤에 철조망 넘는 간 큰 놈은 몇 없다 아이가. 야, 청음초도 피해 댕긴 모양이구먼. 지금껏 묵묵히 바닥을 뒤적이던 대원들이 저마다 한마디씩 시부렁거렸다. 바닥을 뒤적이며 금을 캤어도 이제 지칠 때가 된 것 같았다. 어김없이 찾아온 스콜을 온몸으로 맞은 후 장 중위의 지시로 대원들은 잡목정글을 향해 이동을 시작했다. 첫 수색을 시작했던 지점에서 서쪽으로 방향을 잡고 횡대로 촘촘히 늘어섰다. 저거 지나모 바로 작전지역이야. 민간인 통행금지구역이라고 했다. 오전 수색지역보다는 좀 더 넓은 통로가 나왔다. 사람도 다녔겠지만 주로 사슴 같은 동물들의 통로가 아닌가 싶었다. 길이 없는 곳에는 손가락 굵기의 가지가 달린 가시나무가 빽빽해서 진입이 어려웠다. 앞이 잘 보이지 않았고 한증막에 들어선 듯 숨이 막혔다. 왜 이곳을 잡목정글이라고 말하는지 금방 알 수 있을 것 같았다. 모두 땀으로 흠뻑 젖었다. 낮에도 다니기 힘든데 아직 주위가 어두운 시간에 들어갔을 리 없다는 단정 때문에 수색지역에서 제외했던 곳이었다.

"분명 사고는 친 것 같은데, 강 병장이 술 취한 상태여서 정확한 위치를 기억하지 못하고 있어."

장 중위가 출발신호를 보내며 그렇게 말했다. 오전 내 허탕을 친

것에 대하여 양해를 구하는 것 같았다. 그때였다. 어디선가 간장을 달이는 듯한 역한 냄새가 풍겨왔다. 나는 코를 막고 주위를 둘러보았다. 최 중사와 내 주위에 있던 대원들도 모두 걸음을 멈추고 얼굴을 찌푸리고 있었다.

"아아!"

앞서가던 대원이 가쁜 숨과 함께 신음을 내뱉었다. 모두 행동이 민첩해졌다. 서너 걸음 앞 숲에 무엇인가 있었다. 다가갈수록 냄새는 더욱 고약해졌고 눈앞에 어지럽게 아지랑이가 피어올랐다. 힘껏 주무른 뒤 내팽개친 듯 형체가 구겨진 한 물체가 나왔다. 허벅지가 드러난 엷은 보라색 원피스 차림의 젊은 여자였다. 체구가 작았다. 사체는 가지에 긁혀 옷과 피부가 많이 찢겨있어 이미 부패가 시작되었고 얼굴과 팔다리의 상처 부위에는 손가락만 한 흰 벌레가 기어 다니고 있었다. 대원들은 시신을 중심으로 경계 대형을 펼쳤다. 나는 시신 앞에서 멈칫했다. 속이 뒤집힐 만큼 강력한 송장 냄새도 그랬지만 벌레가 내 몸에 옮겨 붙어 꿈틀거리는 것 같아서 견딜 수가 없었다. 나는 계속 심호흡을 했다. 장 중위가 통신병이 메고 있는 PRC-25로 대대에 상황보고를 했다. 정찰대원은 사체 주변을 뒤적이며 여자의 슬리퍼와 손가방을 찾아냈다. 오래잖아 마스크를 쓴 위생병 2명이 들것을 들고 달려왔다. 장장 7시간의 수색 작전은 마무리되었으나 모두 표정이 어두웠다.

대대는 그 후 일주일간 뒷수습으로 골머리를 앓다가 유족들에게 미화 5백 불과 씨레이션 10박스, 선드리팩 2개로 배상한 뒤 대대장이 장례위원장이 되고 대대 행정요원이 장례위원이 되어 엄숙히 장례를 치러주었다. 강송수 병장은 구속된 채 한국으로 송환되었다.

1967년 연말은 그 사건으로 분위기가 어수선했고 거의 한 달간 헬기 레펠 훈련과 연대 주변의 야간매복을 하면서 지냈다. 엄격한 통제나 야간 점호도 없는 생활이었고 틈만 나면 삼삼오오 모여서 제각기 깔고 앉은 24개들이 캔맥주를 하나씩 빼먹으며 시간을 보냈다.

1968년 설날을 나흘 앞둔 1월 26일, 정찰대에 새로운 임무가 떨어졌다. 3박 4일간 적 동태를 파악하는 정찰이었다. 우리처럼 월남인들도 음력 1월 1일을 테트라는 큰 명절로 즐긴다. 이 명절은 영적 가치와 가족과 이웃 간 깊은 유대를 형성하며 조상을 기억하고 새해의 풍요를 기원하는 기간이기도 했다. 주로 1번 도로 주변에 밀집한 월남인 마을은 벌써 흥청거리고 있었다. 나는 대원들 틈에서 매복 나갈 때처럼 배낭을 만들었다. 여기 와서 처음 나가는 장거리 정찰이었다.

담요, 판초우의, 크레모아, 수류탄, 조명지뢰, 실탄 2기수, 물만 부어 마시는 B-레이션 사흘 치, 그리고 폴리에스텔 물주머니 2개와 방탄조끼, 야전삽, 정글도.

담요와 야전삽 외에는 모두 실전용이었다. 배낭은 가벼울수록 좋지만 일단 정글에 가면 모두 필요해요. 얼마 전, M16의 분해결합을 도와줬던 유정길 상병이 내 장비 중에서 정글도만 옆으로 제쳐놓았다. 이건 별 도움이 안 될 거예요.

"월맹이 구정 동안 휴전하자고 했다카네."

대원들의 배낭 꾸리는 현장을 둘러보던 최 중사가 그렇게 말했다.

"그래봐야 뭐한다요? 지키지도 않을 거문서……."

누군가 그렇게 구시렁거렸다. 그저께 나트랑 방송에서 그렇게 말했대. 채명신 사령관은 3단계 경계경보를 내렸다는데 뭐. 월맹과 지방 베트콩의 움직임이 심상찮다는 첩보도 있다는데? 그랑께네 우리가 이 짓을 하고 있재. 그래도 미군들은 좋아한대요. 대부분 '카더라 통신' 같지만 그럴듯하게 갖다 붙인 느낌이 들었다.

"작년에도 놈들이 구정 일주일 휴전하자꼬 해서 마음을 놓았다가 미군부대 몇 곳이 기습 당했다재. 우리 주월사는 일찌감치 사전대비로 방향을 정했다카네."

최 중사가 실내를 어슬렁거리며 말했다.

"이번 출동도 베트콩들의 움직임이 수상쩍다꼬 각 대대와 연대 수색중대 장거리정찰대가 구역을 나나가꼬 살피는 거라카네."

나는 다른 대원들의 움직임을 보면서 눈대중으로 배낭을 꾸렸고 내 몸에 맞는 검은 색의 농민복을 손질해서 입었다. 배낭이 완성되자 대원들은 둘러앉아 씨레이션으로 간단한 아침식사를 한 뒤 본부 앞에 정렬했다. 노가다 행색이라 긴장감은 덜했으나 짓눌린 등짝에선 벌써 땀이 흘러내리고 있었다. 숲속의 벌레들은 사람들이 움직이면 더욱 악을 쓰는 것 같았다. 최 중사가 대원들의 군장검열을 마치자 장 중위가 막사에서 나왔다.

"알고 있겠지만 그동안 월맹이 일방적으로 휴전을 제안하면 늘 뒤 끝이 좋지 않았다. 최근 여러 정보기관으로부터 월맹과 지방 베트콩의 움직임이 심상치 않다는 분석이 나오고 있으나 공식적으로 작전하기가 애매한 면이 있다. 섣불리 나섰다가 휴전위반이라는 비난을 들을 수도 있기 때문이다. 현재 주월한국군은 비상근무에 들어갔고 놈들이 늘 노리고 있는 캄란 보급기지와 동바틴 비행장 주변은 수색중대와 연대 장거리정찰대가 항시 살피고 있다. 이번에 정찰구역이 확장되면서 우리 2대대에게도 배정이 되었다. 유념할 것은 이 작전

중에는 가능한 한 사격을 자제하고 노출을 피해야 한다. 늘 강조하지만 우리가 휴대한 무기는 공격이 아니라 방어용이란 것을 명심해라."

그의 음성은 우람하지 않았고 말도 늘 조곤조곤했다. 그러나 그의 지휘는 대원들이 인정하듯 대체로 막힘이 없었다. 지난번 시신 수색 작전에서 부하의 의견도 참작해가면서 일을 처리하는 모습이 인상적이었다. 유재식 병장이 첨병을 서고 주인식 하사가 그 뒤를 잇자 각 대원은 2미터 간격으로 일자 행렬을 만들었다. 장 중위는 중앙에, 최 중사는 후미를 맡았다. 내 위치는 뒤에서 다섯 번째였다

연대본부의 서남쪽 경계망인 교통호를 통해 마지막 철조망을 벗어나 20분쯤 걷자 잡목 정글이 나타났다. 그늘이 없어 일대가 온통 한증막이었다. 숨이 턱턱 막혔다. 나무는 가늘어도 대부분 가시가 붙어 있었다. 부비트랩의 위험성을 고려하면서 곳곳에 나 있는 통로를 통해 정글 속으로 들어갔다. 사슴이나 민간인들이 나다니는 길로 보였다. 대원들의 행동에 거침이 없는 것을 보면 이곳은 작전을 위해 한국군이 자주 출입하는 곳인 것 같았다. 갈증 때문에 나는 소금 알약과 함께 쉴 새 없이 물을 마셨다. 탄띠에 차고 있는 두 개의 수통은 출발 무렵 다 비었고, 배낭에 매달았던 대형 물주머니 두 개 중 한 개도 거의 바닥을 드러내고 있었다. 한 시간쯤 지났을까, 꽤 넓은 개활지가 나왔다. 띄엄띄엄 서 있는 크고 작은 나무 사이로 아담한 숲이 보였고, 그 그늘에는 물구덩이도 보였다. 다가가 보니 물은 뿌옜고 장구벌레 같은 것이 떠다니고 있었다. 대원들은 그곳에서 빈 수통에 물을 채웠다. 와, 저런 물을 먹는다는 말이지. 나는 반쯤 남은 대형 물주머니의 물을 탄띠의 수통으로 옮겼다.

"맛은 드러버도 쨩글에서 이거 없으모 죽는대이."

대원들을 따라 나도 물을 넣고 있는데 최 중사가 다가와서 말했다. 그는 수통 꼭지에 끈으로 달아놓은 소독약 병을 흔들었다. 참, 그렇지. 야전에서 물을 넣을 때 수통에다 2알씩 넣으라고 교육은 받았으나 잊고 있었다. 병 딱지에는 하이포크로라이트Hypochlorite라고 적혀 있었다. 나는 뿌연 물로 가득 채운 두 개의 물주머니에 소독약을 넣은 뒤 배낭에 매달았다.

평야에는 금방 뭔가가 활동했던 흔적이 있었으나 사람은 보이지 않았다. 늘 듣는 거지만 이곳의 새와 벌레소리는 더 활기찼다. 침입자에 대한 경고나 경계가 맞는 것 같았다. 지형에 따라 산개와 집중을 하며 대원들의 행군 대열은 수시로 바뀌었다. 나는 틈틈이 나침반과 지도를 들여다봤다. 정글에서 살아남으려면 적어도 현 위치는 파악하고 있어야 하고, 앞으로 소대에 복귀할 경우, 분대원들을 이끌고 매복지나 공격목표물을 정확히 찾아가야 할 것이다. 이 독도법은 하사관학교의 전술학 시간에 배운 뒤 고산유격장에서 실습을 통해 익혔다. 현재 정찰대의 진행 방향은 일관되게 북동향이었다. 캄란항과 산악 정글이 시작되는 철로 사이를 수색한다는 말이었다. 오만분의 일 군사지도는 언덕의 등고선까지 나타내므로 진출로의 지형과 산림의 짙고 옅음, 그리고 장애물 등을 미리 파악할 수 있었다.

온종일 아군기지를 향한 적 예상 접근로 세 곳을 정찰한 후 일몰 30분 전 매복지에 도착했다. 개활지에 중키의 나무들이 듬성듬성 서 있고 폭 2미터 정도의 마찻길이 동서로 길게 뻗어있는 곳이었다. 호의 위치는 길에서 30여 미터 떨어진 곳으로 정했다. 대원들은 출발할 때 정해진 2인 1조로 나눠 매복호를 파기 시작했다. 나는 최 중사와 한 조가 되었다. 첫 출동이어서 배려를 해주는 것 같았다. 나는 배운 대로 깊이 1.5미터, 넓이 1.5미터로 호를 만든 뒤 배낭을 풀어 놓았다.

"날씨는 맑지만 음력 섣달 그믐이 가까워 오늘은 낮에 달이 나왔다가 오후 4시 무렵 사라지므로 달 없는 밤이 된다."

소로에 조명지뢰를 어떻게 설치하느냐에 대해 대원들이 의견을 나누고 있는 곳에 정찰대장 장 중위가 다가와 천기를 일러 주었다. 대원들은 조명지뢰의 위치와 크레모아의 방향에 대하여 각자의 주장을 말하고 있었다. 베트콩들이 야간에는 주로 산에서 마을로 이동하므로 그쪽으로 설치하자는 쪽과 양식 등을 걷은 후 복귀할 수도 있으므로 산 쪽도 고려하자는 쪽으로 나뉘었다. 적의 예상 중심병력에 화력을 집중하기 위한 논의였다. 인계철선을 건드려 조명탄이 터지면 피아간 존재가 노출되어 바로 전투가 시작되기 때문이었다. 장 중위가 마을 쪽 설치로 결론을 내렸다. 구정이 사흘 남았으므로 산에서 마을로 이동할 확률이 높다는 판단이었다. 나는 최 중사를 따라 마찻길 어디에 크레모아를 설치할 것인지 위치를 살펴보았다. 주 사격방향은 전방으로 하되 이웃 조와 보조 사격방향이 겹치도록 방향을 조정했고 전선은 참호까지 늘어뜨려 나무뿌리에 고정해 놓고 그 곁에 격발기를 두었다. 물론 적이 길 아닌 숲으로 이동하는 경우를 대비하여 매복지 전방에도 촘촘히 조명지뢰를 설치했다. 참호와 참호 간에 신호 줄을 연결해 놓고 대원들은 저녁식사를 한 뒤 매복에 들어갔다. 대원들의 참호와 무기 배치상태를 점검하고 돌아온 최 중사가 먼저 잠을 자고 내가 초번을 서기로 했다. 두 시간씩 교대하는 토끼잠이었다.

부대 주변의 매복은 몇 번 해보았으나 이렇게 본대와 멀리 떨어져 야전에서 밤을 새는 것은 처음이었다. 정찰대의 성격 상 중대 규모의 적을 만나면 피해가는 것이 원칙이지만 매복 시 적과 부딪치면 16명의 적은 병력이어서 적을 먼저 발견하여 기습하는 게 기본이었다. 따라서 번을 서는 대원은 모든 감각을 동원하여 전방의 움직임을 살펴야겠지만 생각 외로 대원들의 움직임은 느슨해 보였다. 모기의 공습이 시작되었다. 노출부분에는 미리 모기약을 발랐으나 숲모기의 긴 침은 얇은 농민 복을 뚫었다. 나는 옷 위에도 약을 뿌린 후 앞 챙을 안으로 접어 넣은 정글모를 눌러쓰고 자세를 바로잡았다. 그런데 바람에 흔들리는 숲에서 끊어졌다 이어지는 벌레소리를 듣고 있으니 사방에서 뭔가 다가오는 것 같은 느낌이 들었다. 뒤통수가 뜨끈뜨끈해 지며 피가 머리로 솟구치는 것 같았다. 나는 심호흡을 하며 불안감을 눌렀다. 뭐든 접근하면 조명지뢰를 건드릴 것이니 지레 겁을 집어먹을 필요가 없을 것이다. 여긴 나만 있는 것이 아니고 곁에는 최 중사가 자고 있고, 옆 호에는 다른 대원들이 눈을 부릅뜨고 있지 않은가. 그런데 만일 놈들이 우리의 매복을 지켜보고 있었다면? 조명지뢰가 설치된 곳을 파악하고 있다면 그것을 피해 접근하지 않을까. 그런 생각을 하니 눈앞이 더욱 혼란스러웠다. 나는 소총의 총열을 참호 둑에 받쳐놓고 전방을 조준해 보았다. 그러나 깜깜해서 가늠자 안에는 아무것도 잡히지 않았다. 공연히 불안하여 나는 좌우로 연결된 줄을 가만히 당겨보았다. 양쪽 다 한 번 응답이 왔다. 확인은 한번, 경계 및 주의는 두 번, 상황 발생은 세 번을 당기도록 되어 있었다. 아무 일도 없는데 괜히 나만 긴장했군 그래. 어둠 속에서 멋쩍게 웃었다. 연결줄 끌리는 소리에 주위의 풀벌레들이 잠시 움찔하더니 다시 악을 쓰며 울어댔다. 이름을 알 수 없는 밤새들이 꾸루루룩 울어댔고 가끔 원숭이 무리들의 꽤액 꽥하는 짧은 고함소리가 멀리서 어렴풋이 들려왔다. 앵앵거리는 모기들의 날갯짓이 계속 신경을 긁었다.

상황은 두 번째 내 근무 때 발생했다. 야광 시계가 두시 반을 가리키고 있었다. 벌레와 밤새 울음소리만 퍼져나가던 숲에서 갑자기 한 발의 총소리가 들렸던 것이다. 먼 곳에서 발사한 듯했다. 총소리가 들린 후 몇 초 동안 주위는 진공상태에 빠져든 것처럼 아무 소리도 들리지 않다가 전보다 더 소란스럽게 벌레들이 울었다. 연결줄이 두 번씩 여러 번 흔들렸다. 나는 최 중사를 깨웠다.

"선임하사님. 총소립니다."

속삭이듯 말했으나 소리를 지른 것 같은 착각이 들었다.

"으응? 총소리?"

두 번 흔들었을 때 최 중사는 벌떡 일어났다.

"마을 쪽에서 총소리가 들렸어요. 한 발."

"그래."

최 중사는 안고 있던 소총을 참호 둔덕에 올려놓은 뒤 주위를 둘러보았다. 그때였다. 산 쪽에서 또 총소리가 들렸다. 역시 단발이었다.

"아까보다."

최 중사가 속삭였다. 아까보. 드디어 일이 벌어지는구나 싶었다. 아까보는 베트콩들이 무장한 구식 총기였다. 좌우 참호에서 부스럭대는 소리가 들렸다. 모두 잠에서 깨어나 상황에 대비하는 듯했다. 한동안 시간이 정지된 것처럼 매복지에 팽팽한 긴장감이 감돌았다. 벌레들의 울음소리만 귓속을 후벼 파고 있었다. 얼마나 흘렀을까,

나뭇잎이 바스락거리는 소리가 마찻길을 따라 점차 가까이 들려왔다. 쿵쿵 심장 뛰는 소리가 내 것인지 최 중사의 것인지 분간이 되지 않았다. 그렇게 많은 인원은 아닌 듯 했다. 정찰대장 장 중위의 신호줄 지휘가 떨어졌다. 딴딴딴 딴딴 딴 딴. 조명지뢰가 터지는 즉시 1번호의 크레모아만 발사한다. 이 암호는 출발 전에 정해놓은 것이었다. 처음 빠른 속도의 세 번 당김은 정찰대장의 지시라는 표시였다.

"준비해."

최 중사가 속삭였다. 나는 탄띠에 채워둔 수류탄 4발과 탄창을 모두 꺼내놓은 뒤 소총의 안전장치를 풀었다.

스르륵 스르륵.

멀리 조심스럽게 들렸던 길섶의 풀 스치는 소리는 이제 제멋대로 터벅터벅 다가왔다. 그들이 바로 조명지뢰의 인계철선을 건드리자 피지직하며 조명지뢰가 터졌다. 그 불빛은 주위에 도사렸던 긴장과 어둠의 장막을 한쪽으로 걷어냈다. 동시에 왼쪽 참호에서 크레모아 2발을 터뜨렸다. 굉음과 함께 거대한 불기둥이 솟아올랐고 두 개의 물체가 바닥에 내동댕이쳐지는 모습이 보였다. 후폭풍 열기가 참호 위로 지나갔고 귀가 먹먹했다. 불꽃을 따라 나무도 풀잎도 춤을 추기 시작했다.

좌측을 향해 사격 개시!

정찰대장의 호령이 떨어졌다. 대원들은 크레모아가 폭발한 쪽을 향해 일제히 사격을 시작했다. 따르르륵 따르르륵. M16이 동시에 불을 뿜었다. 몇 발 사이로 끼어놓았던 예광탄이 자태를 뽐내며 날아갔다. 정글은 숨이 넘어갈 듯 고함을 질러댔다. M79 유탄 발사기는 적 후면을 향해 펑펑 실탄을 날렸다. 크레모아 후폭풍이 쓸고 간

자리에는 풀 더미 위로 불똥이 날았다. 2분 정도 연속사격 후 2,3발 점사로 바꾼 뒤 사격은 종료됐다.

"조랑말 나와라. 조랑말. 여기는 노새 둘. 이상."

무전병 정성철 병장이 큰소리로 연대 상황실을 부르기 시작했다.

"여기는 조랑말. 노새 둘 말하라. 이상."

연대 상황실은 기다리고 있었다는 듯 금방 튀어나왔다.

"굿판이 벌어졌다. 당소 돗자리 편 곳으로 불꽃을 부탁한다. 이상."

"알았다. 이상."

십 분쯤 지나자 155밀리 조명탄이 정확히 매복지 위에서 터졌다. 조명탄은 낙하산에 실려 뒤뚱거리며 온 숲을 뒤흔들어 놓았다. 나무는 수십 개의 그림자로 변해 어둠 속을 헤매고 다녔다. 맨 왼쪽 참호로 대원들이 모여 자세를 낮추고 사방을 훑었다.

"저항이 별로 없는 걸 보니 뒤따라오던 놈들은 숨거나 도망친 것 같다. 선임하사는 3조와 4조를 데리고 후방을 경계해 주세요. 나머지는 우선 매복지 주변을 수색하도록 하자."

장 중위도 산 쪽에서 들렸던 총성이 마음에 걸리는 모양이었다. 한조가 3명씩 짜여져 있으니 6명이 후방 경계조이고 장 중위를 포함해서 10명이 수색조로 편성된 셈이었다. 나는 이번 작전에서 장 중위, 무전병과 함께 1조에 편성되었으므로 수색조였다.

수색이 시작되었다. 수색대열은 별도의 지휘없이 자연스럽게 펼쳐졌다. 무전기에서 상황보고 독촉이 몇 차례 계속되었다. 무전병 정성철 병장이 그때마다 '밭가는 중'을 외쳐댔다. 창공에서 조명탄 두 발이 다시 터졌다. 낙하산에 매달린 조명탄은 마치 적지를 점령하기 위해 속속 착지하는 공수대원의 움직임 같았다. 피 냄새와 화약 냄새가 자욱한 숲은 곳곳에서 불티를 튕겨냈다. 나는 장 중위의 손짓에 따라 그의 우측에 섰다. 크레모아가 터졌던 부근 나무에 시체의 살점이 여기저기 걸려 있었고 그리 멀지 않은 곳에 형체가 잘 구분이 안 되는 시신이 길섶에 널브러져 있었다. 크레모아의 화력이 미친 길 중앙의 풀 무덤은 모두 잿더미였다. 나는 장 중위의 진행 방향에 발을 맞춰 앞으로 나갔다. 금방이라도 흔들거리는 숲속에서 놈들이 튀어나올 것만 같았고 죽은 자들이 벌떡 일어설 것 같아 오금이 저렸다. 조금 더 나아가자 마찻길에 2구의 시체가 더 나왔다. 그들은 소총을 가슴에 껴안고 쓰러져 있었다. 크레모아는 비산식이고 살상거리는 50미터 정도밖에 되지 않는다. 그러나 250미터까지 위력을 미친다고 한다.

"너무 멀리 나가지 말라. 현재 위치에서 자세를 낮추고 좌우를 수색하라."

장 중위는 대원들에게 사주 경계를 시킨 후 랜턴을 들고 시신 앞으로 다가갔다. 아직 날이 밝으려면 세 시간 정도 지나야 할 것이다. 어둠 속에서 이 인원이 조명탄에만 의지하여 숲을 계속 뒤지고 있을 수는 없었다. 장 중위는 상황종결을 염두에 둔 듯했다. 나는 마을 쪽 도로를 살피며 시신 곁으로 갔다. 몇몇 대원이 랜턴 불빛을 장 중위 앞에 비춰 주었다.

"아, 이거 참."

현장을 살피던 장 중위가 한숨을 크게 내쉬었다. 시신은 월남 민병대 복장이었다. 첨병은 신체가 찢겨서 확인이 어려웠으나 뒤따라오던 두 명은 하사관이었다. 그들이 껴안고 있는 소총은 M16이었다. 우리 백마의 보병들도 작년 말에야 이 소총으로 무장했고 월남 민병대는 아직 캘빈이나 엠원을 사용하고 있었다. 그런데 이들이 들고 있는 최신형 소총은 무엇을 말하는 것일까. 매복 지역은 야간 통행금지 구역이었다. 그리고 야간에 출입해야 할 피치 못할 상황이 생기면 미리 협조를 구해 아군끼리 불의의 충돌을 막도록 되어 있었다. 그때였다. 전방을 살피고 있던 이현성 병장이 크게 소리쳤다.

"대장님. 생존자가 있는 것 같습니다."

"조심해!"

장 중위가 소리 나는 쪽으로 달려가며 외쳤다. 산 방향 경계를 지휘하고 있던 최 중사도 달려왔다. 이 병장이 몸을 숨기고 있는 나무 둥치는 장골의 서너 아름은 족히 될 만큼 컸다.

"저 나무 뒤에 사람이 있는 것 같습니다."

이 병장은 랜턴 불빛으로 건너편을 비추며 말했다. 역시 몇 아름은 될 만큼 우람한 나무였는데 그 뒤에서 무슨 소리가 들려왔다. 흡사 어린아이의 옹알이 같았다.

"어이, 라이라이. 캄 히어."

한참을 노려보고 있던 최 중사가 그쪽을 향해 소리쳤다.

"따이한, 라이라이."

어둠 속에서 뭐라고 응답이 왔지만 '따이한, 라이라이'만 들렸다. 개새끼. 손들고 나올 일이지. 우리더러 오래. 하며 이현성 병장이 투덜댔다.

"엄호해라."

최 중사가 높은포복 자세를 하고 앞으로 나갔다. 쓰르륵 쓰르륵. 그의 진행 속도는 굉장히 빨랐다. 이젠 조명탄의 지원이 뜸해지고 있었다. 갑자기 정글은 모든 움직임이 멈춰버린 듯했다. 그런 적막 뒤에 놀란 밤새들이 갑자기 광란의 소리를 질러댔다. 유재식 병장이 목표물 뒤편을 향해 M79 사격을 시작했다. 콰광, 콰광. 최 중사가 이동하는 방향을 따라 비추던 몇 개의 랜턴 불빛이 목표물에서 멈췄다. 그가 총을 겨누며 뭐라고 말하자 나무 뒤에서 검은 물체 하나가 모습을 드러냈다. 그 물체는 두 손을 들고 있었다. 역시 민병대 복장이었고 그가 바닥에 놓은 소총은 역시 M16이었다. 그는 손을 비비며 연신 뭐라고 중얼거렸다. 최 중사와 이 병장이 포로로 잡힌 민병대원의 허리를 끼고 매복 장소로 데려왔다. 무전병 정 병장이 본부에 상황보고를 하고 있었다. 산 방향으로 경계를 나갔던 대원들도 모두 돌아와 매복지 인근에 빙 둘러 경계망을 폈다.

"홍석헌!"

장 중위가 사이공의 월남어 교육대를 나왔다는 홍석헌 병장을 불렀다.

"소속이 어딘지 물어 봐."

"반 두억 베 누이 나오?"

홍 병장은 월남어 사전을 꺼내 불빛 아래 펼쳐놓고 더듬거리며 포로에게 물었다.

"단 퀸 랑 본시르파 띠인 하인호아."

"하인호아?"

"띤 하인호아."

"뭐라는 거야?"

"칸호아성 본시르파 마을 민병대 소속이랍니다."

"이 밤중에 여긴 뭐하러 왔는지 물어 봐."

"반 당 람 지 어 대이 바어 지어 나이 데?"

"또이 뗀 다이 데 산 후오우."

"사슴 잡으러 왔답니다."

"이런 제기럴, 이 밤중에?"

자신에게 뭐라고 하는 게 겁나는지 포로는 다시 말을 덧붙였다.

"누이 치 후이 다이 도이 라 렌 초 호 망 뗀 조 옹 못 꼰나이."

"중대장이 사슴을 잡아 오라고 시켰답니다."

"M16 소총은 어디서 구했는가 물어 봐."

"반 래이 하우 쑹 처엉 엠모이못 어 다우?"

"누이 치 후이 다이 도이 초 비엣 노 꼬 띠레 쯔렁 딕 까오."

"잘 맞는다고 중대장이 줬답니다."

"한 시간 전에 너희들이 총을 쐈고 산 쪽에서도 대응하는 총소리가 났다. 무슨 연락을 한 것인가?"

물음이 좀 길어지니 홍 병장은 사전을 뒤적이면서 낱말을 조합했다.

"깍 반 다 반 숭 깍 다이 못 져어. 꼬 띠엉 성 뜨엉 응 방 렌 떠 수언 누이. 쭝 따 추어 리인 락 보인하우 사오?"

"꼬응 비엣."

"자기는 모른답니다."

"여기는 야간에 통행금지 구역이 된다. 알고 있는가."

"다이 라 꾸 벅 죠이 니엄 반 꼬 비엣 꼬응?"

"또이 다 뗀 도 바이 란 로이 니우응 츄어 떵 고 츄언 지 뉴 더 나이 제이 라."

"전에도 몇 번 다녔지만 이런 일이 없었답니다."

"여기 함께 온 사람이 모두 몇 명인가."

"꺼바오 니우 뉴어이 어 대이 꿍 냐우?"

"……."

"꺼바오 니우 뉴어이 어 대 꿍 냐우?"

"……."

"베트콩에게 총 팔려고 했지?"

"옹 당 꼬 반 성 쪼 비엣꽁 아?"

"콩비엣, 콩비엣."

"모른답니다."

"이름이 뭔가."

"뗀 아인 라지?"

"두옹 반 꼬이."

"계급은?"

"럽 헉 라지?"

"즁시 담 무."

"하사랍니다."

"몇 살인가?"

"반 바오 뉴이 뚜오이?"

"하이 므이 바이."

"스무 일곱이랍니다."

어느새 동이 부옇게 텄다. 다섯 시를 넘고 있었다. 묻고 답하면서 막히는 단어를 찾느라고 꽤 시간이 흐른 것 같았다. 장 중위는 홍 병장에게 그의 소지품을 꺼내게 했다. 먹다 만 빵조각과 여자 팬티가 나오는가 했더니 안주머니에는 두툼한 지갑이 나왔는데 그 안에서 각종 신분증과 미화 백 달러 지폐 65장과 월남돈 50만동짜리 11장이 들어 있었다. 그리고 그가 찬 시계는 롤렉스였고 두툼한 금반지도 끼고 있었다. 이거 진짜여? 곁에 있던 유재식 병장이 물었다.
"대이 꼬 파이 라 수 닷 크홍?"
"……."
그는 싱긋 웃었다. 진짠가 봐요. 홍 병장이 놀란 표정으로 말했다.
"뭣하는 놈인디 이리 호사스럽다냐?"
유 병장이 그의 머리를 툭 치며 말했다.
"손대지 마!"
장 중위가 유 병장을 꾸짖었다. 상황이 끝난 정글의 새벽은 무섭도록 조용했다. 참호 안은 열기가 식어가면서 눅눅했다. 새벽의 숲은 점차 바닥에서 일기 시작한 안개로 자욱하게 묻혀갔다. 홍 병장이 포로를 신문하는 동안 대원들은 사살된 자의 시신과 노획한 무기를 한곳으로 모았다. 시체는 모두 넷이었고 무기는 M16 소총 7정이었다. 사람보다 총이 많은 것을 보면 무기거래와 관련된 이동이 틀림없었다. 생포한 포로는 전혀 다친 곳 없이 말짱했다. 그는 신문이 끝난 뒤에도 넋이 빠진 듯 계속 뭐라고 중얼댔다.
"이런 놈들을 위해 우리가 피를 흘려야 하나?"
최 중사가 투덜거렸다. 크레모아와 조명탄이 휩쓸고 간 매복지는 반경이 시커멓게 그슬렸고 대원들도 눈과 입술을 제외하고는 새까맸다. 그러나 정글은 언제 소요가 있었느냐는 듯 평온하기만 했다. 원숭이도 끼리릭 꽥꽥거리며 이 나무 저 나무로 건너뛰었고 새들도 평온을 되찾은 듯했다. 그때 무전병 정 병장이 크게 소리쳤다.
"헬기가 옵니다."

3박 4일로 예정되었던 정찰대 수색작전은 그 사건으로 이틀 만에 중단되었다. 상황보고를 받았던 연대장이나 당일 새벽 현장에 나와서 상황을 정확히 파악했던 작전과장도 정찰대가 할 일을 했다고 평했지만 사단은 언론의 눈치를 봤다. 칸호아 성청에서는 이들의 출입금지구역 출입을 허락하였으나 월맹 측과 맺은 구정 휴전협정 때문에 미군 측에 알리지 않았을 뿐이라며 오히려 한국군의 실책을 주장했다. 게다가 월남군이나 민병대도 단독 작전권이 있는데 주민들이 생업을 위해 뚫어놓은 벌목용 마찻길에서 매복하여 그들을 공격했으니 이에 대해 책임지라고 어깃장을 냈다. 이러한 월남 측 주장은 이 지역을 야간 출입금지 구역으로 설정한 취지에도 맞지 않았다. 그러나 한국군이 휴전협정을 위반하여 병력을 움직였다는 점을 월남의 유명 신문과 방송이 보도하자 사단에서도 손을 들어 버렸다. 사실 구정 휴전은 정식 문서로 체결한 것도 아니고 월맹 측이 일방적으로 선포했다. 그리고 휴전의 발효 시기는 사건이 있었던 날보다 사흘 뒤인 29일 18시부터였다. 월남 측은 책임을 회피하려는 핑계였고 사단 측에서는 여론이 악화되는 것을 조기 차단하기 위한 고육책이었다. 사단장은 칸호아 성청의 요구대로 사망자 4명에 대해 배상하면서 2대대 장거리정찰대에 대해 해산명령을 내렸다. 민병대 공식 병기가 아닌 M16 소총 7정의 출처에 대하여는 누구도 입에 올리지 않았다.

08

 정찰대원의 손발을 묶어놓고 대기상태로 둔 지 사흘 만에 월맹의 구정 공세가 시작됐다. 사이공 전역이 기습을 당했고 캄란 부근에는 동바틴 비행장이 뚫렸다. 비행장은 캄란 항 보급기지와 1번 도로를 사이에 두고 있는데 남, 서, 북쪽 세 방향은 5중대와 7중대가, 보급기지는 6중대가 각각 전술기지를 구축하여 방어하고 있었다. 그런데 보안 문제 때문에 활주로 양 끝은 미군의 경계구역으로 설정해 두었는데 적은 그곳을 노렸다. 미군 측의 분석에 의하면 비행장을 습격한 적은 월맹 18B연대 예하 1개 중대와 베트콩의 연합병력이었다. 그날 정찰대가 매복했던 지점이 동바틴으로 연결되는 최단거리였으므로 만일 2백여 명에 가까운 기습부대와 맞닥뜨렸다면 우리 정찰대도 무사하지 못했을 것이다. 대원들은 덕분에 사지를 벗어났다고 안도의 한숨을 내쉬었으나 연대 참모진들은 그때 정찰대가 철수하지 않고 첩보활동을 계속했더라면 그 기습계획을 일부라도 와해시켰을 것이라고 안타까워했다. 비슷한 사례에서 아군의 피해를 줄이기 위해 전술과 매복과정을 복기하는 것은 약간의 의미가 있을까.

나는 구정 사흘 뒤인 2월 3일, 그동안 길렀던 머리카락과 수염을 말끔히 깎은 뒤 정찰대원들과 작별하고 본대로 복귀했다. 구정 공세의 여파로 인해 5중대는 어수선했다. 박정대 중위는 내 보직인 3분대장 자리를 지난 2개월 동안 비워두고 있었다.

"소대장님."

"김 하사, 오랜만이다. 고생 많이 했지?"

박 중위를 포함한 전 소대원들은 얼굴과 팔이 새까맣게 탄 채 적에게 뚫린 동바틴 비행장 남서쪽을 복구하고 있었다. 나는 즉시 작업복으로 갈아입고 복구 현장으로 뛰어들었다. 소총부대는 장거리정찰대와 분위기가 매우 달랐다. 정찰대는 적은 인원이 한 팀으로 구성되어 대원 각자가 상황에 따라 스스로 움직였으나 소대는 소대장과 분대장이 하나하나 이끌어 가는 체계였다. 결국 리더에 따라 부대의 성향이 달라지는 것 같았다. 분대원은 나를 포함해 9명이었는데 모두 나이가 많았다. 그중 반 정도는 농촌 출신이었고 중학교라도 다닌 사람은 두 사람에 불과했다. 그런데 파월 신참으로 교육과 훈련 외에는 늘 열외로 있었던 내가 장거리정찰대 출신이라는 점 때문에 작전 때마다 소대의 선두에 서게 된 것은 참으로 아이러니였다.

하루하루 고된 작업을 견딘 뒤 해 떨어지면 근무병만 남기고 잠에 빠져들던 어느 날 해 질 무렵이었다.

"김 하사!"

밖에서 나를 부르는 소리가 났다. 속옷 차림으로 있던 나는 얼른 작업복을 입고 참호 밖으로 나갔다. 소대장 박정대 중위였다.

"한잔하러 갈까?"

"예? 어디로……."

여기서는 맥주 상자를 깔고 앉으면 바로 술좌석인데 어디로 간다는 것일까. 파월 이후 어디를 특정해서 술 마시러 간 적은 없었다.

"따라와 봐."

그는 앞장서서 철조망 쪽으로 걸어갔다. 그곳에는 미군 부대로 통하는 간이 문이 있었다. 그 문을 나서자 비행장을 관리하는 미군 행정반과 문관실 건물로 연결되었고 그 끝에는 전자제품을 판매하는 미군 피엑스와 장교클럽이 있었다. 박 중위는 장교클럽의 문을 열었다. 경쾌한 음악이 귀를 간지럽혔다. 서부영화 '세인'의 주제곡이었다. 실내엔 군데군데 한두 명씩 미군들이 앉아 담배를 피우며 맥주를 마시고 있었다. 빈 테이블에 모자를 벗어 놓은 뒤 박 중위는 판매대로 가서 캔맥주를 한 아름 안고 돌아왔다. 블루리번이었다.

"자. 들어."

박 중위는 캔맥주 하나의 탭을 따서 내 앞에 놓아주었다. 오비나 크라운은 탭이 없어서 깡통 따개로 두 군데 구멍을 내고 마시지만 미제 캔맥주는 그럴 필요가 없었다. 정찰대에서 늘 그렇게 마셨는데 최근 며칠 사이 공사판에서 병맥주를 마시다 보니 따개 사용도 그리 불편하지는 않았다.

"정찰대에서는 자주 작전을 나갔나?"

"딱 한 번 나갔습니다. 그것도 하룻밤으로 끝났지만요."

한 번이었지만 제대로 겪은 경험이었다.

"응. 그날 일은 대충 들었어. 참 분대원 중에 우종수라고 일병이 있어."

박 중위가 맥주를 한 모금 마신 후 말을 시작했다.

"2군 사령부 사진병이었는데 그놈은 차출 병으로 파월된 순간부터 이미 얼이 빠졌는지 하는 일마다 고문관 노릇이어서 아무도 그를 상대하려 하지 않았던 모양이야. 부대 철조망만 벗어나면 지뢰밭 위를 걷듯 주춤거리고, 잠을 자든 밥을 먹든 항상 피난처를 마련해 둬야 마음을 놓는 놈이야. 사단사령부 정훈실 보도병 자리에서 한 달도 못 돼 쫓겨난 사정이야 짐작할 만하지만 하필이면 그런 애를 소총소대로 보냈는지 참."

나는 작은 키에 핼쑥한 얼굴을 한 우 일병의 모습을 떠올렸다. 나도 선뜻 이해되지 않았다. 작전지역에서 한 명의 잘못으로 전체가 떼죽음을 당할 극한 상황은 얼마든지 있다. 박 중위는 조심하라고 미리 말해주는 것 같았다.

"근무 부적격자로 조기 귀국을 상신한 지 달포가 넘었는데도 아직 아무런 조치가 없어. 참, 골칫거리야."

그러면서 박 중위는 판매대 쪽을 흘끔거렸다.

"누굴 찾으세요?"

"아, 아니야."

박 중위는 맥주를 몇 모금 들이켜며 어색하게 웃었다. 홀 안에는 수십 개의 원형탁자가 놓여 있었고 벽을 맞대고 포켓볼 당구대도 있었다. 그런데 5,6명이 앉을 수 있는 탁자마다 혼자 술을 마시고 있었다. 우리처럼 앞에 맥주 깡통을 여러 개 올려놓은 곳은 하나도 없었다. 우리와 좀 떨어진 곳에 장교 두 명이 마주 보고 이야기를 나누고 있었는데 유심히 보니 그들도 마시던 술이 바닥나면 카운터로 가서 자신이 마실 것만 들고 왔다.

"야박한 것 같지?"

박 중위도 나와 같은 곳을 보고 있다가 그렇게 말했다.

"예. 이왕 나가는 김에 여러 개를 사오지……."

"그러게. 저 사람들은 개인의 자유와 권위를 중히 여기니까 군에서 단체생활을 하면서도 구분이 엄격한 것 같아. 어쩌면 상대에 대한 배려인지도 몰라. 더 마시기 싫은 데도 권한다면 강요가 될 수 있으니까."

"술이라면 코가 비틀어지도록 마셔야 직성이 풀리는 우리의 술 문화로는 절대 이해할 수 없는 행동이군요."

"그렇지. 둘 다 장단점이 있겠지?"

마침 종업원으로 보이는 여자 둘이 들어와 판매대에 나란히 섰다. 월남인인 것 같았다. 박 중위가 그쪽을 바라보다가 바로 고개를 돌렸다.

"오늘, 비번인가?"

혼잣말처럼 중얼거렸지만 그렇게 들렸다.

"누굴 찾으세요?"

"으응, 미쓰 스마일이라고, 판매원인데 늘 웃고 있어서 모두들 좋아하지."

"여기 자주 오시는가 봐요."

"여긴 한국군 출입금지 구역이지만 장교들은 묵인하는 것 같아서 소대장들이 어울려 가끔 와서 놀다 가곤 해. 면세지역이어서 모든 게 저렴해."

그때였다.

"실례지만 좀 앉아도 될까요?"

미군 중위 한 명이 맥주를 한 아름 안고 다가왔다.

"예. 물론입니다."

박 중위가 옆 의자를 빼면서 앉기를 권했다. 눈 아래에 죽은 깨가 촘촘한 앳된 얼굴이었다.

"전에 한국군과 함께 술 마신 적이 있어요. 한국인들은 처음 보는 사람에게도 술을 권하는 게 예의라더군요."

그가 의자에 앉자 세 사람은 통성명을 했다. 그의 이름은 에릭스라고 했다. 아버지가 6·25전쟁 때 참전한 군인이라면서 한국인을 보면 친구를 만난 것 같다고 너스레를 떨었다. 두 사람은 이곳 날씨와, 작전지역 이야기를 주고받다가 에릭스의 고향으로 날아갔다.

"아버지는 예비역 대령입니다. 내가 국민학교 3학년 때 대위로 한국전에 참전했어요. 2사단 9연대 소속으로 영산전투를 치렀대요. 아버지는 늘 치열했던 그 전투 상황을 들려주곤 했어요."

"아, 반갑습니다. 영웅의 아드님이시군요. 영산 전투는 다부동 전투와 함께 낙동강 방어선 일대에서 치른 전투 중 가장 치열했던 곳 중 하나였지요."

박 중위의 말을 듣고 보니 하사관학교의 정훈 시간에 들은 국난극복사 강의가 생각났다. 입교 후 2주인가 3주째, 학교 정훈실장의 강의였는데 마지막 시간에 6·25사변의 전 과정을 요약하면서 다부동 전투와 영산 전투, 그리고 이어진 인천상륙작전의 의미를 비교적 상세하게 설명해 주었다. 영산 전투는 낙동강 돌출부 전투라고도 했는데 낙동강 방어선을 지켰으나 미군들의 희생이 컸다고 했다.

그의 인상은 앳되어 보였으나 말이 많은 편이었다. 종잡을 수 없는 이곳 날씨와 제약이 많은 철조망 밖의 출입 등 생활하면서 불편했던 일, 그리고 작전 나가서 겪은 일들을 늘어놓으며 한국군의 실정은 어떤지 묻기도 했다. 그러다가 그는 참전 후 돌아갈 고향 이야기를 다시 시작했다. 자기 고향은 플로리다주 맨 위쪽에 있는 잭슨 빌이라고 했다. 대서양으로 연결되는 상공업도시인데 미국 제7대 대통령 앤드류 잭슨의 이름을 땄다고 했다.

"부친은 생존해 계신가요?"

박 중위가 물었다. 그는 상의 주머니에서 지갑을 꺼내더니 사진 하나를 보여주었다. 머리카락이 하얗고 수염이 텁수룩한 노인이었다.

"예. 군에서 예편하신 후에도 활발하게 생활하세요."

그가 펼친 지갑 속에는 여자와 아이들의 사진도 있었다.

"부인과 자녀?"

사진을 가리키며 내가 물었다. 그는 활짝 웃으며 그 사진도 꺼내 내 앞에 놓아주었다. 나이는 짐작할 수 없으나 표정이 참 귀여웠다. 딸은 대여섯 살쯤, 아들은 젖먹이였다.

"부인이 미인이시고 아이들도 참 귀엽습니다."

나는 아이들을 칠드런이라고 했다가 키즈로 바꿨다. 에릭스 중위는 활짝 웃었다.

"애들이 몇 살인가요?"

딸이 다섯 살, 아들이 한 살이라고 하면서 그가 일어서더니 판매대로 가서 버드와이저를 한 아름 안고 왔다. 아직 처음 가져온 술이 남아 있는데도 그랬다. 본격적으로 술판이 벌어졌다. '아들 자랑은 팔불출'이라든가 '자랑 턱'이라는 말을 아느냐고 물어보려다가 박 중위를 바라보며 피식 웃고 말았다. 그런 영어단어나 관용어가 떠오르지 않았지만 여럿이 어울려 매점에 와서도 자신이 마실 것만 계산하는 미국인이 저렇게 맥주를 안고 오는 행동에 충분히 그 뜻이 묻어 있기 때문이었다. 에릭스 중위는 거나해져 연신 깔깔거렸고 우리는 허허 웃으며 장단을 맞췄다.
"그런데 요즘 미스 꺼어이가 안 보이네."
말하다 말고 판매대를 바라보며 에릭스가 중얼거렸다.
"미스 스마일 말인가요?"
박 중위가 물었다.
"예. 열흘쯤 됐답니다. 구정공습 후에도 잘 나왔는데……."
에릭스는 구정을 '루너 누이어'라고 말했다.
"항상 웃는 데다 예쁘고 상냥한 월남 아가씨야."
박 중위가 내게 설명했다.
"근무 사병도 이유를 모르고 있어요."
에릭스는 그렇게 말하며 캔에 남은 술을 모두 비웠다. 불콰한 눈 언저리에 아쉬움이 서렸다.
"끄어이가 그 여자 이름인가 보죠?"
"하하하. 꺼어이는 월남어로 미소라는 뜻이야. 이름을 가르쳐 주지 않아 누 꺼어이에서 누를 빼고 그렇게 불러."
그러면서 박 중위는 그녀가 출근한 날에는 몇 마디라도 말을 건네려는 장교들이 판매대 앞에서 얼쩡거린다고 덧붙였다.
"프랑스 혼혈이라는데 참 이뻐. 여기 출입하는 대부분 장교들의 로망이라고 할까?"
순간 나는 박 중위의 눈가에서 아까 에릭스가 지었던 비슷한 표정을 봤다. 뭔가를 잡기 위해 손을 뻗어도 닿지 않아 애태우는 것 같은……. 어떤 여자일까. 미의 기준은 동서가 다른데 박 중위는 물론이고 에릭스를 포함한 많은 미군 장교들이 관심을 가졌다는 것은 혹시 그녀가 동서양 혼혈이기 때문일까. 어쩌면 친절과 미소가 몸에 밴 여성이 삭막한 전쟁터에 서 있는 남자들의 본능을 자극한 것일지도 모른다. 그러나 그녀가 자리를 비웠기 때문인지 오래잖아 대화의 내용이 바뀌었다. 누가 어떤 소재를 꺼내면 그에 대한 각자의 생각을 말하면서 술을 마셨다. 나와 박 중위가 원어민의 정확한 발음을 흉내 낼 수 없듯 아무리 과장을 해도 풍요롭고 다양한 생활환경에서 자란 그와 깊이 있는 대화는 나누지 못했다. 에릭스도 그런 느낌이 든 모양이었다. 탁자 위의 맥주가 거의 동날 무렵 그가 갑자기 아리랑을 부르기 시작했다.

아리라앙 아리라앙 아라아리이요오
아리라앙 고오개로오 넘어가안다

꽤 정확한 발음이었다. 나는 울컥하며 그를 바라봤다. 에릭스는 지긋이 눈을 감고 노래를 부르고 있었다. 주위에서 술을 마시고 있던 미군 장교들도 대부분 에릭스를 쳐다보고 있었다.

나아를 버어리고 가아시는 니임은
십리도오 모옷가아서어 바알병난다

전혀 예기치 못했던 외국인의 입을 통해 울려 퍼지고 있는 아리랑 가락은 나와 박 중위가 합세하면서 실내를 꽉 채웠던 팝송을 밀어내고 단번에 분위기를 장악했다. 흥에 겨워 두세 번 반복을 한 뒤 노래를 멈추자 박수소리가 요란하게 들려왔다. 이국땅에서 외국인이 부르는 아리랑은 전혀 새로운 감동이었다. 아버지로부터 배웠다고 했다. 언어와 생활습관의 차이 때문에 내내 어색했으나 아리랑으로 인해 서로의 가슴이 열린 것 같았다. 우리는 꽤 많은 양의 맥주를 마셨지만 상쾌한 기분으로 부대에 복귀할 수 있었다.

  다음 날부터 소대는 박 중위 통솔 아래 연대 연병장에서 헬기 외줄 강하훈련을 실시했다. 나는 하사관학교의 유격훈련에서 암벽레펠 훈련을 마쳤고 장거리정찰대에서도 연습을 많이 했었다. 이 훈련은 공중에 떠 있는 헬기에서 밧줄을 이용해 지상에 착륙하는 것을 중점적으로 숙달하는데 숲이 우거진 밀림의 특정한 지역을 침투하기 위한 수단이었다. 연대 수색중대에서 하사 두 명이 나와 요령을 가르쳤다. 그들은 직접 시범을 보이며 소대원들에게 허리와 가랑이에 안전띠인 하네스를 착용하는 법, 제동장치인 카라비너를 하네스에 장착하는 법, 하강용 밧줄을 거는 법, 그리고 헬기 발판에 내려선 후 몸을 뒤로 빼서 대각선으로 만들면서 뛰어내리는 법과 하강 중 밧줄을 제어하고 바닥에 내릴 때 착지하는 법을 차례차례 가르쳤다. 훈련용으로 지원된 헬기는 미군 조종사와 부조종사가 딸린 6인승인 UH-1H였다. 인간에게 가장 공포감을 준다는 높이는 11미터지만 이곳 정글 속 수목 상황을 고려하여 25미터 높이에서 훈련을 실시하기로 했다.

  이 헬기에 60미터 길이의 밧줄을 두 겹으로 걸어놓고 본격적인 훈련을 시작했다. 한 줄은 하강자의 카라비너에 걸고 다른 한 줄은 사고예방을 위해 지상에서 통제관이 잡았다. 경험이 있는 내가 첫 번째로 헬기 발판에 내려섰다. 무게 20킬로그램의 배낭과 철모를 턱걸이로 고정한 차림이었다. 밧줄에 카라비너를 걸고 왼손은 위를 잡고 오른손은 아래 밧줄을 잡아 탄띠의 수통 뒤에 고정한 후 몸을 뒤로 쭉 뺐다. 여기까지는 산악 레펠과 비슷했다. 그러나 다음부터는 많이 달랐다. 하강을 시작하면 점프와 함께 바위에 두 발을 딛고 내려가는 암벽 레펠과 달리 허공에 매달리게 되어 제동과 속도의 조절은 오른쪽 손으로만 했다. 프로펠러 회전음 때문에 누구와도 소통이 되지 않아 훈련요령에 따라 본능적으로 움직였다. 나는 5미터 간격으로 밧줄을 제동하면서 세 번 만에 지상에 착륙했다. 익숙하지 않은 사병들은 자주 제동을 했으나 오래 공중에 매달려 있게 되면 그만큼 두려움이 컸다. 제동이 서툰 병사는 다른 한 줄을 잡은 통제관이 밧줄을 당기거나 풀면서 하강을 유도해 주었다. 이 훈련에서 우종수 일병은 열외시켰다.

"수고들 했다. 전투기술은 결국 전장에서 자신의 목숨을 지키는 수단이다. 유용한 것은 많이 배워둘수록 좋을 것이다. 흔히들 말하지만, 훈련에서 흘리는 땀 한 방울은 실전에서 흘리는 피 한 방울과 같다는 말은 동서고금의 진리이다."

해 질 무렵까지 반복훈련을 마친 뒤 박 중위는 훈련의 성과를 말하면서 소대원들을 그렇게 독려했다. 곧 중형급 작전이 시작된다는 소문이 돌고 있었다. 헬기 하강훈련을 마치고 중대는 진지 보수작업에 들어갔다. 이곳은 원형이나 타원형으로 된 파월 한국군의 전술기지를 반으로 잘라놓은 모양새였다. 미군 비행장을 등에 지고 있기 때문이었다. 부대의 둘레는 참호와 다섯 겹의 철조망을 깔아놓은 야전 축성물이었다. 구정 공세 때 월맹과 베트콩이 대규모 병력을 동원하면서도 대도시나 미군 주요 기지만 공격하고 한국군을 거의 건드리지 않은 것은 얼마 전 두코 전투와 짜빈동 전투에서 참담한 패배를 당했기 때문일 것이다. 둘 다 중대전술기지를 공격한 전투였는데 두코는 베트콩의 증강된 대대 7백여 명이 맹호부대를 공격하다가 187명이 사살되었고, 짜빈동은 월맹군과 베트콩 혼합군인 2개 연대가 기습하였으나 청룡에게 246명의 시신을 남겼다고 한다. 어쨌든 주월 한국군 보병부대의 중대전술기지는 오음리에서 들은 것처럼 적의 전방위 기습에 대비한 것이고 특히 야간전투의 방어 체계로서 적의 어떤 공격에도 이틀 정도는 버틸 수 있도록 설계되어 있었다. 이런 역할은 철조망 사이에 설치된 크레모아를 포함한 소형 무기와 중대가 보유한 박격포, 화기 등이 물리적 수단이라면 24시간 참호 속에서 일상생활을 하는 보병들은 물적 수단을 조작하고 운용하는 인적 요소였다.

 보병 진지는 분대 단위로 구축되어 있었다. 사병들의 내무반 크기를 줄여 반 지하 상태에 만들어 놓았다고 하면 설명이 될지 모른다. 그렇지만 건축하는 자재는 좀 달랐다. 우선 바닥을 허리 깊이쯤 직사면형으로 판 뒤 네 귀퉁이와 중간에 여섯 개의 기둥을 세운다. 물론 이 기둥은 지붕의 무게를 견딜 수 있도록 견고한 목재로 한다. 기둥 사이에는 모래주머니를 쌓아 올린다. 전방에는 창틀을 이용해 사격할 수 있는 창구멍을 내고 양 측면에는 출입구를 만든다. 그다음 보병 진지의 가장 중요한 부분인 천장에는 구멍 뚫린 철판을 넣는다. 가로질러 그것을 두 겹 정도로 걸쳐놓고 콜타르가 든 기름종이를 철판 사이에 넣어 방수를 하고 그 위에 다시 흙을 채우고 모래주머니를 쌓는다. 이곳의 모래주머니 축성은 마치 피라미드의 윗부분 중간쯤을 잘라낸 모양새를 했다. 탄약상자가 흔한 곳은 침상과 사물함을 만들었고 그렇지 못한 곳은 야전침대와 더플백을 이용했다. 진지의 옆과 위에 쌓아 올린 모래주머니는 견고한 벽과 지붕도 되지만 적의 소총과 포 공격을 견디는 방호벽이 되었다. 사병들은 반 지하 모래 막사에서 일상생활을 했다. 주식은 씨레이션이었고 가끔 박스에 담긴 밥과 양배추로 만든 김치 통조림이 공급되기도 했다. 그리고 물은 급수차 탱크가 소대마다 배치되지만 갈증은 값싼 면세 맥주로 해결했다.

나는 분대원들이 씨레이션 캔에 표시된 영어를 읽지 못해 내용물을 흔들어서 확인하는 것을 보고 다음과 같이 정리해서 관물함에 붙여 놓았다.

M유닛은 M-1, M-2, M-3 세 종류로 나뉘며 M-1과 M-3가 작은 깡통, M-2는 큰 깡통.

M-1에는 쇠고기(비프스테이크), 닭고기나 칠면조 고기 덩어리, 햄과 계란, 햄 가늘게 썬 것.

M-2에는 토마토 양념에 버무린 고기와 콩, 햄과 리마콩, 양념(그레이비)에 담은 쇠고기 가늘게 자른 것과 감자, 토마토 양념에 버무린 콩과 소세지, 토마토 양념으로 버무린 (국수)스파게티와 쇠고기를 다져서 둥글게 뭉친 것이다.(미트볼)

M-3에는 양념(스파이시 소스)로 맛낸 소고기, 뼈를 발라낸 닭이나 칠면조 고기, 양념에 담근 닭고기와 국수, 육즙에 조리한 돼지고기 스테이크, 쇠고기 갈아서 뭉친 미트 로프로 구성된다.

B유닛은 B-1과 B-2가 작은 캔, B-3가 큰 캔.

B-1에는 크래커 7장과 초콜릿 2장, 땅콩 버터 스프레드 포함.

B-2에는 밀가루로 만든 비스킷(하드택 비스킷) 4장에 쿠키 샌드위치(크라운 산도 비슷한 형태) 또는 퍼지(연한 사탕 비슷한 것), 치즈 스프

레드 포함.

B-3에는 쿠키 4장과 코코아 파우더, 잼 스프레드가 들어있다.

D유닛은 D-2와 D-3가 작은 캔, D-1이 큰 캔.

D-1에는 과일이, D-2에는 케이크(과자)가, D-3에는 빵이 들어있다.

09

 3월 초순 경, 베트콩의 구정 공세가 있은 지 달포 뒤, 비마3호 작전명령이 떨어졌다. 작전 규모는 연대 단위였다. 수색지역은 동바틴 비행장과 936고지인 따루아산 사이의 밀림지대로 우리 중대가 소속된 2대대가 중간을 맡았고 1대대와 3대대는 양 측면에서 공격을 하도록 되어 있었다. 이러한 편성은 사실 지도상에만 표시되어 있을 뿐, 이렇게 전후와 좌우의 구분이 없는 전선에서 지역 배당 외에는 별 의미가 없을 것 같았다. 아군이 적을 선택하는 것이 아니라 종횡무진으로 밀림을 누비며 아군의 약한 데를 공격하는 베트콩이 전선의 모양을 형성하기 때문이었다. 새벽부터 수십 대의 트럭이 전술기지 입구에 늘어섰다.
 "이 작전은 우리 생활 터전의 안전 확보는 물론이고 캄란에서 닌호아까지 1번 도로와 일대 주민들의 생활을 안정시키기 위해 동바틴을 공격했던 베트콩 세력과 그 터전을 섬멸하고 그들이 보유하고 있는 82밀리 박격포와 무반동총 등 각종 무기들을 노획하는데 목적이 있다. 해발 800미터의 울창한 정글 속에서 주로 활동하는 그들을 찾아내기가 쉽지 않겠지만 몇 달이 걸리더라도 동굴은 물론 풀 한 포기, 돌부리 하나도 그냥 지나치지 않고 모두 뒤집어 보듯 하면서 전 정글을 수색해 나갈 것이다."

중대원들의 군장검열을 마친 뒤 중대장은 단호한 표정으로 그렇게 말했다. 나는 장거리정찰대에서 경험했던 밀림 속 정황을 떠올려 보았다. 험준한 산악지대는 아직 들어가 보지 못했으나 잡목이 우거진 밀림지대만 해도 정글도로 진로를 개척해야 했고 베트콩들이 설치해 놓은 부비트랩의 위험 때문에 일렬종대 아니면 기껏해야 2열 종대로 진출할 수밖에 없었다. 중대장은 동바틴에 위협이 되는 박격포 등 중화기를 찾아내야 하는 이 작전의 성격을 말하고 있는 것 같았다. 여기도 귀국이 몇 달 남지 않은 파월 고참들이 없지 않으나 그들의 활동이 정찰대처럼 자유분방하지는 않았다.

부대 주변은 그동안 수도 없이 헤집고 다녔고 농민들이 경작하는 지역도 많으므로 이 작전에서는 그런 곳을 건너뛸 모양이었다. 중대장의 훈시가 끝난 뒤 병사들은 전술기지 앞에 도열한 트럭에 분승해 최초 공격개시지점으로 이동했다. 따루아산 정상이 보이는 개활지였으나 지도상으로 해발 200미터의 완만한 등고선으로 표시되어 있었다. 중대별로 전열을 가다듬은 뒤 8시에 작전이 개시되었다. 지도상으로는 중대 단위로 수색지역이 할당되었으나 실제 이동은 소대 단위로 시작되었다. 첫 공격 목표는 해발 550미터 계곡과 그에 이어져 있는 능선이었다. 중대에서 우리 소대는 맨 오른쪽이었다.

"3분대, 앞장서."

박 중위가 나를 향해 소리쳤다. 순간 분대원들의 눈에 당황한 빛이 스쳐 지나갔다. 정찰대에서 늘 중간에서 얼쩡거리며 첨병의 행동을 눈여겨보기는 했으나 첨병 분대장은 처음이었다. 어쨌든 멈칫거릴 상황이 아니었다. 하사관학교에서 부하들 앞에서는 애매한 상황에 직면하더라도 자신 없는 태도를 보이지 말라고 배웠다. 나는 행동이 민첩한 고경민 상병을 첨병으로 세웠다. 그는 분대에서 두 번째 고참이었다. 내가 그 뒤에 나서고 덩치가 큰 이용만 일병을 내 뒤로 보냈다. 10분 만에 첫 장애물을 만났다. 잡목이 빼곡한 밀림이었다. 팔뚝 굵기의 나무 둥치에서 뻗어 나온 잔가지를 정글도로 쳐내야만 진출이 가능한 지역이었다. 지도상으로 이러한 밀림이 1킬로미터 정도 가로막혀 있었다. 내가 먼저 나선 뒤 분대원 전원이 번갈아 가며 정글도로 진로를 개척하게 했다. 아침 햇살이지만 조금만 움직여도 옷이 흠뻑 젖었다. 분대원들은 쉴 새 없이 수통의 물로 갈증을 달랬다.

"아아악."

왼쪽서 정글도를 휘두르던 황무웅 일병이 갑자기 고함을 지르며 펄쩍펄쩍 뛰었다. 불개미의 습격이었다. 잔가지에 진을 치고 있던 불개미 뭉치가 황 일병의 뒷덜미로 달려든 것이다. 그의 목은 순식간에 벌겋게 부어오르더니 뿌연 물집이 생겼다. 나는 후방을 향해 대기 신호를 보낸 뒤 황 일병의 군장을 모두 벗기고 수통의 물을 부어 개미들을 씻어냈다. 우선 휴대하고 있던 항히스타민제 연고를 발라주었다. 황 일병은 충청도 출신으로 농사를 짓다가 늦게 입대한 병사인데 몸은 건강한 편이었다. 무슨 일인가 하고 달려온 박 중위와 상의한 끝에 후송을 할 정도는 아니라는 결론을 내리고 황 일병에게 소대에 보관 중인 항생제와 소염제를 먹인 후 다시 전진을 해 나갔다. 잡목 밀림은 거의 12시경에야 벗어났다. 소대는 빙 둘러앉아 사주를 경계하며 씨레이션으로 점심을 먹었다.
"고생했으니 3분대는 후방을 맡아."
식사를 마친 후 오전 내 정글도를 휘둘러 진로를 개척하느라 지친 3분대 대신 2분대가 첨병으로 나갔다. 다행히 황 일병의 상태는 호전되어 행군하는 데 별 지장은 없었다. 분대원들은 지친 가운데에도 첨병을 면했다고 좋아했다. 그런데 2분대가 첨병을 맡은 지 두 시간쯤 지나 문제가 생겼다. 독도법은 글자 그대로 지도를 읽는 요령이지만 전장에서는 5만분의 1인 군사용 지도를 읽고 나침반과 함께 실지에 적응하는 전투기술이다. 등고선의 모양에 따라 지형이 완만하거나 가파른 것을 판별하고 절벽이나 경사가 심한 곳은 우회하거나 피해 나가야 한다. 이 과정에 착오가 생기게 된다. 그 지대를 벗어난 뒤에는 우회한 만큼 나침반의 각도를 조절해야 하는데 이런 지독한 밀림에서는 그게 수월치가 않았다. 평지의 잡목 밀림이 사라지면서 지도에 표시된 진로와는 다른 오르막 지대가 나타났다. 우리나라 지형 같으면 목표물에서 200~300미터 정도는 벗어나도 현 위치만 확인되면 진로에 큰 지장은 없었다. 박 중위도 진로상 약간의 착오를 대수롭지 않게 생각하고 2분대를 그대로 전진시켰던 모양이었다. 그러나 지형은 갈수록 지도와는 달랐다. 바닥에 나무뿌리가 뒤엉겨 있어서 전진이 힘든 거목지대가 나왔다. 서너 사람이 빙 둘러 팔을 벌려도 맞잡을 수 없을 만큼 거대한 나무들이었다. 아마 수백, 수천 년 동안 숲을 형성해 온 듯했다. 그런데 그 지역은 오래지 않아 다시 가시덤불과 잡목으로 변해갔다. 4일분 식량과 실탄, 대형 물주머니 2개 등 각종 전투 장비를 넣은 배낭의 무게는 40킬로그램에 가까웠다. 게다가 방탄복을 입고 M16 소총과 탄창 8개, 수류탄 6개 등을 휴대했으니 거동이 둔할 수밖에 없었다. 그러나 정작 문제는 무거운 장비보다는 식수였다. 특히 가시 돋친 잡목이 빽빽한 밀림 속은 한증탕 같았던 평지보다 더 숨이 턱턱 막혔다. 가파른데다가 산을 뒤덮고 있는 거목 사이에 형성된 습기 때문이었다. 그러니 잡목 밀림에서보다 물이 더 필요했다. 원래 우기가 지나고 나면 밀림 속 깊은 계곡 외에는 거의 물이 말라버리기 때문에 작전지역에는 드럼통으로 식수를 공수하게 되어 있었다. 그렇지만 아직 비밀리에 전개해야 하는 작전 초기였으므로 헬리콥터를 띄울 수가 없었다. 그래서 식수 문제를 해결하기 위해서 공격진로는 물을 찾을 수 있는 깊은 계곡을 거치게 되어 있었다. 그러나 이미 예정된 진로를 이탈했으므로 우리는 물 있는 계곡을 만날 수가 없었다. 게다가 중대와 교신도 끊겼다. 박 중위는 진행을 멈춘 뒤 분대장들을 소집했다.

"김 하사, 현 위치를 찾을 수 있겠어?"

박 중위의 얼굴은 창백했다. 그런 표정은 처음이었다.

"글쎄요. 주위에 지형지물이 보이지 않아 가능할지 모르겠습니다."

나는 지도를 바닥에 펼쳐놓고 위도와 나침반 바늘을 맞춘 뒤 공격 개시 지점으로부터 등고선을 훑어가며 주위의 지형을 살펴보았다. 하사관학교 마지막 과정이었던 2주간의 유격훈련 중 지도와 나침반으로 목표물을 찾아가면서 배운 기초에다 장거리정찰대에서 스스로 익힌 요령이었다. 그렇지만 주위는 숲이 우거져 지도에 표시된 지형지물을 볼 수 없으므로 순전히 감으로 현 위치를 찾아내야 했다. 지난 두 달간 정찰대에 있을 때 밀림 수색 중 대열의 중간에서 혼자 이 감을 적용하곤 했고 대부분 적중했던 경험을 살려 나는 잡목 밀림을 벗어난 후 지도에 표시했던 진로에다 첨병을 맡았던 2분대장과 유진구 병장으로부터 지금까지 유지해 온 나침반의 방향각을 대조하여 현 위치를 대충 산정해 보았다. 1차 집결지로부터 250미터쯤 오른쪽으로 벗어나 있었다. 한 가지 다행인 것이 현 지점으로부터 120미터만 왼쪽으로 가면 깊은 계곡이 있었다.

"돌아가서 다시 진로를 찾으면 안 되나요?"

1분대장 박화용 하사가 심드렁하게 박 중위에게 물었다. 그는 귀국 2개월이 남은 고참이었다.

"곧 해가 질 텐데 돌아가서 어떻게 하려고?"

박 중위가 화난 표정으로 말했다.

"……."

모두 침묵했다. 진퇴양난이어서 이런 상황을 벗어날 방법이 없었다.

"분대장이 그러면 어떡하나? 어려울 때일수록 중심을 잡아야 할 사람이."

박 중위가 다시 표정을 고치며 박 하사를 다독였다.

"김 하사가 진로를 만들어 봐."

결론 아닌 궁여지책이었다. 진로를 잘못 잡은 2분대를 다시 내세우기도 그렇고 원점으로 돌아가서 다시 방향을 잡자는 1분대를 앞세울 수도 없는 노릇이었다. 입들이 삐죽 나온 분대원들을 다독이며 다시 내가 앞으로 나섰다. 별 뾰족한 수는 없었지만 방향을 좌측으로 틀어 벗어난 진로를 최대한 바로 잡는 방법밖에 없었다. 나와 덩치가 크고 힘이 좋은 이용만 일병, 그리고 몸이 재빠른 고경민 상병이 번갈아 앞서서 대각선으로 길을 뚫기 시작했다. 그러나 가파른 산을 오르는 것과 옆으로 가로지르는 것은 난이도가 달랐다. 전혀 인적이 없는 원시림이지만 위로 오를 때에는 사람이 지나갈 만한 공간이라도 있었으나 능선을 가로지르자니 가시덤불이 서로 뒤엉켜 있어 뚫기가 여간 어렵지 않았다. 30미터도 나가지 못해 해가 저물고 땅거미가 지기 시작했다. 박 중위가 10분간 휴식을 외치며 분대장을 모이도록 했다. 나는 분대원들을 전방을 향해 경계하도록 하고 박 중위에게 달려갔다.

"더 진행은 무리인 것 같다. 여기서 매복을 하면 어떨까?"

박 중위 역시 선택의 여지가 없을 것이다. 식수가 떨어져 근 세 시간 동안이나 갈증을 견디다 못해 기진한 병사들을 이끌고 어둠 속에서 헤맬 수는 없었다. 분대장들의 의사에 따라 매복호는 생략하고 적당한 지형지물을 선택해서 밤을 새기로 했다. 심한 조갈로 인해 병사들은 식사를 할 엄두를 내지 못했다. 씨레이션에 복숭아, 사과즙, 배 등 수분이 함유된 것이 있긴 하지만 하나같이 너무 달아서 갈증이 해소되지 않았고 그나마 다 먹어 치운 탓에 목이 바싹 말라 고깃덩이를 삼킬 수가 없었다. 모두 더위를 먹은 탓에 허덕이고 있었다. 그때였다.

"이럴 줄 알고 나가 물을 아껴 두었싱께로 자, 일 잔씩 하고 기운들 차리랑게."

평소 우스갯소리와 실없는 행동으로 곧잘 동료들을 웃기곤 하던 2분대의 장영걸 병장이었다. 그가 수통 2개를 내놓고 뚜껑에 물을 부어 한 사람씩 나눠 주었다. 침까지 말라버린 판에 그게 어디냐는 듯 장 병장을 둘러싸고 한차례 소란이 일더니 그나마 목을 축였다고 한쪽에서는 깡통을 따는 병사도 있었다. 분대장들이 돌아다니면서 병사들을 다독이자 어수선한 분위기도 가라앉았고 주위에 정적이 감돌더니 오래잖아 여기저기서 쌔근쌔근 고른 숨소리가 들려오기 시작했다. 이곳은 벌레의 울음소리도 요란하지 않았고 수목의 높낮이도 골랐다. 워낙 산세가 험해 사람이나 짐승이 나다니지 않기 때문인지 몰랐다. 누가 시킨 것도 아닌데 소대장, 분대장, 고참 병사들은 밤새도록 사주경계를 하느라 거의 잠을 자지 못했다. 책임감도 있었겠지만, 이런 상황에 무장한 베트콩 몇 명만 나타나도 전멸을 면하지 못한다는 불안감과 위기의식 때문일 것이다.

나는 동이 트기가 무섭게 따끔거리는 눈을 비비고 정글도를 휘두르며 길을 내기 시작했다. 박 중위가 소대 내에서 힘깨나 쓴다는 병사를 모두 차출해 10분마다 교대를 해주었다. 정글도를 다른 병사에게 인계한 뒤에도 나는 길잡이가 되어 되도록 수월하고 진척이 빠른 곳으로 그들을 이끌었다. 인간이 한 번도 밟지 않은 천연의 원시림, 이름 모를 산새 소리와 획획 휘두르는 칼을 맞고 휘이릭 떨어지는 가시덤불 소리만 숲을 울리고 있었다. 그간의 과정은 차치하고 이런 한계상황에서 함께 험난한 자연을 극복해 나가는 과정은 소대원 모두에게 앞으로 전쟁을 치를 때 큰 도움이 될 협동정신을 기르게 했다.

"거 참 희한타. 대나무에도 가시가 돋아 있네."

정글도를 휘두르던 이용만 일병이 숨을 헐떡이며 말했다. 참, 그렇지. 그 말을 듣는 순간 월남의 대나무 속에는 우기에 내린 빗물이 고여 있다는 말이 퍼뜩 떠올랐다. 나는 진로와는 상관없이 대나무 밀집지대로 가서 대가 굵은 것을 골라 밑동을 치기 시작했다. 아무리 조심해도 날카로운 가시가 손등과 팔뚝을 찔러 길게 핏자국을 냈다. 나는 걷어 올렸던 옷소매를 모두 내린 후 레펠 장갑을 꼈다. 이럴 땐 톱이 있으면 좋을 텐데……. 그러고 보니 전투장비 중에 톱은 없었다. 주변에 널려 있는 가시와 가지들을 쳐내고 대나무 밑동의 한 마디만 남겼다. 그러나 워낙 심한 건조기여서인지 그 속에는 한 방울의 물도 없었다. 탈진해 쓰러지는 병사가 나오는데 이글거리는 남국의 태양은 잔인하기 그지없었다. 오전 내내 겨우 100미터 정도밖에 나갈 수가 없었는데 오후 1시경 기적이 나타났다.

"물이다!"

앞장서서 길을 뚫고 있던 고경민 상병의 환희에 찬 고함소리가 들렸다. 순간, 소대의 대열은 흩어지고 총이며 배낭을 내팽개친 병사들은 고 상병이 있는 곳으로 달리기 시작했다. 그렇게 꾸준히 훈련을 받아온 병사들이 단 하루 물을 마시지 못했다고 이렇게 오합지졸이 되어 버리는 것일까. 어떻게 만류하거나 통제할 겨를도 없었다. 하는 수 없이 분대장들이 사방에 나가 경계를 서고 소대가 안정되기를 기다릴 수밖에 없었다. 물은 커다란 바위 밑에 고여 있는 조그만 옹달샘이었다. 병사들은 앞다투어 그곳에 반합이나 철모를 집어넣고 물을 퍼서 정신없이 마셔댔다. 밀고 밀치면서 양껏 물을 마신 후에야 소란이 가라앉았다. 소대를 정렬시킨 뒤 소대장과 분대장 차례가 왔다. 그러나 물은 이미 바닥이 나 있었다. 대신 밑바닥에 깔린 시커먼 진흙 사이로 물이 다시 고였다. 10분쯤 지나 옹달샘에는 반합에 담을 수 있을 만큼 물이 고였다. 소대장과 분대장 틈에서 나도 물을 한 잔 마셨다. 세상에…… 이걸 환상적인 맛이라고 하나. 메말라 쩍쩍 갈라진 것 같았던 몸 전체가 촉촉하게 젖으며 생기가 돌아오는 듯했다. 그런 데다 옹달샘을 떠난 지 채 30분도 지나지 않아 시냇물이 철철 흘러내리는 계곡이 나왔다. 병사들은 아예 물속에 들어앉아 갈증을 해소한 후 삼삼오오 둘러앉아 씨레이션을 따놓고 식사를 시작했다. 깡통을 따는 병사들의 손놀림이 느슨해지고 있을 무렵, 엊저녁에 물을 내놓았던 장영걸 병장이 일어섰다.

"어이, 어제 그 물, 누구누구 마셨능가?"

동작을 멈추고 병사들이 그가 들어 올린 수통을 바라다 봤다.

"그거 나하고 이용주 일병의 오줌이었는 디!"

순간, 참으로 희한한 정경이 벌어졌다. 어이없다는 듯 멍한 표정을 짓는 멍청파, 토해낼 듯 꽥꽥거리는 과민 반응파, 손뼉을 치고 깔깔거리는 박장 대소파 등, 어쩐지 그 물맛이 이상했다는 표정을 지었다. 때아닌 소란, 특히 이번같이 은밀히 기동해야 하는 작전지역에서의 이런 혼란은 곧 전멸로 이어질 수 있었다. 고행 속에서 탈출했다는 해방감과 이젠 살았다는 안도감, 그리고 전혀 인적이 없었던 지역적인 상황이 빚어낸 가벼운 소극笑劇이었다.

가까스로 원래의 공격목표 지역을 찾아내 중대 본부와 무전 교신을 한 뒤 소대는 두 번째 수색지역을 할당받고 출발했다. 박 중위의 지시로 우리 분대가 계속 첨병으로 나섰다. 덤불로 뒤덮였던 밀림과는 전혀 다른 지역이 나타났다. 계곡에서 식수를 충분히 보충하고 나니 갑자기 하늘이 새까매지더니 거센 바람이 불면서 열대성 소나기인 스콜이 쏟아졌다. 빗줄기가 너무 굵어 걸음을 멈추고 잠시 나무둥치를 의지하여 비를 피했다.

"에이씨, 엊저녁이나 아까 전에 이런 게 내렸스모 올매나 좋아껀노."

내 곁에 앉아있던 이용만 일병이 주절거렸다. 경북 예천이 고향이라는 이 일병은 부모님 모시고 논밭 다섯 마지기를 짓다가 입대했다고 했다. 자신이 외동이고 부모님이 농사를 짓기 어려워 입대할 때 경작권을 이웃에 빌려주어 식구들이 그 소작료로 겨우 생활하고 있다면서 집 걱정을 자주 했다. 분대원들 대부분이 씨레이션 깡통을 흔들어 안에서 나는 소리로 내용물을 알아내었는데 이 일병도 그중 하나였다.

"그게 원하는 대로 되면 무슨 걱정이겠어?"

두어 발짝 떨어진 곳에서 누군가 응수를 했다. 출발할 때부터 첨병으로 애썼던 고경민 상병이었다. 분대원 중에서 유일하게 고등학교를 중퇴한 병사였다. 스콜은 그리 오래 머물지 않았다. 소대는 다시 기동을 시작했다. 숲은 눅눅하고 음산했다. 비 때문인지 잡새와 벌레들의 지저귐이 불협화음이 되어 아프게 귓속을 파고들었다. 아름드리나무들이 엉켜 침침한 숲 그늘에 잎새를 비집고 빛의 잔해가 가늘게 쏟아져 내리고 있었다. 숲이 머금고 있던 습기가 바람에 실려 햇살과 함께 이슬비처럼 날아내렸다.

"오매. 호랑이가 장가가는 가벼."

누군가 중얼거렸다. 나는 철모 밑으로 흐르는 땀을 훔치면서 품속에서 지도를 꺼내 펼쳤다. 목표 방향으로 그어진 일직선은 좁고 꾸불꾸불한 등고선을 가로지르고 있었다. 좁고 가파른 등고선의 모양으로 봐선 우회해야 할 것 같았다. 완만하게 뻗은 능선 쪽과는 달리 계곡 방향은 가파르고 안개가 자욱했다. 나는 몇 걸음 앞서가고 있는 고경민 상병에게 능선 쪽으로 붙으라는 수신호를 보냈다. 나뭇잎에 맺혀 있던 빗방울이 후드득 떨어졌다. 산길은 빼곡한 잡목 숲을 뱀처럼 휘돌아 갔다. 나는 자세를 낮추고 M16 소총의 총대와 개머리판을 힘껏 움켜잡았다. 계곡으로부터 퍼져 오른 안개가 발밑에서 얼쩡대기 시작했다. 앞서가던 고 상병이 발밑을 가리키면서 가만히 주저앉았다. 나는 뒤로 정지신호를 보낸 뒤 고 상병에게 다가갔다. 어설프게 풀과 흙으로 위장한 함정이었다. 나는 배낭에서 야전삽을 꺼내 풀을 걷어내고 갈대로 엮은 네모꼴의 판을 들어냈다. 직경이 두 뼘쯤 되고 하반신이 들어갈 만한 깊이의 웅덩이가 드러났다. 고 상병이 손을 집어넣어 끝이 날카로운 죽창을 하나씩 뽑아냈다.

"조심해. 창끝에 물소 똥이 묻어 있을 거야. 찔리면 살이 썩는다."

소대장 박정대 중위가 다가와 웅덩이 안을 들여다보며 말했다.

"일일이 새 진로를 낼 수도 없고…… 이러다가 시간 안에 매복지점에 도착하긴 어렵겠는데요."

나는 박 중위에게 볼멘소리를 했다. 온 신경을 곤두세우고 진로를 찾아내야 했던 첨병 분대장의 투정이었다. 분대원들은 함정을 둘러싸고 잡담을 늘어놓고 있었다.

"저래 놓고 자기들은 어떻게 다녀?"

"베트콩들은 하도 발바닥이 두꺼워 괜찮다더라."

"아무리 그럴까?"

"이 짱글화도 뚫는다 카던데?"

"그게 정글화야? 운동화지. 미군 정글화라면 또 몰라. 바닥에 철판을 깔았다니까."

"어쨌든 독종들이야."

분대원들은 죽창을 묶어 잡목 속에 던져 넣은 뒤에도 웅덩이를 여기저기 살피며 잡담을 했다. 모두 들은 풍월이었다. 함정은 능선으로 올라서기까지 네 군데나 더 나왔다. 점점 폭이 넓어지던 산길은 능선으로 올라서자 산정과 계곡 쪽을 향해 세 갈래로 갈라졌다. 젖

귀환歸還 157

은 흙길 여기저기 사람의 것으로 보이는 발자국이 또렷하게 새겨져 있었다.
"수색을 해야죠?"
나는 박 중위에게 물었다.
"그래. 김 하사는 수고했으니 후방지역의 경계를 맡아. 이번에는 1분대가 전방을, 2분대는 좌측을 맡아라. 그리고 화기분대는 우측을 수색하도록."
박 중위는 곧바로 수색지역을 할당했다. 소대원들의 동작이 민첩해졌다.
"오메, 해가 서쪽에서 뜨겄네."
윤상하 병장이 바닥에 털썩 주저앉아 담배를 피워 물더니 음담패설을 지껄일 때의 그 코맹맹이 소리로 빈정댔다.
"그 참 희한하네. 살살 뒤로만 빠지던 1분대 애들, 한 마디 없이 올라가는 것 좀 봐."
부분대장 민성식 병장이 웃으며 턱으로 1분대 쪽을 가리켰다. 둘 다 잦은 첨병에 불만이 많던 병사들이었다.
"쉬게 해줘도 불만이야? 이럴 땐 아무 소리 않는 게 좋아."
나는 그들에게 핀잔을 주고 두 명씩 네 개조로 계곡을 향해 분산 배치했다. 하긴 작전이 시작된 이후 줄곧 첨병으로 나서 죽을힘을 다해 길을 뚫었으니 지치고 짜증이 날 만도 했다.
"언제 끝난다는 기약이 있어야 날짜 세는 재미라도 있재. 완전히 사람 잡는 작전아닝가."
겨드랑이에 수건을 집어넣어 땀을 닦아내던 이용만 일병이 중얼거렸다. 숱이 적은 머리칼 사이로 드러난 대머리가 시원한 느낌을

주었지만 코와 턱밑의 꺼칠한 수염 때문에 얼굴은 창백해 보였다. 호적이 잘못돼 5년이나 늦게 입대했음에도 다섯 마지기 농사를 혼자 짓던 그 부지런함으로 분대 내의 궂은일을 도맡아 하고 있었다.

"한 번 죽지 두 번 죽는교. 인명은 재천이라카던데. 까지꺼 할 사람 없으모 내가 하지요."

이 작전이 시작된 후 출발 때마다 첨병분대장으로 지정되어 곤혹스러워 하는 나를 위로하며 고경민 상병과 함께 자원해서 첨병으로 나서곤 했다. 정글이 두렵지 않을 리 없겠지만 나이 덕인지 그의 행동은 늘 여유가 있었다. 하지만 그런 그에게도 이런 작전이 짜증스럽기는 마찬가지였다.

사단 사령부에서는 이번 작전을 '파도 넘기 작전'으로 이름 짓고 돌부리, 풀포기 하나라도 그냥 지나치지 말고 반복 수색하여 도주하는 적을 사살하고 공용화기를 노획하라는 지시를 내렸다. 어제 새벽 부대를 떠나기 전, 중대장이 했던 훈시도 사단 사령부의 지침을 전한 것이었다. 여기에는 다음 작전을 위한 전초전의 성격임을 의도적으로 강조하고 있었다.

"캄란지역의 보급기지를 노리고 월맹 정규군들이 포진할 계획이라는 첩보가 그동안 속속 수집되고 있다. 우리의 상대가 강해진다는 것은 결국 우리의 안전이 위협받는다는 것을 의미한다. 앞으로 연합군의 합동 작전이 있겠지만 이번 작전을 통하여 그들의 지역 본부를 찾아내 보자. '꽁바닉 통로'는 '호치민 루트'의 남방보충대로 불리는데 '호치민 루트'가 그들의 이동로를 상징하는 것이라면 '꽁바닉 통로'는 거대한 지하 집결지로 이용되고 있는 자연동굴이라고 한다. 이 사실을 유념하여 철저하게 수색에 임하기 바란다."

중대장도 이 점을 특히 강조했다. 그러나 어제 오후와 오늘 오전에 실전으로 경험한 것 같이 적의 예상 도주로인 따루아 산과 수이뚜렁 계곡에 이르는 정글은 늪과 가시덤불 때문에 기동에 제약이 많을 뿐만 아니라 조밀하고 험준한 지형이어서 세밀한 수색은 처음부터 불가능했다. 예정된 시간에 계획된 장소로 이동하면서 다른 중대와의 균형을 고려하다 보면 자연히 첨병이 뚫어놓은 좁은 길이 아니면 몬타냐족(Montagnards)이나 베트콩들이 사용하는 통로를 이용하여 부대가 이동할 수밖에 없었다. 그러니 늘 부비트랩과 저격의 위험이 따랐고 수색지역의 제한은 어쩔 수가 없었다. 더구나 험준하고 광활한 정글 속에다 숨겨놓은 공용화기를 찾아낸다거나 '꽁바닉 통로'를 파헤치는 일이란 처음부터 기대하기 어려웠다.

나는 경계구역을 천천히 둘러보았다. 완만한 능선은 꽤 넓었고 바위가 많은 지형이었다. 분대원들은 나무둥치에 기대앉아 담배를 피우거나 잡담을 하고 있었다. 나는 알소금 세 알을 꺼내 입안에 털어 넣고 꿀꺽꿀꺽 물을 삼켰다. 미지근하고 느끼한 감촉이 식도를 간지럽혔다. 꾸꾸주르륵, 이름 모를 새의 울음소리가 눅눅한 숲으로 울려 퍼졌다. 그때였다.

-타다당.타다다당.

고즈넉이 내려앉던 숲의 정적을 뒤집어엎으며 갑작스레 총소리가 들려왔다. 나는 재빨리 소총을 집어 들고 분대원들을 돌아보았다. 모두 땅바닥에 납작 엎드린 채 나를 바라보고 있었다. 수색지역에서 상황이 발생한 듯 했다. 나는 부분대장인 민 병장에게 경계를 부탁하고 총소리가 난 방향을 향해 달렸다. 이럴 땐 현 위치 사수가 원칙인데 직감적으로 뭔가 있다는 느낌이 들어서였다.

분대 경계지역에서 산 쪽으로 100미터도 못 미쳐 몬타나족 마을 유형의 거주지가 나타났다. 울창한 숲속에 나뭇가지로 얼기설기 엮어 만들어 세운 서너 채의 가옥이 보였다. 축사에는 대여섯 마리의 돼지가 이리저리 몰려다니며 꿀꿀거렸고 축대에는 닭들이 날개를 푸드덕거리며 뛰어다녔다. 나는 박 중위의 목소리를 좇아 달렸다. 2분대와 화기분대는 활동을 멈추고 사주경계를 하고 있었다.

　상황이 벌어진 곳은 그 마을 끝에 있는 암반지대였다. 커다란 바위가 서로를 떠받치고 있는 자연 동굴 앞에서 박 중위는 무전기에 대고 상황을 보고하는 중이었고 1분대원 세 명이 동굴 안을 들여다보고 있었다. 어디선가 비릿하고 역한 냄새가 풍겨왔다. 나는 다친 팔을 치료받고 있는 1분대 성경진 병장을 바라보다가 동굴 입구에 내팽개쳐진 2구의 시체에 눈이 갔다. 하나는 머리가 박살이 났고 다른 하나는 아직도 가슴부위에서 피가 흐르고 있었다.

　"어떻게 된 거야?"

　나는 잔뜩 긴장한 채 주위를 두리번거리고 있는 1분대 엄석진 상병에게 물었다.

　"짜식들, 얼마나 다급했으면 총을 거꾸로 잡고 허둥대지 뭡니까. 조금만 늦었어도 큰일 날 뻔 했어요."

　엄 상병은 소대장 곁에 놓인 노획물을 가리키며 말했다. 그곳에는 아카보 소총 1자루가 놓여 있었다. 아마 이들은 우리 소대가 접근하는 것을 전혀 눈치채지 못했던 모양이었다.

　"지금 분대장과 김종봉 일병이 동굴 안을 수색하고 있어요."

　엄 상병은 다시 동굴 쪽으로 시선을 돌리며 말했다. 나는 시체를 다시 바라보았다. 일그러진 표정은 그들이 입고 있는 검은 농민복만

큼이나 가슴을 답답하게 했다. 파월한지 3개월 만에 처음 보는 베트
콩의 모습이었다. 그때 갑작스런 고함소리가 들려왔다.

"포다."

1분대장 박화용 하사의 목소리였다. 동굴 속에서 메아리가 되어
길게 여운을 남기고 그 목소리가 가라앉기도 전이었다.

"뭐? 포!"

박 중위가 무전기를 팽개치고 벌떡 일어나 동굴 안으로 뛰어 들어
갔다. 나는 엉겁결에 박 중위의 뒤를 따라갔다. 컴컴한 동굴 속에는
랜턴 불빛이 어지럽게 움직이고 있었다. 82밀리 박격포였다. 포반
위에서 불빛을 반사하고 있는 포는 위엄을 뽐내고 있었다. 마치 나
찾느라고 고생했지, 라며 뻐기는 것 같았다. 박격포와 박 하사의 들
뜬 표정을 번갈아 보고 있던 나는 슬그머니 동굴 밖으로 나와 버렸
다. 죽도록 고생하는 사람 따로 있고, 노획물을 거두는 사람 따로 있
다는 생각에 심통이 났다. 어제와 오늘 첨병을 도맡았던 분대가 이
런 수색에서는 배제된 것이 마치 박 중위의 장난 같은 기분도 들었
다. 중화기 노획소식을 전해들은 분대원들의 기분 역시 비슷한 모양
이었다. 그대로 밀고 나가는 건데 괜히 뒤로 처졌다고 입을 모았다.

"우리도 한 껀 합시다."

민 병장이 나섰다. 그는 이미 동굴수색 복장을 갖추고 있었다. 소
총 끝에는 대검을 꽂았고 랜턴은 나뭇가지 끝에 매달았다. 가슴에는
대여섯 발의 수류탄이 대롱거렸다. 그의 철모 위장포에 적어놓은 '실
탄출입금지'와 '포탄낙하금지' 등의 주술적인 낙서가 공연히 신경을
긁었다. 작전 시작 후 사단장과 연대장은 미군 비행장 한쪽을 무너
뜨린 적의 중화기를 찾아내라고 시시각각 독려하고 있었다. 어쨌든

1정은 찾아냈지만 놈들은 그 귀한 중화기를 한 곳에 쌓아 두지는 않았을 것이다. 당초 훈장 따원 안중에도 없었는데 하나같이 훈장 타령을 하던 장거리정찰대원들에게 감염이 되었는지 나도 모르게 욕심을 내고 있었다.

"조를 나누자. 민 병장은 두 명을 데리고 위에서 수색해 내려와. 나는 윤상하 병장과 이 일병을 데리고 밑에서 위로 훑을게. 그리고 심영호 상병은 황무웅 일병과 함께 바위 주변을 감시해. 그리고 우 일병도……."

나는 탈진해 있는 우종수 일병을 가리켰다. 잔류병으로 배정됐는데도 뿌득뿌득 따라나서며 고집을 부리던 그는 첫날 잡목 밀림에서부터 비실대기 시작했다. 그는 아예 바위 위에 드러누워 눈을 감고 있었다.

어찌 보면 교활하기도 했다. 분대원들 말에 의하면 베트콩의 동바틴 비행장 기습이 있던 날, 한국군 진영 역시 서로가 뒤엉켜 혼란스러웠다. 원래의 매뉴얼에 없던 상황이어서 미군 지역을 엄호하랴, 전술 지역을 경계하랴, 병사들은 어둠 속에서 갈팡질팡했던 모양이었다. 지휘체계도 뒤엉킨 채, 다행히 날이 밝아 상황이 수습되었지만 모두 반쯤 정신이 나간 상태였다고 한다. 그런 상황을 겪고 보니 몇 명 안 되는 중대 잔류병으로 남는 게 불안했던 것 같았다. 막무가내로 따라나서기에 내버려 두었지만 영 마음이 놓이지 않았다.

나는 지형을 둘러보다가 수색 장소를 정하고 조심스럽게 접근했다. 지치기도 했고 거의 상황이 없어 평소 같으면 건성으로 지나쳤을 지역도 박격포의 노획으로 고무된 탓인지 새삼 새롭게 보였다. 그중에도 계곡으로부터 말안장처럼 몇 개의 바위가 연이은 언덕바지는 유심히 살펴야 할 곳이었다. 그 부근에 쌓인 낙엽은 촉촉이 젖은 채 발자국 등으로 짓눌려 있었고 그 위에 얇은 막처럼 빗물이 고여 있었다. 나는 흔적을 따라 왼쪽으로 돌았다. 바닥에 깔린 돌에 이끼가 군데군데 벗겨져 있었다. 나는 소총을 쥔 손아귀에 더욱 힘을 주며 그 속을 가로질러 들어갔다. 선돌의 형태를 한 구석에 조그만 공간이 보였다.

"분대장요. 나는 여기서 망볼게요."

윤상하 병장이 멈칫거렸다. 음담패설을 늘어놓을 때의 장난기 서린 눈빛도, 은근히 동료들의 비위를 긁곤 하던 입가의 야릇한 미소도 이미 사라지고 없었다. 그의 표정은 보기 딱할 정도로 굳어 있었다. 나는 덩치 큰 이 일병만 데리고 입구로 접근했다. 동굴 안은 텁텁하고 퀴퀴한 곰팡내가 났다. 나는 한 발 한 발 더듬으며 안으로 들어갔다. 랜턴의 불빛은 완강하게 도사리고 있는 어둠을 길게 자르며 동굴 안을 휘저었다. 랜턴 빛이 지나간 뒤 검게 채워진 곳은 절벽 같은 느낌이 들었다. 벽은 공룡의 등처럼 굽고 거칠었고, 바닥은 크고 작은 바위로 엉켜 있었다. 이 일병은 뒤에서 내가 움직이는 방향을 따라 엄호했다. 나는 불빛을 앞세우고 구석구석 살펴 나갔다. 벽과 바닥이 맞닿아 모서리 진 곳에 아궁이 모양을 한 검은 돌무덤이 있었고 그 옆은 움푹 꺼져 있었다. 무심결에 그곳을 랜턴으로 비추었는데 막 불빛이 닿은 곳에서 뭔가 꿈틀하는 움직임이 있었다. 헉 하고 숨이 멎었다. 나는 몸을 바닥에 바짝 엎드리고 다시 그곳을 향해 랜턴을 비췄다. 넓은 바위가 층층이 얽힌 좁은 공간에 희뿌연 것이 보였다. 사람의 다리가 분명했다. 세 개였다. 나는 배에 힘을 주고 크게 소리쳤다.

"어이, 라이 라이."

살려줄 테니 이리 나오라고 말하고 싶었으나 당장 생각나는 월남어라곤 그것밖에 없었다. 악을 쓰듯 질러대는 내 고함소리는 메아리가 되어 되돌아 나왔다. 눈앞의 다리는 꼼짝도 하지 않았다. 무엇을 어떻게 해야 할지 방법은 선뜻 떠오르지 않았고 금방 밑에서 수류탄이라도 날아오지 않을까 싶어 버럭 겁이 났다.

"라이 라이."

긴장으로 목소리도 손도 떨렸다. 나는 총을 겨누고 벽면을 향해 한발씩 위협발사를 했다.

―타당. 타당. 타당.

총구는 2, 3발 점사로 요란하게 불을 뿜었다. 화약 냄새가 코를 찔렀다. 귀가 멍했다.

"라이 라이."

나는 사격을 멈추고 다시 고함을 질렀다. 세 개였던 다리가 이번에는 두 개가 되어 꿈틀거렸다. 아무래도 무슨 일이 벌어질 것 같았다. 나는 총구를 내려 다리 부근에다 몇 발을 쏘았다. 돌가루가 튀자 희멀건 다리가 금방 벌겋게 변했다.

"이 새끼들아. 살려줄 테니 나와. 나오란 말이야."

나는 악을 바락 쓰며 목청껏 고함을 질러댔다. 총성과 고함 소리는 불협화음이 되어 동굴 속을 어지럽혔다. 어둠과 순간적인 정적은 긴장과 함께 공포로 변했다. 나는 두려움을 걷어내기 위해 다시 방아쇠를 당겼다. 이미 자제력을 잃은 상태에서 탄창을 갈아 끼웠다.

"김 하사. 정신 차려. 김 하사."

어느 틈에 박 중위가 들어와 내 어깨를 흔들었다.

"놈들은 겁을 먹고 있단 말이야. 이럴 땐 이걸 써야지."

그가 뭔가를 앞으로 휙 집어 던졌다.

─퍽. 피시식.

순식간에 동굴 안이 환하게 밝았다. 조명지뢰였다. 맞아. 뜨거우면 버틸 수가 없을 텐데……. 비로소 머리가 회전되는 듯 했지만 이미 일을 그르친 뒤였다. 조명이 꺼지고 난 뒤 밀려오는 막막함을 랜턴 불빛이 힘겹게 떠받치고 있었다.

"끌어내 봐."

박 중위가 내가 들고 있던 랜턴을 받아 들며 말했다. 나는 엉금엉금 기어서 아래로 내려갔다. 조명지뢰가 뿜어냈던 매캐한 화약 연기로 인해 목구멍이 간지러웠다. 숨을 참고 컥컥댔지만 결국 멈춘 만큼 더 독하고 고약한 연기를 들이켜야 했다. 두 명이었는데 움직임이 없었다. 허리띠에 레펠용 밧줄로 올가미를 만들어 걸었다. 내 온몸은 흠뻑 땀으로 젖어 후줄근했다. 나는 힘껏 밧줄을 당겼다. 물체가 움직일 때마다 실탄에 찢긴 부위에서 염주알 같은 창자가 쏟아져 나왔다. 랜턴 불빛은 쉴 새 없이 시체로부터 뿌연 김을 빨아냈다.

"몬타나족이군."

박 중위가 내려와 시체를 비추며 말했다. 그들은 비무장이었다.

밖에는 억수같이 비가 쏟아져 내리고 있었다. 바깥바람을 쐬자 속이 느글거려 견딜 수 없었다. 쪼그리고 앉아 속에 든 것을 토해내기 시작했다. 피 냄새와 화약 연기, 텁텁한 동굴 속의 습기까지 들이마신 폐는 온통 오물로 가득 찬 듯 숨을 쉬기가 어려웠다. 창자에 든 것을 다 토해내자 이번에는 쓰디쓴 위액까지 넘어왔다. 그러나 더욱 견딜 수 없는 것은 비무장의 사람을 죽였다는 가책이었다. 조금만 침착했으면 죽이지 않을 수도 있었는데……. 야간매복 때 수없이 반복하여 가설하던 조명지뢰였는데 왜 그게 생각나지 않았을까. 대항도 못하는 그들에게 스무 발들이 탄창 두 개를 쏘아댄 것이다. 아무리 토해도 가슴은 더욱 답답하기만 했다.
"그런 비위로 냄새나는 변소에서 빵은 어떻게 먹었누."
박 중위가 헛구역질을 하고 있는 내 등을 두드리며 핀잔을 줬다. 나는 눈물이 가득 괸 눈으로 그를 바라봤다. 소보로빵 사건이 그랬듯 오늘 이 동굴 사건은 아무리 세월이 흘러도 없어지지 않을 흉터 같은 기억으로 남을 것 같았다. 수색이 끝나고 소대원들이 수색지역을 정리하는 동안 나는 나무 그늘에 누워 마음을 가다듬고 있었다.
"가책 느낄 것 없어. 여긴 전쟁터야."
박 중위는 바쁘게 뛰어다니다가 가끔 나에게 다가와서 그렇게 토닥거려 주었지만 별 위로가 되지 않았다. '우리는 백 명의 베트콩을 놓치는 한이 있더라도 한 명의 양민을 보호한다.'라고 연대 연병장에 커다랗게 내걸려 있던 간판 속의 구호는 무엇이고, '철수를 거부한 몬타나족들은 어떤 식으로든 베트콩의 식량을 생산하고 노역을 제공하고 있다. 양민과 베트콩을 분리하듯 그 둘을 분리하지 않으면 우리는 산악전투를 이길 수가 없다'는 중대장의 훈시는 또 무엇인가. 머릿속이 어지러웠다. 주로 월남의 산악지대에서 사냥과 농업으로 생활하는 소수민족인 몬타나족을 착취하는 베트콩이야 비난을 받아야 마땅하지만 박격포를 노획한 지역의 동굴에서 그들에게 총질을 했던 나도 그렇고 그들을 격리시킬 방안도 없이 산악작전을 전개할 수밖에 없는 우리 한국군 또한 난처한 입장이었다. 어쩌면 이 율배반인 그 구호와 중대장의 지시는 이 전쟁이 끝날 때까지 팽팽하게 맞서며 월남전에서 우리의 역할에 먹칠을 할지 모른다.
"자. 폭파한다."
1분대장 박화용 하사의 묵직한 목소리가 들리고 이어서 콰광하며 땅과 숲이 흔들렸다. 다이너마이트가 터지면서 주위의 나뭇가지에 돼지와 닭들의 붉은 살점이 걸렸고 비릿한 냄새가 숲과 계곡으로 퍼져나갔다. 이른바 식량 거부작전의 일환이었다. 한쪽에선 노획한 박격포를 실어 나르는 헬리콥터의 날갯짓이 한창이었다. 잠행으로 계속되던 작전이 비로소 공개적으로 전환되었고 식량보급도 개시되었다. 한동안 부산스럽던 능선에 또다시 정적이 감돌 때쯤 대열을 정비한 소대가 새로운 목표지점을 향해 출발했다.
우리 소대의 적 82밀리 박격포 노획으로 비마3호 작전은 4일 만에 아연 활기를 띠기 시작했다. 채명신 사령관으로부터 축전이 날아왔고 박현식 백마부대장이 박 중위에게 격려 통신문을 보냈다. 화약과 가축들의 살점에서 풍기던 매캐한 냄새를 뒤로 하고 텁텁하지만 각종 나무에서 풍겨 나오는 피톤치드 덕분에 능선을 오르면서도 숨이 그리 가쁘지는 않았다.
–탕.
이미 등성이로 오르고 있는 1분대의 뒤를 따라 막 구릉을 오르는데 갑자기 뒤에서 총소리가 들려왔다. 순간 나는 불길한 예감이 들어 총소리가 들린 쪽으로 달려갔다. 순간적으로 우 일병의 얼굴을 떠올린 것이다. 첨병으로 정글을 헤매면서 나는 이 직감에 의존하는 때가 많았고 또 적중하는 확률이 제법 높았다. 특히 저격병이나 부비트랩이 많은 지역에서는 이것을 신앙처럼 중요시했었다. 틀림없었다. 우종수 일병이 자신의 발에다 총을 쏜 것이다. 대열에서 뒤처진 그는 나무둥지 뒤에 숨어 군화도 벗은 채였다. 실탄은 발등을 관통하여 엄지와 검지 발가락까지 덜렁거리고 있었다. 그는 나를 보자말자 피투성이 발등을 움켜쥔 채 짐승처럼 울었다.

"난 돌아갈래유. 더 이상 여기 못 있겠어유. 날 한국으로 보내줘요."

배낭을 벗어서 총과 함께 바닥에 내려놓고 나는 얼른 탄띠에서 압박붕대를 꺼냈다.

"이 새끼, 아까 헬기가 왔을 때는 가만히 있다가……."

뒤이어 달려온 박 중위가 개머리판으로 우 일병의 어깨를 내리치면서 고함을 질렀다. 웬만해선 부하들에게 손을 대지 않는 사람인데 어지간히 화가 난 모양이었다. 나는 그런 박 중위를 올려다보다가 재빨리 우 일병의 발에 붕대를 감았다. 난감한 일이었다. 수색 때문에 당초의 매복지점이 수정되긴 했으나 부지런히 달려가도 빠듯한 거린데 몇 시간이 걸릴지 모를 후송 헬기를 기다리고 있을 수가 없었다. 그렇다고 매복지점까지 우 일병을 업고 갈 수도 없는 노릇이었다.

"내가 업을게요."

이용만 일병이 나섰다. 그의 배낭과 총은 첨병을 번갈아 맡던 고상민 상병이 들었다. 박 중위는 한참 동안 생각에 잠겼다가 입을 열었다.

"소행을 봐서는 여기다 버리고 갔으면 싶지만, 그래 이 일병과 고상병이 고생 좀 해라. 자. 출발하자."

우 일병으로 인해 소대의 진행 속도가 느려지고 도중에 휴식이 잦아졌다. 박격포와 아카보 소총 1정을 노획하여 한창 기세가 오르던 참이었는데 소대의 분위기는 착 가라앉고 말았다. 이런 걸 지휘관들이 강조하는 사기士氣라고 하는 것 같았다. 윤상하 병장이 넉살을 떨기 시작했다.

"외항선원이 말야. 긴 항해 끝에 집에 돌아왔잖겠냐. 그란디 마누라가 시키면 아이를 하나 낳아 안고 있거든. 생긴 것도 자기하곤 영 딴판인 거라. 마누라는 펄펄 뛰며 당신 아이라고 우기겠지. 생각다 못해 아이를 안고 병원에 가서 자기 아인지 확인을 해달라고 했겠지. 아이를 이리저리 살펴보던 의사가 대뜸 물었다. 자네 지난번엔 얼마 만에 귀국했었나. 선원이 대답했어. 2년 만에요. 의사가 말했지. 그럼 이 아이는 자네 아이야. 봐, 2년 동안 녹이 쓴 그 물건으로 아이를 만들었으니 이렇게 녹이 까맣게 쓴 아이를 낳은 것뿐이야. 데리고 가서 잘 키워. 하더래."

억지웃음이 여기저기서 터져 나왔다.

"논산훈련소 훈련병 시절이었지. 하루는 불침번을 서고 있는데 어디서 요상한 소리가 들리지 않겠나. 호기심이 생겨 살금살금 다가갔더니 글쎄 어떤 놈 하나가 곁에서 자고 있는 훈련병의 손을 잡고 지랄을 떨고 있는 거야. '미스 킴. 미스 킴. 괜찮아. 괜찮아. 옷 벗어. 으응, 옷 벗어.' 하며 잠꼬대를 하는 거야. 나는 놈의 사타구니를 살살 문지르며 귀에다 여자 목소리를 들려주었는데, 우 하하하. 다음날, 놈은 팬티 갈아입느라고 정신이 없더군."

시골 외장을 다니며 아이스케이크 장사를 했다는 윤 병장은 번듯한 가게를 하나 갖는 게 소원이라며 전투수당을 모두 적금으로 불입하고 있는 중이었다. 아까 동굴 입구에서 새파랗게 질리던 표정은 간 곳이 없었다. 다른 때 이렇게 소란을 떨었으면 금방 박 중위의 호령이 떨어졌겠지만 휴식시간마다 떠벌리는 윤 병장에게 웃음까지 지어 보였다. 그러나 윤 병장의 넉살로 인해 잠시 풀어졌던 분대원들의 기분도 끊임없이 뱉어내는 우 일병의 신음 때문에 금방 잡쳐 버리고 말았다. 몰핀을 두 대나 찔러주었지만 진통의 효과가 별로 오래가지 않는 것 같았다.

엎어진 김에 쉬어간다는 말처럼 저녁을 일찍 먹고 매복에 들어가기로 했다. 험악한 산세 때문에 애당초 매복호는 파기 어려웠으므로 크고 작은 바위를 엄폐물로, 빙 둘러 매복진지를 만들어 놓고 전방에 크레모아와 조명지뢰를 설치했다. 출발할 때 이슬처럼 뿌리던 하늘에서 어두워질 무렵부터 세차게 비가 쏟아져 내렸다. 우 일병은 잠이 든 모양이었다. 엄살이 전혀 통하지 않는다는 것을 겨우 깨달았는지, 아니면 몰핀의 약효가 비로소 통했는지, 앓는 소리도 거의 내지 않았다. 매복진지에 오래잖아 정적이 내려앉았다. 지친 육신의 탈을 벗어 던지고 병사들은 하나씩 달콤한 잠 속으로 빠져들어갔다. 마을 수색과 폭파, 듬직한 박격포 노획으로 고양된 분위기가 우 일병의 자해행위로 인해 침체되어 가까스로 버틴 하루였다. 판초 우의 속의 답답함도, 그 위로 퍼부어 내리는 폭우도 잠이라는 생리현상을 막지 못하는 것 같았다. 그러나 나는 통 잠을 이룰 수가 없었다. 모두들 거침없이 곯아떨어지는 바람에 불침번을 겸해서 억지로 잠을 쫓고 있었는데 나는 시간이 지날수록 되레 정신이 맑아졌다. 잠시 비가 그친 틈에 풀벌레가 울기 시작했다. 갑자기 동굴 속에서 사살한 시체의 일그러진 얼굴이 떠올랐다. 몸서리를 쳤다. 하반신에서 흘러나오던 염주알 같은 붉은 덩이들……. 섬뜩한 환영을 지우려고 고개를 거세게 흔들었다. 다시 세찬 비바람이 불면서 나뭇가지가 휘고 숲이 우웅하고 울었다.

우 일병을 업고 오느라 지쳐 떨어진 이 일병이 가볍게 코를 골았다. 나는 오랫동안 잊고 있었던 어머니의 얼굴을 떠올렸다. 마음이 조금 안정이 되었다. 어머니의 주소로 강제송금을 했으니 지금쯤 아들의 파월을 알았을 것이다. 부산 3부두 환송식장에서 파월병들이 목이 터져라 불러대는 군가에 맞춰 신들린 듯 춤을 추던 그 할머니의 모습도 떠올랐다. 거세게 몰아치는 바닷바람에 아우성으로 남아 현해탄까지 들려오는 것 같았던 여인들의 통곡소리. 이렇게 조용할 때면 아직도 그 소리는 어머니의 모습과 함께 생생하게 살아나 가슴을 저몄다. 웬만해서는 당신의 한 맺힌 가슴을 열지 않던 어머니였다.

어쩌면 그렇게 궁핍했을까. 몸뚱이밖에 가진 것이 없었던 어머니는 식당을 전전하며 하나뿐인 아들의 뒷바라지에 늘 전전긍긍했다. 어머니의 심정을 밑바닥도 헤아리지 못했던 철부지 시절, 식당 일을 마치고 돌아올 때 어머니는 늘 솥바닥 모양으로 눌어붙은 누룽지를 가져왔다. 어머니는 그것을 햇볕에 바짝 말려놓고 먹었다. 내가 보는 앞에서는 거의 밥을 먹지 않았다. 엄마도 먹어. 나의 밥 먹는 모습만 지켜보고 있는 어머니에게 간혹 밥을 덜어드리는 일이 있었다. 어머니는 그때마다 내 밥그릇을 다시 채워 주면서 말했다. 아냐, 나는 누룽지가 더 맛있고 좋아. 너나 많이 먹어라. 그러다 보니 어머니는 누룽지만 먹는다는 인식이 깊이 박히고 말았다.

국민학교 6학년 때였던가. 어머니가 삽시도에 들어가기 2년 전이었다. 어머니날이었는데 신문보급소에서 가불을 한 나는 쌀 한 되를 사 들고 집으로 와 정성스럽게 밥을 지었다. 불의 강약을 조절하면서 알맞게 눌은 누룽지를 만든 다음 다시 물을 붓고 푹 끓였다. 저녁에 어머니가 집에 돌아오자 나는 자랑스레 말했다.

"내가 엄마 좋아하는 누룽지를 맛있게 끓였다. 많이 먹어."

밥상을 받은 어머니는 나를 바라보며 눈물을 흘렸다. 내 효성에 감격해서 어머니가 눈물을 흘리는 줄 알고 얼마나 가슴이 뿌듯했던지 모른다. 그렇지만 그때 어머니가 흘린 눈물의 의미를 나는 대학에 들어간 뒤에야 깨달았다.

빗줄기가 조금씩 가늘어지고 있었다. 나는 이 일병이 몸부림치며 벗겨놓은 판초우의를 바로 덮어주었다. 꼬박 밤을 샌 것 같았다. 밤새도록 오다가다 내리던 비가 새벽녘에야 그쳤다.

"우선 우 일병을 후송할 만한 장소로 이동하자."

일찍 아침식사를 끝낸 뒤 소대장이 출발을 독려하면서 말했다. 지도상에는 여기서 그리 멀지 않은 곳에 암석지대가 있었다. 그렇지만 짙은 안개 때문에 앞이 잘 보이지 않아 헬기가 착륙할 수 있을지 걱정이 되었다.

"상처가 곪는 거 같십미더."

출발준비를 마치자 이용만 일병이 우 일병을 업으면서 말했다. 자신도 기진맥진했으면서도 여전히 우 일병이 걱정되는 모양이었다.

"엊저녁에 항생제 주사를 놓았으니, 당분간은 괜찮을 거야."

나는 이 일병의 어깨를 두드리며 그렇게 말했다. 2분대가 첨병을 담당했고 우리 3분대는 우 일병 때문에 중간에 위치했다. 소대장이 걱정스러운 표정으로 말했다.

"갑자기 무전이 불통이네. 어쨌든 그곳으로 이동은 해놓고 보자."

다행히 오래지 않아 자욱하게 내려앉던 안개도 조금씩 걷혔고 언뜻언뜻 에메랄드빛 파란 하늘이 나타났다. 키 큰 나무의 폭넓은 잎 사이로 손바닥만 한 하늘과 함께 빗살 같은 아침 햇살이 밀림 속을 파고들었다. 그저께 경험했던 가시정글이 다시 나타나기도 했다. 땀에 젖은 바짓가랑이는 질척거리며 다리에 휘감겼다. 밤새 판초우의 속에서 체열로 말린 정글복이 금세 땀에 흠뻑 젖었다. 한번 겪어봤던 가시정글이어선지 소대장은 나침반의 각도에 맞춰 직선으로 진로를 뚫도록 지시했다. 우 일병의 후송 문제 때문에 한시라도 빨리, 한 발짝이라도 헬기가 착륙할 수 있는 지역에 더 가까이 가야 했다. 이번에는 식수가 충분하고 요령이 생겨서 진도도 빨랐다. 30분쯤 가시정글이 계속되다가 대나무 숲을 마지막으로 관목지대가 끝났다. 강행군 탓인지 모두 비틀거렸으나 거대한 터널을 벗어난 듯 홀가분한 기분이었다. 중대 집결지는 아직 멀었으나 아까 지도에서 찾아냈던 헬기 착륙지점을 발견하고 우종수 일병의 후송 작전을 시작했다. 작전 첫날의 소대 실종 사건 때문에 사고부대로 찍힌 탓에 박격포 노획이 아니었으면 중대장의 짜증과 면박이 꽤 심했을 것이다. 대대장이나 연대장도 전쟁터에서 발생한 자해 사건을 그냥 지나치지 않았을 테지만 목마르게 기다리던 박격포 노획이 모든 걸 덮어준 셈이었다. 개활지여서인지 불통이었던 무선도 터져 중대와 연결이 되자 대기하고 있었던 듯 헬기는 오래지 않아 날아왔다. 소대원들은 정글도와 야전삽을 들고 착륙에 방해가 될 만한 가지와 잎들을 쳐내고 바닥을 골랐다. 무사히 헬기가 착륙하였고 우종수 일병은 구급 들것에 실려 그가 그렇게 간절히 바라던 대로 전쟁터를 벗어났다. 그러나 그 앞날이 순탄할 수는 없을 것이다. 후송문제로 위치가 노출되었으므로 빨리 이 자리를 떠나야 했다. 프로펠러에 의한 바람이 잦아질 무렵 소대원들은 장비를 챙기고 갈증을 충분히 해소한 후 중대 집결지로 향했다. 우 일병 후송을 끝냈으므로 다시 우리 분대가 첨병으로 나섰다.

10

　소대는 중대 집결지에 도착해서 공수되어 온 쌀밥과 양배추 김치를 배불리 먹고 4일분 식량을 다시 보급받은 뒤 새로운 목표 지점을 향해 떠났다. 새 지점은 따루아 산 후면에 있었으므로 우리는 산 6부 능선에 있는 가파른 산악지대를 타기 시작했다. 거송으로 이뤄진 정글지역이어서 지금껏 우리가 지나온 곳과는 전혀 다른 세상이었다. 인적이나 어떤 징후도 없어 보였다. 함께 수색을 하던 윤상하 병장과 고경민 상병이 바나나 밭으로 들어가 익은 바나나를 따는 동안 나는 밭 가장자리를 따라가다 탐스럽게 열린 참외와 수박밭을 발견했다. 아무래도 부근의 밭은 경작자가 있는 것 같았다. 야생 바나나 군락과는 뭔가 다르다는 느낌이 들었다. 나는 최대한 자세를 낮춘 채 조심스레 주위를 살피다가 사람의 것으로 보이는 희미한 발자국을 찾아냈다. 별로 크지 않은 맨발이었다. 그것은 오른쪽 언덕 숲속으로 이어져 있었다. 나는 앉은 자세로 나무 둥지를 비집고 숲속을 들여다보았다. 길이 나 있었다. 건성으로 봐서는 찾기 어려운 통로였다. 풀숲의 가운데 부분이 많이 닳은 것으로 보아 부근에 사람들의 거주지가 있을 것 같았다. 나는 수색 중이라는 전달을 뒤로 보낸 뒤 윤 병장과 고 상병을 데리고 언덕으로 올라갔다.

악산답게 군데군데 거대한 바위가 박혀 있었고 덩치가 큰 나무들이 촘촘히 들어찼기 때문에 밖에서 얼핏 봐서는 인적이 드문 오지였다. 검은 바위 앞에 이른 윤 병장이 막대기로 바닥을 긁어 냄새를 맡더니 속삭이듯 말했다.

"사람 똥 같은 데요."

빗물에 씻기긴 했으나 그리 오래된 것 같지는 않았다. 나는 자세를 낮추고 바위와 주변을 살펴 나갔다. 젖은 낙엽 위에 여기저기 발자국 흔적이 보였다. 나는 지향사격 자세를 한 채 언덕바지를 향해 올라갔다. 윤 병장과 고 상병은 내 좌우에서 엄호했다. 언덕 위 능선은 넓고 평평했다. 정상을 향해 키 작은 나무들이 즐비하였고 오래잖아 호젓한 오솔길이 나타났다. 건너편에서 서늘한 바람이 불어왔다. 나는 더욱 몸을 낮추고 발소리를 죽이면서 앞으로 나아갔다. 숲속에서 갈대로 엮은 용마루 같은 게 얼핏 보였다. 걸음을 멈추고 고 상병을 손짓으로 불렀다.

"소대장님께 보고해. 그리고 모두 조용히!"

나는 손가락을 입술에 대고 아래에서 나를 쳐다보고 있는 두 사람에게 주의를 주었다. 갈대와 나무로 엮은 그 집은 숲에 파묻혀서 전경이 얼른 눈에 띄지 않았다. 주위에 다른 인가는 없는 것 같았다. 나는 그 집 마당이 들여다보이는 큰 나무둥지 뒤에 몸을 숨기고 집 안의 동정을 살피고 있었는데 연락을 받은 박 중위가 숨을 헐떡이며 달려왔다. 함께 온 소대원들이 재빠르게 집 주위를 에워쌌다.

"김 하사하고 최 하사 둘만 따라와."

박 중위가 먼저 마당으로 들어서며 손짓했다. 나는 발뒤꿈치를 들고 뒤를 따랐다. 읍추르르르. 숲새의 소란스러운 울음소리가 갈대지붕으로, 마당으로 굴러 내렸다. 축대로 올라선 뒤 열려 있는 덧문을 통해 집안을 들여다보았다. 늙은 노인 하나가 돌아앉아서 바가지에 담긴 콩을 까고 있었다. 몬타냐족 원주민인 듯했다.

흠.

나는 헛기침을 했다. 노인의 어깨가 가볍게 흔들리는 듯했으나 이내 뒤를 돌아다봤다. 그는 싱긋 웃으며 일어서서 밖으로 나오더니 멈칫거리며 서 있는 나와 박 중위에게 두 손으로 합장했다. 엉겁결에 나도 두 손을 모았다. 2분대장 최석진 하사는 뒤뜰 수색을 하고 있었다. 노인은 두 사람을 집안으로 이끌었다. 집안은 깨끗하게 정리되어 있었다. 넉맘 속에는 부인인 듯한 노파가 누운 채 막 잠에서 깨어난 듯한 눈으로 두리번댔다. 정확한 나이를 짐작하기는 어려웠지만 주름살투성이인 그들은 모두 예순은 훨씬 넘어 보였다. 어떻게 해야 말이 통할까. 나는 박 중위의 눈치를 살폈다. 문득 원주민을 믿지 말라던 중대장의 얼굴이 떠올랐다. 언제 웃음을 거두고 총부리를 겨눌지 모른다는 것이었다. 그러나 검고 형편없이 쭈글쭈글한 얼굴이긴 해도 노인은 티 없이 웃고 있었다. 이런 순박한 노인이 무슨 해코지를 할 것 같지는 않았다.

"일단 수색은 해보자."

박 중위는 나를 바라다보며 그렇게 말하더니 노인에게 무엇을 찾는 동작을 했다. 노인은 웃으며 손을 저었다. 여긴 아무 것도 없다는 뜻인가 보았다. 박 중위는 두 손을 모으고 미안하다는 뜻을 전했다. 그러자 노인은 웃음을 걷고 순간적으로 얼굴에 노여움을 나타내더니 뭐라고 빠르게 소리쳤다. 갑작스런 노인의 고함소리 때문에 소대원들이 잠시 긴장했으나 박 중위의 신호 손짓에 따라 흩어져서 방과 뜰과 숲 주위를 뒤지기 시작했다. 노인의 뒤에서 노파가 벌벌 떨고 있었다. 나는 미안한 마음이 들어 씨레이션 깡통 한 개를 손에 쥐어주었다. 노파는 울 듯하던 얼굴로 억지웃음을 지었다. 불과 몇 분이 지났을까.

"분대장요."

앞뜰의 곳간 같은 허술한 건물 안에서 고경민 상병의 다급한 목소리가 들려왔다.

"뭐야. 뭐 있어?"

나는 두 손으로 소총을 움켜쥐고 그곳으로 달려갔다. 고 상병은 마룻바닥의 판자를 열어놓고 총을 겨누고 있었다. 반지하 공간이었다. 그곳엔 남녀 한 쌍이 잔뜩 겁에 질린 얼굴로 위를 올려다보고 있었다. 검은색 작업복 차림을 한 사내는 몸을 비스듬히 벽에 기대고 있었고 갈색 상의와 녹색 바지를 입은 여자는 사내의 상체를 안고 있었다. 허름한 차림에다 눈빛이 날카로웠지만 그녀는 눈이 번쩍 뜨일 만큼 미인이었다. 사내가 뭐라고 말하며 몸을 바로 세우려 하자 그녀는 그의 어깨를 눌렀다. 당황한 기색의 사내는 계속 몸을 뒤척였지만 여자가 내리누르는 힘을 이기지 못했다. 나는 두 사람을 향해 밖으로 나오라고 손짓했다. 여자는 노려보기만 할 뿐 꼼짝도 하지 않았다. 사내는 여자에게 눌린 채 얼굴을 찡그렸다. 내가 마루 아래로 내려가서 사내를 일으켜 세웠다. 여자는 꼼짝도 하지 않았다.

"아니, 당신은……."

등 뒤에서 박 중위가 눈을 동그랗게 뜨고 서 있었다.

"아……."

여자의 눈가에 설핏 웃음이 번졌으나 이내 사라졌다.

"여기서 뭘 하고 있어요? 참 그런데 여기는 어떻게……."

박 중위는 여자의 손을 잡고 흔들며 영어로 물었다. 여자는 고개를 푹 숙였다.

"김 하사. 내가 전에 말하던, 미군 장교 클럽의 미스 스마일."

박 중위가 속삭이듯 말했다.

–아. 이 여자였구나.

나는 비로소 동바틴 비행장의 장교클럽 카운터 모습을 떠올렸다. 박 중위의 말로는 미군이나 한국군 장교들이 그 앞에서 쪽을 못 쓴다고 했었지. 대단한 미모일 거라 생각은 했었는데 그런 그녀가 저런 행색으로 여긴 무슨 일일까? 구정공세 이후에도 그곳에 근무했다고 하던데, 여자가 정글 속을 어떻게 헤집고 이곳까지 왔다는 것일까. 몬타나 족이 살고 있는 산중 거처에, 그것도 반지하 창고에서 부상 입은 남자와 함께 숨어있는 이 상황이 잘 이해되지 않았다. 박 중위가 내 곁에 앉아서 한참 동안 뭔가를 생각하더니 입을 열었다.

"뭐하는 사람인가요?"

남자를 마주 보며 물었다.

"……."

"다시 물어볼게요. 여기서 뭘 하고 있지요?"

"……."

그는 박 중위의 얼굴만 빤히 쳐다볼 뿐, 아무 대답도 하지 않았다. 박 중위는 남자의 상처부위를 살펴봤다. 오른쪽 팔 어깨에 붕대가 감겨있었는데 피가 배어 나와 검붉게 변질되어 있었고 그 아래 팔목

쪽은 피가 제대로 통하지 않은 탓인지 푸르죽죽했다. 응급조치는 한 것 같았다.

"파편상?"

박 중위는 '쉬랩널'이라고 또박또박 발음했다. 통증 때문인지 그가 얼굴을 심하게 찡그렸다. 전쟁터에서는 포탄에 의한 파편상이 흔하긴 하지만 불과 보름 전에 비행장이 기습을 당했고 이 작전 역시 그 사건에 관한 보복전이었다. 그리고 여기는 그 작전지역이었다.

"우린 한국군입니다. 상처를 이대로 두면 위험할 것 같은데 도와줄까요?"

박 중위가 어깻죽지에 붙어 있는 백마 마크를 가리키며 말했다. 이들의 신분만 확인되면 포로로 후송할 수 있을 것이다.

"압니다. 코리안 아미."

사내가 비로소 입을 열었다.

"난 루테넌트 박이고, 이 사람은 싸아진 김입니다."

박 중위가 웃음 띤 얼굴로 두 사람을 소개하자 그가 고개를 끄덕였다.

"나는 후안이라고 합니다. 쩐 반 후안. 혹시 닌을 아세요?"

사내는 턱으로 여자를 가리키며 물었다. 발음이 자연스럽고 부드러웠다. 아까 박 중위가 미스 스마일을 아는 체해서 묻는 것 같았다.

"닌? 이분 이름이 닌인가요?"

박 중위가 여자를 바라보며 물었다. 대부분 장교들은 그녀를 미스 스마일이라고 불렀다지만 저렇게 쉽고 간단한 이름을 몰랐을까. 자신의 이름을 들먹이는 데도 여자는 고개만 숙이고 있었다. 후안의 표정을 보면 닌이 미군장교 클럽에 근무한 사실을 숨기고 있었던 것 같기도 했다.

"닌을 캄란에서 본 적이 있어요. 이름은 몰랐지만…… 그런데 후안은 어디서 이렇게 다쳤어요?"

다그쳐서는 이들의 입을 열 수 없다고 생각한 듯 박 중위는 분위기를 부드럽게 바꿔나갔다. 어제 82인치 박격포를 노획한 덕분에 시간은 넉넉한 편이었다. 그런 여유 때문인지 박 중위는 이들의 신병 확보에 대하여 아직 중대장에게 보고를 하지 않았다.

"……."

먼저 이름을 밝히고 닌에 대한 호감을 나타냈음에도 여전히 경계심을 풀지 않았다.

"김 하사. 유 상병을 좀 불러."

박 중위는 배낭에서 담배를 꺼냈다. 그는 평소 담배를 피우지 않았는데 자신이 먼저 담배를 한 개비 문 뒤 후안과 뒤에서 굳은 표정으로 서 있는 노인에게도 권했다. 나는 위생병 유인하 상병을 소리쳐 불렀다.

"노인은 뚜앙 추장입니다. 이젠 모두 떠나 버렸지만 이 일대의 주인이세요."

후안은 묻지도 않은 노인을 들먹였다. 박 중위는 노인에게 가볍게 목례를 했다. 노인의 표정에서 경계심이 약간 걷힌 것 같았다. 처음 마주쳤을 때 짓던 그 어색한 모습도 보이지 않았다. 유 상병이 구급낭을 들고 와서 후안의 상처를 치료하기 시작했다. 그는 후안의 어깨에다 소독약을 병째 부은 뒤 붕대와 거즈를 조심스럽게 떼어냈다. 놀랍게도 풀 같은 것이 잔뜩 상처에 발려져 있었다. 후안과 닌의 표정이 일그러졌다. 상처 부위가 발갛게 부어 있었다. 유 상병이 풀을 걷어내고 탈지면으로 상처를 소독한 뒤 항생제 연고를 바르고 새 붕대를 감는 내내 후안은 끙끙 앓았다. 상처부위가 넓은 것으로 봐서 총상이 아니라 파편상이 맞다.

"위험해요. 빨리 수술을 받아야겠어요."

유 상병은 항생제 주사를 놓은 뒤 박 중위의 지시에 따라 링거를 꽂아주곤 자리를 떠났다.

"어떻게 하다가 다쳤어요?"

"……."

후안은 말없이 얼굴을 옆으로 돌렸다. 박 중위는 그에게 다시 담배를 권했다.

"부부입니까?"

박 중위가 링거의 튜브 조임고리를 조금 풀면서 물었다. 천천히 떨어지던 방울의 흐름이 조금 빨라졌다. 후안은 멋쩍게 웃으며 닌을 바라봤다. 그녀도 따라 웃었다. 나는 작전지도를 펼쳐놓고 이곳의 위치를 찾아보았다. 따루아 산의 해발 650미터 능선인 이곳은 부근이 정글이었고 북쪽으로 갈수록 우거진 수목과 산악뿐이었다. 차량으로 이동이 가능한 잡목정글은 그렇다 치더라도 무장한 군인들이 며칠 동안 이동했던 이 험준한 곳에 직장생활을 하던 여자가 와 있다는 것 자체가 의문이었다. 원주민들이 나다니는 특별한 통로가 있다고 하더라도 결국 닌은 평범한 여자가 아닐 것이라는 생각이 들었다. 무엇보다 함께 있는 후안의 상처만 봐도 예사롭지 않았다. 그런 면에서 이들을 대하는 박 중위의 태도도 마땅하지가 않았다. 여긴 전쟁터이고 지금 우리는 미군기지를 공습하였던 베트콩을 찾아 헤매고 있다. 그런데 이런 음산한 곳에서 찾아낸 남녀에게 자신의 소개를 하고 한가한 질문을 던지고 있는 것이다. 2분대장 최 하사는 소대장의 눈짓을 받고 마을 전체에 대한 사주경계를 펴고 있었다.
 "부럽군요. 나는 닌을 볼 때마다 내 아내를 생각하곤 했었어요."
 박 중위가 닌을 힐끗 쳐다보면서 말했다. 후안의 안면 근육이 묘하게 움직였다. 박 중위는 쓸쓸하게 웃으며 담배를 몇 번 빨았다. 그 모습이 영 어색했다. 아내? 그가 결혼했다는 소리는 처음이었다. 화천양조장에서 진땡이를 마시고 오음리로 돌아가는 도중, 윤성하 하사가 박 중위에게 결혼했느냐고 물었을 때, 그는 아무 대답도 없이 '딜라일라'를 열창했었다. 하사관학교에서도 박 소위는 주말 주번사관을 도맡아 했었다. 총각 장교도 꺼려하는 주말 당직이었다. 내무반장이나 기관병들이 박 소위는 고자라고 수군거리는 소리를 들은 적도 있었다.
 "그녀도 참 예뻤어요. 마음씨도 비단결 같았고……. 공부도 잘하고 노래도 잘 부르는 명랑한 성격이었어요. 학훈단 훈련을 마치고 소위로 임관된 지 두 달 만에 우린 그녀 부모 몰래 결혼식을 올렸지요. 참, 베트남에서는 어떤 식으로 결혼식을 올리나요?"
 박 중위는 이야기를 하다 말고 후안에게 물었다. 그는 비단결을 '실컨 텍스튜어'라고 표현했다.
 "서양식과 베트남식이 있는데 신분에 따라 선호도가 달라요."
 후안의 말투에서 경계심이 약간 걷힌 것 같았다.
 "흐음. 그건 우리나라와 비슷하군요. 나는 군복을 입었고 아내는 일상복을 입은 채 상관이 주례를 하셨어요. 닌을 볼 때마다 예민하고 굉장히 세련된 여자라고 생각했는데, 그녀도 완벽한 여자였어요. 내겐 과분한 사람이었지요. 그런데 아이러니컬하게도 그런 여자가 부모 몰래 도둑 결혼식을 올린 겁니다. 둘 다 사랑에 눈이 멀었어요."

박 중위는 웃고 있었지만 눈가가 젖어 있었다. 춘천역 인근에서 시작된 이래 그와 가졌던 몇 차례 술좌석에서 한 번도 꺼내지 않았던 이야기를 이들에게 하는 이유가 무엇일까.

"도둑 결혼식? 그런 것도 있나요? 하긴 우리 역시 사랑에 눈이 멀었다는 표현은 어울려요. 닌 보다는 내 쪽이 더……. 그런데 그런 부인을 두고 전쟁터로 오셨군요."

후안이 닌을 바라보며 웃었다. 그녀도 따라 웃었다. 브라인디드 바이 러브.

"그런 게 아니라……."

그런데 박 중위가 좀 이상했다. 정색을 했다고 할까. 여태껏 한 번도 본 적이 없었던 표정이었다.

"첫날밤이었어요. 나는 그녀와 결혼했다는 사실이야 더없이 좋았으나 한편으론 참담했어요. 왜냐하면 나는 부모 없이 자랐거든요. 축하해 줄 가족이 없었어요. 게다가 결혼을 반대했기 때문에 그녀 쪽에서 아무도 결혼식에 참석하지 않았어요. 그래서 동료들이 권하는 술을 마다치 않고 받아 마셨어요. 만취할 때까지. 결혼 첫날밤에 말입니다. 그녀도 나의 심정을 헤아리는 듯 말리지 않았어요. 그런데……."

박 중위는 수통을 꺼내 물을 몇 모금 마셨다. 그의 목소리가 젖어 있었다.

"한밤중에 머리가 깨어지는 듯 아파서 눈을 떠보니 그녀가 곁에 없었어요. 방문은 활짝 열려 있고 그녀는 문지방에 걸린 채 죽어있었어요. 연탄가스를 마신 겁니다. 신방에 연탄가스가 스며든 것을 까맣게 모르고 있었어요. 내가 술에 만취하지만 않았어도 그렇게 아내를 보내진 않았을 건데……."

박 중위는 다시 담배를 피워 물었다. '포이슨드 바이 더 브리켓 개스'가 연탄가스 중독이라는 말은 되지만 열대지방 사람들이 연탄을 알 리 없었다.

"브리켓 개스?"

후안이 물었다.

"아참. 당신들은 모르겠군요. 더운 지방에 연탄이 있을 턱이 있나. 석탄으로 만든 연료인데 우리나라에서는 이것을 보온과 취사용으로 사용합니다. 그런데 그 가스가 참 무서워요. 가스에 중독되어 죽는 사람이 많거든요."

"이상하군요. 그런 위험한 것을 왜 사용합니까? 석유나 천연가스를 사용하면 될 텐데요."

후안은 진지한 표정으로 물었다.

"우리나라는 기름이 나지 않아서 항상 연료가 부족합니다. 그래서 몇 년 전부터 연탄이라는 것을 사용합니다. 아궁이에 나무를 넣고 불을 피워 난방 하다가 증기기관차에 사용되던 석탄을 활용하게 되었어요. 탄광에서 채굴한 석탄가루에 물을 붓고 반죽을 한 후 둥근 통에 넣고 내부에 19개의 구멍을 내어 말린 겁니다. 화력이 좋지요. 그런데 그 연탄을 태울 때 일산화탄소가 발생하는데 그 가스가 치명적입니다. 사용할 때 조심해야 하는데 내 신혼방은 그게 부실했어요."

"슬픈 이야기군요."

후안은 새삼 상처부위를 움켜쥐고 얼굴을 찌푸렸다.

"그렇지만 그녀는 아직 내 가슴에 이렇게 살아 있어요. 오늘 당신들을 보니 불현듯 그녀의 생각이 간절해서……."

이런 이야기를 신분이 애매한 저들에게 들려주는 것이 영 이해가 되지 않았다. 비록 비무장이지만 한눈에도 베트콩이 분명해 보이는 남녀를 잡아놓고 군사적 신문이 아닌 사랑 타령만 하는 것은 더욱 적절하지 못하다는 생각이 들었다. 박 중위도 이들의 정체를 이미 간파하고 있는 듯했으나 접근방법이 달랐다.

"군에 얼마나 있었나요?"

후안이 물었다.

"3년. 나는 학훈장교입니다. 일반대학 재학 중에 소정의 군사훈련을 마치고 장교로 임용되는 제도이지요. 정규 사관학교하고는 다릅니다."

"아, 우리도 그런 제도가 있습니다."

후안은 웃으며 아는 체를 했다.

"그런데…… 당신들은 여기서 뭘 하고 있습니까?"

박 중위는 닌의 표정을 살피며 조심스럽게 물었다. 이제 본격적인 신문이 시작될 모양이었다.

"우리 말입니까?"

후안은 슬며시 눈을 감았다. 그의 얼굴에 고뇌의 빛이 번졌다. 박 중위는 후안에게 수통을 내밀었다. 아까부터 혀로 입술을 빨고 있는 게 갈증이 심한 모양이었다. 후안은 기다렸다는 듯 그것을 받았다. 그런데 그때까지 가만히 있던 닌이 재빠르게 수통을 가로채면서 빠른 월남말로 뭐라고 말했다.

"그렇군요. 총상 환자에겐 물이 위험하다는 걸 깜빡 잊었어요."

박 중위는 닌에게 고개를 가볍게 숙였다. 나는 가옥 입구에 벗어둔 배낭에서 배와 복숭아가 든 씨레이션을 꺼내 와서 뚜껑을 땄다. 이번에는 닌이 반대하지 않았다.

"고맙습니다."

후안은 복숭아 캔에 담긴 주스를 단숨에 마셨다.

"우리는 어릴 때부터 함께 자란 사이입니다. 후일 나는 사이공대학 법대에 진학했고 닌은 다낭대학교에서 자연과학을 공부했어요."

입을 닫고 있던 초기에 비하면 큰 변화였다. 박 중위가 먼저 실패한 신혼 이야기를 했기 때문일 것이다. 마침내 후안이 자신의 신상을 털어놓기 시작했다. 박 중위는 후안의 말을 잠시 중단시키면서 이들에게 씨레이션 중에서 닭고기와 돼지고기 캔을 직접 따서 준 뒤 가옥 밖으로 나갔다. 어느덧 오후 4시가 지나고 있었다. 박 중위는 암호를 사용하여 무선으로 중대장에게 한참 동안 보고를 하더니 분대장을 모두 불러 모았다.

"오늘은 여기서 매복하도록 하자. 그리고 별도의 지시가 있을 때까지 저 사람들에 대한 정보가 새 나가지 않도록 조심해라."

박 중위는 분대별로 경계지역을 배정한 뒤 따루아산 정상으로 이어지는 남동쪽과 부대의 예상 진로방향으로 크레모아 등 화력을 집중하도록 했고 통상 매복 시에는 잘 활용하지 않던 M72 A2 로켓포와 M79 유탄발사기까지 가동시켰다. 몬타나족의 거주지인 데다 정체가 애매한 남녀가 숨어있던 곳에서 매복하는 위험 때문일 것이다. 아직 시간이 남아 있으므로 그들을 후송하고 소대를 안전한 지대로 이동해야 할 것 같은데 박 중위는 왜 무리를 하는 것일까. 닌이라고 하는 미스 스마일 때문일까. 그러나 박 중위가 그런 사소한 감정 때문에 소대원들을 위험에 빠뜨릴 리는 없었다.

"여기는 적진의 한가운데니까 최대한 소음을 줄이고 기습에 대비하여 매복호 굴착은 물론 각종 화기배치에 더욱 신중을 기해주기 바란다."

분대장들이 각 참호의 구축 상태와 전방에 설치된 조명지뢰 및 크레모아의 상태까지 확인한 뒤 주위에 어둠이 깔리기 전에 저녁식사를 마치고 소대는 매복에 들어갔다. 그 사이 후안과 닌은 뚜앙 추장이 곡식 저장창고로 사용하는 방으로 자리를 옮겼다. 나는 분대원들의 매복 상황을 다시 한번 살펴본 뒤 박 중위와 함께 후안과 닌이 있는 방으로 들어갔다. 흙바닥에 겹겹이 묶은 대나무를 기둥으로 세웠고 벽은 마른 갈대로 얼기설기 엮여 있었다. 그러나 서까래로 받치고 있는 산자에는 비닐이 깔려있어 비나 습기를 피할 수 있도록 되어 있었다. 뚜앙 추장이 양초 한 개를 가져와 방안을 밝히자 기다렸다는 듯 사방에서 모기떼가 달려들었다. 숲에서 서식하는 모기의 침은 전투복을 뚫을 만큼 강해 잘못하면 곪기까지 하므로 나와 박 중위는 미리 액체 모기약을 노출부위에 바른 후 후안과 닌에게도 나눠주었다. 뚜앙 추장이 마른 풀에 불을 붙여 연기를 피웠다. 우리나라 시골에서처럼 마른 쑥을 태울 때와 비슷한 냄새가 났다.

"저녁식사는 잘 했어요?"

박 중위가 닌을 바라보고 물었다. 두 사람과 접촉을 막으려고 뚜앙 추장 부부에게도 따로 씨레이션을 주었으나 그들은 한 번도 먹어본 적이 없다고 사양했다.

"덕분에…… 고맙습니다."

후안이 어색하게 웃으며 말했다. 굳어 있던 닌의 표정도 어느 정도 풀린 것을 보면 이젠 일정한 수준의 신문은 가능할 것 같았다. 어느덧 밖은 앞을 분간할 수 없을 만큼 캄캄해졌고 벌레들의 울음소리가 요란해지고 있었다.

"후안이 우리의 작전지역에서 부상을 입은 채 발견되었으니 이런 절차는 어쩔 수 없는 것 같습니다. 나는 현재 두 분이 어떤 형편에 처해 있는지부터 알고 싶습니다. 나는 대학에서 역사학을 전공했습니다만, 아까 후안은 사이공 대학에서 법대를 다녔다고 했는데, 그렇다면 집안이 이 나라의 상류층일 텐데……. 이런 곳에서 이런 모습으로 있는 것이 잘 이해가 되지 않습니다."

박 중위는 단어 하나에도 신중을 기하는 것 같았다. 포로 신문이 아니라 어떤 주제를 설정해 놓고 상대방의 주장을 탐색하는 토론자의 태도와 흡사했다.

"위기에 처한 나라를 바로잡겠다는데 상류층이나 하류층을 구분하는 건 옳지 않은 것 같은데요."

후안의 반박은 의외로 강경했다.

"위기에 처한 나라라면 어느 쪽을 말하는 건가요?"

박 중위는 정색을 하며 물었다.

"……."

후안은 잠시 말을 멈추고 박 중위 쪽을 바라보았다. 갈대 사이로 흘러 들어온 바람에 촛불이 흔들리자 희미한 그림자들이 괴기스럽게 움직였다.

"저의 부친은 다낭시 부시장이셨어요."

후안은 착 가라앉은 목소리로 자신의 아버지 이야기부터 꺼냈다.

어느 쪽이냐는 박 중위의 질문을 일부러 피하는 것 같지는 않았다.

"벌써 3년이 지났네요. 1964년 5월 19일 새벽이었어요. 중부지방 대학생 연합회가 사흘간 다낭에서 개최한 전국 법과대학의 모의재판에서 다낭지역 사령관인 구엔 찬 티 장군을 해임한 키 수상을 독직과 직권남용으로 징역 15년을 선고하던 날 밤늦도록 술을 마시고 막 잠이 들었는데 요란하게 문을 두들기는 소리에 잠이 깨었어요."

후안은 팔의 통증 때문인지 자주 숨을 깊이 들이마시고 내뱉으며 담담하게 자신의 속마음을 털어놓기 시작했다.

"형, 큰일 났어. 누나가 잡혀갔어."

닌의 동생인 부첸이었다.

"뭐라고? 무슨 소리야, 그게?"

후안은 취중에 의식은 몽롱했지만 닌이 사고를 당했다는 말을 듣자 정신이 번쩍 들었다. 두 사람은 어릴 때부터 함께 캄란의 외할머니 손에서 자랐으나 성장 배경은 많이 달랐다. 후안은 공직자인 아버지 덕분에 경제적으로 넉넉하였으나 어머니의 건강이 좋지 않아 외가에서 성장했다. 그리고 이모의 친구였던 닌의 어머니는 항공기 승무원으로 근무하다가 프랑스인과 사이에서 닌을 출산하였으나 사고로 혼자가 된 미혼모였는데 이모의 부탁으로 외할머니가 닌의 양육을 맡게 되었다. 둘은 중학교까지 캄란에서 함께 자라다 후안이 고등학교 진학을 하면서 아버지의 근무처인 사이공으로 거처를 옮겼고 닌은 자신의 어머니가 자리를 잡은 다낭에서 여고에 진학하였다. 후안이 다낭에서 개최되는 행사에 빠짐없이 참석한 것도 닌 때문이었다. 두 사람은 대학에 진학할 때까지도 사상적으로 별 기복이 없었다. 적어도 후안의 생각으로는 그랬다. 말하자면 자유분방한 대학생활 속에서 미래에 대하여 큰 고민이 없었던 두 사람이었다. 그런데 대학 4학년 때 닌이 환경단체에 발을 들여놓으면서 두 사람의 관계는 급격한 변화를 겪기 시작했다. 비판의식이랄까, 닌이 외세에 의존하여 민족상잔의 전쟁을 치르느라 피폐해진 인민들의 삶을 자주 언급했고, 포탄과 화학약품으로 전국이 황폐화되고 있는 현실에 지나친 관심을 보인다고 걱정은 했었다. 그러나 이렇게 갑작스런 사건에 휘말릴 줄은 전혀 몰랐다.

"지금 학생들이 마구 잡혀가고 있어."

부첸은 다급하게 말하며 후안을 재촉했다. 당시만 해도 다낭 불교학생회 총무 일을 맡고 있던 닌은 반정부 활동단체 같은 데에는 전혀 기웃대지 않았다. 후안 역시 상류층 자제가 그렇듯이 전쟁이라든지 민족문제 같은 것은 안중에도 없었으므로 경찰을 두려워할 일이 없었다. 다만 처음 참석한 정부와 군부가 얽혀 있는 부정부패의 각종 사례에 대한 모의재판에서 다소 과격한 결론을 이끌어 내긴 했으나 그런 걸로 제재받을 염려는 없다고 생각했다. 즉 어떤 주장을 하건 무리한 행동을 하건 상류층에 확고히 자리잡은 아버지가 방어해 줄 것으로 확신하고 있었다. 그런데 변수가 생겼다. 전날 모의재판의 주제였던 키 수상의 구엔 찬 티 장군의 해임문제가 구심력이 되어 지난 사흘 동안 다낭지역 민심을 자극한 것이다. 문제는 그 주체가 모호한 점이었다. 외관적으로는 티 장군을 따르는 불교도와 과격 학생들, 그리고 일부 군인들이라고 알려져 있었는데 그들이 이어지던 산발적인 시위를 흡수했고 그 이슈가 핵분열하면서 다시 대형 시위로 확산시킨 것이다.

당시 재야에선 키 수상의 장기 집권과 국사의 전횡에 대한 불만이 쌓여 가고 있던 참이었고 다낭지역 사령관 티 장군의 해임은 이 지역의 민심을 자극하는 뇌관이었다. 대학생들의 모의재판이 불에 기름을 끼얹은 모양새였다. 그러나 키 수상은 밤새 계엄령을 선포하면서 모든 시위와 파업을 불법화했고 포고문을 통해 다낭지역에 침투한 불순세력을 척결한다는 명분으로 무장한 공정부대를 투입했다. 사전에 작성한 리스트에 따라 반정부 투쟁을 하는 각종 단체나 블랙리스트에 올라 있는 불만 세력을 무차별하게 체포하기 시작했다. 평소에 눈에 거슬리는 인사들은 남김없이 체포되었고 닌과 같은 불교학생회 간부들도 대부분 연행됐다.

"어디로 끌려갔어?"

후안은 급하게 겉옷을 챙겨 입으며 부첸에게 물었다.

"아마 공정대 본부일 거야. 놈들은 학생들을 개 패듯이 때리면서 질질 끌고 갔어."

부첸은 얼굴을 찡그렸다. 닌을 닮아 누구에게나 친근감을 주는 미소년이었지만 누나의 납치를 분개하고 걱정하고 있는 그의 모습은 일반 시위꾼들과 다르지 않았다. 어디선가 콩 볶는 듯한 요란한 총소리가 들려왔고 뿌옇게 하늘이 열리고 있었다.

여명의 거리 곳곳에는 탱크가 진을 치고 있었고 총을 든 군인들이 행인들을 마구잡이로 검문했다. 한바탕 회오리가 지나간 거리는 살벌한 정적마저 감돌았다. 그는 아버지가 만들어준 신분증명서를 휴대하고 있어서 평소처럼 검문소를 무사히 통과하였지만 정작 공정부대로 사용되고 있는 군사위원회 건물 앞에 도착한 후에는 더 이상 어떻게 해야 할지 엄두가 나지 않았다. 아버지에게 전화를 해볼까

했으나 공연히 걱정을 끼쳐드리기도 싫었고 서슬이 시퍼런 군에까지 아버지가 영향력을 행사할 수는 없을 것 같았다.

날이 밝았다. 이따금 지나가는 탱크의 육중한 궤도 소리는 공포 분위기를 만들었고 계엄령이 선포된 거리는 죽음처럼 모든 것이 멈춘 듯했다. 그런 중에도 삼엄한 경계망을 피해 가며 학생들의 움직임이 빨라지고 있었다. 학생들은 공정대의 손길이 미치지 않는 다낭 시계 서남쪽에 있는 희망의 광장으로 모여들었다.

정각 10시가 되자 불교계와 전국에서 모여든 각종 시민단체를 앞세우고 시민과 학생과 일부 무장한 군인들이 시내로 진입했다. 공정대는 군중을 향해 총을 쏘기 시작했고 승려들과 시민단체 임원들은 탱크 앞에 드러누웠다. 시위대는 동료의 시체를 넘어서 성난 파도와 같이 밀려들었다. 피가 튀고 함성이 어우러진 거리는 순식간에 아비규환으로 변했다. 공정대는 시위대의 위세에 눌려 밀리기 시작했다. 정오 무렵, 공정대 본부와 시청 청사가 마침내 시위대에게 점령되었다. 유치장이 열리고 여기저기서 만세 소리가 터져 나왔다. 거리는 함성과 폭죽으로 가득했다. 그러나 점차 시위대는 폭도로 변해 민가와 상가를 털기 시작했다.

그날 시위대에 점령된 만 하루 동안 다낭시의 혼란은 극에 달했다. 어느새 파괴와 방화가 공공연하게 저질러졌고 닥치는 대로 살상과 보복이 행해졌다. 후안의 아버지가 죽은 것도 이 무렵이었다.

시위대가 시청을 점령하기 전에 일찌감치 자취를 감춰버린 시장 대신에 끝까지 청사를 지켰던 후안의 아버지는 과격 시위대에 체포되어 광장으로 끌려 나와 공개 처형되고 만 것이었다. 그날 자신이 현장에 있었더라도 뾰족한 수는 없었겠지만, 아들 된 도리로 최소한 아버지의 시신만은 거뒀어야 했다. 그러나 닌에게 이끌려 조직위원회의 들러리 노릇을 하느라 미처 시청 쪽으로 관심을 두지 못하고 있었는데 그 사이에 아버지의 시신은 성난 시위대의 손에 갈가리 찢겨 사방으로 뿌려지고 말았다.

이틀 뒤 2개 사단 규모의 공정부대가 다시 진격해 오자 시위대는 지리멸렬되어 흩어졌다. 대책위원으로 명단에 올라있던 후안을 진압세력은 그대로 일급 적색분자로 분류하였다. 대책위원 명단은 닌이 동료로부터 후안을 보호하기 위하여 급조해 놓았던 문서여서 실체도 없었고 후안의 의도와도 전혀 상관이 없었다. 그렇지만 진압세력에게 그 명단은 불순분자를 색출해 내는 유력하고 확실한 문서로 활용되었다. 결국 후안은 반정부 세력의 조직위원들에게는 낯선 회색분자로 의심을 받으면서 진압세력으로부터 적색분자로 취급되어 지명수배가 되는 고약한 위치에 놓이게 되었다. 급전직하라는 말처럼 후안의 위치는 전혀 엉뚱한 곳으로 추락해 단 한 발이라도 섣불리 내디딜 수가 없는 상황이 되어 버렸다. 아버지의 사망으로 인하여 풍비박산되어 버린 집을 복구하고 건사할 엄두도 내지 못한 채 후안은 닌과 함께 탈출하는 조직위 무리에 휩싸여 결국 민족해방전선 본부가 있는 '쁠래이꾸'로 흘러갈 수밖에 없었다.

"박 중위께서 우리를 바로 송환하지 않고 이곳에서 매복준비를 하는 것을 보면서, 기다리는 동안 어떤 말을 해야 할지 고민도 해봤습니다. 곁에 닌도 있지만 박 중위가 무슨 의도로 이런 자리를 만들고 있는지를 생각하면서 나는 같은 젊은이로서 내가 현재 어떤 처지에 놓여 있으며 무슨 생각을 하고 있는지 숨김없이 말해보기로 작정했습니다. 어차피 나는 이전의 내 자리로 돌아갈 수 없기 때문입니다."

차분하게 지난 일을 이야기하던 후안이 말을 끊고 크게 숨을 고른 뒤 그렇게 말했다. 모기들의 날갯짓이 왱왱 계속되었지만 모기약 냄새 때문에 달려들지는 못했다.

"나는 이곳으로 온지 5개월쯤 되었는데 아직 이곳 젊은이들과는 진지한 대화를 나눠보지 못했어요. 아까 말한 것처럼 나는 대학에서 역사학을 전공했는데 그래서인지 어떤 사회의 진화와 발전을 주도하거나 영향을 미치는 정치나 경제, 그리고 사회와 문화에 관하여 관심을 가지고 있어서 기회만 되면 낯선 곳에서 만난 사람들과도 그런 주제에 대하여 대화하기를 좋아합니다. 내가 위험을 무릅쓰고 이 자리를 마련한 것도 솔직히 말하면 특이한, 평생 조우하기 힘든 상대를 만났다는 생각 때문인지도 모르겠습니다."

박 중위가 사용하는 어휘는 꽤 폭이 넓었다. 위험을 무릅쓰다(run a risk)라든가, 조우하다(encounter) 따위는 평범한 회화에서 잘 나오지 않는 단어인 것 같았다. 나는 이들에 대한 박 중위의 태도에 호응하거나 동의하는 것은 아니었지만 현재 그의 의도는 대충 짐작할 수 있었다. 후안은 다시 지난 이야기를 이어갔다.

뒤에 알았지만 닌은 그 환경단체가 월맹의 지원 아래 민족해방전선의 지휘를 받는 기관인 것을 전혀 모르고 있었다. 다만 그들이 내걸고 주장하는 경구나 구호에 수긍했고 임원들의 외관이나 인품에 호감을 가진 나머지 깊이 빠져들었다고 했다. 그들은 의도적으로 반정부 시위를 주도하여 정의감에 불타는 학생과 시민 중에서 동조자들을 모아 전투요원을 양성해 나간 것으로 알려졌다. 그러나 그런 사실을 깨달았을 때에는 이미 발을 뺄 수 없는 민족해방전선의 일원이 되어 있었다. 어쨌든 후안이 중부고원지대의 해방전선 요충지인 '쁠래이꾸'에서 난생 처음 굶주림과 격심한 육체적 고난을 겪으며 게릴라 훈련을 받는 동안 닌은 심리전 요원 교육을 받기 위하여 하노이로 떠났다. 자신들의 선택이란 있을 수도 없었고 오직 조직의 명령에 충실히 복종할 따름이었다. 닌의 요행에 가까운 배경 덕분에 아버지와 함께 묶여있던 탐관오리의 사슬을 가까스로 풀었던 후안으로서는 죽도록 충성한다는 맹세만이 살길이었다. 세상에서 가장 존경했던 아버지를 그들 앞에서 증오하는 것으로 충성맹세를 하면서 혹독한 훈련을 견뎌 나갔다. 때때로 인편에 보내오는 닌의 편지는 후안의 무너진 가슴을 메워주기보다는 사상적인 무장을 독려하는 격려문이었다. 그런 과정을 거친 후 첫 출전이 동바틴 비행장 기습작전이었다.

애초에 정규군의 훈련을 받지 못했던 후안은 예비병력으로 중화기 운반조에 편성되어 침투조가 철조망을 넘을 때 숲으로 물러나 있었기 때문에 미군들의 반격을 직접 받지는 않았다. 그런데 철수하는 도중 공중 폭격의 파편을 맞았다. 정글의 바닥이 키 높이로 패이고 사방으로 돌과 흙이 비산될 때였다. 그때 많은 동료들이 쓰러졌는데 후안은 어릴 때 성장했던 외가가 캄란에 있어 그 일대의 지리에 밝았으므로 혼자서 그들의 추격권을 재빨리 벗어났다. 그러나 외가도 안전하지 않았다. 지역 정보국에서 나온 요원들이 동네를 감시하고 있었기 때문에 활동이 자유롭지 않았다. 출산휴가 중이던 이모도 후안 때문에 이들로부터 많은 고초를 겪었다고 했다. 이모는 피폐해진 후안의 본가 소식도 전해 주었다. 아버지 사망 이후 어머니는 심장병으로 고생하고 있으며 고등학교에 다니던 남동생은 휴학 중이라고 했다.
 그런데 후안은 뜻밖에도 그곳에서 닌을 만났다. 하노이에서 특수교육을 받고 있다면서 수시로 후안에게 사상적 독려편지를 보내던 닌이 캄란 외가의 인근에서 직장생활을 하고 있다는 것이다. 닌은 혼혈이라는 신체적 특징 때문에 다낭에서도 특별관리를 받았으므로 후안과 달리 계엄군의 수배망에서 벗어나 있어서 비교적 활동이 자유로웠다고 했다.

 "어느 정도 쉬면서 요양을 하면 상처가 나을 것 같았지만 제 정체가 지역 정보국에 노출되면 바로 체포대상이어서 한 달 분의 약재를 준비한 후 이곳으로 거처를 옮겼습니다. 여기는 우리 팀이 쁠래이꾸에서 닌호아 나트랑 등지로 식량을 구하러 다닐 때 며칠 들러 사슴사냥도 하고 쉬어가는 곳이므로 향후 부대복귀도 용이할 것으로 생각했습니다. 게다가 이곳 주인인 뚜앙 추장은 애당초 전쟁이니 사상이니 하는 것과는 상관없는 사람입니다. 누구든지 그의 산채를 찾아드는 사람에게는 먹을 것과 잠자리를 마련해주지요. 주로 해방전선 측 전사들이 많이 드나들지만 집단이주를 권하러 나오는 정부군 사람도 가끔 있다고 들었습니다. 이곳 지형이 워낙 험하기 때문에 한국군의 작전범위가 이곳까지 미칠지는 몰랐습니다."
 후안은 박 중위의 처음 질문에 대해 비로소 제대로 된 답을 내놓았다.
 "젊은이로서 우리의 바람은 남북이 하나가 되기를 원했고 나 역시 처음에는 얼떨결에 뛰어들었으나 이젠 바람을 넘어 그것은 간절함으로 바뀌고 있습니다. 외세의 침탈이 벌써 백 년이 넘었고 지금도 계속되기 때문에 이렇게 저항하는 거지요. 풍요와 안일한 생활에 미련이 남아 있으나 많은 젊은이처럼 우선 외세를 물리친 후 개인의 행복을 추구하자는 쪽으로 마음을 다지고 있습니다."

그는 별 머뭇거림도 없이 소신을 말했다.

"그런데 솔직히 말하면 해방전선에는 전쟁에 환멸을 느끼고 전장에서 벗어나려고 기회를 노리는 젊은이들도 적지 않습니다. 이번 동바틴 비행장 습격 때 많은 동료들이 죽었지만 억지로 끌려간 사람도 제법 많았던 것 같습니다."

후안은 갈증이 나는 듯 다시 입술을 빨았다. 닌이 수건에 물을 적셔 후안에게 건네주었다. 후안은 수건으로 혀를 닦은 뒤 남아있는 복숭아 캔을 마셨다.

"우리도 그런 경험이 있어요. 동족 간의 싸움으로 수많은 동포가 목숨을 잃었고 또 가족이 죽임을 당했어요. 나도 그중의 하나입니다."

박 중위가 비장한 말투로 그렇게 말했다.

"아, 시민전쟁 말이지요?"

"시민전쟁이 아니라 공산주의자들의 불법 침략이었어요. 그들은 적화를 목적으로 불법 남침을 하여 수많은 동족을 학살했어요."

박 중위가 '커뮤니스트'로 표현하며 후안의 발언을 정정했다.

"현대사이긴 해도 우린 역사학 교수로부터 한국전쟁을 그렇게 배웠어요. 민족 간의 세력다툼이었다고. 그런데 참 이상하군요. 그런 불행한 과거가 있는데도 왜 남의 나라 전쟁에 끼어들었을까 하는 의문이 드는군요. 명분도 없는 전쟁에……."

후안은 정면으로 박 중위를 바라보면서 '언저스티파이드 워'를 또박또박 발음했다.

"그렇긴 합니다. 어떻게 설명을 해야 할까요. 한국의 월남전 참전에 대한 전체적인 이야기보다는 내가 왜 이곳에 왔는가를 먼저 설명하는 것이 순서겠지요. 결론부터 말한다면 나는 우리 정부의 경제 부흥정책에 찬성하고 있고 내 개인의 생활 안정도 겸해서 참전했어요."

"경제 부흥정책이라고요?"

"그래요. 오천 년 역사를 가진 우리나라는 민중이 풍족하게 살았던 적이 별로 없었어요. 늘 굶주림과 전쟁에 시달렸어요. 최근에는 일본의 식민지로 전락하기도 했고……. 우리나라 속담에 가난은 나라님도 구제하지 못한다는 말이 있는데 가난은 우리의 숙명이란 뜻이 강합니다. 몇몇 선각적인 왕들이 지엽적으로 이 문제에 접근하려 했으나 구조적 모순 때문에 번번이 실패했어요. 이곳 베트남에 와서 가장 부러운 것이 바로 풍족한 식량입니다. 3모작으로 수확하여 전국적으로 넘쳐나는 쌀도 그렇고……. 연중 늘 푸른 들판들을 보면서 한발이 들면 농작물이 다 말라 죽고 홍수가 나면 모두 다 물에 떠내려 보내면서 소나무껍질이나 풀뿌리를 캐어 먹고 살았던 우리 농민들을 생각하며 비통한 심정이 들기도 했어요."

1분대 박 하사와 연결해 놓은 줄이 한 번 흔들렸다. 매복호에는 이상이 없다는 신호였다. 박 중위는 담배를 피워 물고 길게 연기를 내뿜었다.

"얼마 전 혁명에 성공한 군사정부가 경제개혁을 통해 사회를 변혁하자고 나섰어요. 그런데 우린 워낙 자원이 없는 나라이고 자본 또

한 부족합니다. 국군의 파월도 그런 맥락이었어요. 나라가 외침을 받는다든지 위기에 직면하면 젊은이들이 목숨을 걸고 피를 흘리며 지키는 법이잖아요. 그런데 가난은 외적보다 더 지독하게 우리 민족을 괴롭혔어요. 군사정부는 이걸 국난 극복의 차원으로 생각하기 시작했고 나를 포함한 많은 젊은이들이 마음을 합하고 있어요. 만일 이 전쟁이 남극이나 북극에서 벌어졌더라도 나는 지원했을 겁니다."

나는 현실도피를 위해 파월지원을 했지만 온 김에 학자금이라도 넉넉히 마련하자고 다짐했다. 어머니에게 강제 송금되었던 전투수당이 주소불명으로 되돌아왔을 때 바로 내 은행계좌에 입금되었다.

"그렇다면 용병과 무엇이 다른가요?"

그때까지 묵묵히 듣고 있던 닌이 물었다. 그녀는 용병을 '멀스너리' 대신에 '하이어드 솔져'라고 표현했다.

"용병이라……."

오음리에서 황선길 대위가 공연히 이 문제를 주제로 강의를 하지는 않았을 것이다. 우리는 보병이라 기회가 많지 않지만 대외적으로 현지인들과 접촉이 잦은 다른 병과 사람들에게는 유용한 정보가 되었을 것이다. 박 중위는 잠시 생각에 잠기는 듯하더니 다시 말을 이었다.

"물론 용병에 대하여는 이미 국제적인 정의가 나와 있지만 베트남 젊은이들이 우리를 그렇게 불러도 할 말은 없어요. 그러나 이 말은 꼭 하고 싶어요. 우리의 참전은 용병과 달리 대의명분이 있습니다. 바로 이념문제 말입니다. 우리의 신념…… 즉 자유민주주의를 지킨다는 가치와 확신 말입니다. 우리나라도 공산주의의 침략에 대항하여 싸웠는데 그때 자유세계 16개국이 우리를 도왔어요. 모두 자유민주주의 체제가 인간 본위를 유지하는데 가장 적합하다고 생각했기 때문에 그걸 지키기 위해 세계 젊은이들이 목숨을 걸고 우리가 자유를 침탈당하고 있는 전쟁터에 뛰어들었을 겁니다. 우린 그들의 도움으로 자유민주주의 체제를 지켜냈어요. 이곳 역시 민족문제의 피안에는 이런 이념의 대결이 있다고 봅니다. 우리의 파병은 그런 맥락과도 일부 연결되어 있습니다."

박 중위는 수통을 열어 물 한 모금을 마신 후 말을 계속했다.

"물론 우리는 국가의 명령도 있었지만 굶주림을 면하기 위한 경제적 필요도 있었습니다. 그리고 무엇보다 우리를 국가 멸망의 위기로부터 건져준 자유세계에 대해 보답하는 차원에서 파월을 결정했다고 봅니다."

"핑계는 갖다 붙이기 나름이겠지요. 우리가 알기로는 따이한의 모든 전쟁물자들, 심지어 군인들의 전투수당까지 미국으로부터 받는 것 같은데요. 만일 그런 지원이 없었더라도 따이한이 이 전쟁에 뛰어들 수 있었을까요?"

이러한 닌의 지적은 한국군 파병에서 가장 뼈아픈 부분이었다. 박 중위는 다시 담배를 피워 물었다.

"비록 물자 지원 문제와 관련해 보면 우리가 미국을 위해 참전을 한 듯 보이지만 어느 한 부분을 꼭 집어서 판단할 수는 없어요. 지금 미국은 우리나라 최전방에 2개 사단을 파견하여 우리 국방의 주요한 부분을 책임지고 있어요. 이들은 단순히 물리적으로 전선을 지키는 데 그치지 않고 북한이 남침을 하면 미군이 자동적으로 참전을 하게 되는 인계철선의 역할도 하고 있어요. 그런데 미군이 베트남전의 병력문제를 해결하기 위해 주한미군을 철수한다면 우린 당장 국토방위에 심각한 위협을 당하게 됩니다. 주한미군 철수문제가 구체적으로 대두되면서 미국이 우리 휴전선을 지켜주는 대신 우리가 베트남전에 참가하겠다는 요청을 할 수밖에 없었지요. 그리고 베트남 측에서도 우리의 참전을 적극적으로 요청했고요."

자신 있게 풀어 나가던 박 중위의 논리가 조금씩 흔들리는 느낌이었다.

"그렇다면 대리전인 셈이네요."

닌이 다시 비아냥거렸다.

"아니지요. 우리가 미군을 대신하여 이곳에 온 것은 맞지만 그들이 우리의 안보를 책임지고 있잖아요. 국가의 책무 중 가장 중요한 것이 국토를 지키고 국민을 보호하는 것인데 세계 최강의 군대가 우리나라에서 가장 위험한 곳인 휴전선을 담당하고 있으니 우리의 병력이 이곳에서 자유세계의 질서를 지킨다면 결국 우리 스스로 국토를 방위하는 것과 마찬가지 아닌가요. 보급을 포함한 전쟁물자 공급 여부는 미국과 우리의 국력이나 경제력 차이로 인한 협상의 결과물이므로 용병이나 대리전에 결부시킬 문제는 아니라고 봅니다."

"우리가 싫다고 해도 상관없다는 말입니까?"

닌의 반박은 점점 노골적으로 이어졌다.

"우리는 베트남 정부가 원해서 왔어요. 강제로 들어온 것이 아닙니다."

내가 끼어들었다.

"양민을 학살하고 부정부패로 온통 썩어가는 집단이 무슨 정부라고……."

듣고만 있던 후안이 나섰다.

"다낭시의 형편은 어땠어요? 그곳에도 부정부패가 심했나요?"

나는 후안의 부친이 다낭의 부시장이었다는 말이 생각나서 그렇게 물었다.

"……."

희미한 촛불에 비친 후안의 표정이 창백했다.

"하노이 정부만 옳은 것은 아니잖아요. 이 전쟁도 바탕에 사상과 이념이 개입되어 있어서 더욱 복잡한 것 같은데요. 특히 통제된 사회와 개방된 자유체제는 재물에 대한 관념이 다르고 무엇보다 남베트남의 부정부패 현상은 전쟁 때문에 방치되고 있는지 몰라요."

박 중위가 후안의 손을 잡으면서 조용한 목소리로 말했다. 이런 자리에서 대화가 과격해지거나 중심이 한쪽으로 흐르면 피차 이로울 게 없었다. 지금 박 중위가 원하는 결론은 무엇일까. 무엇 때문에 위험을 무릅쓰고 이곳에 매복하면서까지 저들과 대화하는 것일까. 서로의 생각을 정리하려는 것일까. 그리고 나는 삼양동 시절부터 영어단어집을 들고 다니며 외웠으므로 박 중위의 콩그리쉬를 적당히 이해할 수 있지만 후안이나 닌도 그런 수준으로 듣고 이해할 수 있을까. 표현이 어려운 부분은 수첩에다 단어를 써가면서 이해시키려는 박 중위의 노력도 끈질긴 면이 있었다. 어느덧 두시가 훌쩍 지나고 있었다. 벌레소리만 귓속을 울리는 방안에서 한동안 침묵이 흘렀는데 후안이 몸을 바로 세우며 말을 꺼냈다.

"두 분은 지도를 보며 정글을 지났기 때문에 굉장히 멀리 오신 것으로 생각하실 겁니다. 그러나 캄란항에서 이곳까지 직선거리는 20킬로미터에 불과하고 원주민들이 출입하는 통로를 이용하면 걸어서도 이틀길입니다. 나의 전력은 앞에서 말한 대로지만 우리는 피난처로 여겼던 외가에서 지역 정보국 요원들의 감시 때문에 다친 팔을 치료하기 위하여 잠시 이곳으로 왔고 닌은 나를 간호하기 위해 따라왔습니다. 적어도 현재 우리는 한국군을 해치거나 대항하는 적은 아니라고 생각합니다."

후안의 억양이 처음보다 확실히 부드러워졌고 자신을 변명하기 위해 하소연하는 듯한 느낌이 들었다.

"부탁이 있습니다."

숲을 통과한 바람이 방안을 스치면서 촛불을 심하게 흔들었다. 후안이 진지한 표정을 지으며 입을 열었다.

"무슨?"

초가 거의 바닥을 드러냈으나 심지가 흘러내린 촛농에 뿌리를 박고 그런대로 제 기능을 하고 있었다.

"닌은 나도 잘 모르는 비밀이 있는 것 같지만 아직 아무런 추궁을 해보지는 않았습니다. 그러나 닌이 캄란에서 여기까지 서슴없이 따라온 것은 내가 입은 상처 때문이었지 다른 목적은 없었습니다. 박 중위께서 이미 닌과 안면이 있다고 하셨는데 그 역시 내가 관심을 가질 여유가 없습니다. 다만 현재 나와 박 중위님 간에 이해관계가 일치하는 것이 있을까를 생각해 봤습니다."

후안은 상처 부위인 오른쪽 어깨를 두어 번 추스른 후 말을 이었다.

"사실 쁠래이꾸에서 사이공 법대 출신이라는 꼬리표는 자랑이 아니라 멍에였습니다. 언제라도 등을 돌릴 수 있는 예비 변절자 취급을 받았으니까요. 그런데 부대에 문서를 다룰 줄 아는 사람이 없어서 그 고약한 출신성분에도 불구하고 내가 지난 몇 개월간 부대의 행정업무를 보조하게 되었는데……."

후안은 곁에 있는 닌을 흘끗 바라본 뒤 숨을 깊이 들이마시더니 천천히 내뱉었다. 뚜앙 추장이 초 반 토막을 가지고 와서 불을 붙여 놓고 밖으로 나갔다. 방안이 다시 조금씩 밝아지기 시작했다.

"얼마 전 우연히 은닉 무기 현황을 엿보게 되었습니다. 극비문서였는데 봉함이 열려 있었습니다. 오래전부터 준비하고 있었던 것 같은데 지금 생각해 보니 동바틴 비행장 습격준비를 위한 과정이 아니었나 싶군요."

후안은 앞에 놓인 말보르 담배갑에서 담배 한 가치를 뽑아 물고 불을 붙였다.

"그 문서에는 공용화기 종류와 보관 장소가 적혀 있었는데 그 중 체크가 되지 않은 것 한 개가 있었습니다. 여기서 그리 멀지 않은 동굴에 은닉된 미국제 81밀리 박격폰데 포반에 문제가 있어서 제외된 것 같았습니다."

갈등 때문인지 후안은 손끝을 심하게 떨고 있었다.

"제가 알기로는 동바틴을 기습했던 우리 측 부대는 공중폭격으로 거의 전멸된 것 같고 또 이 지역은 한국군이 거쳐 갔기 때문에 그 박격포로 인해 내가 문책당할 일은 없을 것 같습니다. 어떻습니까? 우리를 이대로 보내주신다면 그 박격포의 위치를 알려드리겠습니다."

박 중위는 이런 제안을 기대하고 있었는지 몰라도 나로서는 무기 제공 이야기가 나올 줄은 전혀 생각하지 못한 일이었다. 과연 이런 거래가 가능할까? 박 중위는 이미 며칠 전에 82밀리 박격포를 노획했으므로 다른 박격포를 노획하기 위해 임의로 이들을 훈방하는 위험을 감수할 필요도 없었다.

"혹시 사회로 복귀할 생각은 없어요?"

한참 동안 골똘히 뭔가를 생각하던 박 중위가 후안에게 그렇게 물었다.

전혀 의외라는 듯 후안은 멍하니 박 중위를 쳐다봤다.

"우리 한국군 사령부는 전향자를 위한 프로그램을 운용하고 있어요. 일정한 절차를 거쳐 예전의 신분을 회복할 수 있게 해준다고 들었어요. 만일 두 분이 동의한다면 알선해 줄 수 있어요."

박 중위가 그 때문에 지금까지 뜸을 들인 것일까. 그러나 후안은 이미 자신의 과거를 털어놓은 이유를 말하지 않았는가.

"박 중위께서 내게 그런 권유를 하시는 것이 어쩌면 당연한지도 모르겠습니다. 우리 국민 중에서도 우리의 정치 및 사회 체제와 집권자들이 만들어 내는 언밸런스를 이해하거나 수긍하는 부류가 그리 많지 않으니까요. 미래가 불확실하다보니 정치인은 물론 군인이나 공무원들까지 대부분 자포자기 상태에 있고 부정부패로 구석구석 썩고 있는 것이지요. 게다가 전쟁 중인 우리는 지금 상대를 악으로 규정해 놓고 처단하는 데 익숙해 있습니다. 제 아버지가 단지 부시장이었다는 이유로 시위꾼들의 손에 목숨을 잃은 것 이상으로 정부군은 해방전선 사람들은 물론이고 반정부 편에 서 있으면 극단적으로 적대하고 있으므로 섣부른 전향은 목숨을 내놓는 것과 다름없습니다. 내가 뺄래이꾼에 전입되던 당시를 설명할 때 언급했듯 무엇보다 나의 위치나 처지가 해방전선 측에 뿌리를 내리지 못하고 있고 전향이 필요할 만큼 정치적 이념을 지닌 것도 아닌데 정부군 쪽에서는 나를 극렬분자로 분류하고 있어서 더욱 그렇습니다. 미숙하나마 지난 역사를 보거나 현 정세를 분석해 보면 미군을 포함한 외부세력은 이곳에서 오래 버티지 못할 것인데, 우리 민족의 미래를 생각해

볼 때 그런대로 싹이 보이는 것은 해방전선 쪽이 아닐지 싶습니다. 박 중위님의 권유를 받아들이지 못해 미안합니다."

여전히 손끝을 떨고 있으나 후안은 침착하게 말했다. 죽음과 삶의 갈림길에서 내린 결론이겠지만 상대를 설득하기에는 무리가 있었다. 어쨌든 이번에는 그가 제공하겠다는 박격포에 대하여 박 중위가 선택할 차례였다. 구정공세로 인해 연합군이 큰 피해를 당한 끝에 벌어진 작전이어서 며칠 전에 노획한 중공제 82밀리 박격포뿐만 아니라 미제라도 공용화기는 상부의 큰 환대를 받을 것이다. 문제는 이들을 풀어주는 것이 간단하지 않다는 데 있었다. 30여 명의 소대원들이 지켜보고 있고 이들을 설득하는 일도 만만치 않았다. 박 중위는 또 한 번 뜸을 들였다.

"우리 민족의 비극이 좋은 교훈이 될 수 있을 겁니다. 우린 역사상 천 회 가까이 외침을 당했는데도 그러한 환난을 극복하고 끝까지 민족의 동질성을 유지해 왔어요. 그러나 공산주의 사상이 들어와 전국의 지식인들 중 거의 80프로가 물들었다고 합니다. 결국 전쟁이 발생했고 우리는 남북으로 갈라졌어요. 전쟁이 끝난 뒤 우리도 북의 잔당들을 소탕하고 정리를 했지만 북쪽에서는 대규모로 반당분자를 무차별 숙청했어요. 그때 공산주의를 위해 목숨을 걸었던 지식인들이 수없이 처형되었다고 합니다. 골수가 아니라 어정쩡한 지지자는 통치에 방해되므로 제거해야 한다는 겁니다. 나는 공산주의를 잘 모르긴 하지만 다양성을 무시하고 어떤 이념이나 목적을 위해 개인의 자유와 의사를 통제하고 속박하는 것은 잘못되었다고 생각합니다."

"글쎄요. 따이한은 우리와 상황이 많이 다를 겁니다. 우리 대다수 지식인들은 현재 남쪽은 자생능력이 부족하다고 생각하는 것 같습니다. 해방전선의 수뇌부가 종교계는 물론 학생들이나 고급 장교들 중에도 그런 부류가 많다고 판단하고 있으니까요. 언젠가 외부세력이 빠지고 나면 남쪽은 급속도로 무너질 수밖에 없다는 것입니다. 나는 빨래이꾸에 들어오기 전에는 민족이나 국가의 미래에 대하여 별 고민해 보지 않았던 평범한 대학생이었으나 간단한 역사인식 과정을 겪은 뒤 미래를 향해 이렇게 긴장하게 되었어요."

남쪽 정부로부터 적색분자로 지명수배 되었다는 사람에게 전향을 권하는 것이 무리인 줄 알면서도 박 중위는 스스로 풀기 어려운 문제 때문에 저러고 있는지도 모른다.

"우리가 당신들을 석방시킬 좋은 방법이라도 있나요?"

애니 굳 웨이…… 릴리즈 유. 나는 여러 단어들을 조합하다가 그렇게 물었다. 후안은 잠시 뜸을 들이더니 한쪽에 놓인 주머니를 들었다.

"이것은 계피껍질을 즐겨먹는 이곳 사슴들을 사냥하기 위해 원주민들이 만든 약초입니다. 사슴들이 잘 뜯을 수 있도록 칼집을 낸 뒤 그 안에 넣어둔 것을 사슴이 계피껍질과 함께 먹으면 두어 시간 동안 혼수상태에 빠지게 됩니다. 생명에는 전혀 지장이 없지만 이걸 침에 녹여 삼키면 십 분 이내에 전신마비가 일어난다고 합니다. 꼭 죽은 것처럼 호흡도 거의 느끼지 못할 만큼 미미하므로 원주민들이 총상 입은 동료들의 수술용으로도 일부 사용하고 있는 것 같습니다. 나도 몇 차례 경험했습니다. 이게 도움이 될 수 있을까요?"

그 주머니 안에는 마른 녹색가루가 들어 있었다. 십 분 이내에 전신마비가 일어난다? 나는 그 주머니를 들고 냄새를 맡아보았다. 아릿한 계피 냄새가 났다. 박 중위의 입가에 애매한 웃음이 맴돌고 있었다. 나 역시 비무장으로 상처를 입은 이들을 포로로 데리고 갈 필요가 있을까하는 생각이 들긴 했다. 그러나 섣부른 결정을 할 수는 없었다. 밤이 이슥하도록 그들이 처한 상황과 신상에 관한 이야기를 들었으나 월남 젊은이들의 고민과 숙명적인 방황만 있을 뿐이었다. 다 같은 젊은이 입장에서 그들을 그냥 보내주면 어떨까 싶긴 하지만 가능할 것 같지는 않았다. 그리고 어떤 방법이든 부하들의 눈을 속이는 것이 마뜩잖았다. 어느덧 밖이 조금씩 밝아오고 있었다. 후안이 품 안에서 만년필을 꺼내 내가 들고 있는 지도에 약도를 그렸다. 현 위치로부터 서북 방향으로 500미터 거리의 계곡에 있는 동굴이었다. 중대 집결지보다 북쪽 방향으로 거리가 꽤 떨어진 곳이었다. 박 중위는 무슨 작정을 했는지 후안이 약도를 그리고 나자 내게 말했다.

"김 하사, 출발 준비해."

"예."

나는 지도를 품 안에 넣고 즉시 각 분대장들에게 소대장의 이동명령을 전한 뒤 3분대로 갔다. 긴장으로 밤을 꼬박 새웠는지 분대원들 모두 얼굴이 푸석했다. 5시 30분. 박 중위는 우리 3분대를 전방에, 82밀리 박격포를 노획했던 1분대를 후방으로 보내면서 후안과 닌의 호위를 시켰다. 측면은 화기분대 몫이었다. 지형으로 봐서 500미터를 이동하려면 한 시간 정도는 걸릴 것이다. 박 중위는 뚜앙 추장에게 인사를 한 뒤 무전병과 함께 중앙에 포진한 2분대 안으로 들어갔다. 나는 첨병으로 이용만 일병을 앞세운 뒤 길을 열기 시작했다. 박 중위의 지시에 따라 후안이 그려준 목적지보다 백 미터쯤 못 미친 곳에서 휴식하며 아침식사를 하기로 했다. 진로는 그리 험하지 않았으나 숲은 빼곡했다. 아직 해가 뜨기 전이었지만 새들과 벌레들의 구성진 울음소리가 병사들의 귀를 어지럽혔다. 식사 후 나는 뒤를 돌아보지 않고 후안이 그린 약도에만 의지하여 앞으로 나아갔다. 산세는 약간 험한 편이었고 출발 전에 확인했던 것처럼 나침반 상으로도 중대의 다음 집결지에서 약간 벗어난 곳이었다. 박 중위는 수시로 앞으로 나와 전방의 상태를 확인했다. 도중에 만난 동굴을 수색하여 사슴뿔 2개와 활 3개를 얻었다. 사슴뿔은 녹용이 떨어져 나간 녹각상태로 사람의 상체만 한 크기였고, 활은 우리나라 국궁의 활과는 달랐는데 화살이 통과하는 곳은 그냥 맨 구멍이 뚫려 있었다. 아마 그곳에 활을 끼어 시위로 당기는 모양이었다. 이곳도 몬타나 족의 생활권에 속하는 것 같았다.

"저걸로 사슴을 잡는당가?"

"먼 데 있는 거는 못 맞추겠재?"

"원시인들이 사용하던 건가베."

분대원들이 활대와 시위를 만지고 퉁기면서 제각기 몇 마디씩 했다.

"자, 서두르자."

박 중위가 장난스런 분위기를 걷어내고 갈 길을 재촉했다. 목표물은 그리 멀지 않은 곳에 있었다. 후안이 몇 번이나 특징을 강조했던 그 동굴은 몇 그루의 거대한 나무 둥지에 둘러싸인 채 묻혀 있어서 얼핏 봐서는 그 입구를 찾기가 어려웠다. 담배 피우지 마. 박 중위는 특히 휴식시간만 되면 담배를 입에 무는 몇몇 소대원들에게 주의를 주고 목표물을 중심으로 경계망을 펴도록 지시한 후 2분대장 최석진 하사를 불렀다.

"몸이 잽싼 2명을 저곳으로 들여보내 봐."

우연히 만난 동굴인 양 그렇게 지시를 했다. 최 하사는 귀국이 얼마 남지 않은 안정술 병장을 불러서 함께 동굴 안으로 들어갔다. 나는 멀리 2분대원의 보호 아래 있는 후안과 닌을 바라보았다. 닌은 등을 돌리고 있었으나 후안은 바위에 걸터앉은 채 고개를 떨구고 있었다. 멀리서 원숭이의 찢어지는 듯한 고함소리가 들려오자 주변 거목에서 먹이를 찾고 있던 새와 벌레들이 갑자기 목청을 돋웠다.

"포다."

최 하사와 안 병장이 진입한 지 채 5분도 되지 않았는데 동굴 안에서 커다란 고함소리가 들려왔다. 며칠 전 82밀리 박격포를 노획할 때 멀리서 들었던 1분대장 박화용 하사의 함성보다 훨씬 크고 웅장했다. 포. 갑자기 가슴이 두근거렸으나 나는 이미 전술상 제외된 상태였다. 밤새 신문에 참여했기 때문이었다. 앞으로 박 중위가 어떤 결정을 하든 모든 과정은 가능한 한 자연스러워야 했다. 잔뜩 흥분한 최석진 하사의 어깨에 얹혀 나온 포는 후안의 설명대로 미국산 81밀리 박격포였다. 뒤 따라 안 병장이 포탄 두 발을 안고 나오면서 중얼거렸다.

"아무리 찾아봐도 포판은 없어요."

며칠 전 82밀리를 노획한 1분대원과 이번에 수훈갑인 2분대원들의 얼굴에는 화색이 돌았지만 우리 분대원들은 달랐다. 저 쪼다! 나를 쳐다보는 표정에서 그런 비아냥거림이 느껴졌다. 실컷 첨병분대를 맡아 죽도록 고생을 하면서도 두 번씩이나 기회를 빼앗겼다는 자괴감 같은 거였다. 그러나 일 년 내도록 소총 한 자루 노획하기도 힘든 지역에서 며칠 새 포 두 문을, 그것도 비행장을 공습했던 해당 무기를 노획했다는데 대해 특히 귀국을 앞둔 고참 병사들은 어깨를 으스댔다.
　박격포를 앞에다 놓고 박 중위는 중대장에게 전과보고를 했다. 후안과 닌에 대한 보고는 엊저녁에 이미 했었다. 중대장 김호섭 대위의 흥분한 듯한 고함소리가 수화기에서 흘러나왔다. 그는 이번 작전이 끝나면 이곳 임기를 끝내고 귀국할 예정이었다.
　"박 중위! 헬기가 착륙할 만한 곳을 찾아 봐."
　그러잖아도 2분대장 최석진 하사와 화기분대장이 대원 몇을 이끌고 고지대로 올라가고 있었고 2분대원들이 포를 짊어지고 그 뒤를 따랐다. 숲 사이로 햇살이 퍼지기 시작했다. 폭이 좁은 시냇물이 흐르고 있었다. 나와 박 중위는 후안과 멀리 떨어져서 행동했다. 소대가 헬기 착륙지점을 향해 출발한 지 10분쯤 지났을까.
　"어어? 이 사람들이 왜 이래?"
　후안과 닌 가까이에서 걷고 있던 2분대 유진구 병장이 고함을 질렀다. 돌아다보니 후안과 닌이 바닥에 쓰러져 있었다. 나는 뒤에 처져있는 소대원들에게 경계 지시를 내린 뒤 2분대 쪽으로 달려갔다. 두 사람의 얼굴이 창백했다.
　"유 상병!"
　나는 큰 소리로 위생병 유인하 상병을 불렀다. 박격포 대열과 함께 가던 유 상병이 숨을 몰아쉬며 달려와 배낭을 내려놓고 빠른 동작으로 두 사람의 눈동자를 살핀 뒤 손목 부위의 맥을 짚었다.
　"맥박이 거의 없습니다."
　유 상병이 큰 소리로 말한 뒤 후안의 배 위로 올라가 인공호흡을 시작했다. 소대원들은 긴장된 표정으로 박 중위를 중심으로 빙 둘러

경계를 했다. 병원근무 경력이 있다는 2분대 하영석 일병이 유 상병의 동작을 따라 닌의 가슴을 손바닥으로 눌렀다. 유 상병의 호흡이 점차 거칠어졌으나 두 사람은 회생의 기미를 보이지 않았다. 10여 분의 시간이 흘렀다. 유 상병이 지친 표정으로 후안에게서 손을 뺀 뒤 그의 코에다 자신의 귀를 갖다 댔다.

"어떻게 된 일인지 모르겠네요. 호흡이 멈췄습니다."

유 상병이 박 중위를 바라보면서 말했다. 나는 연극을 하는 것이 싫어 약간 뒤로 물러나 있었다.

"출발할 때는 멀쩡했잖아."

박 중위가 나를 힐끔 돌아다보면서 그렇게 중얼거렸으나 눈빛이 영 어색했다. 저들이 아침식사로 무엇을 먹었는지, 오면서 어떤 행동을 했는지, 걸음은 제대로 걸었는지에 대해 출발지부터 두 사람의 호위를 담당했던 유진구 병장에게 두서없이 물었지만 이런 일을 미리 예측했다면 모를까, 마땅한 대답이 나올 리 없었다. 동굴에서 박격포를 꺼내느라고 기분이 고조되어 있던 2분대장 최석진 하사는 물론 주변을 에워쌌던 분대원들도 함께 몰려와 의아한 표정을 지었다. 소대원들에게 밤새 무슨 일이 있었는지에 대해, 그리고 저들의 신병 처리 방침에 대해 한마디 귀띔도 해주지 않았기 때문에 더욱 그랬다. 전과 획득을 위해 포로를 회유하고 또 풀어줄 수 있는 권한이 있는지는 의문이지만 어쨌든 이것도 작전의 일환이었다. 박 중위 입장에서야 소대원들이 눈치채지 않게 신속하게 뒤처리를 서둘러야 했다.

"후안…… 닌……."

박 중위는 그들을 흔들며 몇 번이나 이름을 불렀으나 두 사람의 몸은 맥없이 흐느적거리기만 했다. 두 사람의 가슴에 손을 얹은 채 박 중위가 1분대장 박화용 하사에게 둘을 누일 수 있는 공간을 만들라고 지시를 했다. 1분대원들이 배낭에서 야전삽을 꺼내 자갈이 없는 곳의 바닥을 골랐다. 장소가 마련되자 몇 사람이 낑낑대며 전신이 축 늘어져 있는 그들을 그곳으로 옮겨다 놓았다. 박 중위는 소대의 당번병에게 비상용 담요로 그들을 덮어주도록 지시했다. 내가 지난밤 신문장소에 참석했던 사실을 알고 있는 사람들은 많지 않았으나 나는 박 중위가 통제하는 현장에서 멀찍이 떨어져 있었다.

박 중위는 무전으로 중대장에게 현 상황을 장황하게 보고했으나 중대장은 박격포 노획에만 관심을 보일 뿐, 시신 처리는 알아서 하라는 식이었다. 사실 왜곡과 허위 보고……. 만일 이 일로 인하여 아군에게 피해가 온다면 심각한 처벌을 각오해야 하므로 박 중위로서는 대단한 모험을 하고 있는 셈이었다.

"김 하사, 앞장 서."

중대장이 요청한 헬기에 82밀리 박격포를 실어 보낸 뒤 박 중위는 서둘러 소대를 출발시켰다. 나는 첨병으로 이용만 일병을 앞세운 뒤 지도와 나침반으로 측정한 각도에 맞춰 진행 방향을 잡았다. 많은 일이 일어난 것 같은데도 이제 막 10시를 지나고 있었다. 담요에 덮인 채 가사상태에 빠진 두 사람은 미동도 하지 않았다. 갑자기 비가 내리기 시작했다. 낡은 판잣집 천장을 뚫고 흘러내리는 낙수처럼 얽히고설킨 관엽 위를 훑은 빗물은 후두둑 후두둑 바닥으로 곤두박질쳤다. 시간상으로 봐서 스콜은 아니었다. 여기서 진행되고 있던 음모처럼 새벽부터 정글을 가득 채웠던 안개의 흉계인지도 모른다.

당초, 체력 소모전이었던 정글 작전임에도 종기를 정하지 않았던 탓에 1주가 지나면서 병사들의 사기도 많이 위축되어 있었다. 그런데 12일차와 15일차에 있었던 우리 소대의 박격포 2문의 노획으로 인하여 작전은 아연 활기를 띠게 되었다. 동바틴을 기습했던 주력은 소총부대였고 그들은 아군의 반격으로 인하여 상당수 소멸되었다. 그런데 정작 헬기를 포함한 항공기에 큰 피해를 입혔던 중화기는 당시 정글 속으로 종적을 감췄다. 그래서 이 작전이 시작되었고 작전의 목표도 당시 동원되었던 무기의 색출 및 제거였다. 그러므로 우리 소대의 중화기 노획으로 어느 정도 체면치레가 된 셈이어서 결국 3주 만에 비마 3호 작전은 종료되었다.

  이 작전은 나 개인으로는 동굴 수색 중 몬타나족을 사살하는 등 실책이 있었고, 우 일병의 자해사건으로 소대의 사기가 바닥으로 추락하기도 했다. 그뿐만 아니라 진로 이탈로 인해 소대원 전원이 만 하루 동안 갈증과 피로에 시달리면서 소대가 중대한 위기에 직면하기도 했다. 그리고 나는 결정권이 없었지만 박 중위는 후안과 닌으로 인해 군사윤리 위반여부에 대하여 큰 갈등이 있었다. 그러나 이 모든 것이 박격포 2문 노획이라는 전과에 묻혀버린 셈이었다. 그렇지만 의외의 변수가 생겼다. 작전 종료 즈음에 박 중위가 말라리아에 걸려 현장에서 바로 나트랑 제102 국군병원으로 후송되자 이 작전의 논공행상에 심각한 왜곡 현상이 생긴 것이다.

11

박 중위는 일찌감치 나를 수훈자 명단에 올리겠다고 했다. 그런데 일반하사가 훈장을 받아도 중사로 특진하는 경우가 생긴다는 의견이 나왔다. 박격포 2문을 획득하여 훈장 수훈자로 확정된 1,2분대장은 만일 특진으로 제때 전역이 되지 않으면 대학 복학에 지장이 있게 되지 않겠느냐며 걱정을 해주었다. 그리고 비마3호 작전에서 고생을 많이 했지만 실제 나는 훈장을 상신할 만한 전공이 없었다. 박 중위 생각으로는 소대장에게 부여되는 훈공을 내게로 옮기겠다는 생각인 모양이었다. 어쨌든 후안과 닌에 대한 처리 미숙이 어떤 부작용을 초래할지는 모르지만 작전 종료 즈음에 1분대장과 2분대장, 그리고 소대장인 박 중위가 가장 유력한 수훈자로 거론되었다. 중공제 82밀리와 미제 81밀리 박격포는 보통 7명 사살의 전과가 올라가므로 박 중위가 지휘하는 우리 소대는 박격포 2문과 소총 1정의 노획으로 적 17명 사살의 공적이 인정되었다. 그런데 박 중위의 후송으로 인해 구멍이 뚫려버린 우리 소대에는 1분대장 박화용 하사와 2분대장 최석진 하사에게만 화랑무공훈장 2개가 배정되었다. 확실한 내역은 모르지만 박 중위 몫이 귀국 말년인 중대장에게 돌아간 것 같았다.

이에 대해 이의를 제기할 사람은 나뿐이었는데 후안과 닌의 문제가 발목을 잡았다. 어쩌면 중대장도 그 사건의 실체를 알고 있을 거란 생각이 들었던 것이다. 위생병이 호흡과 맥박 상태를 확인했으나 그런 상황이 갑작스럽게 일어났기 때문에 눈치 빠른 병사는 뭔가 이상하다고 여겼을 것이다. 만일 소대 안에 중대장과의 인적 연결고리가 있다면 쉽게 전파될 수 있는 사건이었다. 그렇게 되면 자칫 박 중위의 신상에도 악영향을 미칠 수 있었다. 그러니 논공행상에 대해 함부로 불평할 수도 없었다. 중대장이 자축파티에 수훈자를 부르면서 나를 빠트린 것은 공연히 긁어 부스럼을 만들지 않겠다는 속셈인지 모른다.

소대장의 후송으로 소대의 기능과 운용에 큰 구멍이 났으므로 소대 전체가 비상체제로 전환되었다. 나는 박 중위를 문병 갈 수도 없었다. 통신선도 시원찮아 박 중위가 어떤 상태에 있는지 안부를 물을 수도 없었다. 중대장은 우리 소대에 공석이었던 선임하사를 배정해 주었다. 선임하사 고영수 중사는 35세로 보급병과여서 작전에는 맹탕이었다. 그 연령대에서 가정을 가진 고참 하사관들은 파월지원을 잘 하지 않아 선임하사를 둔 소대가 별로 없었는데 소대장의 후송 때문에 억지로 자리를 채운 것 같았다. 고 중사는 성격도 부드러워서 분대장들에게 별 간섭이나 통제를 하지 않았으나 외관상 소대의 전력약화가 금방 드러났다. 이 기간 중 3건의 큰 사고가 발생했다.

하나는 안전사고였다. 캄란지역의 한국군도 다른 곳과 마찬가지로 방어 위주의 중대 전술기지 체계로 운용되었다. 그러나 주위에 포진하고 있는 동바틴의 헬기 기지와 중부전선을 담당하는 미군 보급기지의 안전을 책임졌으므로 필요에 따라 수시로 소규모 작전이 행해졌다. 그래서 작전이 없는 기간에는 병사들에게 정글 수색과 적응, 각종 화기에 대한 사격훈련을 끊임없이 실시했다. 그중 사격훈련의 기본은 개인화기인 M16 소총과 M79 유탄발사기나 수류탄 투척이었는데 이것은 기지 주변에 대한 야간매복을 끝내고 부대로 복귀할 때 가지고 나간 실탄과 수류탄을 모두 소진하면서 자연적으로 이뤄졌다. 그리고 박격포나 무반동총 같은 공용화기에 대한 훈련은 중대의 통제 아래 실시되므로 별 문제가 없었다. 그런데 평소 작전에 휴대하고 다니는 M72 A2 로켓포는 사용할 기회나 경험이 별로 없었다. 이 화기는 무게도 가볍고 길이 1미터의 포신이 2중으로 접혀 있으므로 접힌 부분을 뽑아 어깨에 얹은 후 목표물을 조준하면서 버튼을 눌러 사격하게 되는데 소대의 화기로는 크레모아 다음 가는 강력한 공격용 무기였다. 그런데 이 로켓포에 간간이 불량품이 나와 잘 작동하지 않는 경우가 있었다.

  그날 사고도 이런 불발탄 때문에 발생하였다. 덥긴 하지만 쾌청한 날이었다. 기지 밖 정글에서 몰려오는 텁텁한 바람만 아니라면 장마가 끝난 우리나라의 전형적인 여름을 방불케 하는 날씨였다. 볕이 내리쬐는 곳은 살점을 익혀버릴 것처럼 무덥지만 나무그늘 아래는 땀도 잘 나지 않을 만큼 시원했으므로 이 무기의 관리책임자인 화기분대장 유수일 하사와 사수인 부분대장 주경식 병장, 그리고 소대장 대행으로 온 선임하사 등 3명만 뙤약볕 아래에서 시범을 보였고 나머지는 인근 나무 그늘에서 참관을 하는 식으로 교육이 진행됐다. 앞서 말한 것처럼 로켓포는 크레모아처럼 소대가 보유한 공격용 무기인데다가 가벼워서 비상시에는 누구나 다룰 수 있도록 권장하고 있었다. 단지 이 로켓포도 후폭풍 때문에 사격방향과 후방에 대한 통제가 필요했다. 즉 이 무기는 목표물을 맞춰 살상 효과를 내는 것만큼 후폭풍으로 인한 부작용도 고려해야 하므로 사격 시 통제가 필요했다. 그런데 시범 조 3명 중에서 사격경험이 있는 사람은 사수인 주 병장뿐이었다. 보관 상자에서 로케포를 꺼내든 주 병장은 포장지를 제거한 후 포신을 2단으로 쫙 펼쳤다. 딱, 하는 경쾌한 소리와 함께 포신이 길게 펼쳐지자 주 병장은 그것을 오른쪽 어깨에 올려놓은 뒤 목표물인 전방의 고목을 겨냥하고 버튼에 손가락을 갖다 댔다. 잡담을 하며 나무그늘에 앉아있던 소대원들도 일제히 숨을 멈췄다. 잠시 후 눈앞에 펼쳐질 발사장면에 대한 기대감으로 한 곳을 쳐다보고 있었다.

"어어, 이기 뭐꼬?"

로켓포의 사격자세를 한 채 주 병장이 신음 비슷한 소리를 질렀다.

"주 병장, 왜 그래. 무슨 일이야?"

선임하사 고영수 중사가 주 병장의 왼쪽 어깨에 손을 얹으며 물었다.

"버튼이 말을 안 듣심더. 나가지를 않는 데예."

곁에 서 있던 화기분대장 유수일 하사가 주 병장 뒤로 다가갔다.

"이거 보통 웃끼지 않네. 소총보다 몬하다아이가."

주 병장이 로켓포를 어깨에 걸친 채 엉거주춤하며 불평을 늘어놓았다.

"가만있어 봐. 포신이 완전히 빠지지 않은 것 같은데······."

유 하사가 포신 뒷부분을 손으로 탁하고 쳤다. 순간 펑하며 로켓포가 불을 뿜었고 유 하사가 아악 소리를 지르며 손목을 감아쥐고 바닥에 나뒹굴었다. 포신을 사격상태로 만들겠다고 충격을 주었는데 그대로 발사가 된 것이었다. 그의 오른쪽 손목이 피투성이었다. 주 병장은 발사가 끝난 로켓포 빈 통을 집어던진 후 엉덩방아를 찧었고 곁에서 지켜보던 선임하사도 놀라서 바닥에 주저앉았다. 큰일 났구나! 나무 그늘 맨 끝에 서 있던 나는 본능적으로 목에 감았던 수건을 벗어들고 유 하사에게 달려가서 그의 오른쪽 팔목을 수건으로 동여맨 뒤 몸을 일으켜 세웠다.

"뛰어, 중대본부로."

유 하사의 팔목을 싸 감아쥐고 나는 어떻게 해야 할지 멍하고 서 있는데 선임하사가 소리를 질렀다. 그렇지. 우선 구급약이 구비되어 있는 중대 본부로 달려가는 게 순서였다. 그늘에서 사태를 지켜보고 있던 소대원들이 달려와 얼이 빠져있는 유 하사의 사지를 붙잡았다. 그의 팔목을 움켜쥔 나도 함께 등을 떠밀려 내달렸다.

유 하사의 손목에는 새끼손가락 하나만 달려 덜렁거릴 뿐 다른 손가락은 모두 잘려 나가고 없었다. 중대 위생사 박종길 하사가 응급 처치를 시작했다. 압박붕대로 상처부위를 싸맨 뒤 알통부분에 지압을 했다. 치료하는 동안에 연대의 구급차가 도착했다. 나는 유 하사를 실은 구급용 들것을 구급차에 실어준 뒤 소대로 돌아왔다. 사고 때문인지 소대 본부의 모습이 더욱 휑뎅그렁했다. 소대는 신임 선임하사의 생각처럼 쉽게 안정이 되지 않았다. 중대장의 지시를 받고 해질 무렵 2소대장이 달려와 각 초소와 청음초까지 배치현황을 살펴주었다. 소대는 일주일이 지나서야 겨우 안정을 되찾았다.

두 번째 사고는 그로부터 한 달 후에 있었다.

몇 차례 언급을 했지만 우리 한국군이 생활하는 중대전술기지는 일개 중대가 적 2개 연대 규모의 공습으로부터 48시간 방어할 수 있도록 고안된 전술적 군사시설이다. 월남전에서 미군의 작전은 '서치 앤드 디스트로이', 즉 탐색해서 섬멸한다는 것인데 이것은 별로 효과를 거두지 못하고 있었다. 미군이 제2차 세계대전서부터 정규전을 통하여 적의 위치나 시설 및 장비를 찾아내어 파괴하던 작전이었지만 정글에서 게릴라전을 펼치고 있는 베트콩 상대로는 적절하지 못해 고전을 면치 못하고 있었다. 우리 한국군은 평소에는 중대전술기지 안에서 주요시설에 대한 방어만 하다가 베트콩들의 심상찮은 움직임을 포착하게 되면 대규모 작전을 통해 그들을 밖으로 끌어내어 그 기능을 와해시키는 전법을 쓰고 있었다. 그중 가장 기본적인 작전이 바로 부대 주변에 대한 매복이었다. 중대기지는 5~6겹의 철조망으로 둘러쳐져 있고 크레모아 등 방어용 무기가 설치된 각 철조망 사이에는 반지하통로가 있어 아군이 그 안에서 밤새 경계를 섰고 철조망 바깥에는 청음초가 나가서 베트콩의 접근을 사전에 탐지했다. 매복은 바로 이 청음초의 기능을 확대한 개념이었다. 중대나 연대의 전술기지 주변 200~300미터밖에는 분대 규모의 매복조가 일정한 간격으로 호를 파놓고 전투병들이 나가서 야간경계를 통하여 자체 방어를 했다. 그리고 보름이나 한 달 간격으로 부대에서 2킬로미터 밖에 있는 베트콩 접근 예상로까지 소대 규모의 매복조가 나가 경계를 했다. 이 원거리 매복조를 보호하기 위하여 연대 포대는 매복지 주변에 대하여 밤새 위협 포격을 했다.

 소대장 공석 중에 발생한 소대의 두 번째 사고는 바로 이 원거리 매복지에 퍼부은 아군의 위협 포격 때문에 발생했다. 정확히 말하면 내가 예정된 매복지를 제대로 찾지 못해서 생긴 위기였다. 그날 우리 소대에 배당된 원거리 매복 장소는 동바틴에서 3킬로미터 떨어진 개활지 안에 있었다. 정글과 가까운 철로 주변은 연대 수색중대나 각 대대 장거리정찰대가 수시로 소규모 작전이나 정찰을 통해 적 이동상황을 탐지하지만 부대와 가까운 이런 곳에는 각 중대의 원거리 매복조가 담당했다.

소대 원거리 매복조의 규모는 철조망 최소 경계조를 제외하므로 보통 15명 내외였다. 이번의 주력 분대인 3분대 중 우 일병이 빠진 8명과 1분대원 3명, 2분대원 4명을 지원받아 편성했다. 나머지 병력은 경계조로 남고 선임하사의 지휘 아래 16명이 일몰 두 시간 전에 반지하 이동로를 통해 부대를 빠져나왔다. 전술기지 주변은 병사들이 나가 잡목 제거를 하므로 비교적 시야가 탁 트여 있었다. 나는 일반 작전의 첨병 역할을 독점하는 이용만 일병 대신 고경민 상병을 앞에 세우고 바로 뒤에 내가 섰다. 오늘 매복지점은 처음 가보는 곳이지만 이 일대는 거의 비슷한 구조와 환경이어서 약간 방심한 면도 없지 않았다. 게다가 며칠 전에 받았던 어머니의 병환이 심상찮다는 동생의 편지 내용에 골몰하다가 잠시 행로 확인에 소홀하기도 했었다. 평소 매복지점을 찾는 일은 거의 내가 해왔기 때문에 선임하사나 다른 분대원들도 별 간섭을 하지 않았다. 그런데 평소와는 달리 주변의 어스름이 좀 빨리 깔리는 것 같은 느낌이 들어 정신을 차리고 유심히 주위를 둘러보았다. 전방에 낯선 거목지대가 보였고 지나고 있는 곳이 지도에 표시된 매복지점 인근의 지형과 달랐다. 나는 바짝 긴장하며 진행을 정지시킨 후 현 위치를 확인했다. 매복지점을 지나쳐 온 것이 확실했다. 이제 곧 해가 지면 일대가 급속하게 어둠에 잠기게 된다. 개활지를 벗어난 탓에 지형지물의 확인이 쉽지 않았고 현 위치를 찾아내기도 어려웠다. 나는 지도와 비슷한 지대를 찾아 길을 되돌아 나가기 시작했다. 개활지에서는 나침반의 각도만 제대로 유지하면 목표지점을 쉽게 찾을 수 있으나 잠시 잡념 때문에 착오가 생긴 것이다.

  한편으로는 불안하기도 했으나 평소 야간매복지에서는 별다른 상황이나 사고가 없었기에 나는 선임하사와 상의한 후 비교적 엄폐가 잘 되어 있는 곳에 매복지점을 정했다. 주위가 너무 어두워진 탓에 호를 파는 대신 고목이나 지형지물을 이용해서 매복하기로 하고 일몰 30분 전에 저녁식사를 마쳤다. 군장검열에 걸려서 빳다를 맞으면서도 병사들은 크레모아 속의 화약을 빼내어 불을 피운 뒤 돼지고기나 칠면조 깡통을 끓여서 먹었다. 적과 대치하는 작전지에서는 이런 취사행위가 엄격히 금지되지만 보통 부대와 그리 멀지 않는 이런 곳에서는 소대장이나 분대장이 눈감아 주곤 했다. 마침 맑은 날씨에 일찌감치 달이 떠올라 시계가 좋아 조명지뢰는 생략하고 크레모아만 설치했다. 마지막으로 분대원 간에 신호줄을 늘어놓은 뒤 매복에 들어갔다. 나는 늘 하는 대로 오늘 첨병을 쉬었던 이용만 일병과 한 조가 되었다. 덩치가 커서 노출을 줄이는데 약점은 있지만 분대원 중 연장자로서 비상시에는 무슨 일에든 앞장서는 그를 야간에라도 보호해 주고 싶은 마음이었다. 그런 면에서 나는 선임하사에 대해서도 비슷한 생각을 가지고 있었다. 보급 주특기로 사격이나 독도법, 그리고 전술학에 대한 지식이 별로 없이 전투소대의 선임하사가 된 그는 오늘도 매복에 관한 대부분을 내게 맡겨놓고 있었다. 잔소리가 없기 때문에 편하긴 해도 야전에서 자칫 선임하사의 역할까지 나 혼자 독박을 쓰는 위험도 감수해야 했으나 나는 선임하사의 권위에 손상되지 않도록 언행에 조심하고 있었다. 가벼운 소음으로 웅성거리던 매복지에 적막이 내려앉았고 초번 초를 제외한 나머지 사병들은 가수면에 들어갔다.

―애애앵.

귓등을 스치며 불청객 모기들이 달려들기 시작했다. 그놈들은 이 숲의 주인이긴 하지만 야간의 들판에서 베트콩 못지않게 매복하는 군인들을 괴롭히는 성가신 존재였다. 피를 빨기 위해 다리를 뻗고 앉은 새끼손톱만 한 놈들은 침이 얼마나 단단한지 정글복을 뚫기도 했다. 그래서 항상 철모 위장포에 디트를 넣은 플라스틱 통을 꽂아 놓고 수시로 바르기도 하는데 예민한 작전에는 매복지 노출 방지를 위하여 단속을 하기도 했다. 군대는 명령과 통제로 움직이는 집단이지만 전장인 이곳에서는 자신과 동료의 생명을 서로 지켜주기 위해 자제가 가장 효율적인 통제방법이었다. 무엇이든 못 미치거나 지나치면 화를 부르는 법이었다.

이런 저런 생각을 하느라고 자정까지 교대를 하지 않고 있었는데 매복지 약 50미터 전방에서 별안간 '콰광'하며 벼락이 치듯 괴성이 울렸다. 나는 깜짝 놀라 철모를 쓰고 총을 잡았다. 여기저기서 흙덩이가 떨어지는 소리가 들렸다. 말 그대로 지축이 흔들린 것 같았다. 귀가 얼얼했고 온몸이 떨렸다. 포격이 분명했다. 멀리 윤곽만 보이는 숲이 약간 움직였지만 주위에 인적은 없었다. 폭음에 놀라 잠을 깬 분대원들이 웅성댔다. 이 정도라면 베트콩의 포격은 아니라는 판단이 들었다.

"무슨 일이야?"

선임하사가 내 곁으로 기어 와서 다급하게 물었다.

"포격입니다."

"꽤 가까운 것 같은데?"

"예."

"어떡하지?"

선임하사는 쩔쩔매고 있었다. 나는 피난처를 고르듯 사방을 둘러보았다. 분대원들의 철모와 소총이 부딪치는 금속음, 무질서한 몸짓 등이 포격으로 자지러진 매복지 인근에 다시 포탄이 떨어졌다.

꽈광!

이번 탄착지는 처음 떨어졌던 장소로부터 약간 오른쪽 지점이었다. 여기저기서 비명소리가 터져 나왔다. 순간 나는 이것이 연대 포병대가 때린 위협사격이 분명하다고 판단했다. 그때 하사관학교 전술학 시간에 들었던 말이 퍼뜩 떠올랐다.

―포탄은 한 번 떨어진 곳에는 다시 떨어지지 않는다.

이건 확률의 문제가 아니라 포각의 편차 문제였다. 같은 포에서 같은 각도로 발사를 한다고 하더라도 같은 장소에는 떨어지지 않는다는 원리였다.

나는 소총만 집어 들고 두 번째 포탄이 터졌던 장소를 향해 내달리면서 목이 찢어지도록 고함을 질렀다.

"나를 따라 와."

분대원들은 모든 것을 팽개치고 내 뒤를 따라왔다. 같은 포에서 발사한 거라면 첫 번째보다 좀 더 뒤에 터진 두 번째가 안전할 것이라는 판단이었다. 나는 81밀리 박격포와 무반동총의 사격은 해보았지만 이런 곡사포에 대한 상식이나 경험은 없었다. 다만 포격은 갈

지자나 리을자 방향으로 진행된다는 말은 기억하고 있었다. 급한 상황에 직면하면 본능적으로 민첩해지는 것 같았다. 피난을 위한 이동은 한 명의 낙오도 없이 순식간에 이뤄졌다. 절체절명의 순간이었다. 우리가 직전 포탄 낙하장소로 뛰어든 지 10초도 채 지나지 않아서 또 한 방의 포탄이 우리가 매복하고 있던 곳에 떨어진 후 몇 분 간격으로 매복지 좌우에 한 발씩 때려놓고 포격은 멀어져 갔다. 다시 확인해 봐도 아군의 위협사격이 분명했다. 베트콩의 야간집결이나 이동을 위협하기 위하여, 또한 원거리 매복을 나가 있는 아군의 매복조를 보호하기 위한 포격이었다. 나의 방심과 규칙을 벗어난 행동이 16명의 생명을 포격에 희생시킬 뻔한 아찔한 사건이었다.

밤새도록 공포와 불안 속에서 떨며 지내다 동이 트자 재빨리 장비를 수습했다. 포가 터졌던 곳에서 뒹군 탓에 매복조원의 얼굴과 손등은 죄다 시커멨다. 다행히 매복지에 설치했던 크레모아 장비들의 손상은 크지 않았다. 그러나 아무도 매복지를 잘못 골랐다는 불평은 하지 않았다. 요행히 살았다며 깔깔 웃는 병사도 있었다. 부대로 돌아오면서 나는 분대원들을 향해 가증스런 경고를 몇 번이나 되풀이했다.

"지난밤 일은 입 밖에도 내지 마."

반 협박, 반 애원이었다.

세 번째 사건은 소대장이 공석인 상태에서 발생한 기강문제였다. 나는 분대원들에 비해서 나이가 어린 편이지만 그들보다 학력도 높고, 지옥 같던 16주의 하사관학교 훈련도 견디었으며 이곳에 와서 장거리정찰대의 수색작전도 경험했으므로 이 월남전에서는 분대의 지휘자로서 부족함이 없다고 만용을 부렸다. 그래서 작전 중이나 막사 생활에서도 분대원들의 의견을 무시하고 독단으로 행동하는 일이 종종 있었다. 나중에 깨달을 일이지만 그중 하나는 생존에 관한 것이었다. 사실, 이것은 내가 인생의 경험이 부족하거나 철이 없기도 했지만 박정대 중위의 지시에 맹목적으로 따랐기 때문이기도 했다. 바로 만년 첨병분대 문제였다. 정글에서 작전할 때 베트콩이 설치해 놓은 부비트랩은 첨병이 맨 먼저 건드리게 되고 기습을 당할 때에도 적의 첫 표적은 첨병분대가 된다. 자연 첨병과 그 소속 분대는 늘 위험에 노출되어 가장 큰 피해를 입게 되고 자칫 귀중한 생명을 잃기도 한다. 그래서 각 분대장은 이 첨병분대가 되는 것을 싫어했다. 그런데 내가 분대장으로 오고부터 작전 때마다 우리 분대는 계속 이 족쇄를 찼다. 분대원들은 극도로 이것을 싫어했다. 다행히 그동안 첨병으로 인한 피해가 한 번도 없었으니 망정이지, 사고라도 한번 발생했으면 이대로 견디기 어려웠을 것이다. 그런데 어쩌랴. '김 하사, 앞장서.' 라는 박 중위의 지시를 어떻게 거부할 수 있을까. 전장에서 직속상관의 명령은 엄중한 것이므로 따르지 않을 수가 없었다. 그럼에도 분대원들의 불평은 각도가 조금 달랐다. 왜 잘난 체 하느냐는 것이다. 첨병분대장의 역할은 위험을 재빨리 감지하여 소대원들을 보호하면서 목표물을 정확히 찾아가는 일이었다. 그런데 다른 분대장들은 고의든 과실이든 소대장의 지시대로 잘 따르지 않고 엉뚱한 곳을 헤매기도 하고 지도와 나침반 이용에 착오를 만들었다. 분대원들은 다른 분대장들이 소대장의 관심을 피하기 위하여 일부러 그런다고 생각하는 모양이었다. 그런데 나는 고지식하게 한 번도 지시에 어긋남이 없었기 때문에 소대장이 매번 우리 분대를 앞세운다는 것이다. 그러나 진로를 이탈하여 소대원에게 큰 위험을 초래

했던 지난번 비마3호 작전 때의 경험처럼 소대장은 지도를 읽을 줄 알고 나침반을 잘 이용하는 분대장을 앞세울 수밖에 없을 것이다. 게다가 박 중위는 학훈장교 출신이어서 육사나 보병학교를 나온 장교보다 독도법에 밝지 않아서 어쩔 수 없는 일이기도 했다. 이 때문에 앞으로도 박 중위와 내가 함께 작전을 나가는 한 3분대의 첨병 부담은 면하기 어려울 것이다. 서론이 길어졌지만 이 사건은 그런 불평에서 초래된 것이 분명했다.

　매복지를 잘못 정해 아군 포에 맞아 죽을 뻔했던 그 사건이 있은 지 두 달쯤 지난 어느 날 밤이었다. 나는 그즈음 호이안에서 송출하는 주월 백마 방송의 음악 살롱인 '십자성의 밤하늘'에 심취해 있었다. 정확히 말하면 사이공 방송국 이은경 아나운서가 진행하는 것을 백마 방송국에서 공유하는 프로그램인데 백마부대 장병들 사이에 큰 인기가 있었다. 그때 나는 막사 오른쪽 끝 내 야전침대에 엎드려 이어폰으로 그 음악방송을 듣고 있었다. 밤 10시가 좀 넘었을까, 건너편 출입구가 어수선해지더니 누군가 비틀거리며 들어왔다. 나는 이상한 느낌이 들어 몸을 일으켰다. 중대를 둘러싸고 있는 5중 철조망에는 청음초와 경계병이 지키고 있으므로 사병 막사에는 불침번이 없었다. 중대 당직사관이 야간에 종종 순찰은 다녔지만 저렇게 비틀거리는 이동병력은 없었다. 자세히 보니 우리 분대원 심영호 상병이었다. 평소 무리 속에 섞여 자신을 잘 드러내지 않는 소극적인 병사였다. 취침 통제를 하지 않지만 다른 분대원들은 거의 잠이 들었는데 그는 그때까지 어디서 술을 마신 모양이었다. 그런데 행동이 좀 이상했다. 계속 뭐라고 중얼거리며 복도를 얼쩡거렸다.

　"심 상병, 뭐해? 얼른 취침해."

나는 귀에 꽂았던 이어폰을 빼면서 그렇게 말했다.

"씨발, 좆만 한 것이⋯⋯ 야 이 새꺄. 너만 잘났어?"

그는 욕설을 퍼부으며 내게로 다가왔다. 평소에 말수가 적고 조용하던 병사였는데 정말 돌발적이었다. 그런데 자세히 살펴보니 그는 왼손에 수류탄을 들고 있었다. 게다가 안전핀까지 뽑혀 있었다. 나는 본능적으로 주위를 둘러보았다. 좁은 막사 안에 피할 곳이 있을 리 없었다. 대신 잠이 든 분대원들이 먼저 보였다. 아, 이 일을 어떡하지. 나는 낭패감으로 정신을 잃을 지경이었다. 시간이 흐를수록 상황이 더욱 악화될 것이란 생각이 들어 나는 몸을 날리면서 두 손으로 심 상병의 수류탄을 든 왼손을 감아쥔 채 바닥에 뒹굴었다. 이게 터지면 나와 심 상병은 물론 주위 병사들도 모두 즉사하게 된다는 생각에 필사적으로 그의 손을 붙잡았다. 바닥에 나뒹군 심 상병이 괴성을 지르기 시작했다. 그 소란에 분대원들이 하나둘 잠에서 깨어났다. 안전핀이 뽑힌 상태여서 손잡이만 놓치면 수류탄은 터지게 된다. 잠이 깬 분대원들이 상황을 파악한 듯 바닥으로 내려와 심 상병을 붙들어 꼼짝 못 하도록 눌러주었다. 나는 몸을 일으키며 조심스럽게 심 상병의 손에서 수류탄을 빼앗았다. 다행히 그의 오른손 검지에 안전핀이 걸려 있어서 그것을 제자리에 꽂아 넣었다. 소동이 수습된 뒤 분대원들은 다시 잠이 들었으나 나는 흥분상태가 좀처럼 가라앉지 않아서 꼬박 밤을 새웠다.

다음 날 새벽 6시, 나는 평소 잘 하지 않던 아침점호를 실시했다.

"부분대장은 열외하고 전원 엎드려뻗쳐!"

분대원들이 모두 바닥에 엎드리자 나는 야전침대 마후라를 집어들었다. 논산훈련소의 인사계 유일식 중사로부터 엉덩이의 피부가 찢어지고 피멍이 들도록 얻어맞은 뒤부터 쳐다보지도 않던 몽둥이였다.

"전쟁터에서 상급자에게 대항하는 것은 물론 전우를 위험에 빠뜨리게 하는 행위는 이적행위로서 엄벌에 처하게 된다. 모두 잘 알겠지만, 어젯밤, 우리 분대에서 불행한 사건이 발생했다. 아무리 불만이 있다고 해도 적을 사살하는데 사용하라고 지급한 수류탄을 분대원들이 자고 있는 내무반에 던지려고 했던 심영호 상병의 행위는 절대 용납할 수 없다. 그 사태가 잘못 수습되었으면 자신은 물론 나와 분대원 몇 명이 사망하고 거의 모든 분대원들이 다쳤을 것이다. 그리고 자칫했으면 주월한국군 명예에 심각한 오명을 남길 수 있었다. 따라서 이 사건은 당사자인 심 상병은 물론 분대장인 나를 포함한 전 분대원이 책임을 져야 한다."

나는 부분대장 민성식 병장에게 침대 마후라를 건네고 그 앞에 엎드렸다. 그는 나보다 나이도 많고 사병군번으로는 3단계 선임이었다.

"나부터 책임진다. 부분대장은 그것으로 나를 열 대 때려."

그는 한참 주저하며 서 있었다.

"분대원을 제대로 통솔 못한 내 책임이 크다. 빨리 때려."

민 병장은 나의 거듭된 독촉 끝에 마지못해 내게 체벌을 가했다. 힘을 빼고 내려치긴 했으나 엉덩이가 얼얼할 만큼 아팠다. 내가 일어서자 부분대장은 스스로 그 자리에 엎드렸다. 나는 분대원들에게 엉덩이를 다섯 대씩 때린 뒤 열에서 제외한 심영호 상병에게는 스무 대의 매를 때렸다. 술의 힘을 빌려 불만을 터뜨린 병사답게 그는 세 대를 넘기지 못하고 매번 몸을 뒤집었다. 나는 소대 선임하사에게 그 사건을 보고한 뒤 심영호 상병을 소대 본부에서 대기하도록 했다.

12

 우리 소대가 소대장 공석 중에 여러 문제로 죽을 쑤는 동안 1분대장과 2분대장은 비마3호 작전의 전공으로 사단사령부에서 개최한 훈장수여식에서 화랑무공훈장을 받고 돌아왔다. 1소대장 박정대 중위의 공을 가로챈 중대장은 충무무공훈장을 받고 주월사령부로 전출할 준비를 하고 있었다. '좆 나발은 불어도 세월은 간다'고 흔히들 내뱉는 자조적 푸념처럼 이어진 사고 속에서 전전긍긍하던 1소대도 그럭저럭 굴러가면서 박정대 중위는 후송 3개월 만에 건강한 몸으로 복귀했다. 아직 가벼운 환청 현상과 뇌의 혈액순환이 완벽하지 않아 가끔 머릿속이 하얗게 되기도 한다지만 소대장 임무를 감당할 만큼 회복되었다는 의사 진단을 받았다고 했다. 박 중위는 수류탄 사건을 보고받은 뒤 소대본부에서 대기 중이던 심영호 상병을 화기분대로 보낸 뒤 그중 한 명과 바꿨다. 그리고 자해한 후 귀국한 우종수 일병 대신에 월남어교육대에서 교육을 받다가 질병으로 퇴교했다는 유상현 일병을 보내주었다. 다행히 여러 사고로 사기가 저하됐던 소대원들은 박 중위의 복귀로 안정을 되찾았다. 훈장 착취 때문인지 중대장의 통제 속에 병문안을 한 번도 못 했던 소대원들은 착잡하고 황망한 마음으로 박 중위를 맞았지만 오히려 그가 더 담담했다. 훈장 배정에 대해서는 일체 불평하지 않았다.

박 중위가 퇴원 후 개인적으로 제일 먼저 했던 일은 캄란시에 있다는 후안의 외가 찾기였다. 물론 미군장교 클럽에 닌이 출근하고 있는지부터 확인하였지만 그것은 애당초 기대하기 어려웠다. 빨래이꾸 세력과 관계를 맺은 신분으로 피엑스이긴 하지만 미군부대에서 근무했다는 것은 바로 간첩행위였다. 우리에게 그것이 노출된 마당에 그곳으로 복귀한다는 것은 바로 자살행위였다. 그러나 뚜앙 추장의 움막에서 나눴던 대화를 반추해 보면 캄란에 후안의 외가가 있을 확률은 높았다. 그렇다면 이전에 그곳에서 닌이 숙식을 하며 미군장교 클럽에 출퇴근을 했을 가능성이 있으므로 그녀의 그 후 행적 파악은 가능할지 모른다. 그런데 박 중위는 그들 커플에 대하여 어떤 확신을 품고 있는 것 같지만 나는 꼭 꿈속에서 얻어들은 어떤 신화를 현실에서 확인하는 기분이 들었다. 적지에서 적으로 간주되는 베트콩 신분인 그들과 모종의 거래를 했다는 것부터가 현실적이지 않았다. 그 현장에 직접 참석해서 하룻밤을 함께 보냈으면서도 그랬다. 신혼 첫날밤에 연탄가스 중독으로 신부를 잃은 그가 닌에 대한 감상으로 박격포를 매개로 하여 그들 커플을 놓아주는 위험을 감수했다는 짐작이 단편적으로는 가능했다. 작전종료와 함께 열병으로 후송되면서 장교의 앞날에 절대적으로 작용할 훈장을 중대장에게 상납식으로 빼앗긴 것을 보면 '박격포를 매개'로 했다는 짐작이 틀리지는 않을 것이다. 공훈 때문에 박격포에 욕심을 낸 것이 아니라는 말이었다. 그러나 소대원을 통솔하고 안전을 책임진 소대장의 입장과 학훈장교로서 장기복무 지원을 한 그의 앞날 등, 전체적으로 보면 뭔가 아귀가 맞지 않았다. 그러한 엇박자는 박 중위가 퇴원 후에 그들의 행적을 수소문하는 과정에서 차츰 풀리기 시작했다. 후안의 외가를 수소문하면서 캄란시내를 헤매다가 두 사람은 더위를 피하려고 동네 까페에 들렀다. 건물의 내부는 흙과 수수깡으로 만들었으나 바깥에 각종 색깔의 파라솔을 친 곳이었다. 그중 한 곳을 택해 자리를 잡은 후 박 중위가 맥주를 주문했다.

"우리가 왜 남의 나라에 와서 그들의 싸움에 끼어들어 그 일방을 향해 총질을 해야 하는 것일까? 비록 우리나라 안보의 인계철선인 미군의 철수를 막기 위한 국가 정책으로 이렇게 파병이 되기는 했으나 사실상 우리 자신을 희생해 가면서 베트콩을 격멸해야 할 이유는 뚜렷하지 않다고 본다. 물론 베트콩이 달려들어 우리를 공격한다면 우리는 목숨을 지키기 위해서 그 적을 격퇴해야 한다. 그러나 공격 의사가 없는 비무장의 적이라면 경우가 좀 다르지 않을까?"

내가 뚜앙 추장의 움막에서 있었던 그 일에 대하여 품고 있는 의구심을 의식한 말이었다. 비록 눈속임이었지만 그들을 방면하는 과정에 내가 전혀 참여하지 않았던 것을 박 중위도 유심히 지켜봤을 것이다. 그때 나는 박 중위의 조치에 반대했다기보다 소대원을 속이는 일이 내키지 않았을 뿐이었다. 어쨌든 그런 생각으로 후안과 닌을 풀어주었다면 그런대로 해명이 될 수는 있을 것 같았다.

"그러나 이곳은 전선 없는 전쟁터이고 길가에서 천진난만하게 뛰어놀고 있는 어린아이의 호주머니나 젖먹이를 안고 있는 젊은 여인의 겨드랑이에도 수류탄이 들어있을 수 있다고 하잖아요. 소대장님의 견해에 의하면 그 아이나 젊은 여인은 우리가 격멸해야 할 적도 아니고 공격 의도가 없는 비무장 주민도 아닙니다. 예외로 처리해야 할 경우의 수가 너무 많은 것 같습니다. 그렇게 풀려났던 후안과 닌은 다시 본대로 합류하여 우리를 공격할 텐데……. 저야 현실도피의 수단으로 이곳에 오긴 했지만 적을 명확하게 구분하여 제거할 책임과 의무는 감당해야 하지 않겠습니까. 그렇게 하지 않으면 결국 우리가 더 위험해질 테니까요."

나도 후안과 닌을 풀어준 데 대해 대놓고 반대하지는 않았다. 그러나 박 중위의 명확한 의도는 알고 싶었다. 앞으로 남은 기간 전쟁터에서 목숨을 보전해서 집으로 돌아가려면 적어도 불확실한 상황에 무작정 몸을 내던지는 일은 없어야 할 것이다. 무엇보다 지난 번 심영호 상병의 경우처럼 불안해하고 불만을 터뜨리고 있는 분대원을 다독거리면서 작전 때마다 우리 분대를 첨병으로 내세우는 그의 명령에 응하려면 뭔가 확신이 있어야 했다.

"글쎄다. 우리는 북괴라는 주적에 대해 사생결단하도록 훈련을 받아왔다. 그러나 이곳은 남의 나라 땅이고 월맹과 남부 월남, 그리고 미군이 싸우는 곳에 우리가 참전했다. 명분이야 자유의 십자군이지만 아까도 잠시 언급한 것처럼 우린 미국이 삼팔선을 지키는 미군 2개 사단을 빼서 이곳에 배치하는 것을 막으려고 서둘러 이곳에 왔다. 미군의 입장에서야 무력으로 월맹을 누르고 정치적 목적을 달성하고 싶겠지만 우리가 남의 전쟁터에서 목숨을 걸고 피 터지게 싸울 구실, 그런 게 약해. 우리 국익을 지키면서 우리 소대원, 나아가서 전체 파월 한국군이 한 명이라도 덜 희생되도록 지혜롭게 행동할 필요가 있다고 생각한다."

박 중위는 상의 주머니에서 윈스톤 한 개비를 꺼내 피워 물었다.

후송을 계기로 본격적인 흡연을 시작한 모양이었다.

"김 하사는 조선시대에 있었던 해외 파병에 대해서 알고 있어?"

우리 군대가? 입대 후 정훈시간에 우리나라는 역사상 천 회에 가깝게 외침을 당했다는 강의를 들은 적이 있었지만 해외 파병은······.

"역사 시간에 그 비슷한 강의를 들은 것 같기도 합니다."

그렇게 대답은 했으나 사건의 개요가 기억나는 것도 아니어서 나는 고개를 흔들었다. 박 중위는 싱긋 웃으며 말을 계속했다.

"16세기 말, 조선 후기였지. 지금의 만주지방을 차지했던 여진족에 누르하치라는 추장이 있었어. 능력이 뛰어나고 야망도 큰 사람이어서 명나라가 그를 변방 장수로 임명했어. 그런데 그 인물이 전 여진을 통일한 후 후금이라는 나라를 세우더니 명의 영토인 요동을 위협하기 시작한 거야. 그러자 여진을 한갓 오랑캐로 취급했던 명은 후금을 치기 위해 중국 전역에서 병력을 모집하는 과정에 우리 조선에도 병력을 파병하라고 지시를 했어. 생사여탈권을 쥐고 있는 명의 명령을 거부할 재간이 없었지. 당시 조선의 통치자였던 광해군이 강홍립을 5도 도원수로 임명했고 그는 만 삼천 명의 군사를 이끌고 출정을 하게 되었지. 그야말로 우리 역사상 최초의 군사 파병이었어. 그러나 당시 명은 저물어 가는 나라였고, 후금은 떠오르는 새로운 세력이었어. 조선이야 건국 초기부터 왕권을 확립하고 국가의 안전을 도모하기 위해 명과 친선관계를 유지해 왔고 특히 임진왜란 때 도움을 받았던 터라 명의 요구대로 행동해야 했지만 저물어 가는 명나라 군대는 전투력이 약했어. 결국 조·명 연합군이 후금과 싸웠던 사르후 전투에서 대패하고 말았지. 강홍립은 광해군의 지시에 따라 군사를 이끌고 후금에 투항하면서 병력 손실을 최소화했어. 후일 국명을 변경한 후 중국을 통일한 청과 우여곡절이 많았지만 우리 역사가들은 자칫 명과 후금 사이에서 나라가 망할 위기에 처했으나 강홍립 군대의 파병으로 나라의 명운을 지켜내고 군사들의 희생도 최소화했다고 평가를 하고 있는 것 같아. 이렇듯 군대의 해외 파병은 많은 위험과 인명 피해를 각오하면서 주위의 눈치도 봐야 하는데 언제나 그 중심에는 국익이 도사리고 있어. 나라가 망하느냐 바로 서느냐 하는 문제인 거지. 지금 우리의 처지를 생각해 봐. 전쟁으로 전국이 초토화되었고 국민들은 굶주림과 질병에 허덕이고 있잖아. 그냥 무모하게 남의 나라 싸움에 뛰어든 것이 아니야. 명목은 자유와 평화이지만 실질은 가난을 극복하기 위한 몸부림이야. 지난번 산에서 닌이, 따이한은 용병이 아니냐고 빈정대는 걸 김 하사도 들었지. 물론 이해관계 저편에 있는 사람들은 그런 말을 할 수 있겠지만 국민의 한 사람으로서 나라를 일으켜 세운다는 사명감으로 여기에 왔는데 스스로를 부끄러워해서야 되겠어?"

박 중위는 진지한 표정으로 말을 멈춘 뒤 탁자 위에 놓인 블루문의 뚜껑을 열고 캔 하나를 단숨에 마셨다. 파라솔이 따가운 햇살을 가려주긴 해도 바다에서 밀려오는 후텁지근한 공기에 숨이 턱턱 막혀 나도 들고 있던 맥주를 들이켰다. 냉기가 가신 술은 밋밋했고 몸을 움직이자 등줄기로 흘러내려 탄띠에 고여 있던 식은땀이 엉덩이로 쭈르륵 흘러내렸다. 점차 양 무릎 사이에 끼고 있는 M16 소총이 거추장스러워질 만큼 몸이 노곤해져 왔다. 그러나 일단 부대를 벗어나면 이것밖에 믿을 것이 없었다. 나는 눈을 껌벅대며 1번 도로 쪽을 바라다보았다. 군용 트럭의 긴 행렬이 지나가고 있었다. 캄란베이로 들어가는 보급 수송용 차량인 듯 했다.

"물론 그 사건을 전범으로 삼자는 건 아니고 또한 후안 문제와 조선시대 파병의 문제는 상관관계도 없을 테지만 파병의 속성을 말하는 거야. 아까 말한 대로 죽지 않기 위해 적의 공격을 막아내야겠지만 남의 전쟁에 뛰어든 마당에 우리를 희생해가며 무리하게 적을 섬멸할 필요는 없지 않을까 싶어. 우리는 파병된 외국군대로서 희생을 최소화하면서 과도한 살상 또한 피해야 한다는 것이다. 일반적으로 대치하고 있는 적의 세력이 커지고 확장되면 그만큼 아군에게 위협이 되겠지만 눈에 보이지 않는 월남 전선은 적의 정체도 유동적이므로 어느 지역을 애써 섬멸한다고 해서 우리의 위협이 사라지는 것도 아니야. 동바틴 비행장 기습에 대한 보복적 성격이었던 지난 비마3호 작전은 여러 의미가 혼재된 전투였지만 정글전이어서 애당초 베트콩의 섬멸이라는 목표는 달성하기가 불가능했어. '풀 한 포기도, 돌부리 하나도 그냥 지나치지 말고, 들춰보고 지나가자'는 구호가 울창한 정글 속에서 가당키나 해? 정글도를 휘두르며 간신히 통로를 만들어 놓고 일렬로 빠져나와 목표지점을 찾아간들 잠시 우리를 피해 있던 베트콩들이 돌아와 그곳에 부비트랩이라도 설치해 버리면 우린 다시 그 지역에 접근하기도 쉽지 않을 텐데, 무슨 평정을 말할 수가 있는가 말이야. 그날 두 사람에 대한 내 처분도 그런 형식적 작전에 대한 저항의 의미도 있었지만 어쨌든 나는 그들과 대화를 하면서도 전쟁에 휘말려 모든 것을 내 던진 그들의 처지가 참 안타까웠어. 비록 내 직권을 벗어난 행동이긴 했으나 동바틴 비행장에 날아오는 포를 제거하기 위한 그 작전의 목적에는 전혀 어긋나지 않았을 거야."

그날 두 사람의 신병과 81밀리 박격포 1문을 교환한 것에 대하여 중대장도 실상을 알고 있었고, 한술 더 떠 박 중위에게 돌아갈 공훈을 가로챈 것을 보면 그 문제가 더 확대될 것 같지는 않았다. 그렇지만 박 중위는 앞서 노획한 박격포까지 포기하면서 그런 위험을 감수할 필요가 있었을까.

이날 이후 박 중위와 나는 캄란 외출의 틈을 다시 엿보았으나 여의치가 않았다. 어쨌든 지금은 막연히 헤매고 있지만 정글로 이어지는 캄란시가 어딘가에서 사이공 법대학생이었던 후안과 동바틴 비행장의 장교클럽에서 근무했던 닌의 흔적이 얻어걸리긴 할 것이다. 문제는 신임 중대장이 오면 중대전술기지 경계에 각 소대장들의 책임과 역할이 더욱 커지면서 박 중위의 운신이 수월하지 않을 것이다. 그런데 분대장들에게 뜻밖의 일이 생겼다. 어느 날, 점심식사를 하고 나자 박 중위가 분대장 4명에게 단독군장으로 집합하라는 지시를 내렸다. 소대본부에 분대장들이 모두 집합하자 그는 무뚝뚝한 표정으로 말했다.

"지금부터 해 떨어질 때까지 자유시간이다. 수영을 하든, 술을 먹든 붐붐을 하든. 그러나 일단 철조망을 벗어나면 개별행동은 금지한다."

자신도 이미 탄띠를 차고 철모까지 쓰고 있었다. 파월된 지 꼭 6개월 만의 공식적인 집단 외출이었다. 막 스리쿼터 한 대가 소대본부 앞에 도착했다. 소대장과 분대장이 외출하는 동안 소대의 지휘는 선임하사의 몫이었다. 박 중위는 선임 탑승자석에, 각 분대장들은 차량 뒤의 플랫베드에 올라탔다. 붐붐. 분대장들은 박 중위가 슬며시 흘린 그 단어로 인해 벌써부터 흥분하고 있었다. 단체행동이라면서 수영은 뭐고 술은 뭐람. 혈기왕성한 젊은 육체들을 철조망 속에 가둬놓고 집단생활을 시키니 거의 대부분의 병사들은 파월생활 일 년 내내 꽁까이 손 한 번 못 잡아보고 귀국하기 마련이었다. 소문으로만 돌아다니던 집단 외출이 오늘 우리 차례가 된 모양인데 병사들의 눈치가 보여 분대장들은 내놓고 좋아하지도 못했다. 플랫베드 바닥에는 씨레이션과 캔맥주 박스가 실려 있었다. 목적지는 수진마을이었다. 그 마을 남쪽 끝에는 엉성한 술집들이 대여섯 군데 늘어서 있었다. 스리쿼터는 그곳에 일행을 내려놓고 돌아갔다.

박 중위가 손짓하는 곳을 보니 입구에 흰 바탕으로 된 '어서오세요' '기똥차요'라는 조잡한 붉은 한글 글씨의 간판이 붙어 있었다. 한국인이 많이 드나드는 곳인 것 같았다. 문득 장거리정찰대의 주성식 병장의 몸짓이 떠올랐다. 그는 매독에 걸려 피고름을 짜내면서 몸부림을 치다가도 틈만 나면 철조망을 빠져나가곤 했다. 아, 주 병장도 수진마을을 드나든다고 했는데……. 덜컹 겁이 났다. 나는 아직 한 번도 여자와 섹스를 해본 적이 없었다. 학비 마련하느라고 그런 일에 신경 쓸 여유가 없었다. 그런데 딱 한 번 기회는 있었다. 당시 학교 뒷문 근처에 술 많이 팔아주는 손님에게 여자를 붙여주는 집이 있었는데 서정민 선배를 따라 그곳에 갔었다. 그런데 그가 너무 취해 제 짝만 데리고 나가 버리는 바람에 나는 통금이 끝날 때까지 그 술집에 갇혀 있었다. 그때 내 호주머니 속에는 동전 몇 푼밖에 없었다. 우리도 가요. 나는 내일 뭐 먹고 살아요? 내 곁에서 술을 따르던 여자는 통사정을 하며 신세한탄을 하다가 끝내 '썩을 놈, 육실할 놈' 따위의 욕을 내게 퍼붓고 나가 버렸다.

가끔 손가락으로 자위를 하곤 했는데, 이제 실제 여자와 교합을 한다고 생각하니 아랫도리가 사정없이 부풀어 올랐다. 그렇지만 한

편으론 끙끙 앓으면서 피고름을 짜내던 주성식 병장의 모습이 떠올라 불안하기도 했고 여기서 동정을 버리고 간다는 아쉬움도 없지 않았다. 그러나 막상 건물 안으로 들어가 의자에 앉아있는 여자들을 바라보는 순간 나는 한 마리 수컷으로 돌변해 버렸다.

"하나씩 골라 봐. 총은 놓지 말고 안전장치 꼭 확인해라."

박 중위는 주인에게 군표로 몸값을 지불한 뒤 분대장들에게 그렇게 말했다. 아까 철조망을 나설 때 이미 실탄은 장전된 상태였으므로 정신줄 놓지 말라는 주의사항이었다. 나는 맨 안쪽의 얼굴이 둥그스름하고 순해 보이는 여자 앞에 섰다. 그녀는 내 손을 잡고 커튼을 길게 쳐놓은 장막 뒤로 이끌었다. 가운데 좁은 복도가 있었고 양쪽에는 커튼으로 한 평 반쯤 되는 칸을 질러놓은 공간이 나왔다. 나는 탄띠를 벗어 총과 함께 탁자 위에 놓고 정글화를 벗은 뒤 삐걱거리는 나무 침대 위로 올라갔다. 여자는 원피스 차림의 겉옷을 한 동작에 벗고 나체가 되었다. 나도 바지를 벗은 뒤 침대에 앉은 채 여자를 무릎 위에 앉혔다. 여유가 아니라 약식이라도 통과의례는 필요할 것 같았다.

"반 뗀 라지?"

나는 외워두었던 단어를 짜깁기하여 여자의 이름을 물었다.

"꾸엔."

"반 바오 뉴뚜이?"

나이가 몇 인가라고 물었더니 나무 선반 위에서 노트와 볼펜을 꺼내 25라고 썼다. 더 이상 물을 만한 단어가 생각나지 않았다. 나는 침대 위에 가지런히 놓여 있는 수건을 들고 여자의 성기를 닦았다. 아무래도 섹스에 대한 설렘이나 기대감에 앞서 찜찜한 기분은 어쩔 수가 없었다.

"병 읍서. 괜차나. 괜차나 옵바."

발음은 서툴러도 그녀는 찌그러지고 오염된 우리말을 했다. 이곳을 거쳐 간 한국인들이 가르쳐준 것이리라. 그 말을 들으니 약간 안심은 되었다. 여자의 말에 믿음이 가서가 아니라 그렇게 믿고 싶은 것이다. 여자는 엉덩이 밑에 베개를 받치고 하체를 들어 올렸다. 나는 천천히 삽입을 시작했다. 그런데 교접을 시작한 지 몇 초가 되지 않았는데 나도 모르게 사정이 되고 말았다. 이런 걸 급성 조루라고 하는 건가. 쾌감은 없었고 성급하게 정액을 밀어낸 성기는 단번에 축 늘어져 버렸다. 아, 이런 낭패감이라니. 더 이상 할 수 있는 것이 없었다. 나는 대충 뒤처리를 한 뒤 여자의 얼굴을 제대로 쳐다보지도 못하고 밖으로 나왔다. 난생처음 시도한 섹스가 이런 꼴로 끝날 줄은 전혀 예기치 못했다. 그동안 머릿속으로 그려왔던 남녀교접이란 환상과는 천양지차였다. 수음보다 못하다는 생각이 들었다. 다행히 2분대장이 내 뒤를 이어 바로 나왔다.

"재미들 좋았나?"

문 앞 의자에 앉아있던 박 중위가 빙긋이 웃으며 물었다.

"아, 소대장님은?"

그러고 보니 모두 짝 고르기에 열중하느라고 박 중위의 움직임에는 전혀 관심을 두지 못했다. 그의 미소 띤 표정에는 너희들이 즐기는 동안에 바깥 구경 잘했다고 말하는 것 같았다. 나는 왠지 큰 불경을 저지른 것 같았다. 게다가 내 부끄러운 행적이 탄로 날까봐 박 중위를 똑 바로 쳐다볼 수도 없었다. 방금 여자와 만족할 만큼 즐겼다고 보이려면 어떤 표정을 지어야 할까. 어디를 바라봐야 할지도 몰라 멀쭈룸이 서 있는데 오래잖아 분대장들이 모두 바깥으로 나왔다. 얼굴 표정은 가지각색이었다.

"자, 이거 하나씩 삼켜."

박 중위가 캡슐 하나씩을 나눠주면서 '고단위 항생제야. 연대 의무중대에서 구해왔어.' 라고 덧붙였다. 단체 화대나 항생제를 챙긴 것을 보면 뭔가 냄새는 나지만 제발 박 중위의 훈격을 가로챈 중대장의 입막음용이 아니었으면 좋을 것 같았다. 어쨌든 박 중위의 야전병원 후송으로 인하여 3개월쯤 늦어지긴 했으나 비마3호 작전은 이것으로 명실공히 종결된 셈이었다. '아뇽, 또와.' 여자들의 배웅을 받으며 일행은 그곳을 나와 인근에 있는 연대 휴양소로 이동했다. 주말이 아니어선지 휴양소는 한산했다. 위병소에 방호벽과 함께 설치된 LMG 기관소총만 아니라면 어느 어촌의 한산한 휴게시설과 별반 다름이 없을 것이다. 일행은 탈의실에 비치되어있는 수영팬티로 갈아입고 백사장으로 나갔다. 분대장들이 옷을 갈아입는 동안 박 중위는 단독군장 차림으로 땀을 뻘뻘 흘리면서 휴양소 병사 두 명과 함께 스리쿼터가 위병소에 부려놓은 씨레이션과 캔맥주를 모래밭에 내놓고 있었다. 오늘 그는 분대장들에게 봉사하려고 작정한 모양이었다.

"앞으로 이런 호강 다시 할 수 있을지 모르겠다만 즐겁게 지내고 가자."

박 중위의 말처럼 우리는 파월 후 끊임없이 땅을 파서 막사를 짓고 야간경계를 했으며, 또 피땀을 흘리며 정글 속에서 생과 사의 경계를 넘나들었다. 이런 일은 파월군이 자신의 생명을 지키기 위해 당연히 해야 할 일이며 대가가 따르지 않는다. 그럼에도 오늘의 호

강에 대하여 누구도 이유를 묻지 않았다.
 나는 캔맥주를 마셔가며 수영을 시작했다. 물속에서 팬티를 벗고 표피가 벗겨지도록 성기를 씻어댔다. 박 중위가 먹기를 권해 항생제를 삼켰지만, 한 번도 사창가에 간 적이 없어서 그게 무슨 작용을 하는지 잘 몰랐다. 다만 주 병장이 뿌려놓은 매독균에 감염될지도 모른다는 걱정이 떠나지 않았기 때문이었다. 그 병은 심해지면 조기귀국 당한다면서도 눈치껏 철조망을 넘던 그가 얼마나 많은 사람들에게 성병을 옮겼을까. 아마 지금쯤 귀국했을 것이다. 그런 불안감은 귀대 후에도 한참 동안 사라지지 않았다.

13

 수진마을과 휴양소를 다녀온 지 일주일쯤 지났을 때 소규모 작전 하나가 시작되었다. 우리 전술기지 인근의 수빈(Suoi Vinn) 마을에서 들어온 신고 때문이었다. 그 마을은 80여 호 가옥에 2백여 명의 주민이 함께 생활하고 있는데 잡목 정글로 이어지는 평지에 주민들이 쌀농사를 짓는 농지가 많아서 우리 한국군이 모내기나 추수 때 자주 노력지원을 나가는 곳이었다. 서쪽으로 산맥처럼 길게 늘어선 동산 외에는 삼면이 농지로 둘러싸인 그 마을을 통과하면 캄란 시가지로 접근이 수월하기 때문에 월남 정부에서 전략촌으로 지정한 곳이었다. 그런데 인근에 백마부대가 주둔한 뒤부터 월남 정부보다 우리가 더 정성을 기울이게 되었다. 틈이 날 때마다 인력 및 의료지원 뿐만 아니라 각종 공사와 마을 관리를 위해 공병까지 출동하곤 했다. 그곳과 우리 연대 상황실 간은 비상연락망도 설치되어 있었는데 지난밤에 베트콩 10여 명이 잠입하여 주민들을 한곳에 모아놓고 식량과 피복을 공출하고 있다는 신고가 들어온 것이다. 새 중대장이 부임한 지 사흘째 되는 날이었다.

나란히 전술기지를 만들어 놓고 비행장 서쪽을 경계하고 있던 우리 중대와 7중대에 새벽 4시경, 출동명령이 떨어졌다. 5중대와 7중대의 2개 소대는 마을을 포위하여 공격하고 7중대의 나머지 소대는 동산 쪽을 차단하라는 지시였다.

"어째 호락호락하지 않겠는데요."

출동 전 지도를 살펴보던 나는 입이 딱 벌어졌다. 수빈마을의 규모는 가옥 80여 호가 옹기종기 모여 있어 그리 큰 편은 아니지만, 공격 시 노출될 개활지가 너무 넓었고 몸을 숨길만한 엄폐물이 없었기 때문이었다. 평소 자주 드나들었음에도 막상 공격목표가 되자 굉장히 까다로운 마을이 된 것이다.

"그러게. 애 좀 먹게 생겼네."

박 중위도 나를 바라보며 고개를 끄덕였다. 동이 트고 있는 새벽 4시 30분, 방탄조끼를 착용하고 실탄 3기수와 식량 한 끼만 휴대한 채 공격개시선으로 나갔다. 마을로 바로 진격할 수도 있겠지만 주민들을 볼모로 잡고 있는 베트콩이 무슨 짓을 할지 알 수 없기 때문에 포위망부터 형성한 것이다. 그러나 막상 일렬횡대로 늘어서 보니 사실 엄두가 나지 않았고 무슨 이런 작전이 다 있는가 싶었다. 이 작전의 목표는 베트콩 격멸이 아니라 주민들의 안전을 확보하는 것이기 때문에 어쩔 수 없었다. 작전 개시선에서 마을까지 거리는 대략 600미터쯤 되었는데 그 공간은 막 첫 수확을 끝낸 농경지였다. 어쨌든 공격대형이 송사리 잡는 그물망이 아니므로 일정한 변형을 기해야겠다는 생각이 들었다. 중대장은 2소대를 맨 좌측에 세운 뒤 오른쪽으로 3소대, 1소대 순으로 배치를 했다. 박 중위는 3소대와 나란히 1분대, 화기분대, 소대본부, 3분대, 2분대 순으로 정렬을 시켰다. 최

초 신고한 주민은 대대 지휘부에서 보호하고 있는 모양이었다. 중대장들의 건의를 받아들여 연대 수색중대가 추가로 출동해 지난번 해산됐다가 다시 편성된 2대대 장거리정찰대와 함께 동산 쪽을 차단했고 7중대 2개 소대는 뒤늦게 우리 대열에 가담했다. 베트콩은 개활지가 막히면 자연히 동산 쪽으로 붙어 도주할 것이기 때문에 차단망을 촘촘히 한 것이다. 이 작전처럼 주민들이 볼모로 되어 있고 접근로가 개활지일 경우 자칫 아군 희생자가 많이 날 수 있다. 그렇지만 마을작전은 군사적 측면보다 주민을 보호하기 위한 것이므로 아군의 손실은 감수할 수밖에 없었다. 각 소대별로 할당된 목표지점을 향해 낮은 포복으로 조금씩 나아가던 중대는 해 뜰 무렵 소총 유효사거리인 3백 미터 지점에 이르렀다. 피아간 조준사격 등으로 살상이 가능한 거리였다. 일출 후 그 열기로 인해 방탄복 속 병사들의 몸은 땀과 바닥의 흙에 뒤범벅이 되어갔다. 이 마을에는 학교와 휴게실로 이용하는 대형 회관이 있으므로 베트콩은 주민들을 그곳에 모아놓고 통제하고 있을 것이다. 관측 가능한 인원은 소총을 든 베트콩 두어 명이 주민들을 앞세우고 가옥과 가옥 사이를 기웃거릴 뿐이었다. 아침 식사를 끝낸 뒤 연대 민사과 요원 몇 명이 마을을 향해 확성기로 안내방송을 시작했다.

—베트민 병사들에게 알립니다. 여러분은 지금 사방으로 포위되어 있습니다. 귀한 생명을 헛되이 버리지 마십시오. 한국군은 베트남의 평화를 원하고 베트남인의 생명과 안전을 최우선시합니다. 여러분이 귀순하면 안전하게 이 사회에 정착하여 생업에 복귀할 수 있도록 도와드리겠습니다. 그리고 한 가지 부탁을 드립니다. 여러분의 부

모와 형제자매인 수빈마을 주민을 해치지 말아 주세요. 감시를 받지 않고 있는 주민은 우선 마을을 벗어나세요. 한국군이 기다리고 있습니다.

―통바오 또이 꿴 린 비엣 민. 배이 져 반 다 비 바오 바이 어 모이 피어. 둥랑 피 꾸억 송 꾸이 쟈 꾸어 반. 띤 망 바 수안 또안 꾸어 응 위 단 비엣남 띠엔 항 따우 꾸어 충 또이. 네우 반 또우항 중 또이 세 슈입 반 온 딘 꾸억 송 처엉 사 호이 바 꾸이 쳐 라이 람 비억. 바 또이 꼬 무온 녀. 신 덩 람 하이 뉴어이 선 랑 수빈, 차 메 나 안 엠 꾸어 반. 뉴어 뉴어이 선 고옹 비 샤암 랑 처억. 꿴 도이 한 꾸억 당 초 도이.

방송은 우리말과 월남어로 번갈아 가며 했다. 이곳에는 우리말을 알아듣는 주민들이 꽤 있었으나 발음이 또렷하지 못한 확성기로는 역부족이었다. 이렇게 선무활동을 해보지만 역시 마을작전에서 가장 어려운 것은 베트콩과 주민을 격리시키는 문제였다. 적과 주민이 섞여 있으면 일단 사격을 못하기 때문에 아군이 접근할 방법이 없었다. 베트콩들이 어떻게 주민들을 통제하고 있는지 몰라도 마을을 벗어난 주민이 20명 안팎에 이르고 있었다. 어쨌든 베트콩은 자신들에게 특별히 적대적이지 않으면 주민들을 해치지 않는다고 알려져 있으므로 현재로선 불모의 벽을 깨뜨리려면 그들을 혼란에 빠뜨릴 수밖에 없었다. 선무방송이 계속되는 가운데 각 중대는 포위망을 더욱 더 압축해 들어갔다. 2개 소대가 엄호사격을 하는 동안 1개 소대가 진입하면서 백여 미터를 더 전진했을 때 마을 쪽에서 베트콩이 단발사격을 시작했다. 아카보 소총이었다. 회수는 뜸했지만 목표물을 향해 정조준을 하고 있으므로 상당히 위협적이었다. 항복이나 귀순 의사가 없다는 표시였다. 마을 좌측에서 공격해 들어가던 2소대에서 소란이 있었다. 누군가 피격으로 부상을 입은 것 같았다. 이때 마을 동산 쪽에서 M16 소총의 집중사격이 2,3분여 계속되었다. 베트콩의 탈출이 시도되는 조짐이었다.

"김 하사, 3분대 앞으로!"

박 중위가 나를 향해 고함을 질렀다. 피아간 혼란 중이므로 우선 한쪽 건물이라도 확보하라는 지시였다. 나는 분대원들에게 총을 어깨에 두르고 낮은 포복으로 두 명씩 조를 짜서 전진하도록 수신호를 했다. 워낙 접근하는 병력이 많아선지 적의 사격은 일정하지 않았다. 몇 분 사이에 우리는 마을 변두리에 있는 가옥 두 채를 확보한 뒤 베트콩의 전신이 노출될 때마다 단발로 조준사격을 하면서 다른 분대가 도착할 때까지 엄호를 했다. 일단 마을 한쪽이 우리 수중에 들어오고 나니 산발적이던 베트콩의 저항도 멈췄다. 소대원이 모두 1차 목표물에 도착하자 박 중위는 분대장들을 불러 모았다.

"2,3소대가 도착할 때까지 일단 우리 지역의 가옥은 모두 확보하도록 하자. 무슨 일이 있어도 주민들에게 발포해서는 안 된다. 그리고 아군들 간에 오인사격이 없도록 특히 조심해라."

분산되어 있던 베트콩들이 하나씩 마을 안으로 후퇴하는 모습이 포착되었다. 이제 개활지 쪽에는 아군이 거의 보이지 않았다.

"마을을 3분하여 가옥 수색을 시작한다. 좌측에서 초록색 지붕까지는 2소대, 그 우측에서 바나나밭 입구까지는 3소대, 그 옆에서 우측 끝까지는 1소대 순이다."

억양이 고른 중대장의 목소리가 무전을 통해 흘러나왔다. 가옥수색은 분대별 지원과 협조가 필요했다. 평지를 통과할 때처럼 나는 2분대와 진격, 지원사격을 번갈아 하며 가옥을 하나하나 수색해 나갔다. 시멘트로 지은 주택 사이사이에 나무와 갈대 등으로 엮은 오두막도 적지 않았다. 그 속에는 노인과 병자들, 그리고 어린아이들이 있었다. 중대본부 행정요원들이 그들을 마을 초입에 마련된 임시 보호소로 옮겼다. 이 과정에서 겁을 먹고 소리를 지르는 노인과 아이들이 있어서 그들을 안심시키느라 다소 분위기가 어수선해졌다. 그때였다. 마을회관 쪽에서 고함소리와 함께 하얀 연기가 솟아올랐다. 거의 여자들의 목소리였다. 수색장소로부터 마을회관까지는 대략 백 미터쯤 되었다. 박 중위가 다시 분대장들을 불러 모았다.

"동산 쪽으로 도주하던 베트콩 3명을 수색중대가 생포했는데 마을에 남아있던 그 나머지도 도주를 시작한 것 같다. 아마 그들은 주민들을 가둬놓고 마을회관에 불을 지른 모양이다. 곧 회관 부근에다 최루탄을 쏠 것이다. 2분대는 가옥 수색을 계속하고 나머지 분대는 방독면을 착용하고 최대한 낮은 자세로 그곳을 향해 진격한다."

소대장은 굳은 표정으로 상황설명을 했다. 나는 분대원들에게 돌아와 소대장의 지시를 전하면서 방독면을 착용하도록 준비시켰다. 파월 짬밥 수가 많은 병사가 분위기를 주도하기 시작했다. 2분대가 지정된 가옥에 대한 수색을 시작하자 나머지는 소대장의 지시에 따라 약진 자세로 마을회관을 향해 달렸다. 화재 때문에 더 서둘기는 했어도 우리는 5분 만에 회관을 에워쌌다. 다른 건물과 달리 그 건물은 연대 공병대에서 철근을 넣고 콘크리트로 단단하게 지었으므로 화재에 금방 무너지지는 않았다. 우리는 빠른 동작으로 문을 부수고 실내로 진입했다. 나무로 만든 칸막이와 천장이 불타고 있었지만 저항은 없었다. 회관 중간쯤의 좁은 공간에 손과 발이 묶인 30여 명의 여자들이 아우성을 치고 있었다. 아이들이 공부하는 교실인 듯 대형 칠판이 걸려 있었고 그 아래에 책상과 걸상이 몇 겹으로 쌓여 있었다.

   2소대와 3소대가 밖에서 불을 끄는 동안 박 중위의 지휘 아래 우리 1소대가 여자들을 풀어 밖으로 대피시켰다. 연기를 마셔 거의 실신상태인 그들 중에 아직 의식이 있는 여자들이 창밖을 향해 '하암, 하암' 하고 소리를 쳤다. 주변에 남자는 보이지 않았다. 누군가 '어디 지하실이 있는 것 같아요.' 라고 소리를 질렀다. 2, 3 소대원들이 출입구와 창을 죄 열어놓고 불을 끄고 있어서 바깥의 최루가스가 스며들고 있었다. 나는 방독면을 고쳐 쓰고 분대원들과 함께 마을회관을 벗어나 여자들이 가리키는 곳으로 달려갔다. 그곳은 이미 아군이 스쳐 간 담장 근처였다. 최근에 신축한 것으로 보이는 조그마한 건물이었는데 출입구가 철문으로 되어 있었고 문은 반쯤 열려 있었다. 벽이나 천장과 바닥이 모두 시멘트로 되어 있고 창이 없는 창고였다. 나는 방독면을 벗어들었다. 긴 탁자와 장의자 서너 개가 벽 쪽에 쌓여 있었고 한쪽에는 곡식을 담은 것으로 보이는 누런 포대가 길게 놓여 있었다. 그때 전등에 불이 들어왔다. 발전기를 돌리는 모양이었다.

   "분대장님."

   한쪽 모서리를 살피고 있던 이용만 일병이 나를 불렀다. 그는 바닥에 깔린 나무 덮개를 들어 올리고 있었다. 가까이 가보니 한쪽에 지하로 내려가는 나무 계단이 보였다.

   "지하실인데요."

"그렇군."

나는 플래시를 켠 뒤 이 일병과 함께 아래로 내려갔다. 습기가 밴 쿰쿰한 냄새가 코를 찔렀다. 꽤 넓은 지하실이었다. 위에서 봤던 누런 곡식포대가 여기에도 길고 높게 쌓여 있었다. 이 일병이 구석에 붙어 있는 쪽문을 열자 서늘한 바람이 쏟아져 나왔다. 나는 플래시를 안으로 비쳐 보았다. 지하통로였다. 뿌연 공간 속으로 퍼져나간 불빛은 끝이 보이지 않았다. 2,3개월에 한 번씩 주민을 상대로 연대단위의 행사가 열리고 가끔 장성급 방문도 있었으므로 이 마을은 군 방식대로 보안점검을 마친 곳이었다. 이런 곳을 방치할 리가 없었다. 여자들의 손짓이 이곳을 향하고 있었고 지하실의 주위 분위기도 어수선한 것을 보니 남자 주민들과 관련이 있을 것 같았다. 나는 이 일병 대신 덩치가 작고 월남어를 할 줄 아는 유상현 일병을 앞세우고 그 안으로 들어갔다.

"김 하사 조심해. 서둘지 말고……."

박 중위가 뒤에서 고함을 질렀다.

우리 진지의 교통호보다 3,4배 크기로 이 지하통로는 두 사람이 겨우 빠져나갈 수 있을 만큼 낮고 좁았다. 공병대에서 이런 것을 만들어 주었을 리 없을 텐데 누가 어떤 용도로 이런 걸 팠을까. 하긴 토질이 마사 종류여서 곡괭이나 야전삽 하나만 있어도 힘들지 않고 팔 수 있는 땅굴이었다. 불빛에 드러난 벽에서는 사람이 움직일 때마다 흙 부스러기가 바닥으로 흘러내리고 있었다. 도대체 베트콩은 언제부터 이동을 시작했을까. 내부에 꽉 차 있는 비릿한 냄새로 봐서 그리 오래된 것 같지는 않았다. 이 마을주민은 여자들과 노약자, 환자를 빼더라도 남자만 백 명이 넘을 것이다. 훈련이 잘된 베트콩이라면 모를까, 적극적으로 움직이지 않는 장정들을 이끌고 이 좁은 곳을 빠져나가기가 쉽지 않았을 것이다. 지금쯤 여자들을 상대로 신문이 이뤄지고 있을 텐데…….

"유 일병, 부비트랩 조심 해."

여기는 마을을 갓 벗어난 곳이고 적들이 많은 주민을 끌고 이동하면서 그럴 여유는 없었을지 모른다. 그러나 작전지역이었으면 이런 상황에서 십중팔구 뭐라도 설치했을 것이므로 주의는 해야 했다. 이런 곳에 땅굴을 파거나 마을에 불을 지른 것은 예삿일이 아니었다. 베트남 정부가 전략촌으로 지정한 데다 자경 농토가 넓어 이 마을에는 많은 식량이 비축되어 있었다. 게다가 우리 한국군과 미군이 각종 생활필수품을 지원하고 있었으므로 곤궁한 베트콩의 약탈이 예상되는 마을이었다. 그 때문에 그동안 연대의 장거리정찰대와 수색중대가 이 마을의 원근에서 감시를 하고 있었다. 게다가 마을자체에 전기시설을 설치하여 야간에도 조명을 해놓아 마을 전체가 밤낮 외부에서 관측이 되었기 때문에 베트콩의 접근이 쉽지 않았다. 그러니까 한국군이 이곳에 주둔한 이래 이 수빈마을에 대한 베트콩의 잠입은 공식적으로 이번이 처음인 셈이었다.

땅굴은 끝이 없었다. 흙의 성분이 약간 달라지는 곳에서 나는 지도를 펴놓고 나침반으로 방위각을 재어 보았다. 그러나 나침반이 제기능을 하지 못했다. 그때였다. 전방에서 수군거리는 소리가 들렸다. 나와 유 일병은 재빨리 바닥에 납작 엎드렸다. 이런 곳에서 집중사격을 받게 되면 그대로 치명상을 입게 된다.

"유 일병, 누구냐고 물어봐."

유 일병은 월남어 교육대에서 입교 석 달 만에 말라리아에 걸려 후송되었다가 지난달에 이곳으로 왔는데 아까 여자들이 '하암'이라고 할 때 '지하실'이라고 외친 그 병사였다. 얼마 전 새로 부임한 중대장이 유 일병을 첨병 소대를 자주 맡는 1소대로 보냈고 박 중위는 자해사건으로 후송된 우종수 일병 대신에 우리 3분대로 배치했다. 그는 입대 전부터 월남어 공부를 했다고 하는데 군 복무가 끝나고 나면 아버지가 근무하고 있는 이곳 한진건설에 취업하기 위해 평소에도 월남어 단어집을 들고 다니는 병사였다.

"아이 어 다어?"

유 일병은 큰소리로 같은 말을 몇 번 소리쳤다.

"또이 라 뭇 꾸 잔"

여러 소리가 뒤섞여 왁자지껄하다가 이내 한 사람이 크게 외쳤다.

"마을 주민인가 봅니다."

음이 울려서 거리를 짐작할 수는 없었다. 발걸음이나 옷깃 스치는 소리가 들리지 않는 것을 보면 저들은 지금 정지상태에 있는 것 같지만 무슨 상황인지 정확히 파악되지 않았다. 한 사람만 이리로 불러볼 수 있을까? 나는 유 일병에게 물었다.

"씨 못 누이 도이 신 하이 덴 다이."

유 일병이 또박또박 그렇게 말하자 저쪽에서 다시 웅성거리기 시작했다. 2분쯤 흘렀을까, 누군가 바닥을 기면서 다가오는 것 같았다. 나는 팔을 옆으로 뻗어 소리 나는 쪽을 향해 손전등 불빛을 비춘 뒤 귀를 쫑긋 세웠다. 스르륵, 스르륵, 규칙적으로 점점 커지는 그 소리에 정신을 집중하면서 나는 소총의 방아쇠에 손가락을 걸었다. 다가오는 사람이 누군지, 앞으로 어떤 일이 벌어질지 대비해야 할 것이다. 박 중위가 소대 무전병 윤성하 병장을 들여보내 주었다. 나

귀환歸還

는 그가 가져온 무전기로 지금까지의 상황을 박 중위에게 간략하게 보고했다.

"나, 하나, 간다."

내가 소대장에게 보고하는 소리를 들었는지 다가오던 사람이 움직임을 잠시 멈추고 그렇게 속삭였다. 발음이 어색하지만 우리말이었다.

"알았어요. 빨리 오세요."

유 일병이 큰 소리로 또박또박 말했다. 그러자 쿵쿵하는 발걸음 소리가 들리기 시작했다. 한곳을 집중하여 바라보고 있으니 눈이 아팠다. 거리를 가늠할 수 없는 어둠 속에서, 손전등을 떠나 초점을 잃고 넓게 퍼져간 빛의 잔해 속에서 이윽고 자그맣고 핼쑥한 얼굴 하나가 유령처럼 나타났다. 유 일병은 앞으로 나가 그의 팔을 잡고 내 앞으로 데려왔다.

"수빈마을 주민이세요?"

나는 천천히 물었다.

"예. 나 이름, 후이 코아."

억양이 높고 발음이 서툴렀다.

"저 앞에 몇 명이 있나요?"

"저 앞, 하이므이못, 있어요."

그는 왼손 손가락 2개, 오른손 손가락 1개를 펼쳤다.

"남자 주민들 모두 이리로 들어오지 않았나요?"

나는 모두에 힘을 주어 물었다. 그는 잠시 생각하는 듯하더니 말했다.

"모두 아니오. 므이 못 누이 망 하인 리. 먼저, 다오띠엔, 먼저 갔어."

"열한 명이 짐 지고 먼저 갔대요. 유 일병이 말했다. 그러면 나머지 남자 주민들은 어디로 잠적했을까.

"베트콩은 어디에 있어요?"

"비엣꽁, 먼저 갔어."

"어제 마을에 베트콩이 몇 명 있었어요?"

"몇 명? 으응, 처음 므이 본 누우이."

그는 다시 손가락으로 열넷을 표시했다.

"저기로 몇 명 갔어요?"

나는 동굴 쪽을 가리키며 물었다.

"므이못, 왔어."

나는 열한 명의 베트콩이 쌀부대를 짊어진 남자 주민들을 이끌고 가는 모습을 잠시 생각해 봤다. 아무리 위협을 해도 그 진행 속도는 느릴 수밖에 없을 것이다.

"저기서 얼마나 오래 있었어요?"

"오래? 뭐야?"

역시 잘 통하지 않았다. 유 일병이 나섰다.

"반 다 어 도우 바우 라우 조이?"

"으응, 라우…… 못 저어."

그는 팔뚝에 찬 시계를 들어 보이며 대답했다.

"한 시간 정도 있었대요."

저절로 나도 시계에 눈이 갔다. 10시 10분. 짐작대로 베트콩은 아군이 마을을 향해 진격을 개시했을 때부터 도주를 시작한 셈이었다. 수색중대가 그들 3명을 생포했던 시간과 엇비슷했다. 그들은 본진의 탈출을 돕기 위한 희생양이었던가. 마을회관에 불을 지른 것이나 중간에 주민 일부를 저렇게 남겨놓은 것은 추격을 피하기 위한 작전이었다. 그들은 이미 아군의 포위망을 벗어났을지도 모른다. 더 이상 동굴 추격은 필요 없을 것 같았다. 나는 무전으로 박 중위에게 후이 코아의 진술을 그대로 보고하면서 내 의견을 말했다.

"조심해. 저들과 섞이지 말고."

박 중위는 주민 속에 베트콩이 섞여 있을까 봐 걱정되는 모양이었다. 그러나 후이 코아의 진술이나 여러 정황으로 봐서 그런 위험은 거의 없을 것 같았다. 일단 수빈마을 주민은 대내외적으로 신원과 숫자, 그리고 친인척 관계와 부재자 현황까지 파악되어 있으므로 그들 사이에 스며들 수는 없었다. 새벽에 아군과 교전을 하면서 마을을 포위한 한국군의 규모에 위협을 느꼈을 것이고 그 때문에 철수를 서두르지 않았나 싶었다. 이 땅굴의 유래와 그들이 마을에 잠입한 시기, 그리고 피해액이 얼마인지는 이제 주민을 모아놓고 파악하면 될 것이다.

"마을로 돌아오세요. 이미 한국군이 수색을 마쳤어요."

내가 후이 코아에게 그렇게 말하자 유 일병이 '하이 꽈이 라이 디 후안, 노안 또안.' 이라고 통역을 했다. 후이 코아를 안으로 돌려보낸 뒤 우리가 먼저 땅굴에서 나왔다. 2소대와 3소대가 마을 내부를 정리하고 있는 사이 후방에서 화력지원을 준비하던 화기소대는 동쪽 동산 쪽을 경계하고 있었고 우리 소대는 동산의 제일 남쪽을 경계하고 있었다. 인근에 땅을 파고 있는 굴삭기가 보였다. 괜찮아요? 어떻게 됐어요? 소대원들이 걱정스런 표정으로 맞아 주었다. 부분대장 민성식 병장이 그동안 대신 분대원을 챙기고 있었다. 나는 그들에게 싱긋 웃어주고 내 자리를 찾아 들어갔다. 영어로 '한진' 로고가 적힌 주황색 굴삭기 두 대가 작업 중이었다. 웃통을 벗은 채 굴삭기를 운전하고 있는 병사는 공병대 소속인 것 같았다.

"김 하사 수고했어. 별일 없었지?"

굴착공사를 참관하고 있던 박 중위가 다가와 환히 웃으며 내 팔을 잡았다. 전투에서 별일이란 총격과 부비트랩의 공격을 포함한 일이지만 이미 무전으로 상황보고를 받았으므로 이것은 그냥 안부일 것이다. 나도 싱긋 웃으며 "예." 라고 대답한 뒤 공사현장을 둘러보았다. 굴삭기는 동산과 맞닿은 곳에서 동서로 바닥을 파내려 가고 있었다. 그런데 파낸 흙이 백토보다 좀 짙은 색을 띠고 있었다. 직감적으로 뭔가 잘못된 것 같았다. 굴착을 시작한 지 30분이 지났다고 하는데도 땅굴은 모습을 드러내지 않고 있었다. 초입의 형태로 봐서 직선으로 만들어졌으면 금방 드러날 것인데 아무래도 방향의 선택에 착오가 있는 것 같았다. 나는 다시 창고로 달려가 입구의 구조를 살펴보았다. 문제는 사다리에 있었다. 창고에서 지하로 내려가는 사다리의 방향이 좌로 꺾여 있는 것을 고려하지 않은 것이다. 땅굴은 담장과 나란히 마을입구로 향하고 있었다. 나는 박 중위에게 보고하고 굴삭기 기사에게 굴착지점을 변경하도록 권유했다.

"괜찮아. 모두 아군 쪽으로 도주할 거라곤 전혀 생각하지 못했어."

박 중위는 민망한 표정으로 굴삭기를 바라보고 있는 내 어깨를 툭 쳤다. 담장 부근에서 마을입구를 향해 시작된 땅굴은 북쪽 동산을 끼고 잡목 정글 쪽으로 향하고 있었다. 무전병이 소대장에게 7중대가 일찍 식사를 마치고 동산 수색을 시작했다고 보고했다. 아까 수색중대 매복에 걸렸던 3명 중 1명은 여자였고 2명은 무기를 휴대한 베트콩이었다는 소식도 함께 들려왔다.

굴착기가 땅굴의 위치와 방향을 제대로 포착한 후에 살펴보니 아까 내가 지하에서 돌아 나왔던 곳은 마을 입구에서 농경지와 동산의 경계선상이었다. 그리고 주민들이 대기하고 있던 곳은 경작지 입구부터 시작된 마찻길 아래라는 것이 바로 드러났다. 땅굴 속에서 나온 주민들은 베트콩을 피해 있던 사람들과 함께 중대장의 관리를 받고 있었다. 부임한 지 며칠 되지 않았지만, 신임 중대장은 작전 지휘나 중대 행정에서 거의 빈틈이 없었다. 지금까지 연대와 주민들 간에 있었던 교류의 기록만 가지고도 혼란에 빠진 수빈마을을 단시간 내에 수습해 나갔다. 그는 마을회관으로 소대장과 분대장을 소집했다.

"현재까지 파악된 현황을 보면 마을 주민 중 신원이 확인된 남자는 81명이고 베트콩이 사살한 주민은 촌장을 포함한 6명이다. 촌장이 죽기 전에 정리해 놓은 현황표에 의하면 식량 운반을 위해 베트콩이 끌고 간 주민은 12명으로 파악된다. 지금 연대와 대대의 월남어 통역병과 월남군 통역 지원병이 총 출동되어 주민들과 대화를 나누고 있는데 이번에 침입한 베트콩은 모두 14명인 것 같다. 그리고 수색중대가 생포한 3명을 빼면 도주한 베트콩은 모두 11명이다."

중대장은 현재까지 마을에서 일어난 일을 요약하여 들려주었다. 신체는 약간 왜소한 편인데 그는 눈빛이 날카롭고 늘 긴장된 표정을 짓고 있어서 접근하기가 쉽지 않은 사람이었다.

"참, 아까 저와 함께 땅굴 수색에 들어갔던 유상현 일병도 차출이 되었어요. 그 친구 월남 말 잘하던데요?"

나는 곁에 앉아있는 박 중위에게 속삭이듯 말했다.

"그래?"

"영어도 그렇지만 원래 외래어는 원어민과 어느 정도 대화가 되는가를 보면 숙련도를 알 수 있잖아요? 그런 면에서 보면 유 일병은 못 알아듣는 말이 없고 못하는 말이 없어요."

땅굴을 원형대로 유지하라는 연대장의 명령이 있었으나 농경지 훼손이 너무 심해 마찻길부터는 흔적만 남기는 정도로 진로를 파악해 나갔다. 베트콩 11명과 주민 12명이 연기처럼 사라져 버렸으나 정글의 길목을 차단하고 있는 연대 수색중대와 각 대대의 장거리정찰대에서는 별다른 접적 소식이 없었다. 12시가 되자 교대로 점식식사를 시작했다. 인원 점검을 마친 주민들은 마을 공터의 그늘에 모여 여자들이 우리 연대 취사장에서 준비해 온 쌀밥과 각종 반찬으로 식사를 했고 우리는 각자 경계를 하고 있는 장소에서 조별로 씨레이션을 까먹었다. 총상을 입고 포로가 된 베트콩은 남자 2명과 여자 1명이었는데 입을 다물고 있어서 어떤 정보도 얻을 수가 없다는 소식이 흘러나왔다.

그들이 우리를 향해 사격을 시작했을 때부터 마을회관에 불을 지를 때까지 2시간 정도는 되었을 것이다. 일반적인 정글작전이라면 이렇게 뜸을 들일 이유가 없었다. 어쨌든 우리가 마을을 향해 바닥을 기고 있을 때 놈들은 그 밑 땅굴로 도주하고 있었다는 말인데, 우리가 농락을 당한 것인지, 그들이 필사적인 것인지 혼란스러울 수밖에 없었다. 각 전술기지에서 이 마을작전을 지켜보고 있던 1대대와 3대대 병력, 그리고 동산 수색을 마친 7중대가 잡목 정글의 예상 도주로에 투입되었다. 출몰한 베트콩의 규모도 심상찮았지만 많은 식량을 빼앗기고 마을주민이 납치된 탓에 마을 작전이 연대 규모의 정글 작전으로 확대된 것이다. 우리 중대는 수빈 마을에서 연대로부터 식수와 식량 2일 분, 그리고 실탄 2기수를 지급받은 후 굴삭기를 호위하며 수색을 계속했다.
  땅굴은 주민들이 경작지 부근에 지어놓은 농기구 창고까지 이어져 있었다. 농경지 사이에 난 마찻길 곁의 구석진 곳인 데다 일대가 숲에 가려있고 오랫동안 방치된 탓인지 폐허처럼 보였다. 그러나 창고 내부는 꽤 손질되어 있었다. 지하에서 지상으로 올라가는 통로는 넓어 나무 사다리 2개가 놓여 있었고 벽 쪽에는 긴 나무판자가 세워져 있었다. 땅굴 입구를 가리는 도구로 보였다. 박 중위는 굴삭기를 마을로 돌려보낸 뒤 창고 주변을 살피고 있는 우리 분대원을 제외한 다른 분대장에게 측방의 수색을 지시했다. 부분대장 민 병장이 분대원 몇 명과 함께 바닥을 발로 쿵쿵 구르다가 배낭에서 야전삽을 꺼내 몇 군데를 파기 시작했다. 동굴 수색할 때 통상적으로 하던 탐색 기법이었다. 비마 3호 작전 때에는 동굴바닥에서 잘 익은 바나나 수십 송이를 찾아내어 전 소대원이 허기를 면한 적도 있었다. 분대원들은 창고 바닥에서 흙이 잔뜩 묻은 들것 3개와 미제 야전삽 15개, 그리고 이곳 농민들이 사용하는 호미 모양의 기구 수십 개를 찾아냈다. 야전삽은 모두 날이 닳아 끝이 뭉툭했다. 나는 밖으로 나가 창고 주변을 살폈다. 부근의 토질이 마사여서 뚜렷하지는 않으나 사람들의 발자국이 수없이 찍혀 있었는데 그것은 무성한 숲 지대로 향하고 있었다.
  "벌써 몇십 리는 달아났을 거다. 그래도 주변을 잘 살펴봐."
  박 중위가 숲을 가리키며 말했다. 나는 분대원들을 데리고 발자국을 따라 수색을 시작했다. 덩치가 큰 고목과 키 작은 각종 침엽수와 활엽수가 뒤엉켜 있어 정글 안은 어두웠다. 게다가 갑자기 하늘이 캄캄해지면서 세찬 비가 내리기 시작했다. 스콜이었다. 마을 작전을 위한 단독무장이어서 판초우의를 가진 병사는 아무도 없었다. 고목 아래로 찾아들었으나 고스란히 비를 맞을 수밖에 없었다. 잎이 넓은 갈대에 숨어있던 거머리가 일제히 덤벼들었다. 흡착판이 유달리 큰 놈들은 노출된 팔뚝과 목에 들어붙어 피를 빨아댔다. 분대원들 사이에 가벼운 동요가 있었으나 장소가 장소인 만큼 비가 그치면서 저절로 수습되었다. 수색이 계속됐다. 멀리 가지 않아 높낮이가 일정하지 않은 수십 개의 언덕이 나왔다. 그곳에는 수종을 알 수 없는 색바랜 나무가 듬성듬성 심겨있었다. 흙의 색깔이나 모양 등이 주위의 토질과 확연히 달랐다. 땅굴에서 파낸 흙이 분명했다. 이 정도면 한두 달로는 어림없을 작업량인데 그들은 수빈마을에서 얼마나 오랫동안 식량을 수탈했을까.

"분대장요."

대여섯 걸음 앞서가던 민성식 병장이 뒤를 돌아보며 손짓을 했다. 나는 두 손으로 소총을 움켜잡고 그곳으로 달려갔다. 다른 분대원 서넛이 내 뒤를 따라왔다. 여러 종류의 흙으로 범벅이 된 탓에 바닥이 미끄러웠다. 이런! 나는 너무 놀라 입을 다물 수가 없었고 머리카락이 곤두서는 듯 했다. 그곳에는 섬뜩한 광경이 펼쳐져 있었다. 숲속에 넓게 펼쳐진 개활지였는데 7명의 벌거벗은 남자가 흙무덤 인근에 하반신이 묻힌 채 푹 고개를 숙이고 있었다. 다가가 보니 거의 정신이 나가 있었다. 마을주민인 것 같았다. 얼마나 이러고 있었을까. 분대원들이 서둘러 야전삽으로 흙을 제치고 그들을 파냈다. 베트콩의 식량 운반에 동원됐던 마을주민 중 일부인 것 같았다. 유상현 일병이 없으니 당장 아쉬웠다. 그는 지금 마을에서 연대 민

사과 장교들을 도와 주민들을 신문하고 있을 것이다. 파내는 과정에 정신을 차린 주민이 손짓과 발짓으로 함께 왔던 5명은 베트콩을 따라갔다고 했다. 그들은 우리가 출동할 무렵인 새벽에 마을을 떠난 뒤부터 이곳에 내내 묻혀 있었던 모양이었다. 마을 지도자의 협조가 없이는 식량 수탈이 힘들었을 것인데 그들은 왜 촌장을 살해하고 도주했을까.

 이 마을 작전은 침입한 베트콩을 쫓아내고 주민들의 안정을 되찾아 주면서 종결되었다. 당초의 목표대로 된 것이지만 어딘가 허전했다. 정글 수색을 했던 1대대와 3대대, 그리고 7중대도 그들의 흔적을 찾는 데는 실패했다. 단지 수빈마을이 베트콩으로부터 거의 6개월간 식량을 빼앗기고 있었던 것과 식량 운반조 중 5명이 그들의 협력자였다는 사실만 밝혀냈을 뿐, 포로 3명으로부터 어떤 자백도 받지 못해 그들의 소속이나 활동 근거지가 어디인지 밝혀내지 못했다. 주민들의 안전을 위해 어쩔 수 없이 그들에게 식량을 제공해 왔던 촌장이 최근 그들의 요구를 거부하는 바람에 처형됐다는 마을 간부들의 진술만 확보했을 뿐이었다. 마을주민들 중에는 가만히 두었으면 식량만 빼앗기고 말았을 텐데 우리가 개입하는 바람에 인명피해가 났다고 불평하는 사람도 있었다. 어쨌든 이 마을에 대한 경계가 더욱 강화되었고 땅굴 상황을 공개하여 인근 마을의 피해를 막는 표본이 된 것을 작전성과로 남겼다. 이 작전이 끝날 무렵 그동안 첨병으로 내 역할을 덜어준 이용만 일병이 상병으로 진급을 해서 분대잔치가 벌어졌다.

14

 마을 작전을 종결한 지 열흘 후 연대 연병장에서 축제가 벌어졌다. 고국에서 가수들이 위문공연을 온 것이다. 점심식사를 마친 후 분대별 추첨으로 1분대와 화기분대가 근무조로 남고 우리 3분대와 2분대가 소대본부와 함께 행사장인 연대 연병장으로 가기 위해 대기 중인 트럭에 올라탔다. 박 중위도 소대장별 추첨에서 살아남아 동행이 되었다. 연병장 곳곳에 차광을 위해 쳐놓은 캐노피 천막은 장교들 차지였고 사병들은 뙤약볕 아래에서 수건을 머리에 두르고 빽빽하게 자리를 잡았다. 트럼펫과 색소폰, 그리고 세 명의 기타리스트와 두 명의 드럼연주자가 '아파치', '파이프라인', 서부극 주제곡인 '석양의 무법자' 등으로 흥을 돋우기 시작했다. 몇몇 병사들이 포탄 박스를 이어 급조한 단상으로 올라가 춤을 췄다. 연주가 끝나자 후라이보이 곽규석이 뛰어나왔다.
 "안녕하십니까, 안녕하십니까. 코미디언 곽규석입니다. 여러분, 상하의 나라, 이곳 월남의 전쟁터에서 자유수호를 위해 얼마나 수고가 많으십니까. 우리는 씩씩한 정의의 용사, 상승 무적인 여러분을 만나기 위해 불원천리하고 이렇게 달려왔습니다."

그는 톡톡 튀는 멘트로 출연진을 소개하기 시작했다. 정훈희, 최희준, 김세레나, 박재란, 윤복희, 김부자 등 인기가수가 총출동한 듯했다. 정훈희는 처음 '고향의 봄'을 불렀고 이어서 고국에서 한창 유행 중인 '안개'를 불렀다. 단상 앞에 앉은 몇몇 병사는 눈물을 글썽이면서 손뼉을 치고 있었다. 최희준의 '하숙생' '우리 애인은 올드미스'에 이어 춤을 덩실덩실 추면서 '새타령'과 '꽃타령'을 부르는 김세레나의 열창도 참 인상적이었다. 박재란은 '산너머 남촌'과 '맹꽁이 타령', 윤복희는 '여러분'을, 김부자는 '달타령'을 불렀다. 공연은 배삼룡과 서영춘의 코메디를 끝으로 거의 한 시간가량 계속됐다. 아무리 위문행사라지만 뙤약볕 아래에서 땀을 뻘뻘 흘리고 있는 장병들이 안쓰러운 모양이었다.

노래를 듣고 여럿이 박수를 치고 어울려 춤을 출 때에는 흥겹고 신이 났지만 막상 쇼가 끝나고 진지로 돌아오는 길은 가슴이 텅 빈 것 같았다. 어머니 생각이 났고 학교 친구들, 그리고 서 선배 모습도 떠올라 며칠 동안 마음이 뒤숭숭했다. 잠자리에 들어도 밥 먹을 때도, 냄새나는 화장실에 앉아있을 때도 열창하던 가수들의 노랫소리가 귀에 오래 남아있었다.

우기가 시작되면서 잔뜩 흐린 하늘에서 시도 때도 없이 비가 쏟아지기 시작했다. 막사의 출입구와 창틀을 판초우의로 막았고 주위에는 배수로를 내어 미군부대에서 얻어온 비닐을 둘러쳤다. 소대원들은 철조망 가의 교통호에 투입되어 팬티바람으로 철모를 들고 물을 퍼내 침수된 곳을 복구했다. 파월 초기와 구정공세 때 경험했던 장마는 끝 무렵이었고 장거리정찰대에서 천막생활을 했기 때문에 나는 비 때문에 별 고생을 하지 않았다. 그런데 사방이 탁 트인 중대전술기지에 퍼붓는 본격적인 폭우는 견디기가 쉽지 않았다. 다행히 기지는 이런 자연적 재해를 대비하여 약간 높은 지대에 설치되어 있어서 전면 침수는 피할 수 있었다.

그런 중에도 우리 소대는 비가 갤 때마다 연대장의 지시로 다시 헬기 레펠 훈련을 시작했다. 허리와 다리에 하네스(harness)를 착용하고 캐비너를 꽂은 채 UH-1H를 타고 거의 열흘간 외줄 하강훈련을 계속했다. 비마 3호 작전이 시작되기 전에 실시했던 것과 같은 방법이었다. 정글 작전을 위한 25미터 높이에서 헬기는 호버링으로 멈춰 서서 줄을 내려놓으면 소대원들은 하네스에 꽂아놓은 카라비너에 그 줄을 걸고 지상으로 뛰어내렸다. 한 손은 머리 위에서, 한 손은 카라비너가 걸린 허리 부근에서 가죽장갑을 낀 손으로 줄을 제동하며 보통 세 번 만에 지상에 착륙하는데, 숙련된 병사는 한 번 만에 착지하기도 했다.

우리가 지상 하강 훈련을 마친 지 일주일 만에 사단급 작전명령이 떨어졌다. 두 달 전에 주월한국군 야전사령부와 미군 비행장이 있는 나트랑 일대에 월맹군의 82밀리 박격포 30발이 쏟아져 39명의 사상자를 냈고 차량과 헬기 수십 대가 파손되면서 공항이 폐쇄되었다고 한다. 그리고 그동안 인근의 1번 도로 통행이 제한되고 있다는 소식을 듣고 곧 무슨 조치가 있을 것이란 추측은 있었다. 포탄이 날아온 월맹군의 은거지는 해발 972미터의 그랜드 솜밋 산 주봉을 중심으로 한 동보지역이었다. 그곳은 암석과 절벽으로 이뤄졌고 깊은 정글로 덮여있어 그동안 외국군이 한 번도 들어가 보지 못했으므로 언젠가 한국군의 차례가 될 것으로 손꼽히던 곳이었다.

비마9호 작전은 월맹군의 노골적인 도전이 있은 후 시작되었다. 사단 예하의 3개 연대가 참전하는 이 작전에 사단장은 비교적 후방지역으로 적접 상황이 적었던 30연대를 주공으로 내세웠다. 28연대는 나트랑 쪽, 29연대는 캄란 쪽 차단임무를 맡았다. 해안 쪽은 미 해군 경비정 4대가 방어를 담당하도록 되어 있었다. 그리고 사단 공수특전대와 각 연대 수색중대는 언제든지 작전지역에 투입될 수 있도록 동보 외곽지역에서 대기하고 있었다.

연대 전투지휘소는 콴손호아의 농경지 일대에 자리를 잡았다. 2개 포병대대가 경비 겸 포 사격을 맡고 있었다. 연대 작전과장이 주공부대의 소대장과 분대장들을 모아놓고 우리와 싸울 적의 현황을 간단하게 설명했다.

"현재 우리 연대가 투입될 곳에는 월맹정규군 제5사단 제18B연대 약 200여 명의 병력과 칸호아 성의 지역 베트콩 T-88, 89중대 약 150명, 나트랑 시위원회 소속 베트콩 약 50여 명이 군집해 있는 것으로 파악되었다."

작전과장은 상황판의 차트 한 장을 뒤로 넘긴 뒤 우리가 수색해야 할 지역과 침투방법을 들려주었다.

"이 지역은 남북과 동서로 각각 15제곱킬로미터에 이르는 사각의 정글 산악지로 외국군이 아직까지 본격적인 작전을 한 번도 실시한 적이 없었던 처녀지다. 암석과 험난한 절벽으로 이루어진 이곳은 길이 5킬로미터에 이르는 지하 천연동굴이 이어져 있어 적에게는 천혜의 요새로, 나트랑과 캄란지역의 연합군에게는 난공불락이었던 지역이다. 우리 사단은 몇 달 전부터 첩보를 수집하면서 이 지역을 주시해 오고 있었는데 이번 나트랑 비행장과 캄란항에 적이 포격을 하여 비행기와 헬리콥터 수십 대가 파괴되고 수십 명이 다치고 죽었으므로 작전을 앞당기게 된 것이다. 귀관들이 투입될 그랜드 솜멧 정글 지역에 밤새 대대적인 포격이 계속될 예정이다. 앞으로 약 20시간이 남았으니 대비를 단단히 하기 바란다."

 작전과장은 작전 상황도를 짚어가며 구체적으로 개요를 들려주었다. 숨소리 하나 들리지 않는 긴장감이 한동안 감돌았다. 캄란지역이 아무리 안전지대였다고 해도 나는 단 하루도 방심한 적은 없었다. 통계적으로 도깨비 부대로 지칭되는 28연대가 평균 사상자 수가 많긴 했지만 훈련 때 흘린 땀 한 방울이 실전의 피 한 방울을 대신한다는 각오로 하루하루를 살아왔다. 우리는 이 작전에서 그동안 한 번도 맞닥뜨리지 않았던 월맹 정규군을 상대하게 된다. 그것도 우리 분대와 소대가 맨 처음 정상에 랜딩하는 임무를 받았다. 그랜드 솜멧산의 주봉이 해발 972미터나 되고 워낙 험악해 밑에서 올라가지 못하고 정상에서 수색해 내려오기로 했다고 한다. 월맹 정규군은 지역 베트콩과 얼마나 다를까. 우리 분대원들은 또 나를 원망하고 있을까. 여러 가지 생각이 떠올라 마음이 착잡했다. 전선이 따로 없다는 월남전에서 어느 곳, 어떤 상대와 교전을 하더라도 최선을 다하면 되지 않을까. 천막 밖에는 세찬 비가 내리고 있었다. 밤 10시경부터 솜멧지역에 대한 집중적인 폭격이 시작되었다. 듣기로는 105밀리와 155밀리, 8인치(203밀리) 곡사포라고 한다. 상황실에서 작전회의를 하고 있던 박 중위도 걱정이 되었던지 몇 번이나 우리 천막에 들러주었다. 그런 와중에서도 나는 자정 무렵 선잠에 빠져들었다. 밤새도록 꿈을 꾼 것 같았다. 어머니와 유격장에서 함께 푸샵을 하며 땀을 빼던 하사관학교 동기들, 훈련소에서 많은 도움을 주었던 서정민 선배도 나타난 것 같았다. 내용은 알 수 없었으나 그들은 계속 나를 향해 뭐라고 고함을 질렀다. 어제 연대 작전과장의 브리핑과 밤새 적 지역에 퍼붓고 있는 포성 때문이 아니었나 싶기도 했다.

이튿날 아침, 나는 여섯 시쯤 잠이 깼다. 비는 그쳤으나 하늘은 잔뜩 흐려있었다. 나는 곧 투입될 그랜드 솜멧지역을 올려다봤다. 정상은 보이지 않았고 8부 능선쯤부터 자욱하게 안개가 드리워져 있었다. 가슴속 깊은 곳에서 잔잔한 떨림이 시작되어 전신으로 퍼져나갔다. 전투가 시작된다. 나를 지키기 위한, 내 분대원들의 안위를 먼저 생각해야 하는 전쟁이다. 실탄 한 발에 목숨을 잃을 수 있는 찰나의 순간들이 펼쳐질 것이다. 10시 정각, 소대원들은 다이너마이트를 가득 넣은 배낭과 대형 톱을 짊어지고 총을 대각선으로 울러 맨 뒤 헬기에 올랐다. 허리와 허벅지에는 지난 일주일 동안 늘 휴대했던 캐비너가 꽂혀있는 하네스를 찼고, 손에는 하강용 가죽장갑을 꼈다. 첫 헬기에는 나와 부분대장 민성식 병장, 그리고 이용만 상병이 탔다. 민 병장은 귀국일이 지났으나 함께 이 작전을 마치기로 하고 참전을 했다. 우리의 첫 임무는 정상에 랜딩하여 치누크가 착륙할 수 있는 장소를 확보하는 것이었다. 마땅한 장소도 없겠지만 위험부담 때문에 우리가 탄 헬기는 지상에 착륙할 수 없어서 공중에서 밧줄로 하강해야 했다. 이것을 위해 몇 차례에 걸쳐 레펠훈련을 했었다. 정상에는 생각보다 안개가 짙었고 밤새 포격을 견딘 거대한 수목들이 서로 얽힌채 서있어서 뛰어내릴 곳을 찾기가 어려웠다. 잔뜩 굳어있는 미군 헬기 조종사의 표정과 눈빛이 내 동작을 둔하게 만들었다. 기관총 사수가 지상을 향해 기총소사를 한 뒤 시계가 용이한 한 지역을 골라 헬기가 움직임을 멈췄다. 나는 대형 톱을 밖으로 내던

진 뒤 헬기에 묶어놓은 밧줄을 밖으로 내던지고 캐비너를 걸면서 발판에 내려섰다. 어디선가 '탕!' 하는 소리가 들렸다. 내가 뛰어내리는 순간 헬기가 갑자기 기우뚱하더니 나를 줄에 매단 채 요동치기 시작했다. 나는 엉겁결에 아래로 몸을 날리면서 손에 닿는 나뭇가지 하나를 붙들었다. 캐비너에 걸렸던 밧줄이 빠르게 빠져나가면서 나는 바닥으로 나뒹굴었다. 다행히 철모와 배낭이 완충 작용을 하여 다친 곳은 없었다. 함께 왔던 3대의 헬기는 순식간에 시야에서 사라졌다. 나는 폭격으로 쓰러져 있는 나무 틈새에 들어가 휴대한 수류탄을 모두 꺼내놓고 사방을 둘러보았다. 방금 총을 쏘았던 적은 보이지 않았다. 대신 살을 에는 듯한 추위로 인해 뼛속까지 얼어붙는 듯했고 최악의 장소에 혼자 남았다는 두려움 때문에 몸을 제대로 가눌 수 없었다. 나는 오리목장 사장님께 배운 복식호흡을 시작했다. 숨을 멈추고 단전에 정신을 집중하며 천천히 호흡했다. 전에 훈련소에서 이성출 하사와 싸울 때도 이 호흡법을 사용한 적이 있었다. 극한 상황에서 두려움으로 인해 혈액 내 꽉 차 있는 이산화탄소를 배출하여 자신감을 높이는 운동이었다. 오래잖아 획획하며 전신을 때리는 비바람이 차츰 훈풍으로 느껴지고, 어느 정도 몸과 마음이 안정되자 나는 다시 소총과 실탄을 챙겼다. 부상 위험 때문에 미리 집어 던졌던 대형 톱도 찾아왔다. 산 정상을 덮은 안개는 비바람에 휘말려 수시로 모습을 바꿨다. 다행히 별 상황없이 소대장이 탄 헬기가 날아왔다.

"아, 김 하사."

박 중위는 내가 무사한 걸 확인하자 손을 잡고 울먹이기부터 했다. 퀭한 눈에서 그가 얼마나 걱정했는지 읽을 수 있었다. 물론 헬기

조종사들의 지나친 경계로 인해 빚어지긴 했으나 작전에 큰 지장을 줄 뻔한 해프닝이었다. 무전병 윤성하 병장과 소대장 당번인 제갈영철 일병이 합류하여 이젠 모두 4명이 사방 경계를 할 수 있게 됐다. 전장에서 우군의 수적 증가는 두려움을 반감시킨다. 불과 몇 십 분간이었지만 혼자서 벌벌 떨며 뭘 어떻게 할지 엄두도 내지 못하고 공포에 질려 있었던 일이 부끄럽기도 했다. 박 중위가 무전기로 본부에 도착보고를 하는 사이에 나를 줄에 매단 채 달아났던 헬기도 돌아와 각종 벌채 장비를 매고 있는 부분대장 민성식 병장과 이용만 상병을 떨구었다. 우군이 지상을 점령했음을 확인한 헬기 조종사들도 안심하고 소대원들을 싣고 왔다. 소대원들이 모두 투입되자 박 중위는 화기분대원 9명을 사방 경계로 내보낸 뒤 분대장들에게 폭파 작업을 지시했다. 각 분대별로 비교적 앞이 트여 잘 보이는 곳에서 공중폭격으로 꺾이다 만 나무를 골라 다이너마이트를 묶어놓고 뇌관을 연결한 뒤 도전선은 한곳으로 모았다. 점화기는 나와 1분대장이 맡아 준비되는 대로 차례차례 격발했다.

"콰광, 쾅. 콰광, 쾅."

폭발음은 계곡을 울리며 멀리 퍼져 나갔고 눈앞에 거목이 우지직 쓰러지는 장관이 펼쳐졌다. 기류를 타고 화약 냄새가 산 정상에 자욱하게 퍼졌다. 거목을 쓰러뜨리는 일로 시작되었지만, 주 작업은 치누크의 진입 공간을 만들고 대형 톱으로 쓰러진 나무에서 가지를 잘라내어 바닥을 평탄케 하여 착륙장을 만드는 일이었다. 다행히 비바람이 잦아들어 이 작업은 순조로웠다. 첫 헬기를 향해 한 발의 총을 쐈던 적은 전혀 반응하지 않았다. 30여 명의 소대원들은 거의 두 시간 만에 넓은 뗏목 같은 평지를 만들어 놓고 치누크가 연대병력을 실어 나르는 동안 경계 임무에 들어갔다.

산 정상은 오래잖아, 전투병들로 북적대기 시작했다. 박 중위가 내게 중대로부터 받은 수색지역이 그려진 PVC지를 건네주었다. 나는 비닐로 싼 지도에 그것을 끼워 넣었다. 여기서도 박 중위는 우리 분대를 첨병으로 내세웠다. 산 정상 부근은 거의 30~40도 경사인 데다 거대한 바위와 포격으로 쓰러지다만 거목이 빽빽해 운신이 쉽지 않았다. 나는 이용만 상병을 첨병으로 내보내고 한 걸음 한 걸음 아래로 내려갔다. 적의 흔적도 보이지 않았다. 오후부터 비바람이 세차게 몰아쳤고 주위에는 짙은 안개가 끼어 앞이 전혀 보이지 않았다. 몸이 흠뻑 젖어 덜덜 떨리기 시작했다.

"소대장님. 이런 상태로는 움직일 수도 없겠어요."

정말 이대로 나가다가 적의 매복에라도 걸리면 전멸될 상황이었다. 박 중위도 그런 위험을 직감한 것 같았다.

"그래 잠시 쉬었다 가자."

소대원들은 배낭에서 판초우의를 꺼내 네 귀를 나뭇가지에 걸고 천막을 만들었다. 머리 부분에는 막대기를 꺾어와 세웠다. 분대에서 고참 순으로 두 명씩 차출해서 우의를 입혀 외곽 경계로 내보냈다. 비에 젖었지만 담요를 꺼내 덮으니 한기는 좀 가셨다. 그런데 눅눅한 담요 속에서 체열로 옷이 마르면서 몸이 근질거렸다. 벌레가 기듯 온몸이 스멀거렸다. 이런 상황은 다른 중대도 마찬가지인 듯 연대장으로부터 현 위치 고수라는 지시가 날아왔다. 작전 첫날부터 일기불순이란 대책 없는 강적을 만났으니 모두 의기소침할 수밖에 없었다. 어두워지기 시작하자 우리는 그 자리에서 산 정상을 뒤로하고 매복진지를 만들었다. 기습을 우려해 사단 포대에서 밤새도록 매복지 주위에다 포를 때렸다. 밤이 지나고 새벽이 와도 기상 상황은 나아지지 않았다. 마치 침입자를 응징하는 산신령의 장난처럼 보였다. 움직이지 않아도 꼬박꼬박 배꼽시계는 작동하니 배낭 속의 씨레이션은 오래잖아 바닥을 드러냈다. 다음 날부터 식량공급이 시작됐다. 그러나 안개가 걷히지 않아 헬기가 좌표를 제대로 찾지 못했다. 적의 기습에 대비하여 계곡은 피하고 능선에서 매복을 했지만 지형이 워낙 험하다 보니 위에서 헬기가 짐작으로 떨어뜨린 식량 박스는 계곡으로 굴러떨어지기 일쑤였다. 몇 명이 조를 짜 박스를 회수하러 가봤으나 이미 적들의 수중에 들어간 뒤였고 그나마 남은 것은 바위에 부딪히고 깨어져 내용물이 쏟아져서 먹을 수 없는 상태였다. 병사들은 사흘째 되는 날 하루를 꼬박 굶고 빗물을 마시며 견뎌야 했다.

다행히 작전 나흘째부터 날씨가 개기 시작했다. 적은 코빼기도 보이지 않는데 8중대가 적으로부터 기습을 당해 수십 명의 사상자를 냈다는 첫 소식이 날아왔다.

"월맹군의 지휘소는 지하 동굴에 있지만 능선 자락에 여러 초소를 운영하고 있는 것 같다. 기습당했던 8중대의 생존자 진술을 들어보면 적의 흔적을 따라 능선에서 계곡으로 내려가다 기습을 받은 모양이야. 사방에서 공격을 해오니 당황하여 우왕좌왕하다가 희생자가 더 많이 나온 것 같다. 지금 작전 시작한 지 나흘짼데 아직 아군은 적을 한 명도 사살하지 못하고 피해만 보았으니, 위에서는 안절부절 못한다."

박 중위가 지시사항을 간단하게 설명해 주었다.

"능선에도 바위와 바위가 얽혀 만들어진 동굴이 있는 모양이다. 놈들이 뒤에서 기습을 한다고 하니 수색할 때 지나치지 않도록 유심히 살펴 나가도록 하자."

다음 날, 8중대가 기습을 당한 지역에 우리 중대가 배치되었다. 다른 이유는 없었고 산 정상에 첫발을 디딘 중대라는 점 때문에 선택되었다는 말도 함께 전해졌다. '처음'에 방점을 둔 지휘부의 간절함이 엿보였는지 중대장도 우리 소대를 첨병으로 내세웠다. 순간순간 상황에 따라 병사들이 죽고 사는 전쟁터에서조차 우리 소대를 꼭 집어 위험지역에 배정한 것이 기분 좋을 리 없었다. 그러나 불평해서 되돌리거나 바로 잡힐 리는 없었다. 오히려 그 '처음'이란 징크스가 산 정상에 첫 랜딩을 한 우리 분대에까지 영향을 미쳐 또 첨병분대로 지정되었을 때에는 더 이상 두려워하고 있을 수도 없었다. 주어진 상황에 맞게 최선을 다할 뿐이었다.

그곳은 다른 지역보다 개활지가 훨씬 많고 바위와 바위 사이에 길이 나 있어서 계곡으로 내려가기 수월했다. 나는 평소와 다름없이 이 상병을 앞에 세우고 얼마 전 아군이 희생된 섬뜩한 지역으로 들어섰다. 집채만 한 바위를 지나가면 또 다른 바위가 앞을 막고 그것을 돌아가면 개활지가 나오기도 했다. 이 상병과 나는 다른 바위를 향해 나아갈 때는 높은 포복으로, 바위를 돌 때는 약진자세로 최대한 신체의 노출을 피했다. 가끔 개활지로 나서면 멀리 계곡에 짙은 연두색 군복을 입은 월맹 정규군 병사들이 곳곳에 포진해 우리를 지켜보고 있는 것이 눈에 띄었다. 위치로 봐서 우리가 절대적으로 유리한 지형임에도 그들은 태연히 전신을 드러내고 있었다. 나는 발소리를 줄여가며 조심스럽게 아래로 향했다. 그때였다. 앞에서 요란한 총소리가 들려왔다. 나는 자세를 낮춘 채 오리걸음으로 이용만 상병에게 다가갔다. 이 상병이 바닥에 미끄러진 듯 드러누운 채 허공을 향해 사격을 하고 있었다. 내가 다가가자 이 상병은 "저기요. 저기" 하며 손가락으로 좌측을 가리켰다. 약간 경사진 곳에 왼쪽으로 커다란 바위가 있고 앞에는 넓고 편편한 바위가 절벽을 형성하고 있었다. 나는 이 상병을 엄폐가 되는 곳으로 자리를 옮겨주고 수류탄을 꺼내 안전핀을 뽑고 손잡이를 놓은 뒤 3초쯤 뒤에 3발을 한꺼번에 던졌다. 콰광, 콰광, 콰광. 차례로 세 번의 폭발음이 있을 뒤에도 전방에는 아무런 반응이 없었다. 어느새 뒤에는 박 중위와 우리 분대원들이 달려와 엄호사격을 시작했다. 그런데 전방 20미터쯤 바위틈으로 뭔가 재빠르게 움직이고 있었다. 박 중위 쪽에서는 보이지 않는 곳이었다. 적의 군복 색깔이란 느낌이 들었다. 나는 그곳에다 집중 사격을 한 뒤 박 중위를 향해 손짓으로 계곡 쪽 엄호를 부탁하면서 넓은 왼쪽 바위를 향해 엉금엉금 기어갔다. 내 직감이 맞았다. 뒤통수가 박살이 난 시체 2구가 엎드려져 있었다. 그들은 아카보 소총을 가슴에 품고 있었다. 나는 총을 빼앗고 호주머니에서 손에 잡히는 대로 소지품을 빼낸 뒤 동료들에게 돌아왔다. 긴장 때문인지, 겁에 질려 의식이 마비되었는지 나는 정신이 하나도 없었다. 분대원들이 내미는 수통을 받아 들고 배가 터지도록 허겁지겁 물을 마셨다.

명실공히 비마9호 작전의 첫 전과였다. '귀관의 전공을 축하한다.' 지휘부에서 축전이 날아왔다. 얼마나 답답했으면 소총 2자루 노획에 저토록 관심을 보일까. 누구의 선택인지 몰라도 어쨌든 연패의 늪에서 벗어나기 위해 선택한 '처음'이 첫 승으로 이어졌으니, 징크스치고는 멋있게 맞아떨어진 셈이었다. 그러나 첫 승을 거뒀다고 해도 실마리는 제대로 풀리지 않았다. 그들이 포진한 천연동굴은 완전히 요새였다. 작전 개시 전 B-52 폭격기가 사흘간이나 포탄을 퍼부었다고 하는데도 저렇게 동굴은 멀쩡한 것이다. 며칠간 소강상태에서 소규모 전투가 벌어져 피아간에 인명피해가 발생했다는 소식이 날아왔다. 우리 소대는 별도 지시가 있을 때까지 내가 총기를 노획했던 초소를 중심으로 매복을 시작했다. 그 일대는 적의 초소를 시작으로 거대한 암석이 층층으로 형성되어 계곡까지 연결되어 있었으므로 8중대가 기습을 당한 만큼 우리도 적의 동태를 살피기 좋은 곳이었다. 사살한 시체는 눈에 띄지 않게 바위 사이에 옮겨 놓았다.

　적 병사들은 위에서 지켜보는 우리를 조롱하듯 계곡의 바위틈새 사이를 엉금엉금 기어서 좌우로 옮겨 다녔다. 지역 베트콩과 달리 그들은 녹색 군복을 입고 총기를 휴대하고 있었다. 우리는 그들이 이동할 때마다 수류탄 안전핀을 뽑고 계곡을 향해 던졌다. 그러나 그때뿐이었다. 콰광하고 수류탄이 터지고 나면 그들은 다시 동굴 밖으로 얼굴을 내밀었다. 어떤 병사는 씨레이션을 까먹은 깡통을 집어 던지기도 했고 주먹으로 욕을 하기도 했다. 그들도 가만히 있지 않고 우리를 향해 가끔 사격을 했다. 천연의 장벽 앞에서 상대에게 접근해 갈 수도 없는 무기력한 분위기에 젖어 우리는 점점 풀이 죽어 갔다. 박 중위는 이러한 상황과 병사들의 분위기를 낱낱이 중대장에게 보고했다.

　소총분대장인 내 짧은 식견으로도 어떻게 하든 동굴 입구로 접근만 하면 적은 동요할 것 같았다. 탄탄한 요새도 틈을 파고들면 무너지는 법이었다. 그럼에도 지휘부는 신중에 신중을 기했다. 해가 지자 우리는 낮에 경계했던 지점으로부터 100미터 뒤로 물러나 매복 진지를 만들었다. 폭우가 쏟아진 뒤에서 호를 파기는 수월했다. 2명이 1개조로 호를 만들면서 낮에 본 월맹 정규군들이 반드시 접근할 것이라는 생각이 들어 분대원들의 크레모아를 모두 걷어와 지형지물에 따라 다시 2중 3중으로 설치했다. 후폭풍 때문에 후방에 설치된 것은 무용지물이 될 수 있지만 1차 폭발 뒤 신속히 손을 보면 될 것 같았다. 아까 계곡의 지하 동굴 주위를 돌아다니는 월맹군의 위세가 만만치 않다는 생각이 들어서였다.

　매복호 간에 신호줄을 연결하였고 수류탄은 모두 매복호 앞에 던지기 쉽게 나란히 놓았다. 일찍 저녁을 먹고 소대원들은 매복에 들어갔다. 나는 매복 시 늘 하듯 만년 첨병 이용만 상병과 함께 한 조가 되었다. 우기임에도 모처럼 쾌청한 날씨였다. 해가 지면서 하늘에는 영롱한 별이 반짝이기 시작했다. 이 상병을 먼저 재우고 나는 경계에 들어갔다. 오른쪽 창공에는 십자성이 선명하게 보였다. 고국 밤하늘의 북극성과 같이 남국의 상징적인 별이었다. 십자성은 4개의 별, 즉 알파, 베타, 델타, 감마별로 이뤄졌는데 세로축인 알파별과 감마별 사이의 거리에 4.5배를 연장하면 남극지점이 나온다고 배운 적이 있었다. 바위로 이뤄진 동굴지대이다 보니 산새나 벌레의 울음소리도 아득하게 들려왔다. 멀리 해안의 갯내가 훈풍에 실려 오는 것 같았다. 문득 박민지의 모습이 떠올랐다. 약간 둥근 얼굴에 보조개가 나 있는 귀여운 아이였다. 그녀는 우리에게 가끔 공급되는 양배추 김치의 통조림 공장에서 일한다고 했다. 두어 달 전인가, 김치 통조림을 따다가 김치 속에서 비닐봉지에 싸인 메모를 발견했는데 그 메모에는 깨알 같은 글씨로 이렇게 적혀 있었다.

　-고향에서 중학교를 마치고 서울 이모집으로 왔어요. 여기저기 잡일을 도우며 살다가 작년에 이 공장에 취직이 되었어요. 열여덟 살이에요. 어릴 땐 공부도 꽤 잘했는데 집이 너무 어려워서 고등학

교를 못 갔어요. 아저씨, 월남 이야기 듣고 싶어요. 밀림 이야기도, 전쟁 이야기도……. 만들어 놓은 김치를 봉하기 전 깡통에 담는 일을 하는데 어떤 언니들은 이런 쪽지를 30장이나 만들어 통마다 넣었대요. 저는 망설이다 오늘 처음 해봐요.

자신의 처지를 설명하는데 허세가 없어 보였고 글씨도 반듯했다. 약간 번거로운 생각이 들긴 했지만 나는 당시 막 수빈마을 작전을 끝내고 온 참이어서 베트콩에게 납치되었다가 우리가 구출했던 마을사람들의 이야기를 간단하게 적어 보내 주었다. 우리가 개입하지 않았으면 식량만 빼앗기고 말았을 텐데 큰 피해를 입었다고 불평하는 사람들을 보면서 속이 상했다는 내용도 들어 있었다. 그 아이 매주일 한 번씩 규칙적으로 편지를 썼다. 고향이 전남 함평인데 나비 이야기와 함께 돌머리 해수욕장이 어떻다느니, 개펄에서 낙지 잡고 꼬막 캐던 일들을 자세하게 적어 보냈다. 혼자 아저씨 모습을 상상하다가 사진관에 가서 찍었다면서 명함판 사진 한 장을 보내주었다. 웃는 얼굴에 볼에 보조개가 있고 꽤 귀여운 모습이었다. 그 사진은 마스코트로 막사의 관물함에 붙여놓았다.

-평소 교회는 잘 나가지 않았는데 이젠 기도할 일이 생겼어요. 매일 새벽 일어나면 먼저 아저씨를 위해 기도하고 있어요. 부디 오늘도 무사하시길 기원합니다.

분대원들이 맥주 마시는 휴식 시간에 그런 민지를 생각하며 편지 쓰는 재미도 괜찮았다. 적과 대치하고 있는 이런 심각한 상황에서도 그 아이가 보내온 편지 내용을 떠올려 보니 위안이 되었다. 그때 하늘에서 펑하는 소리와 함께 불꽃이 피었다. 별만 가득하고 깜깜하던 주위가 갑자기 환해졌다. 본부의 포대에서 쏘아 올리는 155밀리 조명탄이었다. 온 하늘을 밝히며 여러 개의 조명탄 캡슐이 낙하산에 매달려 뒤뚱뒤뚱하며 아래로 내려왔다. 갑자기 나무와 바위에서 쏟아져 나온 그림자들이 두 겹 세 겹으로 얽혀 움직이기 시작했다. 어둠 속에 갇혀 있을 때보다 조명탄 불빛에 드러난 산속의 밤은 더 무서웠지만 지휘부는 적의 기습에 대비할 수 있다고 판단한 모양이었다. 계곡에서 적들이 떠드는 소리가 들렸다. 교대로 자고 있던 병사들도 깨어나 총과 수류탄을 챙기고 크레모아 격발기 상태도 살피는 모습이 보였다. 크레모아는 오발 위험성 때문에 평소 도전선과 격발기를 따로 둔다. 그래서 상황 발생 시 급히 연결해야 하므로 격발기와 가장 가까운 나뭇가지나 풀에다 줄을 묶어두는 습관을 들였다. 장거리정찰대 시절, 사슴 잡으러 왔다던 민병대를 공격할 때 크레모아의 위력을 확실히 보았었다. 폭발지점에서 살상구역인 전방 50미터는 완전히 쑥대밭이 되었고 거목은 벌거숭이로 변해 불타고 있었다. 그리고 그 안에 있던 민병대원들은 통닭구이가 되어 나뒹굴었다. 소총소대의 화력 중에서 그렇게 엄청난 폭발과 살상을 하는 무기는 없을 것이다. 크레모아는 강철 테두리에 앞뒤로 강한 플라스틱 덮개를 붙이고 전면에는 에폭시로 직경 3밀리미터의 쇠구슬 700여 개를 고정한 후 그 뒤에 C4폭약을 붙이는데 뇌관에 충격을 가하지 않으면 폭발하지 않는다. 그런데 이 무시무시한 무기에 위험한 장난질을 하는 병사들이 있었다. 앞 뒷면 플라스틱은 호크식으로 붙어 있어 쉽게 분해가 된다. 이걸 떼어내면 바로 백색 C4폭약이 나오는데 이것을 야전에서 씨레이션을 데우는 고체연료로 사용했다. 양쪽에 주먹만 한 돌로 아궁이를 만들고 그사이에 이 폭약을 조금 뜯어내 사탕알 만큼 말아 불을 붙인 뒤 그 위에 고기류가 들어있는 씨레이션 B-1,2 unit뚜껑을 열고 얹어놓으면 근사한 만찬이 만들어졌다. 그런데 그게 위험천만한 행동이었다. 첫째 C4의 주성분인 RDX와 그 연소 가스가 인체의 중추 신경계에 큰 손상을 주는 독극물이라는 사실이었다. 둘째 크레모아의 무게가 1.5킬로그램이므로 무거운 배낭에 지친 병사들은 무게를 줄이기 위해 화약을 취사용으로 사용한 빈껍데기를 가지고 다니기도 하는데 화약량이 줄어든 만큼 폭발력이 현저히 떨어져 실전에서 아군에게 극심한 피해를 줄 수 있었다. 그래서 출동 전에 군장검열을 하지만 보통 크레모아는 외관만 보고 지나치기 쉬워 적발이 잘되지 않았다. 제발 오늘 설치해 놓은 크레모아에 그런 불량품이 없었으면…….

　포대에서 쏘아대던 155밀리 포성이 줄어들면서 창공은 다시 제 모습으로 돌아갔다. 어지럽던 나무와 바위 그림자도 사라지고 계곡 저편에서 아득히 들려오는 밤새와 벌레 우는 소리 외에는 적막이 감돌고 있었다. 그런데 조금 전부터 바람결에 이상한 냄새가 날아오기 시작했다. 진원지는 계곡 쪽이었다. 흡사 옛날 할머니가 간장 달이면서 풍기던 그런 냄새였다. 아, 맞다. 장거리정찰대에서 벌판을 수색하다 발견했던 그 여자의 시신에서도 이런 냄새가 났다. 어쩌면 아까 내가 옮겨 놓았던 시신이 썩고 있는지도 모른다. 시계는 새벽 2시 10분을 가리키고 있었다. 그때 전방에서 꽹과리 소리가 들리기 시작했다. 1개 사단 규모의 병력이 포위를 하고 있음에도 월맹 정규군은 그 포위망을 뚫을 생각은 않고 도발을 시작한 것인가. 설마 이중 삼중으로 둘러싸고 있는 능선을 뚫고 도주할 생각은 아닐 것이다. 그것은 우리와 맞짱을 뜨자는 행위일 수도 있었다. 하늘에서 하나 둘 별이 사라지더니 빗방울이 비치기 시작했다. 칠흑 같은 어둠이 잠복호에 내려앉고 있었다. 나는 호와 호를 이어놓은 연락줄을 흔들어 분대원들의 상태를 점검했다. 계곡을 가로지르는 듯한 발소리가 들렸고 여기저기서 부스럭대며 뭔가 움직이기 시작했다. 놈들이 바위와 바위 사이를 달리며 올라오는 것 같은 느낌이 들었다. 나는 호 앞에 진열해 놓았던 수류탄을 좌측과 중앙, 우측으로 하나씩 내던졌다. 그러나 그때뿐이었다. 콰광, 콰광, 콰광 폭발음이 들린 후 다시 비슷한 소리가 들렸다. 내 수류탄 폭발음을 듣고 여기저기서 분대원들이 계속 수류탄을 던졌지만 놈들의 움직임은 멈추지 않았다. 무엇을 하고 있는 것일까. 뒤에서 소대장의 전령인 제갈영철 일병이 오리걸음으로 다니며 "수류탄 투척 중지"라고 속삭였다. 중대장이나 소대장은 이러한 적의 행동이 기습이 아니라 우리를 혼란케 하는 거라고 판단하는 것 같았다. 최전방에서 적과 대치하고 있는 우리보다 그들은 한발 물러서서 냉철하게 상황을 파악하고 있는지 모른다.

그러다가 어느 순간, 약속이나 한 듯 적들의 움직임이 뚝 멎었다. 아무 소리도 들리지 않는 소강상태가 얼마나 지속되었을까. 그 냄새가 다시 짙게 퍼졌다. 갑자기 툭, 탁하며 돌멩이가 날아오기 시작했다. 그것은 우리의 위치를 정확히 겨냥하고 있는 듯 호의 앞과 옆에 떨어졌다. "철모 써." 나는 참호 위에 벗어 놓았던 철모를 찾아 쓰면서 좌우를 향해 조용히 말했다. 여기저기서 웅성거리는 소리가 들렸다. 주먹보다 큰 돌덩이였다. 날아오는 곳이 계곡이라면 투석기를 이용하는 것이겠지만 적들이 직접 던지는 거라면 그들의 위치는 크레모아의 살상거리 내에 있을 것이다. 만일 돌이 아니라 이것이 수류탄이라면……. 아찔한 생각이 들어 나는 높은 포복으로 박 중위가 있는 참호로 달려갔다.

"이대로 두면 안 될 것 같아요. 놈들이 수류탄이라도 던지면 어떻게 해요?"

"어떻게 할까?"

"지금 바위에서 개활지를 향해 층층으로 크레모아를 설치했잖아요? 이곳에서 계곡까지 직선거리는 350미터 정도밖에 되지 않는 것 같은데 경사도로 봐서 쇠구슬이 그곳까지 영향을 미칠 것 같습니다. 맨 앞부터 폭파시키면 어떨까요?"

크레모아의 유효사거리는 살상거리 50미터, 충격거리 250미터였다.

"후폭풍 때문에 뒤의 것이 견디겠어?"

"기습을 고려해 설치한 건데 바로 손봐야지요."

"그래 중대장님께 말씀드려 보자."

정글에서는 선 조치, 후 보고가 원칙이다. 그러나 지금은 공격을 하더라도 좌우 협조와 안전을 절대적으로 고려해야 할 상황이니 보고와 지시가 먼저일 수밖에 없었다. 나는 다시 이 상병이 기다리고 있는 호로 돌아왔다. 돌은 계속 여기저기 산발적으로 날아왔다. 다행히 아직 돌에 맞아 다친 병사는 없는 것 같았다.

"크레모아 격발기 점검!"

나는 좌우로 돌아보며 나직이 말했다. 그 한마디에도 진지에는 아연 긴장감이 돌았다.

"우리 중대로만 돌이 날아오는 가봐. 중대장님도 크레모아 공격은 하지 말라고 하신다."

박 중위가 내려와 그렇게 말했다. 본부에서 다시 조명탄을 쏘아

귀환歸還 281

올리기 시작했다. 다시 주위가 환해지자 돌맹이 공격이 뚝 멈췄다. 가만히 생각해 보니 조명탄이 창공을 밝히고 있을 때는 돌이 날아오지 않았다.

"주위를 한번 돌아볼까요?"

저들이 어둠 속에서 뭘 했을까. 무슨 꿍꿍인지 알고 싶었다. 무슨 상황이 벌어질지 예측할 수는 없으나 이럴 때 가만히 있으면 불안감은 더욱 커지게 마련이었다. 박 중위도 같은 생각인 것 같았다.

"조심해. 무리하지 말고."

박 중위는 내게 그렇게 말한 뒤 소대원들에게 전방 경계를 지시했다. 분대원들에게 엄호를 부탁하고 나는 이 상병과 함께 한 발 한 발 조심스레 내디디며 아래로 내려갔다. 여전히 나무와 바위 그림자가 제멋대로 움직이고 있었지만 눈에 익숙해져서 더 이상 두렵지 않았다. 그러나 바위를 돌 때마다 등이 오싹하고 식은땀이 나는 것은 어쩔 수 없었다. 우리가 설치해 놓은 크레모아는 제자리를 지키고 있었고 주위에도 별다른 변화가 없었다. 나는 오리걸음을 하면서 아까 상황이 벌어졌던 곳으로 다가갔다. 바람결에 우리 코를 자극했던 간장 달이는 듯한 냄새가 요동을 쳤다. 맞았다. 그것은 시신 썩는 냄새였다. 처음 사살했던 장소 주위에도, 옮겨놓았던 장소에서도 그 고약한 냄새가 밴 것 같았다. 진원지는 바닥에 깔린 피였다. 열대지방인 이곳에는 생명이 끊어지면 바로 부패하기 시작하는 것 같았다. 생각해 보니 저들은 눈앞에 쓰러져 있는 동료들의 시신을 옮겨가려고 꽹과리를 치고 돌을 던지면서 우리 시선과 관심을 다른 곳으로 돌린 것이 아닐까 싶었다. 심연 깊은 곳에서 아련한 떨림이 시작되었다. 그들도 또 다른 후안이 아닐까. 나는 잘생긴 그의 모습을 떠올렸다. 무슨……. 피씩 웃음이 나왔다. 위기의 순간에서 내 공격이 조금 빨랐을 뿐인데……. 나는 심호흡을 하고 애써 가책을 눌러버렸다.

날이 밝아오자 계곡과 대치하여 매복하고 있던 2대대는 모두 능선 너머로 물러나라는 명령이 떨어졌다. 우리는 잠복호를 모두 메우고 장비를 챙겨 뒤편 언덕을 넘었다. 밤새 한잠도 못자 얼굴이 부석했으나 긴장 때문인지 피곤하지도 않았다. 우리는 그곳에서도 매복호를 팠고 전 후방에 청음초를 내보낸 뒤 식사와 부족한 잠을 보충했다. 폭격은 오전 9시에 개시되었다. 포탄은 우리 중대가 포진했던 지역에 집중되었다. 그동안 방어부대에서 소규모 충돌이 벌어지긴 했어도 지휘부는 8중대가 기습을 당했고 우리 소대가 첫 전과를 거두었던 이 지역을 적의 블랙홀로 여기는 것 같았다. 그러나 월맹군과 베트콩 4백여 명이 집결해 있다는 요새치고 너무 한산한 느낌이 들었다. 소대원들은 누구 하나 입조차 벙긋하지 않고 계곡으로부터 울려오는 폭발음에 신경을 곤두세웠다.

폭격이 계속되는 동안 우리 중대에 공병대 특공대원 30명이 합류했다. 체격이 큰 사병들은 등에 2개의 통이 매달린 장비를 지고 있었고 다른 병사는 자신의 키만 한 길이로 원통 모양의 쇠붙이 기둥을 휴대하고 있었다. 그동안 크고 작은 작전에 참가했으나 처음 보는 장비였다. 공병대와 동행한 연대 작전과장이 주공부대인 우리 소대원에게 이 작전에 대해서 간단히 설명했다.

"현재 적들이 칩거하고 있는 동굴은 그동안 미 공군 B-52가 수십발의 포탄을 퍼부어도 끄덕하지 않았다. 그래서 우리는 이를 열기 위해 특별한 방법이 필요하다는 결론을 내렸다. 그 한 방법이 공병대의 파괴통과 화염방사기를 이용한 화공 및 파괴작전이다. 폭격이 아직 한 시간 더 계속될 것인데 그동안 여러분들은 작전계획을 잘 숙지하고 이 특수 공격무기가 제대로 기능을 발휘하여 이 작전이 최대의 성과를 내도록 각자 임무를 완수해 주길 바란다."

작전과장은 어떤 희생을 하더라도 이번 작전은 꼭 성공시켜야 한다고 말하고 싶은 것은 아닐까. 심각한 그의 표정이 예사롭지 않았다.

나트랑과 캄란의 안전, 그리고 그 구간의 1번 도로 통제권 확보.

이번 비마9호 작전의 목표였다. 그러나 그것은 명목상 내세운 것이고, 이 작전의 실체는 한국군의 조직력과 전투능력의 대외적 과시인 것 같았다. 지난 수백 년 동안 외국군이 한 번도 손대지 못한 천혜의 동굴과 정글지대를 평정하겠다는 허세도 한몫했을 것이다. 월맹 정규군의 대대적인 공격에 대한 방어작전이지만, 작년의 짜빈동 전투와 두코 전투에서 한국군의 전투력은 충분히 입증되었다. 따라서 비마9호 작전이 힘난한 지역에서 어떠한 희생을 치르더라도 이뤄내야 할 지상목표는 아닐 것이다. 여기는 중공군과 12차례나 고지쟁탈전을 벌였던 백마고지가 아닌 것이다. 문제는 이 험준한 동보지역이 나트랑이나 캄란같은 주요 군사도시 사이에 얽혀 있어 피아간 지정학적으로 효용가치가 있다는 점이었다. 그렇더라도 큰 도시 하나를 날려버릴 정도로 엄청난 양의 포탄을 퍼붓고 있는 저 폭격은 모양새가 좋지 않았다.

남의 전쟁에 뛰어들어 우리를 희생해 가며 무리하게 적을 섬멸할 필요는 없지 않을까.

열병으로 후송되었다가 돌아온 뒤 후안의 외가를 찾아 나섰던 날, 캄란시내의 어느 까페에서 박 중위가 내게 했던 말이었다. 우리는 이곳에 파병된 외국군대로서 아군의 희생을 최소화하면서 적의 과도한 살상은 피해야 한다는 뜻이었다. 물론 파월 한국군 장교 중에서 박 중위와 같은 생각을 가진 사람은 드물 것이다. 당시 박 중위는 군율을 어기고 후안 커플을 놓아준 데 대한 가책을 극복하지 못한 듯 직속 부하인 내게 변명 삼아 한 말일지도 모른다. 아니다. 박격포 2대 노획의 전공을 중대장에게 빼앗기고도 그렇게 태연한 것을 보면 변명이 아니라 그것이 박 중위의 진심일 수도 있었다. 가만히 생각해 보면 그 말의 방점이 '적의 섬멸'이 아니라 '아군의 희생 최소화'에 있다는 말이었다. 국익을 위해 이곳에 파병된 군인인 만큼 전투는 어쩔 수 없으나 가능한 한 아군이 희생되는 것은 피하자는 뜻일 것이다.

"화염방사기는 1대당 여섯 번에서 일곱 번쯤 화력 발사가 가능하고 유효사거리는 20미터에서 50미터 정도입니다. 그리고 화염방사기로 제압된 지역에 공간의 크기에 따라 파괴통을 한 개나 두 개 정도 연결하여 폭파를 하면 웬만한 바위는 제거할 수가 있습니다."

나는 공병대 공격팀장의 설명을 듣고 있는 중대장과 소대장들의 날카로운 눈빛을 찬찬히 훑어보다가 섬뜩한 기분이 들었다. 전장에서 소총부대 지휘자의 말 한마디, 지시 하나하나가 병사들의 생사와 직결되어 있는데 지금 저들은 누구를, 어느 분대를, 어느 소대를 앞세울까 고심하고 있을 것이다. 공격팀장이 하는 말의 핵심 중 하나는 우리에게 화염방사기와 파괴통을 짊어진 저들을 엄호하여 무사히 계곡까지 안내하라는 것이었다. 그리고 획기적인 기능이 있는 저 이질적인 무기가 난공불락인 적 요새의 입구를 날려버리고 이 작전에 활기를 불어넣을 것이라는 호언이었다. 엄호병이 될 8명의 분대원을 이끌고 있는 분대장 입장에서는 살 떨리는 내용이었다. 능선

저쪽 계곡에서 포탄이 터지며 괴성을 지를 때마다 살아서 여기를 벗어날 수 없을지 모른다는 두려움이 일었다. 그런데 적과 직접 교전을 해보았기 때문인지 그 일이 불가능해 보이지는 않았다.

계곡에 대한 폭격이 끝난 후 우리 중대에 연대장의 공격명령이 떨어졌다. 그 명령에 따라 중대장은 계곡을 향해 부채꼴 모양의 대형을 유지하되 1소대가 중앙에서, 2,3소대가 좌우에서 공격하라는 지시를 내렸다.

"김 하사가 앞장 서."

박 중위는 한참을 망설이다가 우리 분대를 다시 첨병으로 지정했다. 그러나 우리 분대가 중앙에 섰을 뿐이지 다른 분대 역시 가까이서 우리를 엄호하도록 했고 박 중위는 나와 나란히 공격 일선에 섰다. 폭격이 한창일 때에는 집중포격에 대해 불평을 했어도 막상 공격이 시작되니 그 폭격으로 월맹군의 움직임을 둔화시켜 다행이라는 생각이 들었다. 게다가 엄호분대가 교대로 전방을 향하여 사격을 가하는 가운데 우리 분대가 앞으로 나아가므로 위험부담은 훨씬 줄어든 셈이었다. 문제는 앞세울 첨병이었다. 나는 순간 지원자가 없을까하고 분대원들을 둘러보았다. 그러나 이런 상황에서 누군들 앞서고 싶지 않을 것이다. 평소 첨병에 대한 분대원들의 반감이 컸고 지금은 목숨을 내놓고 덤벼야 할 상황이기 때문에 멈칫거리다간 모두의 원망을 들을 수가 있었다. 나중 일은 생각하지 말고 현 상황에 충실할 수밖에 없었다. 지금 내가 분대원들에게 해 주고 싶은 말로 나 스스로에게 다짐했다. 죽음에 대한 공포는 스스로 만드는 것이다. 아랫배에 힘을 주면서 심호흡을 한 뒤 큰 소리로 말했다.

"민 병장, 이 상병과 함께 앞으로 나가."

나는 키가 크지만 몸이 민첩한 부분대장 민성식 병장과 만년 첨병 이용만 상병이 이 상황에 가장 맞는다고 판단했다. 그리고 유사시 첨병을 대신할 예비병으로 윤상하 병장과 고경민 상병을 지명했다. 이 상병이야 매번 첨병 단골이어서 준비하고 있었겠지만 이 작전을 위해 귀국을 뒤로 미룬 민 병장이나 예비병으로 지명된 두 사람은 당황해 하는 표정이었다. 고경민 상병은 초기에 몇 번 첨병을 했지만 민 병장과 윤 병장은 늘 뒤에서 얼쩡거리던 파월 고참이었기 때문이었다. 그러나 상황이 상황이었다. 이 작전의 주 공격부대가 30연대였고 그 선두에 우리 분대가 지명되었으므로 어쨌든 우리가 감당해야 할 몫이었다.

"절대 단독으로 행동하지 마. 두 사람은 좌우로 2미터 정도 간격을 두고 나란히 서서 다른 분대의 엄호사격이 있을 때에만 한 번에 구보로 2미터나 3미터 정도 나아가되 목표물은 대각선 지점에 있는 바위를 향한다."

나는 바닥에 그림을 그려가며 두 사람에게 구체적으로 설명했다. 이 지그재그 대각선 공격은 장거리정찰대에서 위험지역을 통과할 때 적 예상 저격병의 시선을 혼란시킬 목적으로 사용했던 방법이었다. 당시 나름대로 효과적이라고 생각하며 기억하고 있었다. 특히 이 지역은 전방에 강력한 적이 있지만 지형지물이 그들의 시선을 가리고 있다. 그리고 첨병이 적을 향해 달리는 것이 아니라 다음 지형지물을 향해 달리기 때문에 전력을 다할 수 있고 적의 직접 공격을 피할 수 있다는 장점도 있었다. 나는 민 병장과 이 상병의 뒤 중간에서 삼각형의 꼭짓점을 형성하며 전진하기로 했다. 박 중위는 내가 분대원을 지휘하는 모습을 곁에서 지켜보기만 했다. 우리가 처음으로 적을 사살했던 초소를 간단히 수색한 후 나는 두 사람을 앞세우고 동굴을 향해 조심스럽게 내려갔다. 2분대가 전방을 향해 집중사격을 하는 동안 2,3미터 정도 전진했다가 지형지물을 찾아 몸을 숨기고 이번에는 1분대가 사격을 하면 다시 전진하면서 차츰 동굴 가까이 접근해 갔다. 처음에는 전혀 대응을 하지 않던 월맹군이 우리가 유효사거리에 들어가자 산발적으로 사격을 하기 시작했다. AK소총이었다. 집중 폭격이 저들의 전열을 흐트러뜨리긴 했으나 치명적인 타격을 입히지는 못할 거라는 추측이 맞은 것이다.

"빨리 빨리, 자세 낮추고!"

나는 첨병 두 사람에게 소리쳤다. 실탄이 날아와 바위와 바닥에 파편을 만들기 시작하니 그들은 당황해서 순간적으로 몸이 둔해진 것 같았다. 이렇게 노출된 곳에서 얼쩡거리다 적의 표적이 되기 십상이었다. 좌우에서 2분대와 1분대가 집중사격을 하고 있음에도 적들은 동굴의 움푹 패인 가장자리에 숨어서 사격을 계속했다. 그런데 엄폐물을 향해 달려가던 민성식 병장이 갑자기 바닥에 나뒹굴었다. 앞서간 이용만 상병이 전방을 향해 사격을 하고 있었다. 나는 최대한 몸을 낮추며 민 병장에게 달려가서 그의 목덜미를 끌고 바위 뒤로 옮겼다. 박 중위가 전 소대원들을 향해 손짓을 하자 동굴을 향한 일제 사격이 시작되었다. 민 병장의 오른쪽 어깨에서 피가 흘러나오고 있었다. 방탄복을 벗어난 지점이었다. 나는 민 병장의 방탄복을 벗겨낸 뒤 탄띠에서 구급대를 꺼내 우선 지혈을 했다. 박 중위는 소대 위생병 유인하 상병을 불렀다. 대기하고 있던 고경민 상병이 앞으로 나가 민 병장의 자리를 대신했다. 유 상병이 민 병장을 응급처치하는 동안에도 '망설이지 말고 진격하라'는 중대장의 명령이 박 중위에게 내려왔다. 우리 소대를 엄호하고 있던 2,3소대의 사격이 다시 시작되었다. 나는 고 상병에게 다음 목표물인 전방에 있는 바위를 가리켰다.

　우중충한 하늘에서 갑자기 세찬 비가 쏟아지기 시작했다. 비에 흠뻑 젖은 채 다시 공격이 시작되었다. 2분대 쪽에 적 수류탄이 터져 2명이 파편상을 입었다는 소식이 들렸다. 우리는 방독면을 쓴 뒤 동굴을 향해 집중적으로 최루탄을 던졌다. 세찬 소나기로 인해 바닥에 깔린 기류를 타고 최루가스가 매콤한 냄새를 풍기며 동굴 속으로 파고들어가자 적들의 반항이 현저히 줄어들었다. 그뿐 아니라 민 병장의 피격이 분대원들을 더욱 고무시켰음인지 공격이 아연 활기를 띠어 우리는 30여 분 만에 동굴 가까이 접근하는 데 성공했다. 중대 전원이 포위한 가운데 공병 특공대가 앞으로 나섰다. 우리가 주위에서 엄호사격을 하는 동안 화염방사기 5대가 일제히 불을 뿜기 시작했다. 거대한 불 뭉치와 시커먼 연기가 동굴 입구를 뒤덮었다. 낮게 깔린 기류 때문인지 불덩이는 혀를 날름거리며 동굴 속으로 파고들었다. 엄청난 화력의 사정거리 내에 있는 생물체는 하나도 살아남을 것 같지 않았다. 우리는 화염이 지나간 곳으로 재빨리 달려가 새 엄호벽을 만들었다. 다른 화염방사기 사수가 우리 곁에 다가와 또다시 불을 뿜었다. 동굴 속은 자동차가 들락거릴 수 있을 만큼 넓었다. 바깥은 소나기가 내리는 중에도 숨을 내쉬기 어려울 만큼 더웠으나 동굴 안은 으스스할 정도로 한기가 돌았다.

　우리가 세 번째 새 엄호 벽을 만들고 화염방사기가 불을 뿜은 뒤 파괴통 팀이 앞으로 나와 기구를 연결했다. 거의 2미터 가까운 파괴통을 3개 연결한 뒤 동굴 안 틈새 곳곳에 집어넣고 도화선을 늘이면서 우리는 50여 미터 뒤로 물러나 공병들의 손짓에 따라 엄폐물 뒤에서 모포와 판초우의를 뒤집어쓰고 몸을 숨겼다. 빗물이 철모와 등으로 쏟아져 내렸다.

"콰과쾅."

폭파병이 격발기를 누르자 파괴통은 시커먼 연기와 함께 굉음을 내며 터졌고 지진이 난 것처럼 바닥이 심하게 흔들렸다. 우리가 피해 있는 곳까지 돌조각이 날아왔다. 동시에 눈앞의 바위에 균열이 나면서 무너져 내렸다. B29가 그렇게 포탄을 쏟아부어도 끄떡하지 않던 동굴 속 원형이 바뀐 것이다. 저항하던 월맹군은 대여섯 번의 파괴통 폭파로 인하여 흔적만 남기고 사라졌고 난공불락이던 동굴은 심하게 부서져 버렸다. 연대장이 우리 5중대에 철수명령을 내렸다. 우리의 임무는 동굴 입구를 폭파하는 데까지였다. 동굴 수색의 경험이 많은 9중대와 임무교대가 된 것이다. 동굴 중심을 공격했던 우리는 민 병장의 중상과 2분대 병사의 파편상 2명에 그쳤으나 하단부 차단 임무를 맡았던 7중대는 3명이 사망하고 7명이 부상을 입었다는 소식이 들렸다. 중앙이 뚫리자 월맹군들이 하단부로 도주하면서 일어난 충돌이었다. 연대로부터 우리 5중대는 9중대가 대기하고 있던 동보산 동쪽 계곡에 산개하여 적의 도주로를 차단하라는 새 임무가 떨어졌다.

아직 진행 중이지만 지금까지 우리 중대, 특히 우리 1소대는 비마 9호 작전 수행의 견인차 역할을 했다. 이 작전의 첫 단추였던 그랜드 솜멧의 972고지에 랜딩하여 치누크 착륙장을 개설해 병력투입을 원활하게 했고, 월맹군 2명 사살이라는 첫 전과를 거뒀으며, 난공불락이던 적들의 동굴 입구를 폭파하는데 맨 선두에 서서 지지부진하던 작전에 활기를 불어넣었다. 그래서인지 중대장은 우리 소대를 산기슭 쪽 산세가 험하지 않은 지역에 배치했다. 중대의 맨 끝이었다.

무전기를 통해 9중대의 수색소식이 흘러나왔다. 동굴은 통로로 사용되는 1층 외에 지하 3층 규모로 이뤄져 있는데 지하 1층에는 각종 박격포와 소총을 저장한 무기고와 식량창고가 있고, 지하 2층에는 의료시설, 지하 3층에는 침식시설이 설치되어 있으며 각층으로 유선이 깔려 통신이 가능하도록 되어 있다는 내용이었다. 우리 중대가 철수하고 9중대가 투입된 지 만 하루 만에 나트랑 공항을 공격했던 것으로 보이는 82밀리 박격포 5문과 기관총 7문을 노획했다는 승전보가 날아왔다.

"아, 씨팔. 저거 우리 거잖아."

후속 첨병으로 나갔던 고경민 상병이 그렇게 한탄했다. 자격지심인지 모르지만 분대원을 위험에 빠뜨릴 줄만 알았지 이득을 취할 줄 모르는 분대장에 대한 불평인 것 같기도 했다. 물론 고 상병의 말처럼 만일 우리가 그곳에 남아 수색을 계속했다면 저 전과의 일부는 우리 몫일 것이다. 그러나 저것을 노획하기 위해 동굴을 수색하다가 희생된 아군의 현황은 아직 알려지지 않았다. 5중대 철수명령이 내렸을 때 나는 위험을 벗어난다는 안도감과 민 병장의 부상에 대한 가책 때문에 빨리 현장을 떠나고 싶었을 뿐이었다. 박 중위가 고 상병을 불러놓고 뭐라고 타이르는 모습을 보면서 나는 피울 줄도 모르는 담배 한 개비를 물고 불을 붙였다.

24일간에 걸쳐 피를 말리던 비마9호 작전이 끝났다. 무전기에서 적 323명 사살이라는 혁혁한 전과를 자축하고 참전부대원들의 노고를 치하하는 연대장과 사단장의 음성을 귓등으로 흘리며 나는 철수

준비를 서둘렀다. 시도 때도 없이 쏟아져 내리던 소나기는 그쳤으나 따가운 뙤약볕이 다시 내리쬐기 시작했다. 9중대가 동굴을 샅샅이 뒤진 결과, 월맹군은 각종 병참시설과 숙식기능까지 갖추고 있었고 하부에는 지하수까지 흐르고 있어 연대 규모의 병력도 충분히 연명할 수 있을 만한 대규모 지하 동굴인 것이 드러났다. 그런데 이 작전 중 사살했다는 323명은 실상과 많은 차이가 있을지 모른다. 베트콩들은 병기가 부족하여 보통 3명당 1정의 소총을 휴대한다고 알려져 있어 소규모 전투에서 소총 1정을 노획하면 3명 사살로, 박격포 1문에는 7명 사살로 집계하여 보고하기 때문이다. 물론 내가 사살한 월맹군은 개인당 1정씩 소총을 휴대하고 있었고 초기 정보 분석에 따르면 이곳에는 월맹군 제5사단 18B연대 병력 2백여 명과 베트콩 2백여 명이 포진하고 있다고 했으니 무기 소지 비율에 차이가 있긴 할 것이다. 어쨌든 산 정상에서 로프 랜딩을 했던 우리 소대는 작전 중 죽은 사람 없이 3명만 부상을 당한 채 걸어서 동보지역을 벗어났다.

그런데 작전으로 24일간 비워뒀던 전술기지는 황폐한 상태였다. 막사는 물에 잠겨있었고 기지를 둘러싸고 있는 철조망 가에는 풀에 뒤덮여서 엉망진창이었다. 전술기지를 지키고 있던 20여 명의 숙소와 그들이 나다녔던 교통호만 멀쩡했을 뿐 나머지는 모두 침수되고 무너져 있었다. 내 마스코트 민지의 사진도, 분대원들을 위해 정성스레 써 붙였던 씨레이션 설명서도 다 수장이 된 상태였다. 소대원들은 인근에 개인 천막을 쳐놓고 침수된 막사에서 기둥과 철판을 모두 뽑아내어 새로운 막사를 만들기 시작했다. 침수된 곳은 다시 사용할 수 없기 때문이었다. 전술기지의 본 모습을 회복하는 데 20여 일이 걸렸다.

15

 박 중위는 나를 비마9호 작전의 수훈자로 화랑무공훈장을, 부상 당해 후송된 민성식 병장과 만년 첨병 이용만 상병에게는 인헌무공훈장을 상신했다. 소총 2정 노획과 공병의 화염방사기와 파괴통을 동굴입구까지 진입시킨 데 대한 공훈이었다. 본인이 원하지 않는 한 훈장 수훈과 진급은 상관없다는 주월사 인사참모부의 확인을 받았고 민 병장과 이 상병에게는 일 계급 특진의 혜택이 돌아갔다. 이용만 상병은 정기 진급을 한지 한 달 만에 다시 병장으로 특진하는 영예를 누렸다.
 훈장수여식을 닷새 앞둔 날이었다. 아침 일찍 일어나 아침 음악방송을 듣고 있는데 박 중위가 찾아왔다.
 "캄란에 한 번만 더 나갔다 올까?"
 그러잖아도 막사 공사를 하던 중에 다녀왔던 미군장교 클럽에서 박 중위가 캄란 외출과 함께 미리 귀띔해 준 계획이 있었다.
 "나 일 년 더 연장근무를 해야 할 것 같다."
 귀국이 한 달도 채 남지 않아 마음이 들떠 있는데 연장이라니. 나는 박 중위를 빤히 쳐다보았다. 꼭 집어서 말한 것은 아니지만 장기복무 지원을 했던 박 중위는 훈장이 꼭 필요한 처지였다. 비마3호 때와 같은 절호의 기회를 그렇게 던져버리는 게 아니었다. 그런데 왜 후안과 닌의 행방에 저렇게 미련을 버리지 못하는 것일까. 비마9호 작전의 후유증 때문인지 그날 박 중위는 술을 좀 과하게 마셨다. 그들 부부가 행복했으면 좋겠다느니, 혹시 속은 것은 아닌지, 취중에 자신의 의중을 그렇게 잠깐 내비치긴 했다. 그러면서 각 동네를 다 뒤져서라도 그 흔적을 찾고 싶다고 했다.

"중대장님께 허락을 받았어. 오늘 일몰 전까지 귀대하면 돼."

박 중위는 소대본부 앞에 지프까지 불러놓고 기다리고 있었다. 전임 중대장 김호섭 대위가 캄란베이 보급기지의 미군 폐품처리장에 버려져 있는 것을 가져와 수리한 차량이었다. 나는 단독군장으로 지프에 올랐다. 운전은 소대장 당번병인 제갈영철 일병이 하고 선임하사가 선임 탑승을 했다.

단 몇 시간이지만 휴가는 즐겁고 마음 설레는 일이었다. 꽁가이를 만나러 가는 것도 아니지만 철조망을 벗어난다는 사실 자체에 흥분이 되었다. 월남은 참 변화무쌍한 나라였다. 어디든지 평화롭고 풍요로웠다. 길거리에는 열매가 가득 달린 야자수가 즐비했고 곳곳에 바나나밭이 자생하고 있었다. 그리고 들판에는 뙤약볕 아래 3모작이 가능한 벼가 무럭무럭 자랐고 먼 산은 푸르른 산림으로 채워져 있었다. 그런데 전투만 벌어지면 바로 지옥으로 변해버렸다. 그래서 허리 구부정한 노인도, 젖먹이를 안은 부인도 졸지에 수류탄을 품은 베트콩이 될 수 있다는 것일까. 캄란에 미군기지가 주둔하고 있고 한국군이 그곳을 경계하면서 지역을 살피고 있으며 한국 기업들이 분주하게 경제를 일으키고 있으나 우리의 시각으로 보면 이곳 절반은 농촌이었다. 모르긴 해도 인구 구성비도 도시와 농촌이 비슷할 것이다. 농사를 짓지 않는 사람들은 군부대나 외국인 기업에 취업하거나 군인을 상대로 하며 먹고 살았다. 후안의 진술 속에 등장하던 이모나 외삼촌은 다낭이나 사이공 등지에 취업해서 외할머니를 봉양하는 것 같았다. 생활수준은 중산층이 아닐까 싶었다.

지프는 지난번 외출 시에 마지막으로 들렀던 까페 앞에 두 사람을 내려주고 돌아갔다. 이곳은 인구밀도가 낮고 면적에 비해 건물은 그리 많지 않았다. 길가에는 2,3층 건물이 눈에 띄었지만 서민들이 생활하는 가옥은 시멘트 블록으로 벽은 만들었으나 햇볕을 가리고 비바람을 겨우 피할 정도로 조악했다. 그것도 띄엄띄엄 있어서 마을이라고 부르기 애매한 곳도 많았다. 그러니 한참을 걸어야 겨우 한두 사람을 만날 수 있을 정도였다. 두 사람은 영어가 통하는 곳에는 영어로, 일반 주민들에게는 후안의 외갓집에 관한 호칭인 '냐 응방와이 쩐 반 후안', '방와이 쩐 반 후안, 응와이 쩐 반 후안' 등으로 묻고 다녔다. 쩐(陳)은 월남 성씨 중 두 번째 흔하다고 하지만 외가를 찾는 데에는 별 도움이 되지 않을 것이다. 마찬가지로 어릴 때 이름인 자 이외에 고유이름인 '후안'은 그리 흔하지 않을 거라고 생각은 했다. 그러나 후안과 닌이 어릴 때 이곳에서 자랐다고 해서 이름을 알아볼 사람이 있을 거라고 여긴 것이다.

"냐 응방와이 쩐 반 후안, 쩐 반 후안의 외갓집을 찾습니다. 쩐 반 후안의 외할머니를 아세요?"

두 사람은 마을마다 집집마다 그렇게 묻고 다녔다. 간혹 영어를 할 줄 아는 사람을 만나기도 했으나 요령부득이었다. 철모를 쓰고 소총을 든 외국 군인이 사람을 찾는다고 하니 사람들은 우선 경계부터 했다.

"이럴 때 유상현 상병이 있었으면 얼마나 좋을까요?"

말이 통하지 않으니 월남어 통역병으로 대대본부에 차출되어 간 유 상병이 생각났다. 수빈마을 작전에서 뛰어난 활약을 했으니 바로 진급시켜 데려간 것이다.

"나도 방금 그 생각을 했어. 이럴 때 그 애가 있었으면 마을뿐만 아니라 관공서 탐문도 할 수 있을 텐데 말이야."

박 중위도 비슷한 생각을 한 모양이었다. 두 사람은 나무그늘에 들어가 땀에 흠뻑 젖은 옷을 말리면서 매점에서 사 온 맥주를 마셨다.

"후안이 여기서 국민학교나 중학교를 다녔다고 했으니 학교로 가 보자. 그곳에는 영어가 통하는 선생님들도 있겠지. 월남은 지난 1세기 동안 프랑스 지배를 받은 영향으로 학생들이 중학교만 마쳐도 영어를 잘한다고 들었어."

박 중위가 그렇게 제안했다. 후안은 어릴 때 어머니 건강이 좋지 않아서 닌과 함께 캄란에 있는 외할머니 밑에서 자랐다고 했었다.

"찾으면, 후안의 소식을 들으면 어떻게 하실 겁니까?"

나는 오랫동안 궁금했던 것을 물어보았다.

"글쎄. 꼭 집어서 어떻게 한다기보다 서로 편한 곳에서 다시 만나 다양한 대화를 해봤으면 싶어. 역사관이 투철한 월남의 젊은이들이 참전 말고 국가에 헌신하는 방법은 없을까 싶기도 하고……."

그날 뚜앙 추장의 산채에서도 그런 문답이 약간 있었지만 나는 박 중위가 감정에 이끌려 두 사람을 방면했다고는 생각하지 않았다. 그렇다고 후안이 제공하겠다는 미제 81밀리 박격포에 혹한 것도 아니었다. 전날 이미 82밀리 박격포 1문을 노획했기 때문이었다. 후일담이지만 두 사람을 그런 식으로 처리한 일로 인하여 박 중위는 다 확보해 놓은 훈장을 김호섭 중대장에게 빼앗겼다는 추측까지 나돌았다. 박 중위는 혹시 두 사람의 방면이 결코 헛일은 아니었음을 증명하려고 이렇게 찾아 헤매는 것인가 싶기도 했다. 다만 어떤 방향으로든 내 머리로는 이해가 되지 않을 뿐이었다.

학교를 둘러싸고 야자수가 멀대처럼 줄지어 서 있었고 푸른 하늘에는 뭉게구름이 무리지어 있었다. 중학교는 국민학교와 나란히 붙어 있었다. 학교는 마을 세 군데에 빙 둘러싸여 있었다. 중학교부터 먼저 둘러보기로 했다. 점심시간인지 운동장처럼 교무실 안도 한산했다. 흰색 반팔 티를 입은 남자 하나와 흰색 아오자이를 입은 여자 둘이 대화를 나누고 있다가 두 사람이 들어서자 긴장한 표정으로 자리에서 일어섰다. 박 중위는 그곳으로 다가가서 영어로 인사했다.

"안녕하세요? 나는 한국군 백마부대에서 근무하는 박정대 중위입니다."

"아, 예. 안녕하세요?"

여자 중 앳된 쪽에서 어색하게 웃으며 반응했다. 발음이 또렷했다. 아담한 체격에 얼굴이 작고 둥글어 귀염성이 있었다.

"무기를 휴대하고 와서 미안합니다. 우리는 사람을, 참, 친구를 찾고 있는데 주민들과 말이 통하지 않아서 이렇게 왔습니다."

박 중위가 친구를 강조하며 천천히 또박또박 설명했다.

"누구를?"

여자가 물었다.

"이 학교 졸업생일 것 같은데, 이름은 쩐 반 후안이고 나이는 25

세에서 28세 사이입니다. 어릴 때 캄란에 있는 외할머니 댁에서 생활했다고 합니다."

여자가 곁의 남자를 돌아보았다. 외관만 봐서는 나이를 가늠하기 어렵지만 남자는 중년에 접어든 것 같았다.

"이름과 연령만으로는 찾기가 어려울 텐데요."

남자가 시큰둥한 표정으로 그렇게 대답했다.

"혹시 학적부 같은 것으로 확인할 수 없을까요?"

박 중위 역시 자신 없는 표정을 지으며 물었다. 아카데믹 레코드? 그럴듯하긴 했다.

"25세에서 28세면 12,3년 전의 일일 텐데, 학적부 열람은 어려워요. 혹시 졸업생 명부라도 확인하시려면……."

'그래저웟 리스트'라고 중얼거리며 남자는 밖으로 나가더니 한참 만에 두툼한 문서철 하나를 들고 왔다. 내용은 알 수가 없었으나 표지에 숫자 1953~1958이 적혀 있었다. 우리는 남자가 가리키는 의자에 가서 앉았다. 그는 문서철을 들고 우리 앞에 앉아 내용을 들추기 시작했다.

"쩐 반 후안?"

월남어를 읽을 수는 없어도 명부의 형식을 보니 이름과 생년월일, 주소가 적혀 있는 것 같았다. 남자는 후안의 이름을 몇 번 되뇌더니 돋보기를 낀 후 명부를 한 장 한 장 훑어나가기 시작했다. 그가 수백 명 수천 명이 되는 그 명부를 훑어나가는 동안 오후 수업시간이 가까웠는지 외출했던 교사들이 하나둘 돌아왔다. 시의 중심부에 있는 중학교인데도 규모는 그리 크지 않았고 교사의 수도 여남은 명에 불과했다. 몇 차례의 수업이 시작되고 끝나는 동안에도 남자는 쉬지 않고 명부를 확인하였으나 마지막 장을 넘길 때까지도 후안의 이름을 찾지 못했다.

"우리 학교 졸업생이 아닌 것 같네요."

그는 우리를 빤히 바라보면서 말했다. 눈앞에서 확인 작업하는 것을 직접 봤으므로 더 다른 요구나 부탁을 할 수가 없었다.

"캄란에는 중학교가 몇 군데 있나요?"

박 중위가 물었다.

"이곳밖에 없습니다."

오온리 원 히어. 여기 인구가 얼만데 중학교가 하나밖에 없냐고 물어보려다가 나는 자리에서 일어나 밖으로 나왔다. 정부군이든 베트콩이든 적령기의 남자는 대부분 전쟁에 징집되었으니 이곳은 아이들 출산에 많은 제한이 따를 것이다. 이런 상황을 지적하는 것 자체가 이들에게는 아픔일지 모른다. 박 중위가 옆의 국민학교는 어떠냐고 물었는지 남자가 그곳에는 이런 명부조차 없다고 구시렁대는 소리가 등 뒤에서 들렸다. 국민학교와 함께 사용하는 운동장에는 아이들이 하나도 보이지 않았다. 그새 하늘은 우중충하게 변해 금방 비를 뿌릴 것 같았다. 짜증이라도 부리고 싶은데 대상이 없으니 나는 그냥 입을 다물고 걷기만 했다. 아무 계획도 없이 무작정 시가지를 헤매려고 나온 것은 아니지만 말이 통하지 않아 어쩔 수 없이 그렇게 되고 말았다. 기대했던 학교에서도 허탕이었으니 뒤따라오는 박 중위도 아무 말이 없었다. 어쩌면 후안은 이름을 포함하여 모든 것을 둘러댔는지 모른다. 처음 만난 사람, 그것도 활동지역을 수색하던 적에게 생포된 입장에서 자신의 신병을 미주알고주알 사실대로 털어놨을까. 그렇지만 미군장교클럽에서 일을 하던 닌은 부대주변에서 거주했을 것이므로 박 중위도 그녀 때문에 후안의 외가에 대한 말을 곧이곧대로 믿었을지 모른다.

"사이공법대나 후안의 부친이 근무했다던 다낭시에 가면 사실관계를 확인할 수 있을까요?"

꼭 찾고 싶다면 그런 방법도 있을 것이다.

"글쎄. 그렇게까지 할 필요가 있을까?"

가까이 있는 이곳 관공서를 찾아간다 한들 후안을 찾을 명분이 없었다. 막연히 친구라고 둘러쳐서는 공무원들을 설득하기 어려울 것이다. 그렇다고 곧이곧대로 산채에서 만났다고 할 수도 없는 노릇이었다. 만일 포반이 없어 사용하지도 못하는 박격포를 미끼로 흥정을 했다면 후안이라는 실체는 거의 허상일 수도 있었다. 단독군장을 한 채 거리를 헤매는 데에는 한계가 있는 것 같았다. 갑자기 심한 갈증이 일었다. 우선 목이라도 축인 후 다음 일정을 생각했으면 싶었다. 어디 까페가 없을까. 나는 사방을 두리번거렸다. 학교주변에는 상가가 드물었다.

"저기 가볼까?"

박 중위가 먼 마을을 향해 손가락을 가리켰다. 멀리 흰 바탕에 빨간 글씨로 'BEER'라고 써놓은 조그마한 간판이 보였다. 외진 곳이지만 글자판이 지붕 위에 붙어 있어서 쉽게 눈에 띄었다. 이곳 건물 형식과는 달리 유리문으로 출입구를 해놓은 열 평 남짓한 가게였다. 한쪽 벽에는 각종 맥주가 길게 진열되어 있었고 간단한 생활용품도 있었다. 분홍색 아오자이를 입은 여자가 두 사람을 맞았다. 키가 작고 얼굴이 넓었다.

"한국 아저씨, 어서 오세요."

여긴 연대본부와도 상당히 멀리 떨어진 곳인데도 여자는 서툴긴 하지만 한국말을 했다.

"한국말 잘 하시네요? 우리, 맥주 두 개만 주세요."

박 중위가 의자에 앉으며 말했다. 여자가 '투 비얼스'라고 물었다. 나는 고개를 끄덕이며 탁자 건너편에 자리를 잡았다. 언제나 소총은 개머리판을 바닥에 붙이고 총구가 위로 향하게 허벅지에 붙여 세웠다. 여자가 밀러라이트를 내놓았다. 저칼로리 라거라서 군인들은 별로 좋아하지 않는 맥주였다. 그러나 부드럽고 맛이 가벼워서 먹을 만했다. 맥주 한 캔에 몸과 마음의 갈증을 가라앉히지는 못하겠지만 오전 내도록 뙤약볕 속에서 바싹 말라 있는 입속을 달래는 데는 괜찮았다. 밖에서는 우당탕탕하며 세찬 비가 내리기 시작했다. 스콜이 지나가는 모양이었다.

"어휴, 조금만 늦었으면 비에 흠뻑 젖을 뻔 했네."

내 말에 박 중위가 고개를 끄덕이며 싱긋 웃었다. 갈증이 해소되고 나니 배가 고프기 시작했다. 새벽에 서둘러 씨레이션을 까먹은 후 지금까지 아무것도 먹지 못했으니 당연한 생리현상이었다. 나는 우리를 지켜보고 있는 주인 여자에게 손짓을 했다.

"혹시 점심 식사할 만한 것 있어요?"

두 유 해브 애니싱 퍼 런치. 제대로 알아들었는지 여자가 고개를 끄덕이더니 'Curry rice. ok?'라고 물었다. 커리라이스라면 언젠가 문리대 앞 경양식집에서 먹어본 적이 있었던 그 향이 짙은 카레라이스를 말하는 것 같아서 나는 박 중위를 바라보았다.

"괜찮을 거 같은데……."

그가 고개를 끄덕거리자, 여자는 바로 주방으로 사라졌다.

"그러고 보니 우린 대학도 가까운 곳에서 다녔군. 그래."

박 중위가 말했다. 나는 순간 혜화동과 안암동 사이를 가로막던 경찰 진압대가 떠올라 씁쓸하게 웃었다. 단과대 위주로 소극적이던 성대와 서울대 문리대를 총학이 함께 행동하던 고대로부터 떼놓기 위한 차단막이었다.

"저는 소대장님과는 세대가 달랐지요?"

학훈 3기인 박 중위는 내가 대학 입학할 때 임관했다. 말하자면 그의 세대는 5·16에 대한 항변으로 시작해서 극렬한 저항으로 끝났을 것이다. 우리 기수도 그 기세를 이어받아 목이 터져라 독재타도, 민주수호를 외쳤다.

"65학번이던가, 김 하사는?"

"예."

"나는 그쪽으로 눈도 돌리지 않았어."

시위전력이 있으면 임관이 되지 않았으니 당연할 것이다. 그의 국가관, 사회에 대한 가치관을 엿볼 수 있는 대목이었다. 어쩌면 후안과 관련된 일련의 일들은 이 문제와 연관해 본다면 이해가 빠를지 모른다. 스콜이 그치고 언제 그랬느냐 싶게 창밖에는 햇살이 비쳤다. 여자가 카레라이스를 내왔다.

"냄새, 근사한데?"

박 중위가 싱긋 웃으며 숟가락을 들었다. 익숙한 맛은 아니지만 먹을 만했다. 더구나 허기가 진 상태여서 게 눈 감추듯 금방 식사를 마쳤다. 여자가 바로 커피를 내왔다. 월남은 커피생산을 많이 하는 국가이지만 씨레이션에 들어있는 봉지 커피에 길든 내 입맛에는 별로였다. 부대로 연락을 할 수 있으면 아침에 타고 나왔던 지프를 부를 수 있을 텐데……. 그런데 갑자기 노곤해지기 시작했다. 어깨가 축 처지고 눈시울이 내려앉았다. 앞에 앉은 박 중위도 나와 비슷한 증상인 듯 꾸벅꾸벅 졸고 있었다. 이게 무슨 일이람. 정신이 아련해 오면서 나도 모르게 깊은 잠에 빠져들었다.

16

 늪인 것 같았다. 온몸이 끈적이는 듯했고 움직임이 둔했다. 가장자리로 나가고 싶었으나 몸을 움직일 때마다 죄어드는 습지의 압력은 더욱 거세지고 있었다. 숨을 쉬기가 어려웠고 가슴이 답답했다. 어쨌든 몸을 움직여야 한다고 스스로 다짐했다. 늪을 둘러싸고 사람들이 하나씩 둘씩 나타났다. 그들은 나를 향하여 손가락질하며 뭐라고 소리치고 있었다. 동굴 속에서 아랫도리가 터져 흐물거리며 끌려 나오던 자도 있었고, 포로로 잡혔던 후안과 닌도 있었다. 그들은 돌을 던지고 긴 막대기로 나를 마구 때렸다. 잘못했어. 제발 좀 살려줘. 나는 목이 터져라 고함을 질렀다. 그러다가 눈을 번쩍 떴다. 어두웠다. 아무것도 보이지 않았다. 뒷골이 떨어져 나갈 것처럼 아팠다. 나도 모르게 소리를 질렀다.
 "누구야. 거기 누가 있어?"
 꿈결처럼 박 중위의 목소리가 들렸다.
 "소대장님."
 나는 소리 나는 쪽을 향해 고개를 돌렸다.

"아. 기, 김 하사."

박 중위의 목소리가 아련히 들려왔다. 그러나 아무것도 보이지 않았다.

"어떻게 된 거야. 여기가 어딘가?"

"모, 모르겠어요. 아무것도 새, 생각이 나지 않는데요."

아, 아스라한 기억 속에 누군가로부터 심하게 구타를 당했다는 느낌이 떠올랐다. 그런데 주위가 왜 이리 조용한 걸까. 숨을 몰아쉴 때마다 음습하고 퀘퀘한 냄새가 코를 찔렀다.

"몸을 움직일 수가 없어."

박 중위가 중얼거렸다. 나는 손가락을 꼼지락거려 보았다. 제대로 움직이는 것 같았다. 이번에는 팔을 들었다. 역시 아무렇지도 않았다. 이번에는 손을 들어 목덜미와 뒤통수를 만져보았다. 감각이 별로 없었지만 목에는 뭔가 딱딱한 것이 잔뜩 엉겨 붙어 있었다. 나는 조금씩 기억을 더듬어갔다. 흰 바탕에 붉은 글씨의 간판, 스콜, 여자, 부드러운 맥주와 카레라이스, 그리고 커피……. 이런 기억들이 희미하게 떠올랐다가 사라졌다. 그러다가 나는 깜짝 놀랐다. 그럼?

"여기가 어딥니까?"

나는 손을 더듬어 박 중위를 찾았다. 흙과 돌의 감촉은 있는데 아무것도 잡히지 않았다.

"나도 잘 모르겠어. 금방 정신이 들었는데. 여긴 동굴 속인 것 같아."

어디선가 도마뱀의 울음소리가 음산하게 들려왔다.

"저는 머리를 다친 것 같은데요. 몸을 일으킬 수가 없습니다."

"나는 묶여있어. 아픈 데는 별로 없는데……."

배가 고팠다. 온몸에서 기운이 빠지는 것 같았다. 아니, 이런 상황에서도 허기를 느끼다니……. 얼마나 지났을까. 입술이 탔다. 혀로 핥아보았으나 침조차 말라 있었다. 버럭 겁이 났다.

"소대장님 무슨 말이라도 해보십시오. 불안해서 견딜 수가 없군요."

"글쎄다. 불안한 건 나도 마찬가진데……. 경희를 생각해 보려고 해도 그게 잘 안되는군."

연탄가스 중독으로 사망했다는 부인의 이름이 경흰가 싶었다. 그런데 엉뚱하게 그 변소 생각이 떠올랐다. 바닥과 벽이 모두 나무판자로 되어 있었지? 피식 웃음이 나왔다.

"소대장님. 하사관학교에서 난로 속에 던져버린 소보루빵, 기억나세요?"

엉뚱하게 왜 그 빵이 생각났을까. 어쨌든 이런 상황에서 그와 함께 기억해 낼 옛일이 있다는 것이 얼마나 다행스러운가.

"참. 그 후 빵만 보면 네 생각이 났었지."

"저도 소보루빵만 보면 소대장님을 생각했죠. 얼마나 야속했던지요."

논산훈련소의 조교생활은 물 하사 파동과 이성출 하사로 인하여 엉망이 되었으나 먹고 마시는 문제는 불만이 없었다. 먹고 싶은 것은 훈련병들이 다투어 사주었으므로 따로 돈을 쓸 필요가 없었다. 나는 봉급을 포함하여 그곳에서 생기는 돈은 모두 저축했다. 제대하면 즉시 복학할 것이고 군 생활로 인하여 정체되었던 삶을 바로잡을 것이었다. 그런데도 박 소위 생각만 하면 분통이 터졌다. 거의 두 달 정도는 그랬을 것이다.

"내가 너무했다는 생각은 드는데 그 냄새 나는 변소에서 빵을 먹고 있는 모습이 떠오르면 화가 치밀더구나. 가끔 사람이 궁해지면 얼마나 추해질까를 생각하곤 했지. 그 변소, 오죽 냄새가 났니."

"변명 같지만, 당시 그 빵이 제겐 최소한의 자존심이었고 어머니의 땀과 정성 그 자체라고 생각했습니다. 돈 한 푼 없이 전 후반기 10주 신병훈련과 하사관학교 16주 훈련을 받는 동안 모든 게 뒤죽박죽이 되었지요. 물론 어머니의 따뜻한 정성을 남과 나눠 먹었으면 얼마나 좋았겠습니까만 그때는 그럴 여유가 전혀 없었습니다. 소대장님은 굶주려 본 적이 있으십니까? 저는 그것을 한 조각도 남에게 빼앗기기 싫었습니다. 훈련 기간 중 내내 허기진 창자를 움켜쥐면서도 내 것으로, 내가 가진 것으로는 매점에 무진장 쌓여 있는 것을 하나도 살 수가 없다는 사실에 참으로 화가 났습니다. 수도꼭지만 빨다가 나도 모르게 찾아든 매점에서는 후보생들이 모여 앉아 입이 터져라 먹을 것을 쑤셔 넣고 있는데, 한쪽에선 여유롭게 막걸리를 마시고 빨대를 꽂아 넣고 사이다를 맛있게 빨고 있는데 아는 얼굴은 왜 그리 없던지……. 한 조각이라도 얻어먹어야 몸을 지탱할 수 있을 것 같은데 전부 낯선 사람뿐이었습니다. 고학하면서 대학 다녔다는 놈의 의지가, 참을성이 거지 근성으로 오염이 되었을까요. 그런데 막상 내가 빵을 사들고 보니 슬그머니 보호막 같은 것이 나를 에워싸더군요. 같은 모양의 군복을 입고 고만고만하게 누가 잘나고 누가 못났는지 구별이 안 되니까 무슨 짓이든 드러나지 않겠다는 핑계가 생겼습니다. 우선 허기진 배를 채워야겠다는 욕망이 있을 뿐, 그런 상황에서 의지나 인간적 도리란 생각나지도 않았습니다. 실컷 먹고 배설하고 잠자고 싶은 동물적 욕구 앞엔 인간의 가치나 자존심

따위는 아무 의미도 없었습니다."

　박 중위와 소보루빵 이야기를 한 것은 벌써 몇 차례 되었다. 오음리 입소를 위해 갔던 춘천역 부근 막국숫집에서 하사관학교 졸업 후 7개월 만에 처음 만난 박 중위와 자연스럽게 그 빵 이야기를 꺼냈다. 그때도 박 중위는 오늘과 같은 말을 했다. 대학까지 다닌 놈이 그 냄새 나는 화장실에서 입으로 빵을 쑤셔 넣던 모습을 생각하면 얼마나 화가 났던지. 그 일 이후 네 환경조사를 해봤지만 네가 지독한 가난을 겪었다는 동정심보다 사람이 궁해지면 얼마나 추해질까하는 생각 때문에 더욱 그랬지. 내가 박 중위에 대한 증오심을 숨기지 않았던 만큼 박 중위는 그 냄새나는 화장실에서 우걱우걱 빵조각을 씹어 삼키던 내 모습을 그대로 기억하고 있었다. 나는 입이 말라서 발음이 제대로 되지 않는 것 같았지만 상관하지 않았다. 누가 들어주든 말든 내 가슴 속에 남아있는 열등감은 그대로 발산하고 싶었다.

　"나도 빵을 살 수 있다. 실컷 먹을 수 있다는 것도 그랬지만 빵을 살 수 있다는 사실이 신기하고 뿌듯했습니다. 그런데 빵을 사들고 보니 본능적으로 아무한테도 뺏겨서는 안 된다는 생각이 들었습니다. 그래서 택한 것이 변소였습니다. 결국 난로 속에서 한 줌의 재로 변해버렸지만……."

　"그래. 가난과 굶주림 앞에는 모든 게 무기력해져 버리지. 흔히 사람들은 일시적인 허기 앞에서 의연한 체 하지만 그것이 장기화되면 누구나 똑같아지는 것 같더라. 생활력이 강한 여자를 만나 대학은 그리 고생하지 않고 다녔으나 나도 배고픔과 외톨이의 고독 같은 것은 뼈저리게 체험했어. 어릴 때 사고로 부모님이 돌아가시고 할머니 손에서 자라면서 주로 외톨이의 서러움과 갖고 싶은 것, 먹고 싶은 것을 제대로 챙길 수 없는 내 처지에 절망하기도 했다. 그러다가 나는 모든 것을 긍정적으로 생각하기 시작했고 일종의 암시를 통해 그런 상황을 극복하는 법을 터득하기 시작했지. 그러나 본능을 통제하고 극복하는 것은 참 어려워. 변명 같을지 모르지만 그날 후안과 닌의 처지를 내 것인 양 바꿔 생각하고 고민하면서도 그랬는지 몰라."

박 중위도 발음이 시원찮았지만 캄란 시가지를 헤매던 때와 같은 감정을 다시 드러냈다. 최근 박 중위와 대화하면서 무슨 주제든 깊이 들어가면 후안과 닌의 문제에 이른다는 느낌이 자주 들었다.

"다른 이야기도 좀 해보시죠."

나는 무슨 이야기든 해야 할 것 같았다. 여기가 어딘지 어떻게 해야 하는지는 생각하기조차 싫었다.

"글쎄. 자꾸 졸음이 쏟아진다. 생각할 때마다 기분이 좋아지던 아내도 오늘은 소용이 없어."

박 중위의 맥 빠진 대답이 허공 속으로 흩어지고 다시 침묵이 흘렀다. 박 중위처럼 나도 어릴 때 외톨이로 자랐지만 정적이 이처럼 불안과 맞닿아 있는 줄은 몰랐다. 막사에서도 듣지 않으면서 늘 라디오를 켜놓았던 것은 이런 정적이 싫었기 때문이었을까. 그건 아닌 건 같았다. 나는 원래 조용한 것을 좋아했다. 친구도 여자도 수다스러운 건 질색이었다. 그래서 육체적으로 편안했지만 마음에 부담이 많은 가정교사 자리도 오래 계속하지 못했다. 물론 보이는 것마다 자신과 비교되면서 생기는 갈등도 감당할 수 없긴 했지만……. 어쨌든 이곳엔 사방에 뭔가 나를 압박하는 게 가득한 것 같았다. 서 선배한테 붙잡혀 나이트클럽에 갔다가 몇 달 동안 두통과 가슴이 두근대는 후유증을 앓은 적이 있었다. 꼭 그때처럼 불편했다. 여기가 어딜까. 끊겨버린 기억을 되살리려고 안간힘을 써 봐도 소용이 없었다. 나는 손바닥으로 땅을 짚고 일어서려다 몇 번이나 옆으로 뒹굴었다. 전신이 아팠다. 몸에 와 닿는 감각으로는 바닥에 잔자갈이 깔려있는 것 같았다. 아픔쯤은 참아야지. 수십 번의 시도 끝에 겨우 일어나 앉았다. 머리가 빙빙 돌면서 구역질이 났다. 허기는 뭐고 구역질은 또 뭔가. 박 중위는 잠이 들었는지 기척이 없었다. 멀리서 희미한 빛이 나타났다. 사람의 다가오고 있었다. 반가웠다. 움직이고 있는 것이 무엇이든 우선 뛰어가 맞이하고 싶었다. 나는 불빛이 움직이는 방향을 지켜보았다. 사내 하나가 등불을 들고 가까이 오고 있었다. 그는 박 중위에게 먼저 등불을 비췄다. 사내는 뭐라고 중얼거리다가 내게 다가왔다.

"정신이 들었군요."

귀에 익은 목소리였다. 후안? 그랬다. 그는 분명 후안이었다.

"여기가 어딘가요?"

그의 정체를 확인하는 순간 가슴이 쿵하고 내려앉았다.

"지하 동굴 속입니다."

후안은 소곤거리듯 대답했다.

"도대체 어떻게 된 겁니까?"

캄란의 이름 없는 카페에서 기억이 끊겼는데, 후안이 나타나다니……. 그렇다면 그곳이 그의 외가와 관련이 있었을까.

"잘 모르겠어요. 여긴 우리 임시 보충대 같은 곳입니다."

다시 박 중위에게 다가가 흔들어 깨웠다.

"또 만났습니다."

"누구죠."

박 중위는 일어서려다 픽 쓰러져 버렸다. 박 중위는 포승에 묶여 있었다. 후안이 그것을 풀어주었다. 박 중위는 그제야 알아보고 멍하니 그를 바라다보았다.

"아, 후안…… 도대체 여기가 어딥니까?"

박 중위의 물음에는 대답하지 않고 후안은 한숨을 푹 내쉬었다.

"하필이면 당신들이었어요. 전혀 뜻밖의 상황이라 너무 어이가 없었어요. 다행히 닌이 두 사람을 발견했기 망정이지……."

후안은 고개를 돌려 자신이 나타났던 곳을 한참 동안 바라다보았다.

"참 후안의 부상은 어때요?"

박 중위가 물었다.

"덕분에요. 그런데 지금 그런 인사치례를 할 형편이 못됩니다. 저들은 분명히 박 중위를 하노이로 데려가려고 할 겁니다."

후안은 들고 있던 용기를 기울여 물을 나눠 주면서 말했다.

"저들? 저들이란 누구죠?"

박 중위는 기갈 든 듯 꿀꺽꿀꺽 물을 들이켜며 물었다.

"자세하게 말할 처지가 못 됩니다. 우선 정신을 차리세요."

나는 섬뜩한 느낌으로 후안을 바라보았다.

"어떻게 된 겁니까. 우린 어떻게 여길 오게 됐어요?"

박 중위가 물었다.

"여긴 한국군이 자주 작전을 벌이는 지역에서 2킬로미터 정도 떨어져 있습니다. 얼마 전 동보지역에서 당신들과 맞섰던 병력과는 다른 연대소속인데 닌호아에서 활동하다가 동보지역이 초토화되었다는 소식을 듣고 이곳으로 집결하여 보충 병력을 모으고 있는데 정말 엉뚱하게도 당신들을 만나게 되었습니다."

"그럼 우린 어떻게 되는 겁니까?"

박 중위가 물었다.

"얼마 전 저들도 한국군에게 기습당해 병력 절반을 잃었어요. 뭣 때문인지 이곳 지휘자들은 지금 당신들에게 관심을 두고 있어요. 특히 박 중위는 장교라서 더욱 그렇습니다. 보초를 매수해 놓고 이곳으로 왔습니다만 나로서는 역부족입니다."

후안은 내 목덜미 상처에 약을 바르고 붕대를 감아 주었다.

"이 지역에서 모은 보충병들은 전에 내가 훈련받았던 '쁠라이꾸'로 들어갈 겁니다. 일단 당신들도 이들과 함께 행동하게 됩니다."

박 중위는 한동안 생각에 잠겨 있다가 불쑥 물었다.

"여길 빠져나가게 해 줄 수는 없나요?"

"그건 불가능합니다. 내 능력 밖의 일입니다. 그러나 캄보디아 국경 근처에 가면 난민 수용소가 가까워 탈출할 기회가 있을 겁니다. 내가 도울 수 있다면 그때뿐입니다."

멀리서 월남말로 떠드는 소리가 들려왔다. 후안은 잠시 말을 멈추고 그곳을 바라보다가 다시 말을 계속했다.

"지난 3년간 나는 호치민 루트를 들락거려 지리를 잘 알고 있습니다. 그러나 수많은 전사들이 이곳을 통해 전선으로 투입됐지만 무사히 귀환하는 사람들은 많지 않아요. 불귀의 객이 된 전사들의 무덤이 루트를 따라 곳곳에 있습니다."

"그럼 앞으로 우리는 어떻게 될 것 같습니까?"

박 중위가 물었다.

"나도 자세히는 모릅니다. 들리는 말로는 하노이에는 북한군이 파견되어 있다고 하던데 그쪽으로 인계될지도 모릅니다."

후안의 말이 점차 빨라지고 있는 것을 보니 시간이 촉박한 것 같았다.

"부탁이 있어요. 우리 써어진 김 말인데요."

박 중위는 나를 찬찬히 바라보다가 말을 이었다.

"부상이 심한데, 방법이 없을까요?"

"소대장님. 전 괜찮습니다."

"가만있어 봐."

"잠시 기다려 보세요."

후안이 일어나 아까 나왔던 곳으로 사라졌다. 아까보다 더 짙은 어둠과 함께 이젠 생생한 공포감이 밀려왔다. 팔다리가 떨렸고 위장에 경련이 일어나는 것 같았다. 허기가 졌다가 아팠다가 경련이 일었다가, 전신이 발광하고 있었다. 너무 방심한 것 같았다. 캄란은 연대병력이 주둔하고 있는 곳이라 대낮에는 비교적 안전지대라는 섣부른 인식이 이런 결과를 초래한 셈이었다. 아니다. 박 중위가 분대장을 이끌고 수진마을에 갔을 때에도 자신이 직접 경계를 할 만큼 그곳은 위험지대였다. 무엇이 우리를 방심하게 만들었을까.

"소대장님. 저는 괜찮아요. 가능하다면 소대장님이 돌아가셔야죠."

그 말의 진정성이 문제가 아니라 후안 때문에 그동안 박 중위가 겪었던 정신적 방황을 잘 알고 있기 때문이었다. 박 중위는 대답하지 않았다. 오래지 않아 후안이 돌아왔다.

"분위기로 봐서 한 사람은 괜찮을 것 같습니다. 다행히 여기는 이 약초가루의 효능을 아는 사람이 없어요. 저들이 속아만 준다면……."

후안이 두툼한 봉지를 내 손에 쥐어 주면서 그렇게 말했다.

"아닙니다. 소대장님께…… 우리 소대장님께 해드리세요."

릴리즈 플래툰 리더. 나는 영어문장을 짜 맞추느라고 말을 더듬었다.

"쓸데없는 소리 말고, 내 말 들어. 저 사람들이 필요한 것은 하사관보다는 장교인 것 같아. 자칫 둘 다 못 갈 수 있어. 후안, 그렇게 해주세요."

박 중위는 마음을 굳힌 것 같았다.

"써어진 김은 고통스러워도 참아야 해요. 여기 이름과 군번을 적어주세요. 이곳으로 한국군을 보낼 게요. 박 중위 말처럼 자칫 이 계획이 노출되면 두 사람은 물론, 나와 닌도 위험에 처하게 될 겁니다."

"……."

모두 입을 닫고 호롱불만 쳐다보고 있었다.

"나는 쁠라이꾸에서 편입되었기 때문에 어떤 정예군에도 들어가지 못합니다. 그러나 보조요원으로는 꽤 인정받고 있어요. 그래서 닌의 도움으로 써어진 김만이라도 구해 내려고요. 분위기로 봐서 저들은 곧 이곳을 떠날 것 같습니다. 한 번 기회를 놓치면 점점 어렵게 될 것입니다."

"……."

나는 뭐라고 선뜻 대답할 수가 없었다. 죽음과 삶의 갈림길이었다. 그러나 나는 선택권이 없었다. 그가 내민 종이에 이름과 군번을 적어서 건넸다.

"후안도 함께 가겠지요?"

박 중위가 물었다.

"예. 그런데 어디까지 따라가게 될지는 잘 모릅니다."

후안이 호롱을 들고 사라지자 갑자기 정신이 멍해졌다. 이젠 머뭇거릴 시간이 없다. 그렇다고 박 중위 앞에서 바로 약초를 털어 넣기도 머뭇거려졌다. 박 중위가 입을 열었다.

"언젠가 우리 작전지역에 뿌려진 삐라를 봤어. 납치되었거나 북으로 탈출한 파월장병의 사진이 귀순 권유문과 함께 실려 있더라. 놈들은 심리전을 위해 특히 장교의 납치에 혈안이 되어 있다는 말을 들은 적도 있어. 지금은 어쩔 수 없지만 난 반드시 돌아온다. 김 하사. 꼭 살아 있어야 해."

박 중위의 목소리가 떨리고 있었다.

"소대장님."

나는 몸을 기울이고 박 중위의 손을 잡았다. 그는 어둠 속에서 더듬어가며 자신의 반지를 뽑아서 내 손가락에 끼어주었다. 장거리정찰대에서 본대로 복귀하던 날 베트콩의 기습을 당해 망가졌던 미군부대의 외벽을 바라보면서 느꼈던 불안감이 혹시 이런 일에 대한 전조가 아니었을까하는 생각이 얼핏 들었다. 그와 다시 소보로빵에 관한 이야기를 할 기회가 있을까. 나는 눈을 감고 후안이 주고 간 약초를 입에 털어 넣고 물을 마셨다. 입 안 가득 계피 냄새가 퍼졌다. 너무 오래 앉아 있었든지 뒤통수로 뜨거운 기운이 나와 등으로 퍼졌다.

"누워."

박 중위가 머리를 받쳐 주자 나는 그의 손을 잡은 채 점차 깊은 잠에 빠져들었다.

발자국 소리와 누군가 부르는 소리가 들리는 것 같았다. 나는 사방을 둘러봤지만 깜깜하기만 했다. 허겁지겁 아무 방향으로든 달려가고 싶었지만 움직일 수가 없었다. 얼마나 발버둥을 쳤을까. 나는 가까스로 정신을 차렸다. 온몸이 얼어붙는 것처럼 추웠다. 희미하게 떠올랐다 사라져가는 기억들. 흡사 아득한 꿈길을 헤매고 다니다 온 것 같았다. 너무 조용했다. 소대장님. 나는 기력을 다해 박 중위를 불렀지만 아무 소리도 낼 수가 없었다. 그 약초가루의 약효가 아직 작용하는 것 같았다. 벌써 가셨는가. 소대장님은……. 나는 부지런히 이것저것 생각을 했다. 동이 트는 새벽꿈에 고향을 본 후. 단체 구보를 하며 부르던 군가도 생각해 내고, 술 취해 비틀거리던 서 선배의 모습도, 관물대에 붙여놨다가 물에 잠겨버린 사진 속 민지의 모습을 떠올렸다. 사진관에서 찍은 흑백사진이지만 배경이 옅고 윤곽이 뚜렷해서 큰 눈에다 웃음 띤 눈동자가 첫눈에도 귀염성이 있었다. 그러나 민지는 어린 나이에 혹독한 현실에 부딪치고 있었다.

"여섯 명이 방 하나를 얻어 2명씩 3개조로 생활하고 있어요. 방이 생활의 안식처가 아니라 잠자는 기능밖에 못해요. 밥 먹고 이웃과 대화하고 몸을 씻는 것 같은 대부분의 생활은 공장에서 하지요. 그런데 모처럼 휴일이 겹칠 때가 있는데, 호옷. 여섯 명이 2평짜리 방에 포개고 앉아 서로 눈치만 보고 있는 거예요. 밖에 나가면 돈을 써야 하니까요. 이 동네에는 이런 곳이 많아요."

몇 번 편지를 주고받았을 때 민지는 우스개 삼아 한 달에 한 번 쉬는 휴일의 자취방 풍경을 그렇게 적었다.

"공연히 아저씨 걱정하시게 했군요. 곧 괜찮아질 거예요. 이웃 동네에 있는 큰 교회 목사님이 우리 자취방을 둘러본 뒤 기숙시설을 지어준대요. 지금 구청과 국유지를 물색하고 있대요."
 민지는 토끼장 같은 방 이야기를 한 게 미안했던지 다음 편지에 기쁜 소식을 전해 주었다. 방 문제라면 나도 입대 전 일 년간 숱한 고난을 겪었다. 숙식문제를 한꺼번에 해결한다는 입주과외를 한번 해봤는데 그곳에는 자기 아이를 맡겨선지 주인과는 별문제가 없었으나 엉뚱하게도 흡사 머슴처럼 대하는 가정부의 경멸스런 눈빛 때문에 오래 버틸 수가 없었다. 학교에서 조금만 늦게 와도 밥을 주지 않고 방 청소에 관해 시시콜콜 잔소리를 해대는 여자와 눈싸움만 하다가 그 집을 나와 버렸다. 그래서 성북동 산비탈에 있는 판잣집을 옮겨 다니며 겨우 내 공간을 마련했다. 민지만 그런 게 아냐. 꼬마 아저씨도 쪽방에서 살아봤거든. 이제 겨우 23살짜리 총각인데 아저씨, 아저씨 하기에 앞에다 '꼬마'를 붙이라고 했지만 민지는 아직 그러지 않았다. 호호호. 꼬마 아저씨가 뭐예요? 아, 사살한 월맹군의 손에서 아카보 소총을 빼앗던 순간도 떠올려 보았다. 다시 정신을 잃어서는 안 될 것 같았다.
 ―엄마.
 나는 어머니의 따뜻한 미소를 떠올렸다. 마음이 한결 위로가 되었다. 이번에는 얼굴도 모르는 아버지를 그려 보았다. 그러나 내 기억 속에는 줄에 칭칭 묶인 채 개처럼 끌려가는 그 모습밖에 남아있지 않았다.
 ―불쌍한 그 양반을 인민군들이 개 끌듯 끌고 갔지.
 어머니는 통곡할 때마다 그렇게 넋두리했고 나는 그런 모습을 떠올리는 데에만 익숙했기에 아버지를 그 정도밖에 기억할 수가 없었다. 그런 아버지의 모습은 어느새 박 중위로 바뀌고 있었다. 소대장님.

몸이 떨리고 목이 말랐다. 혀를 굴렸으나 입술도 입안도 바짝 말라 있었다.

−그렇지. 아까 마셨던 물그릇이 어디 있을 텐데…….

주위를 더듬어 보려 했으나 손가락 하나 꼼짝할 수가 없었다. 또다시 까무러치며 정신이 희미해졌다. 나는 호흡을 가다듬고 중얼거렸다. 깨어있어야지. 잠들면 안 돼.

그때였다. 환청이었을까. 멀리서 말소리가 들려왔다.

"야. 여기 통로가 있어."

나는 다급한 마음으로 그들을 소리쳐 불렀다. 그러나 입안에서만 맴돌 뿐이었다.

−여기야. 여기.

나는 계속 악을 썼다. 갑자기 몇 마리의 도마뱀이 시끄럽게 울기 시작했다.

에필로그

 박정대 중위만큼 내 삶의 진로에 큰 영향을 준 인물을 한 명 더 꼽는다면 단연코 대학선배 서정민 형이었다. 논산훈련소에서 길을 잃고 좌충우돌하고 있을 때 이를 수습한 후 베트남 파병의 길을 열어주었던 그 형은 제대 후에도 사회의 길잡이가 되어주었다. 법대를 졸업하고 3년 정도 사법시험에 매달렸다가 여의치 않자, 그는 일찌감치 공부를 접고 아버지가 경영하는 군수회사에 취업했다. 그 무렵서 선배가 나를 불렀다. 당시 나는 막 상대를 졸업한 후 조그마한 회사에 다니고 있었다.

 "죽기 살기로 달라붙어도 될까 말까 한데, 나는 끈기가 부족해. 그래서 하는 말인데, 이 시험은 영후 너한테 딱 맞을 것 같아."

 자기가 보던 책과 자료를 다 줄 테니 사법시험에 도전해 보라는 것이다. 법이라곤 교양과목으로 법제대의 정도를 훑어본 게 전부였던 나는 처음에는 꼬리를 뺐다. 20명 내외만 뽑다가 최근 80명으로 합격자 수를 늘렸다지만 아직 대부분 일류 법대 출신들도 전전긍긍하고 있는 현실을 귀동냥으로 듣고 있었다. 그러나 서 선배의 엉뚱한 추진력 속의 억지가 선기능을 하는 경험을 했던 터라 나는 그의 권유에 조금씩 귀를 기울이기 시작했다. 생활비까지 지원해 주겠다며 적극적으로 나서는 그의 호의를 거절할 이유가 없기도 했다.

그런데 그렇게 울며 겨자먹기식으로 시작한 시험공부였지만 막상 대들고 보니 법이란 게 별것 아니라는 생각이 들었다. 한 분야의 개념을 이해한 뒤 관련사항을 암기하고 나서 인접 분야와 연결을 해보면 일정한 맥이 잡히는 것 같았다. 거의 1년에 걸쳐 그런 식으로 각 과목의 윤곽을 잡은 뒤 본격적으로 시험공략에 들어갔는데 매년 커트라인 부근에서 더 이상 진전을 하지 못했다. 총학에 출정문을 써냈다가 혹독한 시련을 당했을 만큼 문장력은 자신 있었지만, 주위에서 알맹이가 부족하다는 평가를 받았다. 법적인 문제상황을 해결할 때, 갖추어야 하는 일정한 체계나 원리를 리걸마인드라고 하는데 그것은 문제에 대한 결론을 내리는 데 있어서 필요한 사고의 과정을 말하는 것 같았다. 유명교수의 저서나 합격자의 모범답안지를 꼼꼼히 읽으면서 그 핵심을 찾아보려고 해도 나는 그것이 잘 형성되지 않았다. 교수님들이 툭툭 던져주는 한 마디 한 마디가 법대생들의 그런 사고를 형성한다고 말하는 사람도 있었다. 그렇다면 그런 시기에 나는 지독한 베트남 정글에서 생사의 기로를 헤매다가 결국 지옥의 문턱에서 회생했던 경험 때문에 어떤 문제든 극단적으로 파고드는 습성이 답안지에 남아 감점을 받는 요인이 된다는 생각도 들었다. 하여튼 그런 수험생활이라도 계속했으면 어떤 식으로든 결말을 봤을 것이다. 그런데 문제는 생활비였다. 군수회사를 경영하던 서정민 선배의 부친이 위암으로 돌아가시자 회사의 운영체계에 구멍이 생기기 시작했다. 서 선배야 걱정하지 말라고 했지만, 마냥 그에게 기대고 있을 수만은 없었다. 막 우후죽순처럼 생기기 시작하던 공무원학원에 사법시험 1차 합격의 경력으로 강사 자리를 얻었으나 공부량은 절대적으로 부족했다. 생활이 뒤죽박죽으로 헝클어지기 시작했다.

게다가 암 덩어리처럼 가슴을 짓누르고 있는 박정대 중위의 환영은 영육 간에 좌절과 방황이 있을 때마다 나타나 나를 괴롭혔다. 생사를 전혀 모른 채 막연히 세월만 보낸다고 자책하지만, 나는 아무것도 할 수 없었다. 남부 월남이 패망한 뒤 공해상을 떠도는 보트피플의 참상을 지켜보면서 공산화된 그 땅은 이제 금단지역이 되었다고 체념했다.

혼수상태에서 닷새 만에 아군에게 구조된 후 나는 귀국할 때까지 여러 곳으로 불려 다니며 고초를 겪었다. 그때까지 주월사는 공식적으로 월맹에 포로가 된 한국군은 없다고 발표한 만큼 박정대 중위의 실종문제는 신중히 다뤄야 할 난제였다. 게다가 나는 신문과정에서 후안 커플을 박격포와 교환하여 방면한 것과 그날 후안의 외가를 찾던 중이었다고 진술했지만, 그 외딴 동네 까페에서 일어났던 일에 대하여는 입을 다물었다. 다만 길거리 상점에서 산 맥주를 마시다가 정신을 잃었다고 얼버무렸다. 그 까페가 노출되어 세상에 알려지게 되면 나를 풀어준 후안 커플에게 심각한 체벌이 있게 될 것이고 박 중위 역시 무사하지 못할 거란 우려 때문이었다. 조사관은 내 위치를 알리는 편지를 앞에 놓고 다그쳤지만, 나는 그날 후안이 쁠라이꾸로 압송하는 도중 캄보디아 국경 근처에 가면 박 중위에게 탈출기회가 있을 거라고 했던 말을 굳게 믿고 있었다. 뒤늦게 그 까페를 뒤적이며 조사를 해본들 소 잃고 외양간 고치는 격이며 박 중위의 탈출에 방해만 된다고 생각했던 것이다. 그들은 오랜 고심 끝에 박 중위가 실종됐다는 결론을 내며 그 사건을 종결했다.

몇 차례 시험에 떨어지면서 집중력이 흩어지자 박 중위와의 과거가 슬금슬금 기어 나와 공부를 방해하기 시작했다. 그럴 때 구원처럼 나타난 것이 법원사무관 시험이었다. 나중에 법원행정고등고시로 명칭이 바뀌었지만 당시에는 법원 3급 을류 공개채용시험으로 10명을 뽑는다는 공고문이 나온 것이다. 1차와 2차 시험과목도 내가 전체적으로 분석해 놓았던 것이었다.

그렇게 나는 법원사무관이 되었고 각 법원과 등기소 등을 전전하며 법원실무를 배웠다. 그 사이에 당국은 사법시험 합격자 수를 100명을 거쳐 300명으로 늘렸지만 나는 그쪽으로는 쳐다보지도 않았다. 대신 이 직종에서 5년 이상 근무하면 취득하게 되는 법무사라는 자격증에 눈을 돌렸다. 비록 사회적 인지도는 낮았지만 내 이름으로 간판을 걸고 개인 사무실을 낼 수 있다는 점에 주목했다. 군에서 그 혹독한 시련을 겪었던 터라 단체생활을 피해 일찌감치 방향전환을 했던 것이다.

그 시기에 나는 국방부를 기웃대며 박정대 중위의 신위를 국립묘지에 모시려고 애를 써보았다. 20년 이상 아무 소식이 없었으므로 도중에 사고가 생겼을 거라고 판단했다. 그러나 실종이란 족쇄 때문에 모두 고개를 저었다. 그래서 파월전우회에 이름을 올리고 그 단체가 조성해 놓은 호국동산 한 자락에 그동안 보관하고 있었던 박정대 중위의 반지를 묻고 허묘를 만들었다. 그리고 육군중위 박정대 지묘라는 비석도 만들어 세웠다. 그 무렵에 개방된 베트남에 가서 현장을 둘러보았지만 낙담만 하고 돌아왔다.

박 중위의 허묘는 그런대로 내게 위안이 되었다. 답답할 때 숨통을 틔워주는 역할도 했다. 그렇게 다시 30여 년의 세월이 흘렀는데 어느 날, 정말 전혀 예기치 못한 경로를 통해 박 중위의 소식을 듣게 되었다. 우리나라 육군사관학교에 유학을 온 베트남 육군의 사관생도 한 명이 나를 찾아온 것이다. 파월전우회 기영환 사무국장이 동행을 했다. 두 달 전에 이곳에 도착했다는 쩐 머엉 키우라는 그 생도는 나를 찾기 위해 먼저 국방부와 육군본부로 갔지만 여의치 못했다고 했다.

"이 친구가 '1968년도 백마부대에서 근무하던 김영후'라는 인적사항만 가지고 헤맸던 모양이에요. 그러다가 누가 우리 회를 알려줘서 이렇게 왔다는 구먼."

나는 그의 성이 쩐이라는 말을 듣는 순간 머릿속이 하얗게 변했다. 마침 여직원은 외출하고 사무실에는 나 혼자 있었다.

"그럼 청년은?"

나는 다급한 심정으로 그에게 물었다.

"저는 쩐 반 후안 님의 손자입니다. 얼마 전에 돌아가신 아버지께서 한국에 가거든 선생님께 이것을 꼭 전하라는 유언을 하셨어요."

그 청년은 품에서 봉투 하나를 꺼냈다. 그 속에는 빛이 누렇게 바랜 종이가 들어 있었다. 약도였다.

"청년이 후안의 손자라고?"

나는 그의 손을 두 손으로 덥석 잡고 응접실로 이끌었다.

"너무 오래전의 일이라 자세한 내용은 잘 모릅니다. 다만 아버지를 통해 할아버지의 과거를 어렴풋이 들었을 뿐입니다. 전쟁이 끝난 뒤 할아버지는 다낭 부시장이셨던 부친의 경력 때문에 호아로 정치

범 수용소에서 오랫동안 계시다가 석방되신 지 5년 만에 돌아가셨다고 합니다."

그는 영어를 유창하게 했다.

"저는 할아버지가 돌아가시던 해에 태어났고 그 무렵에는 세상이 많이 바뀌어서 손자인 저는 할아버지 때문에 불이익은 별로 받지 않고 성장했습니다만 아버지는 제약이 많았다고 합니다."

나는 키우 청년의 나이를 어림해 보다가 물었다.

"할아버지가 언제 돌아가셨다고?"

"2003년에 돌아가셨어요."

아, 내가 처음 베트남을 방문했던 그때 후안이 생존해 있었구나. 그런데 당시에는 그를 찾아볼 엄두조차 내지 못했다.

"할아버지는 수용소에서 글을 많이 쓰셨다고 하는데 출소할 때 하나도 갖고 나오지 못하고 이 봉투만 겨우 숨겼다고 합니다. 그 후 내내 병환으로 고생하시다가 돌아가실 때 아버지께 이 봉투를 내주면서 선생님께 꼭 전해달라고 유언을 하셨다고 합니다. 아버지도 잊고 있다가 제가 한국유학생으로 선발되자 비로소 생각나셨나 봐요."

"참, 할머니는 안녕하신지?"

통일 이후 당연히 두 사람이 결혼했을 거라고 생각은 했으면서 닌의 안부는 묻지 못하고 있었다.

"지금도 우리 가족이 가장 안타깝게 여기는 분이 바로 할머니입니다. 그분은 전쟁 중에 누구보다 헌신적으로 나라를 위해 싸우셨다고 하는데 무슨 영문인지 할아버지와 같이 수용소에 수감 되셨답니다. 주위의 도움으로 그 안에서 두 분이 결혼도 하시고 함께 생활하셨는데 아버지를 출산하던 중에 돌아가셨다고 합니다. 아버지도 10살까지 그곳에 계셨어요."

"그래요? 참, 할아버지 유해는 어디에 모시고 있는가?"

베트남은 예전의 우리와 거의 비슷하게 분묘 위주의 장례문화를 유지하고 있다고 들었다. 이번에 들어간다면 귀국을 좀 미루더라도 그의 산소를 둘러봤으면 싶었다.

"할머니는 수용소 규칙에 따랐고 할아버지는 산속에 뿌려드렸다고 합니다."

"저런."

순간 후안의 모습과 박 중위의 허묘가 겹치면서 왈칵 눈물이 쏟아져 나왔다. 세월의 흐름에 따라 육신도 노쇠하고 감정도 메말라가지만, 박 중위만 생각하면 비통함을 주체하지 못했다. 나는 눈앞의 손님들을 바라보면서 복식호흡을 통해 가까스로 감정을 억제했다.

"정말 고마워요. 한국에 체류하는 동안 우리 자주 만납시다."

그날 저녁 나는 그들과 함께 실로 오랜만에 만취할 정도로 많은 술을 마셨다. 무슨 일이 있었을까? 박격포 교환문제나 내 신병문제는 발각 즉시 모두 중벌로 이어졌을 것이다. 후안은 당시에도 나트랑시 부시장이었던 부친 경력이나 사이공 법대를 다녔던 자신의 학력을 걱정하고 있었지만 당장 그런 문제로 불이익을 받지는 않았을 것이다. 프랑스계 혼혈인 닌의 신체적 특징도 당시로서는 장점이 더 많았을 것이다. 통일 과정의 격변기 속에서 어떤 변수가 생겼을지 외국인의 입장에서는 짐작도 할 수 없었다. 다만 박 중위의 유해를 수습한 곳이 험준한 쭈양신 산맥을 넘긴 했어도 내가 구출되었던 달랏 남부에서 100킬로미터 정도밖에 떨어지지 않았다는 점이 영 마음에 걸렸다. 만일 박 중위가 병이나 사고로 사망했다면 후안이 내 위치를 부대에 알렸던 것처럼 박 중위에게도 반드시 그런 조치를 해주었을 것이다. 뭔가 그들 커플의 행동을 제약하는 일이 발생하였음에 틀림없었다. 그래서 이 약도가 56년 만에 나를 찾아왔겠지.

어쨌든 후안 가족 덕분에 박정대 중위의 허묘는 32년 만에 주인을 맞아 유택을 완성할 수 있었다. 이 일에는 또 한 사람의 공로자가 있음을 잊지 않을 것이다. 안내원 전형수 군이었다. 유해를 수습하긴 했으나 요즘 국제적 마약밀수 때문에 단속이 심해 그 성분을 증명하지 않은 한 그것을 한국으로 반출할 수 없었다. 정상적인 장례 절차도 국방부나 대사관의 협조없이는 불가능했다. 그런데 전형수가 묘수를 찾아냈다. 현장 사진을 찍어 B4 인화지로 사진 20장을 현상한 뒤 그 뒷면을 도려내고 물풀로 유해가루를 접착하여 앨범 한 권을 만든 것이다. 그리고 새 봉분을 하는 날 그는 한국으로 나와 전 과정을 도와주더니 파월 전우의 자제답게 산소를 향해 '백마'하고 큰 소리로 구호를 외치며 절도있게 경례를 한 후 베트남으로 돌아갔다. 그날은 온종일 박정대 중위의 그 온화한 미소가 내 전신을 덮는 것 같았다. 나는 실로 오랜만에 넉넉한 마음으로 부대 구호를 중얼거릴 수 있었다. 백마.

귀환

초판 1쇄 인쇄일 • 2025년 7월 25일
초판 1쇄 발행일 • 2025년 7월 30일

지은이 • 김명조
펴낸이 • 임성규
펴낸곳 • 문이당

등록 • 1988. 11. 5. 제 1-832호
주소 • 서울특별시 강북구 미아동 126-1
전화 • 928-8741~3(영) 927-4990~2(편)
팩스 • 925-5406

ⓒ 김명조, 2025

전자우편 munidang88@naver.com

ISBN 978-89-7456-595-4 03810

값은 뒤표지에 표시되어 있습니다.

잘못된 책은 바꾸어 드립니다.
저자와의 협의로 인지는 생략합니다.
이 책의 판권은 지은이와 문이당에 있습니다.
양측의 서면 동의 없는 무단 전재 및 복제를 금합니다.